Freya von Korff

Die Krone von Atlantis

Roman

Impressum

Verlag:
Freya Gräfin Kerssenbrock
Holstenbrücke 4 - 6
24103 Kiel
atlantis@gvkorff.de

Druck: epubli – ein Service der neopubli GmbH, Berlin

Für Elena,
Constantin und Eric

Prolog

Als wäre sie nicht aus dieser Welt.

Friedrich Hansen schämte sich seines Gedankens, kaum dass er ihm gekommen war. Dennoch gelang es ihm nicht, die Augen von der Frau abzuwenden, die gerade sein Geschäft betreten hatte.

Hansen war ein Profi. Es war mehr als zwanzig Jahre her, dass er das Hamburger Juweliergeschäft seines Vaters übernommen hatte. Davor war er bereits als Goldschmied tätig gewesen. Er hatte Trauringe an Frischverliebte verkauft, lächerlich pompöse Halsketten für Millionärsgeliebte gereinigt und einmal sogar ein Diadem angefertigt. Seine Kunden kamen aus allen Gegenden der Welt. Er brüstete sich gern damit, schon alles gesehen zu haben. Der Anblick dieser Frau belehrte ihn eines Besseren.

„Kann ich Ihnen helfen?“, fragte Hansen geschäftsmäßig und ging langsam um seinen Verkaufstisch herum.

Als die Frau ihren Kopf hob und sich ihre Blicke trafen, hielt Hansen einen Moment inne. Unter der Kapuze des dunkelblauen Samtumhangs blitzte ein Paar Augen hervor, das von einer so intensiven ozeanblauen Farbe war, wie Hansen es noch nie gesehen hatte. Die Frau sah den Juwelier durchdringend, forschend, aber freundlich an. Auf ihren feinen Lippen war die Andeutung eines Lächelns zu sehen.

„Sind Sie der Eigentümer?“, fragte sie.

Hansens Rücken straffte sich. „So ist es.“

„Das Geschäft hat früher Ihrem Vater gehört“, sagte die Frau in einem sachlichen Tonfall.

„Woher wissen Sie das?“, fragte Hansen leise. Er wich überrascht einen Schritt zurück.

Die Frau ging auf seine Frage nicht ein. Stattdessen trat sie an eine der Vitrinen im Geschäft heran und blieb davor stehen.

Hansen schüttelte kurz den Kopf und besann sich auf seine Verkaufsroutine. „Interessieren Sie sich für ein bestimmtes Stück?“ Er stellte sich neben die Frau und sah mit ihr gemeinsam auf das einzelne Schmuckstück, das in der Vitrine lag.

Wieder beantwortete sie seine Frage nicht. „Verraten Sie mir, woher Sie ihre Stücke haben?“, fragte sie. Hansen glaubte nun den Hauch eines fremdländischen Akzents zu hören.

„Nun, teilweise führen wir natürlich Designer-Exemplare. Zum Geschäft gehört aber noch die Werkstatt. Sie finden hier handgemachte Unikate.“ Wieder straffte Hansen seinen Rücken vor Stolz.

„Und Haushaltsauflösungen?“

Hansen schob die Augenbrauen zu einem skeptischen Blick zusammen. *Was ist das hier?*

„Ich biete manchmal auch bei Nachlassversteigerungen mit. Teilweise finden sich dort wahre Kostbarkeiten. Ich bereite sie dann auf und biete sie hier zum Verkauf an.“

„Handelt es sich bei diesem Stück auch um eine solche *Kostbarkeit*?“ Endlich schob die Frau die Kapuze von ihrem Kopf. Zum Vorschein kam kräftiges kastanienbraunes Haar, das in eine kunstvolle Flechtfrisur gesteckt worden war. Hansen musste sich anstrengen, seinen Mund geschlossen zu halten. Vor ihm stand die wohl schönste Frau, die er je gesehen hatte. Sie hatte feine ebenmäßige Züge, eine hohe Stirn und große kluge Augen. Die Frau wandte sich Hansen zu, deutete aber mit ihrem Kopf in Richtung der Vitrine.

Hansen konnte sich ein Lächeln nicht verkneifen. „Sie haben ein gutes Auge, gnädige Frau.“ Die Frau lächelte bei dieser altmodischen Anrede. „In der Tat, dieses Stück habe ich vor einigen Jahren aus dem Nachlass einer sehr alten Hamburger Kaufmannsfamilie ersteigert. Es gab keine lebenden Erben. Man sagte mir damals, dass das Stück schon seit Generationen in der Familie vererbt wird.“ Mit diesen Worten griff Hansen in seine Hosentasche und zog einen kleinen Schlüsselbund hervor. „Wenn Sie mögen?“, fragte er und steckte schon den passenden Schlüssel in das Vitrinenschloss.

„Ich bitte darum“, sagte die Frau noch immer lächelnd und trat zur Seite, sodass der Juwelier die Vitrine öffnen konnte. Hansen griff hinein und zog mit seinen Händen vorsichtig die Halskette hervor, die hinter dem Glas im Licht gefunkelt hatte. An einem silbernen Reif baumelte ein einzelner dreieckiger Anhänger.

Hansen reichte den Schmuck der Frau. „Das Juwel ist ein Aquamarin einzigartiger Klarheit. Sie werden nicht einmal kleinste Einschlüsse im Stein finden. Und das Material ist hochwertiges Weißgold."

Die Frau legte sich den glänzenden Anhänger prüfend auf die Handfläche und ließ ihn im Schein der Vitrinenlampe hin und her wiegen. Der Anhänger fasste ein tropfenförmiges Juwel, das hellblau im Licht schimmerte. Seine Fassung bestand aus einem geschwungenen Dreieck, dessen linkes unteres Ende in einer Spirale endete.

„Der Anhänger ist wunderschön. Ein phantastisches Stück", flüsterte die Frau.

Hansen addierte den Preis für die Kette im Kopf bereits auf seinen heutigen Tagesumsatz. Das Jahr 2019 begann für ihn gut.

„Sie haben wirklich ganze Arbeit geleistet", sagte die Frau schließlich und sah den Juwelier wieder an.

Hansen schürzte ein wenig verunsichert die Lippen. „Sie meinen mit der Aufarbeitung des Stücks. Nun ja ..."

„Und jetzt würde ich ihn gern sehen", unterbrach ihn die Frau plötzlich.

Hansen stockte. „Ich fürchte, ich verstehe nicht", brachte er hervor.

„Ich würde gerne den echten Anhänger sehen. Das Erbstück, das Sie ersteigert haben, ist es hier?"

Hansen fuhr ein Schauer über den Rücken. Er öffnete den Mund, um etwas zu sagen, doch es kamen keine Worte heraus. Stattdessen starrte er die Frau an.

„Herr Hansen, richtig?" Hansen nickte kaum sichtbar. „Herr Hansen, ich kann ein Original von einer Nachahmung unterscheiden. Und so hervorragend diese Kopie von Ihnen auch ist, ich bin doch leider nur an dem Original interessiert."

Hansen hatte es für einen Moment endgültig die Sprache verschlagen. Er fühlte sich ertappt und auch ein wenig gedemütigt. Niemals hatte er damit gerechnet, dass jemand den Anhänger als Kopie identifizierte. Er hatte ihn in jedem Detail nachgebildet. Doch anstatt seine Täuschung abzustreiten, entschloss er sich, in die Offensive zu gehen: „Sind Sie sicher?" Er nahm der Frau den Anhänger aus den Händen. „Der hier verarbeitete Edelstein ist viel hochwertiger als im Original. Dieser Aquamarin ist lupenrein. Ein Juwel dieser Färbung und Größe finden Sie nur selten. Der Stein im Original ist, wie soll ich sagen, anders."

Die Frau lachte kurz auf. „Sie sind wirklich ein Meister Ihres Faches, nicht wahr?"

Hansen spürte, dass er rot anlief. Er lächelte aber.

„Ich fürchte dennoch, dass ich darauf bestehe, das Original zu sehen." Nach einer kurzen Pause ergänzte die Frau: „Ich bin bereit, Ihnen jede Summe dafür zu zahlen, die Sie mir nennen."

Hansen hatte Mühe, sich seine Glücksgefühle nicht anmerken zu lassen. „Sicher. Nur muss ich Ihnen dazu leider sagen, dass das Original nicht hier ist."

Der Gesichtsausdruck der Frau änderte sich schlagartig. Sie sah auf einmal besorgt aus.

„Es ist in meinem Lager", fügte Hansen eilig hinzu. „Die kostbarsten Stücke lagere ich in einem Safe. Ich kann den Anhänger holen. Leider werde ich ihn erst morgen hier haben."

Der Ausdruck der Erleichterung, der sich auf dem Gesicht der Frau ausbreitete, erfüllte Hansen aus Gründen, die er nicht nachvollziehen konnte, mit Unbehagen. *Sie will den Anhänger unbedingt*, dachte er, während er die Kopie zurück in die Vitrine legte.

„Das ist überhaupt kein Problem. Wenn Sie nichts dagegen haben, würde ich Sie darum bitten wollen", sagte die Frau.

„Selbstverständlich." Hansen wandte sich beruhigt von der Frau ab und ging zu seinem Verkaufstisch zurück. Aus einem der unteren Fächer zog er ein leeres Kärtchen hervor und vermerkte mit seinem Füllfederhalter einige Notizen. „Auf welchen Namen darf ich den Anhänger reservieren?", fragte er und hob den Kopf. Zu seinem Erstaunen hatte die Frau seinen Laden schon fast wieder verlassen. Beim Klang seiner Stimme aber drehte sie sich um.

„Eleana", antwortete sie. Hansen hob überrascht die Augenbrauen. „Gräfin Eleana." Mit diesen Worten verschwand die Frau durch die Tür und ließ einen nunmehr vollkommen verblüfften Juwelier zurück.

I. Akt

Christopher Rider beachtete den toten Körper zu seinen Füßen gar nicht. Stattdessen starrte er angespannt auf das kleine Kärtchen in seiner Hand. Seine Augen verengten sich, als er die Handschrift entzifferte. Der Juwelier hatte den Namen falsch geschrieben. Auf der Karte stand „Gräfin Elana." Hinter dem Adelstitel hatte der alte Mann ein Fragezeichen vermerkt. Rider schnaubte amüsiert und warf einen zufriedenen Blick auf die Leiche von Friedrich Hansen. Dessen leblose Augen waren auf ihn gerichtet. Trotz des Fehlers im Namen bestand kein Zweifel: *Sie* war bei dem Juwelier gewesen. Und sie war bei dem alten Unglücksraben fündig geworden, sonst hätte sie keine Reservierung vornehmen lassen.

„Boss?" Riders Augen wanderten zur Seite und sahen in das tumbe Gesicht eines großen, korpulenten Mannes.

„Und, Brutus?", fragte Rider barsch.

„Der Alte hat die Wahrheit gesagt. Der Code stimmt. Wir sind drin."

Riders linker Mundwinkel zuckte nach oben. Mit einem großen Schritt stieg er über den Toten hinweg. „Dann mal los!" Mit diesen Worten verließ er das Arbeitszimmer der alten Hamburger Villa und trat in den Flur hinaus. Sein langer schwarzer Mantel bauschte sich hinter ihm auf, als er mit schnellen Schritten die Kellertreppe hinunterstieg. In dem feuchten und dunklen Gewölbe trat Rider durch eine schwere Metalltür, die mittlerweile offen stand, und fand sich im Inneren eines großen Tresors wieder.

„Sieht so aus, als wenn der alte Hansen seine kostbarsten Sachen ganz dicht bei sich haben wollte", murmelte Rider und ließ seinen Blick durch den begehbaren Safe schweifen. An sämtlichen Wänden des Raumes fanden sich Regale, die bis unter die niedrige Decke reichten. Sie waren vollgestopft mit Kartons, Metallkassetten und kleinen Vitrinen, durch deren verstaubtes Glas vereinzelt Juwelen funkelten. Bilderrahmen ragten hier und da aus Kisten hervor. Das Holz eines Regals bog sich unter dem Gewicht der Teppiche, die darin gelagert waren. Hansen hatte über die Jahre seiner Tätigkeit hinweg mehr als nur alten

Schmuck angehäuft. Rider vermutete, dass der Inhalt dieses Tresors allein ein Museum über die Geschichte der alten Hamburger Kaufmannsfamilien füllen konnte.

„Und? Ist es hier, Boss?"

Rider sah seinen zweiten Handlanger zu seiner Rechten an. Im Gegensatz zu Brutus war Jack, der eigentlich Hans Borchert hieß und Englisch mit schwerem Akzent sprach, ein schmächtiger, drahtiger Kerl mit ausgemergeltem Gesicht und blutunterlaufenen Augen.

„Kann ich noch nicht sagen. Verlass' den Raum, Jack", sagte Rider. Er benutzte einen Tonfall, der Jack umgehend veranlasste, über die Türschwelle zu eilen. Er und Brutus standen nun beide hinter der geöffneten Tresortür und sahen gespannt auf ihren Anführer, der sich im Raum langsam um sich selbst drehte. Dabei untersuchte Rider die einzelnen Regale eines nach dem anderen. Schließlich holte er tief Luft, schloss die Augen und wurde für einen Moment vollkommen still. Schlagartig riss er die Augen auf, wirbelte herum und erreichte eines der Regale mit einem einzigen, zielgerichteten Schritt. Ohne lange zu überlegen, packte er die Kisten darin mit beiden Händen und warf sie mit Schwung zu Boden. Ein heftiges Scheppern ertönte, als Glas zerbrach. Jack und Brutus zuckten zusammen, doch Rider scherte sich nicht um die Zerstörung, die er anrichtete. Stattdessen zog er kraftvoll einen großen Bilderrahmen aus seinem Fach und ließ ihn achtlos zu Boden fallen. Das Holz zerbarst. Schließlich hielt Rider für einen Augenblick inne. Mit einem Mal streckte er beide Hände behutsam in das Regal aus. Vorsichtig zog er ein Kästchen hervor, dessen Seiten mit kunstvollen, aber völlig verstaubten Schnitzereien verziert waren. Rider zögerte einen Moment, holte tief Luft, bevor er den Deckel des Kästchens einen Spalt anhob. Er warf einen prüfenden Blick ins Innere.

„Da ist er", flüsterte er. Seine Zähne blitzten in der Dunkelheit auf, als er triumphierend grinste. Brutus und Jack drängten sich ein Stückchen weiter in den Raum, begierig darauf herauszufinden, was sich in dem geheimnisvollen Kästchen befand. Doch Rider ließ den Deckel wieder fallen. Ein dumpfes Geräusch ertönte, als sich das Kästchen wieder schloss. Rider warf seinen beiden Handlangern einen strengen Blick zu.

„Wir sind hier fertig. Sehen wir zu, dass wir verschwinden!"

Brutus und Jack tauschten einen fragenden Blick, doch da schritt Rider schon zwischen ihnen hindurch. Geradeaus marschierte er auf die Kellertreppe zu. Sein Mantel bauschte sich wieder hinter ihm auf.

„Wird's bald?", herrschte Rider Jack und Brutus an, als diese sich nicht rührten. Schließlich schauten die beiden ein letztes Mal gierig auf die Juwelen und anderen Kostbarkeiten in dem Tresor. Enttäuscht folgten sie ihrem Anführer. Brutus schnaubte mürrisch. Nur Augenblicke später verschwanden die drei durch die große Eingangstür der Villa und ließen das Anwesen in der Stille der Nacht hinter sich.

*

Dass Ria Schmuck liebte, erkannte man auf den ersten Blick. Sie schimmerte förmlich in dem fahlen Licht, das in der kleinen Lobby schien. In ihren beiden Ohren steckten jeweils vier glitzernde Ohrstecker. Außer an ihren Daumen trug sie an jedem ihrer Finger Ringe verschiedener Größe und Beschaffenheit. Ihre Arme klimperten bei jeder Bewegung, weil die zahlreichen Armreife und -bänder sich ineinander verhedderten. Um ihren Hals lagen eine Kette mit einem schlichten Herzanhänger und ein dünnes Lederband. Doch abgesehen davon und bis auf die viel zu große Brille, die auf ihrem Nasenbein hin und her rutschte, war ihre Erscheinung eher unauffällig. Sie trug einen schwarzen Pullover und dunkle Jeans, die in abgetragene Lederstiefel gestopft waren. Daher überraschte es sie auch nicht, dass die drei Männer, die jetzt die schäbige Herberge am Hamburger Hafen betraten, sie keines Blickes würdigten.

„Lass' es uns sehen, Boss!", rief ein drahtiger Mann mit zu hoher Stimme, als er die Tür aufstieß. Er drehte sich im Gehen um und hielt die schmale Pforte auf. Ein massiger Riese von einem Mann trat über die Schwelle. „Ja, bitte!", stimmte dieser seinem Vorgänger zu. Ria beobachtete angewidert den Schwall Spucke, der bei diesen Worten aus dem breiten Mund des hünenhaften Mannes flog.

Der dritte Mann, der die kleine Lobby direkt hinter dem Riesen betrat, war dagegen von ganz anderer Erscheinung. Ria starrte gebannt auf die ozeanblauen Augen, deren Farbe so ausgeprägt war, dass es aussah, als leuchteten sie. Der Mann hatte schwarzes, leicht gewelltes Haar, war hochgewachsen, muskulös und sehr schlank. Er hatte ein auf unnatürliche Art und Weise zeitloses Aussehen, das es unmöglich machte, sein Alter zu schätzen. Er trug einen langen schwarzen Mantel, den er bis zum Kinn zugeknöpft hatte. In seinen Händen hielt er ein kleines Holzkästchen.

„Bitte, Boss!“, bettelte der Riese noch einmal und zeigte mit einer fast kindlichen Bewegung auf das Kästchen. Ria zuckte hinter dem Tresen der Lobby heftig zusammen, als der Mann in dem schwarzen Mantel ausholte und dem großen Kerl mit dem Handrücken eine schallende Ohrfeige versetzte. Der Riese heulte auf und taumelte rückwärts. Der Mann in Schwarz packte ihn mit unmenschlich wirkender Kraft am Kragen und zog das Gesicht des Riesen an seines heran.

„Ich sagte: Nein! Habe ich mich jetzt klar ausgedrückt?“

Der große Kerl nickte verdrossen und presste die fleischigen Lippen aufeinander. Sein Schmerz war ihm anzusehen. Der Mann in Schwarz tätschelte dem Riesen die Wange und ließ von ihm ab. Mit einer lässigen Bewegung rückte er seinen Mantel zurecht. Erst jetzt wanderten seine Augen durch den winzigen Eingangsbereich der heruntergekommenen Absteige. Rias und sein Blick kreuzten sich für die Dauer eines Herzschlags.

„Hey!“, rief eine weitere Stimme. Ria wandte sich von dem Mann ab und drehte sich erschrocken um. Hinter ihr stand der alte Herbergsvater, der aus der kleinen Stube hinter dem Tresen herausgekommen war. „Was machst du da?“ Er zeigte mit seinen tätowierten Fingerknöcheln auf sie.

Rias Blick fiel auf ihre Hände, in denen sie zwei Brieftaschen, eine Uhr und einen für sie offensichtlich zu großen Goldring hielt. Schnell sah sie wieder zu dem Wirt und begann zu grinsen. „Es ist nicht das, wonach es aussieht“, versicherte sie ihm.

Der alte Mann starrte sie für einige Sekunden verdutzt an. Das war mehr als genug Zeit für Ria. Mit einem gezielten Sprung schwang sie sich über den Tresen und rutschte auf der anderen Seite hinunter. Sie glitt durch den engen Raum an den drei Männern vorbei und stürmte zur Tür.

„Ich empfehle mich!“, rief sie den drei Männern zu und zwinkerte frech, während der Wirt vor Wut aufschrie. Ihr Arm streifte den Mann in dem schwarzen Mantel, der sich mit geöffnetem Mund nach ihr umdrehte. Doch bevor er auch nur einen Ton hervorbringen konnte, hatte Ria schon die Tür aufgerissen und rannte in die Nacht hinaus. Als sie einen kurzen Blick über die Schulter riskierte, sah sie, dass der Mann in dem schwarzen Mantel ihr mit seinen Blicken folgte.

Fest in ihre alte und viel zu große Lederjacke gewickelt, kauerte Ria auf der Mauer, die den Pier vom Hafenbecken trennte. Gelangweilt sah sie den Polizeiwagen zu, die mit Blaulicht an ihr vorbei in Richtung des eleganten Villenviertels jagten, das flussaufwärts am Ufer der Elbe lag. Obwohl die Januarluft an diesem Morgen schneidend kalt war, atmete sie tief durch die Nase ein. Es roch nach Diesel, Schiffsmotoren, Zigaretten und Algen. Doch immer wieder glaubte Ria für den Bruchteil eines Augenblicks, dass die Elbe den Geruch des Meeres zu ihr getragen hatte.

Das Geräusch einer Glocke ließ sie aus ihren friedlichen Gedanken hochschrecken. Sie wandte sich um und blickte zum Uhrenturm der Landungsbrücken hinauf. Anschließend sah sie auf eine der Armbanduhren an ihrem Handgelenk. Sie schmunzelte zufrieden, als sie feststellte, dass es endlich fünf Uhr in der Früh war. „Los geht's!“, flüsterte sie sich selbst zu.

Sie schwang sich von der Kaimauer und landete mit einem Klimpern ihrer zahlreichen Schmuckstücke auf ihren Füßen. Sie schob die Hände in die Taschen ihrer Jacke und eilte mit schnellen Schritten die Straße entlang. Sie benötigte nur wenige Minuten, um den Weg zu dem schäbigen Hotel zurückzulegen. Bevor sie es erreichte, verlangsamte sie ihre Schritte und blieb an der Ecke der kleinen Gasse stehen, in der die Absteige gelegen war. Nur zaghaft traute sie sich, einen Blick an der Häuserwand vorbei zu wagen. Die Straße war leer. Die aneinandergereihten, heruntergekommenen Stadthäuser, in denen sich zwielichtige Restaurants und kleine Hotels mit fragwürdigem Ruf befanden, waren allesamt ruhig. Autos konnte man nur in der Ferne hören.

Ria wippte ungeduldig mit ihren steifen Knien und sah immer wieder nervös auf ihre Uhren. Dann wurde ihr Warten endlich belohnt. Sie vernahm erst, wie sich eine quietschende Tür öffnete. Danach beobachtete sie, wie der alte Herbergsvater von vorhin aus der kleinen Absteige auf die Gasse trat. Sein Gesichtsausdruck war missmutig und verärgert. Ria vermutete, dass ihm ihre Diebestour die Nacht verdorben hatte.

Nachdem der alte Mann sich in die andere Richtung geschleppt und um eine weitere Straßenecke gebogen war, wagte Ria sich aus ihrer Deckung. Betont lässig ging sie durch das blasse Laternenlicht und steuerte auf das Hotel zu.

An ihrem Ziel angekommen, prüfte Ria unauffällig die Tür. Wie vermutet, war sie nicht von außen zu öffnen. Nachdem sie sich schnell zu allen Seiten umgewandt hatte, griff Ria in ihre Jackentasche und holte zwei spitze Nadeln hervor. Sie brauchte nicht lange, um das alte Schloss zu öffnen. Dafür hatte sie zu viel Übung. Kaum war das vertraute Klicken erklungen, zog Ria ihre Nadeln vorsichtig aus dem Schloss und hielt die Tür mit einer Hand leicht geöffnet. Nachdem sie ihr Werkzeug sicher verstaut hatte, presste sie ihr Ohr an den Türspalt und lauschte. Es war nichts zu hören.

Schnell und lautlos drückte Ria die Tür gerade so weit auf, dass sie hindurchpasste. Sie schob sich über die Türschwelle und ließ, kaum dass sie den warmen Raum betreten hatte, die Tür leise zurück in ihr Schloss fallen.

Soweit so gut. Ria sah sich in der vertrauten Lobby um. Es sah noch alles genauso aus wie ein paar Stunden zuvor. Nur das Deckenlicht war jetzt ausgeschaltet. Stattdessen leuchtete eine einsame, kleine Lampe auf dem Tresen, die den Raum halb im Dunkeln ließ. Aus der winzigen Stube hinter dem Tisch flackerte das Licht eines alten Fernsehers, und Ria meinte den Schatten von jemandem zu erkennen, der gelangweilt davor hockte.

Ria duckte sich und schlich unter der Tischkante des Tresens durch die Lobby. An deren Ende huschte sie durch eine geöffnete Flügeltür und gelangte ungesehen in den Salon dahinter.

„Ach du ...“ Sie presste hastig die Hand auf den Mund, bevor ihr ein weiteres Wort entfuhr.

Auf den ersten Blick sah sie vier Männer. Die Halunken kauerten teilweise übereinander auf den zerfetzten Möbeln des schummrigen Zimmers. Der Kopf des drahtigen Mannes von vorhin lag in einer ungesunden Haltung auf den Füßen eines seiner Kollegen, der sich neben ihm auf einer Couch ausgestreckt hatte und schlief. Als Ria den Kopf zur Seite wandte, entdeckte sie den Riesen, der sich kurzerhand an die Wand gelehnt und seinen Kopf in den Nacken gelegt hatte. Sein Mund stand offen und Speichelfäden hingen an seinen Mundwinkeln. Zuletzt blieben Rias Augen an einem groben Kerl mit einer langen Narbe im Gesicht hängen. Er saß eingenickt in einem Sessel, die Füße auf den kleinen Wohnzimmertisch gelegt. In seiner rechten Hand ruhte eine Pistole.

Ria zwang sich, langsam zu atmen und keine schnellen Bewegungen zu machen. Sie ließ ihren trainierten Blick durch das kleine Zimmer schweifen. In der rechten hinteren Ecke des Raumes führte eine schmale Holztreppe in das obere Stockwerk.

Ria war überzeugt, dass ihr Ziel im ersten Stock lag. Dort befand sich wenigstens eines der Schlafzimmer der kleinen Absteige. Sie nahm ihren Mut zusammen und schlich mit katzenartigen Bewegungen durch den Raum. Sie wählte einen umständlichen Weg und navigierte zwischen den ausgestreckten Beinen und hängenden Köpfen der Männer hindurch. Dabei ließ sie den Kerl mit der Waffe nicht aus den Augen.

An der Treppe hielt Ria inne. Sie sah die wenig vertrauenswürdige Holzkonstruktion hinauf. Die Stufen waren abgelaufen, und teilweise lösten sich Splitter aus dem Holz. Wenn sie nicht aufpasste, würden sie so laut knarzen, dass die vier Gauner innerhalb von Sekunden wach sein würden.

Ria hielt die Luft an, presste sich mit dem Rücken gegen die Wand und wagte einen ersten seitlichen Schritt auf die Treppe. Das Holz ächzte unter ihrem Gewicht. Ria verharrte erschrocken für einen Moment und sah in den Raum. Just in diesem Augenblick erklang das ohrenbetäubende Schnarchen des Riesen, das so laut war, dass es den Raum scheinbar erbeben ließ. Keiner der anderen Männer rührte sich bei diesem Geräusch. Ria atmete auf und setzte ihren Weg fort.

Geschickt arbeitete sie sich nach oben. Dabei machte sie immer einen Schritt, wenn der riesige Kerl wieder schnarchte. Nachdem sie den ersten Stock erreicht hatte, presste Ria sich weiterhin gegen die Wand und spähte in den winzigen Flur.

Ein gefleckter Teppich, der wahrscheinlich einmal grün gewesen war, lag auf den groben Holzdielen und verband die wenigen Türen miteinander. Eine surrende Glühbirne ohne Lampenschirm hing von der Decke.

Rias Augen wanderten zwischen den Türen hin und her. Unter der einen war ein schwacher Lichtstrahl auszumachen. Die Tür war schmaler als die anderen und Ria meinte, ein entferntes Rauschen hören zu können. Es handelte sich vermutlich um ein Badezimmer, in dem jemand unter der Dusche stand. Ria sah zu den anderen Türen und entdeckte eine, die nur angelehnt war.

Ohne lange zu überlegen, huschte sie über den Flur, ging durch die geöffnete Tür und betrat einen dunklen Raum. Sie schloss die Tür hinter sich und sah sich um. Sie war in einem Schlafzimmer gelandet. Die kleine Kammer, durch deren Fenster schwaches Laternenlicht von der Straße aus fiel, erinnerte jedoch eher an ein Büro. Staubige Bücherregale waren vor langer Zeit an den Wänden angebracht worden. Vor dem Fenster stand ein alter Holzschreibtisch, auf dem sich ein Chaos aus Papier und Stiften ausbreitete.

Ria nahm den unordentlichen Haufen unter die Lupe. Ein Lächeln stahl sich auf ihre Züge. „Bingo!“, flüsterte sie und ging langsam auf den Schreibtisch zu.

Inmitten des Durcheinanders lag das, was sie hierher geführt hatte. Das geheimnisvolle Holzkästchen, das der Mann in Schwarz vorhin in die Absteige getragen hatte, lag im Lichtschein und schien auf sie gewartet zu haben.

Ria schlich um den Tisch herum, bis sie genau vor dem Kästchen stand. Bedächtig legte sie ihre Hände auf das dunkle Holz und zeichnete mit den Fingerspitzen die kunstvollen Schnitzereien auf dem Deckel nach. Die Struktur fühlte sich angenehm an. Ria stutzte. Gerade eben noch hatte sie kaum etwas mit ihren erfrorenen Fingern fühlen können. Jetzt waren ihre Hände angenehm warm. Überhaupt schien von dem Kästchen eine wohltuende Strahlung auszugehen. Ria spürte die Hitze nicht nur in ihren Händen. Ihre ganze Haut begann leicht zu kribbeln. Auch in ihrem Magen breitete sich ein Gefühl freudiger Erregung aus.

Ria schüttelte irritiert den Kopf und rief sich zur Ordnung. Sie war offensichtlich müder, als sie sich hatte eingestehen wollen. Das war kein Wunder. Sie hatte die Nacht in der Kälte verbracht und höchstens kurz gedöst. Sie konzentrierte sich und hob den Deckel des Kästchens an.

Der Anblick im Inneren ließ ihr Herz schneller schlagen. Das Gefühl in ihrer Körpermitte wurde noch stärker und das Kribbeln auf ihrer Haut steigerte sich so sehr, dass sie Mühe hatte, ruhig stehen zu bleiben.

In dem Kästchen lag das wohl schönste Schmuckstück, das Ria jemals gesehen hatte. Der Kettenanhänger aus einem silbern schimmernden Metall hatte ungefähr die Größe ihres Daumennagels. Das Dreieck und die Spirale fassten einen tropfenförmigen Edelstein, der von einer einzigartigen ozeanblauen Farbe war. Er sah aus, als leuchte er in der Dunkelheit. Dabei war das Juwel nicht klar. In seinem Kern schien sich etwas zu regen. Als Ria versuchte, in dem schwachen Licht des Zimmers in das Herz des Steins hineinzuschauen, blickte sie in unendliche Tiefe.

Sie wusste nicht mehr, wie lange sie dagestanden und den Stein bewundert hatte. Als sie sich endlich von seinem Anblick lösen konnte, war ihr, als sei sie aus einem Traum erwacht – einem schönen Traum. Sie fühlte sich plötzlich nicht mehr kalt, müde oder erschöpft. Ihr ging es gut.

Ria schüttelte nochmals den Kopf. Kurzerhand packte sie den Anhänger und legte sich die Kette um den Hals. Sie schloss das Kästchen wieder, schob es sorgfältig zurück auf seinen Platz und huschte zur Tür.

Sie war gerade auf den Flur hinausgetreten und hatte die Tür sorgfältig angelehnt, als sie vor Schreck erstarrte. Erst nahm sie ihn nur im Augenwinkel wahr. Doch als sie ihren Kopf langsam neigte, sah sie, wie der Mann in Schwarz im Flur stand und sie fixierte.

Langsam wandte Ria sich dem Mann zu. Ihre Blicke trafen sich, und ihr fuhr ein eiskalter Schauer über den Rücken. In ihrer Hilflosigkeit grinste sie schüchtern.

„Es ist ...“ begann sie.

Der Mann hatte zwar seinen Mantel abgelegt und sein Haar war ganz nass. Aber auch jetzt war er ganz in Schwarz gekleidet. Er neigte den Kopf und schob die Hände in die Taschen seiner Hose.

„..., nicht das, wonach es aussieht?“, beendete er in einem provozierenden Tonfall Rias Satz. Sein Blick glitt an ihrem Hals hinab und blieb an dem Anhänger über ihrem Brustbein hängen. Der Ansatz eines amüsierten Lächelns umspielte seine Lippen.

Ria zögerte keinen Moment länger. Sie ging in die Knie, stieß sich ab und sprang zur Treppe. Sie bekam das wackelige Geländer zu fassen, schwang sich darauf und sauste mit Schwung in die Tiefe. Das morsche Holz unter ihr quietschte und knarrte und für einen Moment war sie sich sicher, dass die Treppe einfach zusammenbrechen würde. Doch die alte Konstruktion hielt, und Ria landete mit einem Poltern im Erdgeschoss. Sogleich ertönten donnernde Schritte über ihr, als der Mann in Schwarz ihr hinterhereilte.

Ria sah sich hastig um. Um sie herum erwachten die Halunken zum Leben. Der Riese war ihr am nächsten. Träge hob er die Lider und sah zu dem Mann am Ende der Treppe. Erst danach fiel sein Blick auf Ria.

„Brutus!“, rief der Mann in Schwarz. „Schnapp‘ sie dir!“ Der Riese sprang auf die Füße und griff mit seiner riesigen Pranke nach der Diebin.

Ria wich mit einem Schrei aus. Auch der Rest der dunklen Gestalten erwachte. Rias Augen suchten voller Angst den Mann mit der Pistole. Doch dieser schien noch nicht so richtig zu begreifen, was um ihn herum geschah. Als Ria einfach über seine Beine einen Satz machte, um in die Lobby zu gelangen, rührte er sich nicht.

Ria hatte den Eingangsbereich des Hotels gerade erreicht, als sie einen Blick zurück über ihre Schulter warf. Ihre Augen und die des Mannes in Schwarz auf der Treppe fanden sich sofort. Ria hielt inne, öffnete den Mund, um etwas zu sagen, als der Mann brüllte: „Jack! Brutus! Hinterher!“

Ria wurde bleich. Sie hastete in Richtung Ausgang. Der Herbergsangestellte, der den Wirt von vorhin abgelöst hatte, stolperte aus seiner Stube. „Was ist denn hier los?“, stammelte er verblüfft, kurz bevor Ria ihn einfach über den Haufen rannte. Sie und der Mann rollten über den Boden. Kaum hatte Ria ihren Halt wieder gefunden, benutzte sie den Mann als Stütze und rappelte sich wieder auf.

„Hier geblieben, Schätzchen!“, rief der Riese, als er Ria kurzerhand an ihrer Jacke packte und sie damit einfach von den Füßen hob.

Ria nutzte den Schwung, zog ihr rechtes Knie an und rammte es dem Riesen in den Brustkorb. Der große Kerl schrie auf, ließ aber nicht locker. Ria sah keinen anderen Ausweg. Sie streckte die Arme aus und ließ sich aus ihrer Jacke gleiten.

Als sie endlich wieder Boden unter den Füßen hatte, wich sie bereits im nächsten Augenblick einem Schlag des drahtigen Kerls aus. Ria wusste, dass ihre Schnelligkeit ihr einziger Vorteil war. Hastig schob sie sich an dem ausgestreckten Arm des Mannes vorbei, packte seine Hand und zog an ihr entgegen der Richtung des Ellbogengelenkes. Auch der drahtige Mann heulte vor Schreck und Schmerz auf. Das war Rias Chance zu fliehen. Sie hob ihren Fuß und trat, so stark sie konnte, gegen die alte Eingangstür. Diese flog mit Schwung auf.

Ohne auch nur einen weiteren Moment verstreichen zu lassen, rannte Ria hinaus. Die Januarkälte schlug ihr ins Gesicht. Die Luft fühlte sich an wie unzählige kleine Messer und brannte binnen Sekunden in ihrer Lunge. Doch sie raste weiter. Ein Blick über ihre Schulter verriet ihr, dass sie verfolgt wurde. Der Riese und der dürre Kleine kamen hinter ihr her.

„Bleib stehen, du Winzling!“, rief ihr der tumbe große Kerl nach. Doch Ria sah nach wenigen Metern, dass er seine Jagd aufgeben musste. Sie war zu schnell für einen so massigen Kerl. Mit seinem Komplizen sah es dagegen anders aus. Der hagere Mann war schnell – zu schnell. Ria versuchte, ihre Geschwindigkeit zu erhöhen. Sie bog um eine Kurve und lief jetzt direkt in Richtung der alten Speicher mit seinen leerstehenden Lagern und dunklen Gebäudeschluchten. Sie versuchte, das Äußerste aus sich herauszuholen. Sie kannte ihre eigenen Schwächen allerdings gut genug, um zu wissen, dass sie dieses Tempo nicht lange durchhalten würde. Noch ein paar Schritte, und sie würde kaum noch Luft bekommen.

Aber Ria täuschte sich. Obwohl sie noch immer beschleunigte, blieb der vertraute Schmerz in ihrem Brustkorb aus. Ihr Atem ging schnell, und ihr Herz raste, doch sie konnte noch weiterlaufen. Auch ihre Beine, die eigentlich längst schwer und unbeweglich hätten werden müssen, behielten ihren Rhythmus bei und trugen sie blitzartig über den Asphalt.

Ria biss die Zähne zusammen und lief weiter. Der Abstand zwischen ihr und ihrem Verfolger wurde größer. Aber noch war sie nicht außer Reichweite. Egal, wie sie sich jetzt fühlte: Sie konnte diese Geschwindigkeit nicht endlos halten.

Die Schatten der Speicherstadt senkten sich über ihren Kopf. Ria sah nach rechts. Neben ihr verlief ein Hafenkanal und sie wusste, dass wenige Meter weiter eine schmale Brücke über das Wasser in die Dunkelheit der Speichergassen führte. Sie konnte die Brücke noch nicht sehen. Der frühe Morgen tauchte den Hafen in trüben Nebel.

Ria vertraute auf ihre Ortskenntnisse, bog scharf nach rechts auf die Kanalbrücke ab, kam jedoch nur wenige Meter weiter schlitternd zum Stehen.

„Nein“ stöhnte sie verzweifelt und starrte nach vorne. Die Brücke war nicht mehr. Rotweiße Absperrungen markierten ein Baustellengelände. Wo eigentlich der Weg über das Wasser führen sollte, klaffte jetzt eine große Lücke. Ein Teil des Stegs fehlte. Die Bauarbeiten mussten kürzlich begonnen haben. Ria hatte die Brücke erst vor wenigen Tagen passiert.

Fieberhaft drehte sie sich um. Sie fuhr zusammen.

„Na, Kleines? Doch keine Morgenschwimmerin?“, fragte der drahtige Kerl mit rasselnder, hoher Stimme. Japsend und mit gebeugtem Rücken kam er langsam auf sie zu. Er hatte seine gelben Zähne gebleckt und fuhr sich genüsslich mit der Zunge über die Lippen.

„Bisschen frisch!“, blaffte Ria zurück. Der dürre Mann kicherte leicht.

Ein weiteres Glucksen ertönte. Ria sah verängstigt zur Seite. Auch der Riese kam schnaufend um die Ecke.

„Du kannst ja gleich die Fische fragen, ob sie das auch so sehen.“ Mit diesen Worten zog der drahtige Mann ein dreckiges Messer hinter seinem Rücken hervor. Er ließ es bedrohlich zwischen seinen Händen hin und her gleiten.

Panik erfasste Ria. Sie sah zurück zu der Brücke. Das Teil, das in der Mitte fehlte, war nicht groß gewesen. Bis zur anderen Seite des Kanals konnten es nur wenige Meter sein. Doch das war ein Sprung, den kein normaler Mensch schaffen konnte.

Ria sah zu ihren beiden Verfolgern zurück, die allmählich immer näher kamen. Ihre Hand wanderte zu ihrem Hals und umfasste die gestohlene Kette. Sie dachte an ihren schnellen Lauf und dass sie nichts zu verlieren hatte. Sie spannte ihre Beinmuskeln an und sprintete auf die unvollendete Brücke zu. An der Stelle, wo sich die Lücke auftat, stieß sie einen schrillen Schrei aus und sprang mit aller Kraft ab, die sie noch aufbringen konnte.

Während sie durch die Luft flog, dachte sie kurz, dass sie einfach in den eisigen Kanal stürzen würde. Doch stattdessen prallte ihr Körper im nächsten Augenblick gegen das Brückenteil auf der anderen Seite. Sie rutschte ab, umklammerte im letzten Moment das Holz und hielt sich mit baumelnden Beinen fest.

„Jack! Jack! Jack!“, rief der Riese hinter ihr. Ria stöhnte und warf einen Blick auf die Wasseroberfläche unter ihr. Sie holte tief Luft und begann sich mit Mühe über die Brückenkante zu ziehen.

Nach Sekunden, die ihr viel länger vorkamen, hievte sie sich über den Rand und kullerte entkräftet auf die Holzplanken. Dort blieb sie liegen und atmete mehrfach tief durch. Ihr war schwindelig. Das wohltuende Kribbeln in ihrem Inneren und die Kraft in ihren Beinen verebbten.

Mit wackeligen Beinen richtete sie sich auf und blickte keuchend auf die andere Kanalseite. Dort stand der drahtige Mann, der sie fassungslos anstarrte, während der Riese neben ihm aufgeregt auf und ab lief und immer wieder seinen Namen rief. Es dauerte einen Moment, bis Ria begriff, dass die beiden nicht den Versuch unternehmen würden, ihr zu folgen. Sie grinste.

„Dich kriegen wir noch!“, drohte der hagere Kerl und streckte seine Faust in die Höhe.

„Bis dann, Jungs!“, rief Ria unbeeindruckt und zwinkerte den beiden Halunken zu. Mit schnellen, wenn auch erschöpften Schritten hastete sie davon und verschwand im Schutz der Speichermauern.

„Abgewiesen von Zeus stürzte Poseidon vom Himmel ins Meer. Er schwang sich zum Herrscher über Wellen und Ozean auf und regierte die Meere mit gerechter, aber harter Hand. Nach Jahren der Einsamkeit fasste er den Entschluss, jedes Eiland in seinem Reich zu besuchen. Doch wo er auch hinkam, scheuten die Menschen seinen Anblick und verließen aus Furcht vor dem Göttlichen ihre Häuser. So geschah es auch auf einem verlassenen Inselreich vor den Säulen des Herakles. Die Hirten und Bauern, die dort lebten, flüchteten voller Angst, als er sich ihnen näherte. Allein ein schönes Mädchen trat dem göttlichen Licht freundlich entgegen. Sie fürchtete sich nicht. Da nahm Poseidon das Mädchen zur Braut und alle, die von ihrem Blut waren, waren ihnen in Unendlichkeit verbunden."

Percival von Thalburg las den deutschen Text ohne jeden Akzent vor. Nachdem er geendet hatte, sah er die Frau am anderen Ende des Tisches aus dem Augenwinkel an. Er schnalzte mit der Zunge.

„Wirklich, Eleana?", fragte er mürrisch.

Gräfin Eleana setzte mit einer eleganten Bewegung ihre Kaffeetasse auf den Unterteller zurück und erwiderte Percys Blick. Anstatt zu antworten, hob sie die Augenbrauen.

„Du glaubst wirklich, dass die Aufzeichnungen dieses alten Kauzes den richtigen Mythos beschreiben? Wenn du mich fragst, hat der einfach nur eine griechische Sage abgeschrieben und seinen eigenen Senf hinzugegeben."

Eleana schüttelte augenrollend den Kopf, stand auf und ging um den langen Esstisch herum. Sie stellte sich hinter Percy und warf über seine Schulter hinweg einen Blick in das vergilbte Notizbuch, das er vor sich aufgeschlagen hatte.

„Siegmund Wiedeking war nicht nur ein alter Kauz", sagte sie belehrend. „Er war einer der meist gereisten Menschen im frühen neunzehnten Jahrhundert. Er gilt als einer der ersten Archäologen und war ein wahrhafter Entdecker. Nachdem er sein Geld mit der Handelsschifffahrt gemacht hatte, hat er sich später fast ausschließlich der Forschung gewidmet. Seine Expeditionen waren so weitläufig, dass sie fast das ganze Familienvermögen aufgebraucht haben. Er hat praktisch die ganze Welt gesehen. Und doch hat es ihn immer wieder in die Mittelmeerregion verschlagen. Jede zweite seiner Expeditionen führte dorthin."

Percy seufzte. „Und die Lehrstunde beginnt", neckte er.

Eleana knuffte ihren jungen Schützling in die Seite, der sich daraufhin ein Lächeln abringen konnte. „Das Notizbuch, das du in deinen Händen hältst, ist kurz vor seinem Tod entstanden. Auf seinen letzten Reisen ist er nur noch in die Ägäis und in das östliche Mittelmeer gefahren. Er glaubte, der größten Entdeckung der Menschheit auf der Spur zu sein."

Percy drehte den Kopf, um Eleana ansehen zu können.

„Und was hat das mit dieser Sage zu tun?"

„Lies' sie dir einmal genau durch. Fällt dir nichts auf?"

Percy ließ seine Augen nochmals über den kurzen Text in der geschwungenen Handschrift wandern. Ihm fuhr ein Schauer über den Rücken, als er verstand, worauf Eleana hinauswollte.

„Sie trat dem göttlichen Licht entgegen? Wieso schreibt er nicht einfach dem Gott?"

Eleana klopfte Percy zufrieden auf die Schulter und lächelte, als sie zu ihrem Platz am Frühstückstisch zurückging.

„Genau das habe ich mich auch gefragt. Auf den ersten Blick sieht es so aus, als wenn Wiedeking nur die Geschichte von Poseidon und Kleito niederschreibt. Aus den Notizen geht aber hervor, dass ihm die Geschichte auf Santorin von mehreren Bewohnern übereinstimmend so erzählt worden ist."

„Auf Santorin haben damals Menschen gelebt?"

„Nur ein paar Bauern. Sie erzählten sich diese Geschichte immer und immer wieder. Sie sprachen jedoch nicht von einer Sage. Sie haben wirklich geglaubt, dass es sich bei dieser Legende um eine wahre Geschichte handelt. Und sie berichteten einstimmig, wie eine junge Frau sich ohne Furcht dem göttlichen Licht näherte. Das finde ich sehr auffällig."

Percy konnte nicht anders, als seiner Ziehmutter zuzustimmen. Er rief sich wieder ins Gedächtnis, warum er mit ihr nach Hamburg gekommen war.

„Hat dich das darauf gebracht, hier nach dem Anhänger zu suchen?"

Eleana nickte und streckte die Hand nach dem Notizbuch aus. Sie warf Percy einen missbilligenden Blick zu, als er es einfach quer über den Tisch schleuderte.

„Percy!", schimpfte sie, als sie das kleine Büchlein gerade noch auffing, bevor es in der Marmelade landete.

Percy setzte sein charmantestes Grinsen auf. „Ich bin keine zwölf mehr. Was du mir jetzt an Manieren nicht beigebracht hast, lerne ich nicht mehr."

Eleana schüttelte den Kopf, öffnete das Buch und blätterte darin.

„Wiedeking hat von seiner letzten Expedition nach Santorin einige Artefakte mit sich nach Hamburg gebracht, die die Einheimischen als Heiligtümer verehrt haben. Sie haben sie in ihren Kirchen aufbewahrt, weil sie der Meinung waren, dass Gott selbst die Gegenstände auf die Erde geschickt habe."

Percy wischte sich mit einer Serviette den Mund ab und lehnte sich über den Tisch, um ebenfalls in das Buch schauen zu können.

„Meinst du, Wiedeking hat die Bauern lieb gefragt, und daraufhin haben sie ihm ihre kostbarsten Schätze einfach so gegeben?"

Eleana antwortete darauf nicht, hob aber eine einzelne Augenbraue.

„Bei den meisten Gegenständen handelte es sich um wertlosen Trödel aus der Zeit der Antike. Allerdings bei einem Gegenstand lagen die Bauern gar nicht so falsch. Guck' dir das an."

Eleana zeigte auf eine Seite, auf der Wiedeking verschiedene Zeichnungen gemacht hatte. Unter den Statuen, Messern und Töpfen war ein Fundstück dabei, das sich von den anderen drastisch unterschied: ein dreieckiger Anhänger, der einen tropfenförmigen Stein fasste.

„Das ist er", entfuhr es Percy.

„Ich sagte doch, Wiedeking war mehr als ein alter Kauz. Er war im Übrigen ein Verwandter der von Thalburgs."

Percy presste die Lippen aufeinander. Er hasste es, wenn Eleana so beiläufig das Gespräch auf seine Familie lenken wollte. Er sprach nicht über sie. Er hatte es nie getan. Heute würde er nicht damit anfangen.

„Was hat er mit dem Anhänger gemacht?“ Percy sah seine Ziehmutter erneut an.

„Wiedeking hatte natürlich keine Ahnung, was er da mitgebracht hatte. Er hat den Schmuck seiner Frau geschenkt und der Anhänger wurde in den kommenden Jahrhunderten in der Familie weitervererbt.“

„Dann haben sie ihn noch?“

Eleana schüttelte traurig den Kopf. „Nein, die Familie Wiedeking ist vor einiger Zeit ausgestorben. Der Anhänger ist im Rahmen einer Versteigerung verkauft worden.“

Percy sah seine Ziehmutter erschrocken an, doch sie hatte den Blick für einen Moment traurig in die Ferne gerichtet. „Wieder eine alte Blutlinie, die verloren ist. Es gibt Dinge, die können niemals zurückkehren“, flüsterte sie.

„Das heißt, wir haben keine Ahnung, wo er jetzt ist?“

Eleana kehrte in die Gegenwart zurück. „Das würde ich nicht sagen.“ Sie grinste. „Ich habe ermittelt, wer damals bei der Versteigerung mitgeboten hat. Und ich habe den Schmuckhändler gefunden, der den Anhänger erstanden hat: ein Mann namens Friedrich Hansen. Während du gestern Abend unterwegs warst und den Hamburger Mädchen schöne Augen gemacht hast, habe ich ihm bereits einen Besuch abgestattet. Er bringt mir den Anhänger heute Morgen in sein Geschäft.“

Percy klatschte begeistert in die Hände. „Aber das ist ja großartig. Dann haben wir bald alles, was wir brauchen.“

„*Vielleicht* haben wir bald alles“, mäßigte Eleana ihren Schützling. Sie nahm einen letzten Schluck aus ihrer Kaffeetasse und stand auf.

„Um wie viel Uhr macht das Geschäft auf?“, fragte Percy und sah auf seine Armbanduhr.

„Um neun. Ich muss mich beeilen“, sagte Eleana und durchquerte die fürstliche Suite des hanseatischen Luxushotels an der Alster. An einem Garderobenständer griff sie nach ihrem dunkelblauen Samtumhang, den sie sich mit einem geübten Handgriff über das schlichte, dennoch elegante dunkelblaue Kleid warf. Percy fragte sich nicht zum ersten Mal, ob sie es darauf anlegte, auszusehen, als käme sie aus einer anderen Zeit.

„Sehr gut. Ich komme mit“, rief er und sprang auf, um sich seine wesentlich unauffälligere blaue Jacke mit dem weißen Innenfutter anzuziehen.

Doch kaum hatte er sich seine Handschuhe übergestreift, legte Eleana ihrem Schützling eine Hand auf die Brust und stoppte ihn mitten in der Bewegung.

„Nein, ich gehe allein. Ich will den Juwelier nicht misstrauisch machen. Außerdem hast du einen Termin im Hafen. Unsere Lieferung ist da. Wir treffen uns hier wieder um vier Uhr. Verstanden?“

Percy neigte den Kopf und sah enttäuscht zur Seite.

Eleana ließ nicht locker. „Verstanden?“, hakte sie in deutlich strengerem Tonfall nach.

„Ja!“, antwortete Percy. Daraufhin nickte die Gräfin zufrieden, öffnete die Tür der Suite und trat gefolgt von ihrem Schützling auf den Flur hinaus.

*

Ria fror. Die Sonne schien in ihr errötetes Gesicht. Doch Ria kam es vor, als wenn sie der Feuerball am Horizont auslachen wollte. Die wenige Wärme, die sie auf ihrer Haut spürte, vermochte nicht, in ihren bebenden Körper vorzudringen. Sie hatte die Arme fest um den Oberkörper geschlungen und die Hände in ihre Achselhöhlen gesteckt. Doch selbst dort begannen ihre Finger allmählich taub zu werden wie auch der Rest von Rias Gliedern. Sie trug bloß ihren dünnen Pullover am Leib und war der harten Januarkälte der Hansestadt ausgeliefert. Nur ihre gefütterten Winterstiefel boten einen angemessenen Schutz gegen die Temperaturen. Doch nach mehreren Stunden in der eisigen Luft hatte sie auch jedes Gefühl in ihren Zehen verloren. Ihr war, als bewege sie sich auf schweren Klötzen anstelle von Füßen, die dazu noch unerträglich schmerzten.

Den Großteil der letzten Stunden hatte sie in der Dunkelheit der Hamburger Speicherstadt verbracht und sich dort versteckt gehalten. Sie war sich sicher, dass ihre beiden Verfolger nicht aufgegeben hatten, sie zu suchen. Sie hatte sich erst in einem Parkhaus verschanzt, bereits nach einer Stunde aber ihren Unterschlupf aufgegeben. Sie wäre beinahe eingeschlafen und es wäre nur eine Frage der Zeit gewesen, bis die beiden Halunken sie dort gesucht hätten. Ähnlich war sie mit einem weiteren Versteck in einer verlassenen Lagerhalle verfahren. Nachdem das Tageslicht angebrochen war, hatte sie es gewagt, am Hafen umher zu wandern.

Der geschäftige Morgen in Hamburgs moderner Hafencity war angebrochen. Obwohl mittlerweile die ersten Lokale und Geschäfte geöffnet hatten, wagte Ria es nicht, in ihnen nach Obdach zu suchen. Sie hatte kein Geld bei sich. Alles Nützliche war in der Lederjacke geblieben, die sie bei ihrer Flucht hatte zurücklassen müssen. Ohne einen Cent in der Tasche befürchtete Ria, dass die Ladenbesitzer sie hinauswerfen würden, bevor sie sich auch nur annähernd aufwärmen konnte.

Ria gingen die Ideen aus. Sie hatte nicht mit dieser Eiseskälte gerechnet. Schon gar nicht hatte sie erwartet, welch schrecklichen Effekt die Temperaturen auf sie haben würden. Sie fühlte sich wie gelähmt. Dies galt nicht nur für ihre Arme und Beine. Auch ihr Verstand wurde träger. Ria wurde schläfrig und ihr war bewusst, wie gefährlich das war. Doch ihre Abwehr gegen die sie überkommende Müdigkeit wurde schwächer und ihre Augen flackerten immer wieder.

Ria durchquerte eine Straße, die von modernen Hochhäusern gesäumt war, bog um eine Ecke und kam erneut im gleißenden Sonnenlicht zum Stehen. Die Sonne hatte an Kraft gewonnen. Dennoch perlte ihre Energie einfach an ihrer unterkühlten Haut ab. Ria schloss dennoch für einen Moment die Augen. Kam es ihr nur so vor, oder wurde ihr doch ein wenig wärmer?

„Was machst du hier?“, flüsterte Ria sich selbst zu.

Ihr kam endlich eine rettende Idee. Sie glaubte, dass sie vorhin an einem alten Speicher vorbeigekommen war, der mittlerweile als eine moderne Markthalle genutzt wurde. Sie hatte Schilder von Bäckereien und anderen Lebensmittelläden an der alten Klinkermauer gesehen. Sicher hatten diese Geschäfte bereits mit ihrem Verkauf begonnen, was bedeutete, dass die Markthalle ebenfalls geöffnet sein musste. Aus diesem öffentlichen Raum würde kein achtsamer Lokalbesitzer sie einfach hinauswerfen können. Vielleicht gab es ja den einen oder anderen unaufmerksamen Kunden, dem Rias findige Hände seine Geldbörse abnehmen konnten.

Ria wandte sich von der aufgehenden Sonne ab und begann sich in Richtung der Speicher zurück zu schleppen. Dabei nahm sie kaum wahr, wie sehr sie mittlerweile beim Gehen schwankte.

*

Percival fuhr nicht gerne Taxi. Er hatte immer wieder das Pech, an einen besonders redseligen Fahrer zu geraten, der ihm allerhand Fragen stellte, die er nicht beantworten konnte – oder durfte. Percy war nicht gut im Lügen. Auch wenn er einem komplett Fremden eine erfundene Geschichte auftischte, beschlich ihn ein schlechtes Gewissen. Hinzu kam, dass er alles andere als überzeugend wirkte. Das Misstrauen, das er bei seinem Gegenüber erzeugte, machte das Unbehagen teilweise kaum erträglich. Percy hoffte, dass ihm dies heute erspart blieb.

„Zu dieser Adresse bitte“, sagte er, als er in das bestellte Gefährt einstieg. Er überreichte dem älteren Mann auf dem Fahrersitz eine kleine Karte. Der Taxifahrer entzifferte die handgeschriebene Adresse darauf, kaute auf seinem Kaugummi und nickte teilnahmslos.

„Speicherstadt, wie?“, fragte er und grinste.

Percy sah kurz verlegen zu ihm auf und nickte. „Speicherstadt. Genau.“

„Tourist?“

Percy lächelte gequält und hoffte, dass man ihm ansah, wie wenig er an einem Gespräch interessiert war.

Der Taxifahrer warf ihm einen enttäuschten, aber gelangweilten Blick zu. Dann raunte er: „Anschnallen!“ Kaum war Percy dieser Bitte nachgekommen, fuhr das Auto los.

*

In der Markthalle tummelten sich nicht so viele Menschen, wie Ria es gehofft hatte. Und es war auch nicht so beheizt. Ein paar vereinzelte Kunden spazierten durch das Gewölbe, in denen Restaurants, Bäckereien und Gemüsehändler ihre Stände aufgebaut hatten. Es war hier wärmer als draußen. Doch als Ria die Halle betreten hatte, war ihr nicht die wohltuende Wand aus heißer Luft entgegengeschlagen, mit der sie gerechnet hatte. Sie hatte den Unterschied zuerst kaum gespürt. Die Menschen in der Halle trugen noch ihre Wintermäntel. Ria beobachtete neidisch, wie eine Frau sich schimpfend ihre Handschuhe wieder über die Finger zog.

Ria taumelte ein paar Schritte weiter in die Halle. Noch immer hielt sie ihren Körper gebeugt und hatte die Arme fest um ihren Torso geschlungen. Dass die Menschen sie argwöhnisch anstarrten, merkte sie kaum. Sie hatte die Wahrnehmung für ihre Umgebung fast gänzlich verloren. Sie sah zwar noch, wo sie hintrat, doch ihr Blick in die Ferne war unscharf. Das lag nicht nur an ihrer beschlagenen Brille. Sie war so müde, dass sie kaum einen klaren Gedanken fassen konnte. Vollkommen ohne Orientierung wanderte sie zwischen den Ständen umher.

Mir ist so kalt!, dachte sie immer wieder. Sie wagte es nicht, durch den Mund zu atmen. Ihr Kiefer bebte so stark, dass sie die Zähne aufeinander pressen musste, damit sie nicht klapperten. *Wieso ist es nur so kalt?*

Ria war erst überzeugt, dass sie sich den Luftzug eingebildet hatte, der ihr Gesicht mit einem Mal erhitzte. Als er jedoch nicht verschwand, sondern sogar stärker wurde, drehte sie sich ihm entgegen und machte einen Schritt in die Richtung, aus der er gekommen war. Die Wärme nahm zu. Das Gefühl war so himmlisch, dass Ria vor Erleichterung beinahe aufgestöhnt hätte.

Benebelt vor Müdigkeit folgte Ria der Wärme. Sie registrierte noch, wie sie sich quer durch die ganze Markthalle bewegte und auf deren hinteres Ende zusteuerte. Dass sie an eine breite Flügeltür kam, die sie aufstieß, nahm sie hingegen nur am Rande wahr. Ohne zu überlegen, folgte sie dem dunklen Flur, der dahinter lag.

*

„Hier ist gut. Hier können sie mich rauslassen."

Der Taxifahrer, der fast die ganze Zeit unablässig geredet hatte, trat auf die Bremse. Percy wurde auf der Rückbank unsanft in den Vordersitz geschleudert. Er unterdrückte den Drang zu fluchen, richtete sich wieder auf und hob missmutig den Kopf. Der noch immer Kaugummi kauende Fahrer hatte bereits die Hand nach hinten ausgestreckt und teilte Percy schmatzend die Summe mit, die der Junge für die Fahrt schuldete.

Als Percy ihm ohne jedes Wort einen Geldschein in die Hand drückte, sah der Fahrer ihn noch kurz hoffnungsvoll an. Doch Percy starrte trotzig zum Fenster hinaus, unwillig ein Trinkgeld zu geben. Ihm entging das fremdsprachige Schimpfen nicht, das der Taxifahrer leise von sich gab, als er das passende Wechselgeld hervorholte.

Percy stieg erleichtert aus dem Auto. Dieses fuhr mit quietschenden Reifen los, kaum dass er die Tür geschlossen hatte. Die Luft, die Percys Lunge füllte, war eisig. Schaudernd stellte er den Futterkragen seiner Jacke hoch, um sein Gesicht vor der schneidenden Kälte zu schützen. Er wollte sich gerade in Bewegung setzen, als er doch noch einen Moment inne hielt und in die Ferne blickte. Die Sonne glänzte herrlich über dem Hafenbecken.

Ungern wandte er sich ab, zog sein Mobiltelefon hervor und rief die Karte auf, die er sich zuvor dort abgespeichert hatte. Mit einem roten Punkt war sein Ziel markiert. Percy sah kurz an den Reihen der Speicher entlang, bis er sein Ziel entdeckte. Mit schnellen Schritten ging er zu dem letzten, verwahrlostesten Speicher am Ende der langen Reihe. Dort kam er vor einer großen Tür zum Stehen und sah sich noch einmal zu allen Seiten um. Erst als er sichergestellt hatte, dass ihn niemand beobachtete, stieß er die Tür auf und folgte einem dunklen Korridor.

*

Ria hatte jedes Zeitgefühl verloren. Sie konnte nicht sagen, ob sie seit Stunden oder erst seit Minuten durch das alte Gemäuer wanderte. Sie war um Ecken gebogen, Treppen auf und ab gegangen und hatte mehrere Türen geöffnet, deren Schwellen sie sicherlich nicht hätte passieren dürfen. Dass sie sich hoffnungslos in dem Labyrinth aus Gängen, Hallen und Korridoren verlaufen hatte, kümmerte sie nicht. Alles, woran sie denken konnte, war der stetige Strom der Wärme, dem sie nachging. Ihr war noch immer bitterkalt, und sie konnte allein daran denken, diese Wärmequelle zu finden. Nichts anderes zählte mehr.

Als Ria ihre Kräfte verließen, fiel sie auf die Knie. Zitternd kauerte sie auf dem Boden und atmete schwer. Kräftige weiße Wolken bildeten sich um ihren Mund und ihre Nase. Ihr Kiefer bebte. Der Drang, sich einfach auf dem Boden auszustrecken und einzuschlafen, drohte sie zu übermannen. Sie schüttelte heftig den Kopf, bemühte sich, die Augen offen zu halten und nach vorne zu schauen. Dann sah sie es.

Ria war in einer Halle gelandet. Bodenlange, blinde Fenster säumten die Wände zu beiden Seiten. Sie hatte keine Ahnung, in welchem Stockwerk sie sich befand. Holzkisten türmten sich in den Ecken. Doch die Kiste, die allein im Zentrum der Halle stand, sah anders aus als der Rest. Sie schien brandneu zu sein. Das Holz war noch hell und nicht im Ansatz verdreckt. An einer Seite war sie sorgfältig geöffnet worden und gab den Blick auf ihr Inneres frei.

Was ist das?

Ria zwang sich, aufzustehen. Den Blick fest auf die Kiste inmitten der Halle gerichtet, machte sie einen unsicheren Schritt darauf zu. Ihr wurde wärmer. *Kann das sein?* Ria machte noch einen Schritt und noch einen. Mit jedem Schritt nahm die Wärme, die ihr entgegen strömte, zu. Es bestand kein Zweifel: Sie bewegte sich auf die Quelle des geheimnisvollen Wärmestroms zu.

Vor dem Pferd kam Ria zum Stehen. Ihre Stirn reichte fast an die starren Nüstern des Tieres heran. Sie stand direkt vor einem künstlichen Pferd aus Metall. Es schimmerte silbern in dem Sonnenlicht, das durch die verdreckten Fenster schien. Neugierig ließ Ria ihre Augen über das Werk schweifen. Das Pferd bestand aus vielen verschiedenen Einzelteilen. Feine Metallplättchen bildeten das Fell nach und filigrane Gravierungen verzierten die Oberflächen der einzelnen Glieder. Die Beine und der Hals hatten Gelenke im Inneren. Die Mähne und der Schweif schienen aus feinsten Kristallen zu bestehen. Die Augen wurden durch zwei große Juwelen dargestellt. Ria hatte noch nie in ihrem Leben etwas Vergleichbares gesehen. Noch immer verströmte das Pferd diese eigenartige Hitze. Ria begriff, dass ihr keine warme Luft entgegenschlug. Vielmehr schien von dem silbernen Geschöpf selbst Wärmestrahlung auszugehen, die Ria durchs Mark fuhr.

Sie hob die Hand. Sie zögerte für einen Moment, als ihr klar wurde, dass das Metall womöglich glühend heiß war. Zaghaft legte sie ihre Fingerspitzen auf die künstlichen Nüstern. Ihr entfuhr ein Stöhnen. Das Metall war nicht heiß, sondern ebenfalls angenehm warm. Ein Schaudern erfasste sie, als die Wärme von ihren Fingerspitzen durch ihren Arm wanderte und sich langsam in ihrem Körper auszubreiten begann. Ria konnte nicht anders: Sie ging um das künstliche Tier herum, legte beide Hände auf dessen Rücken und presste sich fest an die Seite.

Erst jetzt wurde ihr bewusst, wie sehr sie gefroren hatte. Als das Gefühl in ihre Glieder zurückkehrte, schauderte sie erneut. Sie spürte ihre Muskeln und ihre Haut wieder. Sie waren eiskalt. Nach einer Weile wagte sie es, den Mund wieder zu öffnen. Ihre Zähne hatten endlich aufgehört, zu klappern. Sie gab allen Widerstand auf und ließ zu, dass ihre Lider zufielen. Erste Träume verdrängten ihr Bewusstsein. Vor ihrem inneren Auge sah sie das Meer, das Mondlicht und ein kleines Haus auf einer Klippe.

So stand sie da, bis eine Stimme sie jäh in die Gegenwart zurückholte: „Was machst du da?"

*

Percival hielt mitten in der Bewegung inne. Das Mädchen riss die Augen auf und schob sich von dem Pferd weg. Sie starrte ihn ängstlich an.

Percy zögerte nicht länger. Er lief los und erreichte das Pferd binnen einer Sekunde. Das Mädchen wich derweil mit kleinen, unsicheren Schritten zurück. Sie schob ihre Hände in die Achselhöhlen, starrte ihn aber noch immer erschrocken an.

Percy hob eine Hand und führte sie zu dem Kopf des Pferdes. Er prüfte kurz dessen Seiten. Es schien alles in Ordnung zu sein. Er wandte sich dem Mädchen zu.

„Was machst du hier?"

Er trat auf sie zu. Sie regte sich nicht. Sie stand wie angewurzelt da und guckte ihn noch immer an. Ihre einzige Bewegung war das Beben ihres Unterkiefers.

Wütend packte Percy das Mädchen am Oberarm und sah ihm direkt ins Gesicht. „Wie bist du hier reingekommen?"

Das Mädchen öffnete den Mund, doch kein Laut kam heraus. Stattdessen konnte Percy hören, wie ihre Zähne aufeinander schlugen. Er musterte sie neugierig. Sie war klein und konnte nicht älter als zwanzig Jahre alt sein. Sie war schlank und athletisch gebaut. Braunes schulterlanges Haar fiel unordentlich aus einem teilweise gelösten Zopf in ihr Gesicht. Ihre Haut hatte einen eigentümlich olivfarbenen Ton. Als Percy ihr durch die große Brille in die Augen sah, fuhr ihm ein Schauer über den Rücken. Sie waren wasserblau und unverändert auf ihn gerichtet. Für einen langen Augenblick, konnte er nicht anders, als zurück zu starren.

„Wer bist du?“ Seine Stimme war leise geworden.

Der Ausdruck in ihrem Gesicht änderte sich plötzlich. Irgendetwas schien in ihr vorzugehen. Sie schloss den Mund und richtete die Augen mit einem Mal zu Boden. Nun begann sie am ganzen Leib zu zittern.

Erst jetzt erkannte Percy, was das Mädchen hierher geführt haben musste. Sein Herz schlug vor Aufregung schneller, als er einen Blick über die Schulter zu dem silbernen Pferd und wieder zu dem Mädchen warf. Seine Wut verflog so schnell, wie sie gekommen war.

„Dir ist kalt“, stellte er fest. Er sah an ihr hinab. Sie war in Winterstiefel, abgetragene Jeans und einen ausgeleierten Pullover gekleidet. Percy fiel auf, dass sie keine Jacke trug. Sie musste bei diesen Temperaturen erbärmlich frieren.

„Und du spürst die Wärme?“

Das Mädchen sah ihn wieder an. Fragen und Verständnislosigkeit lagen in ihren Augen. Doch statt etwas zu sagen, nickte sie nur zaghaft.

Percy war einen Moment lang ratlos. Doch ehe er seine Gedanken ordnen konnte, glitt er schon mit den Armen aus seiner Jacke.

„Hier“, sagte er und reichte sie dem Mädchen. Sie rührte sich nicht.

„Nimm schon“, sagte er mit Nachdruck, fasste die Jacke mit beiden Händen und warf sie mit einer schwungvollen Bewegung um die Schultern des Mädchens. Als sie keine Anstalten machte, ihre Arme aus der Verschränkung zu lösen, zog Percy seine Jacke einfach über ihren Schultern zusammen. Das Mädchen hätte zweimal in das Kleidungsstück gepasst.

„Das ist besser, oder?“ Die Miene des Mädchens blieb ernst.

Percy wollte sie gerade nach ihrem Namen fragen. Da fiel sein Blick auf ihren Hals. Sie trug eine Reihe verschiedener Ketten, die nicht zusammenpassten. Die Schmuckstücke waren allesamt vollkommen unscheinbar – mit einer Ausnahme. Percys Mund öffnete sich ungewollt, als er den dreieckigen Anhänger mit dem blauen Stein erkannte.

Das kann nicht sein! Bestürzt sah er dem Mädchen kurz in die Augen, bevor er den Anhänger wieder in Augenschein nahm. Als das Mädchen bemerkte, wie Percys Aufmerksamkeit sich verschob, hob es eine Hand und umfasste das Schmuckstück mit einem festen Griff.

Percys Herzschlag beschleunigte sich nochmals und helle Aufregung packte ihn. Er machte einen Schritt zurück.

„Warte hier kurz, in Ordnung?“

Das Mädchen starrte ihn misstrauisch an.

„Bitte“, fügte er hinzu. „Ich komme gleich wieder.“

Sie deutete ein Nicken an.

Percy drehte sich um und ging wenige Schritte in Richtung der Tür, durch die er gekommen war. Als er sich zumindest halbwegs außer Hörweite des Mädchens wähnte, zog er sein Mobiltelefon aus der Tasche. Er hatte Eleanas Nummer mit nur einer Handbewegung gewählt und lauschte, wie am anderen Ende der Leitung ein Signalton ertönte.

„Bitte, geh’ einmal in deinem Leben ran!“, flüsterte er und tippte mit dem Fuß nervös auf den Boden. Doch nach nur einem Klingeln dröhnte bereits die verhasste Stimme durch die Leitung, die verkündete, dass er die Mailbox seiner Ziehmutter erreicht hatte. Sie hatte ihn weggedrückt.

„Verflucht nochmal!“ Percy riss sich das Telefon vom Ohr und verfasste mit flinken Fingern eine Nachricht. Er hatte gerade auf „Senden“ gedrückt, als er sich schon umwandte, und zu dem Pferd und dem Mädchen zurückkehrte.

„Nein!“, rief er aus und sah sich zu allen Seiten um. Das Mädchen war verschwunden.

Ria schob sich weiter in das Innere der Kiste. Sie ließ ihre Arme in die Ärmel der Jacke gleiten. Das schwere Kleidungsstück verströmte noch immer die Körperwärme des Jungen.

Der Junge hatte wenige Meter von ihr entfernt gestanden, als er versucht hatte, jemanden anzurufen. Für einige wertvolle Sekunden war er abgelenkt gewesen. Ria hatte dies gereicht, um in eine der vielen anderen Kisten zu schlüpfen, die die Halle säumten.

Ria beobachtete den Jungen jetzt durch einen schmalen Spalt an der Seite ihres Verstecks. Er rannte zu der neuwertigen Kiste mit dem silbernen Pferd, drehte sich mehrmals um sich selbst und suchte mit den Augen die Halle nach ihr ab. Ria zuckte zusammen, als sein Blick in ihre Richtung schweifte. Sie zwang sich, keinen Laut von sich zu geben. Sie vermutete, dass er sie nicht sehen konnte. Dafür war es in der verdreckten alten Holzkiste zu dunkel. Sicher war sie sich dessen jedoch nicht. Trotz ihrer Sorge, entdeckt zu werden, kam Ria nicht umhin, das Gesicht des Jungen genau zu mustern. Er hatte blondes, dickes Haar, das zu allen Seiten abstand. Seine Augen waren groß und hell. Kräftige Brauen verliehen seinem Gesichtsausdruck etwas Skeptisches. Er war mehr als einen Kopf größer als sie selbst, aber mit Sicherheit keinen Tag älter.

Er sieht gut aus. Als Ria sich bei diesem Gedanken ertappte, ballte sie die Fäuste so fest, dass sich ihre Fingernägel schmerzhaft in ihre Handflächen gruben. Sie durfte sich jetzt nicht ablenken lassen.

Der Junge drehte noch zwei verzweifelte Runden in der Halle, bevor er sein Mobiltelefon aus der Tasche zog und den Bildschirm prüfte. Wen auch immer er gerade versucht hatte zu erreichen, die Person schien sich nicht zurückgemeldet zu haben. Der Junge warf fluchend den Kopf in den Nacken und fuhr sich mit der Hand durch sein Haar. Endlich gab er die Suche nach Ria auf und ging zu einer der vielen Türen, die aus der Halle hinausführten.

Das war Rias Gelegenheit, diesem Speicherlabyrinth zu entkommen. So geräuschlos sie konnte, schob sie sich aus ihrem

Versteck. Sie lief auf die Tür zu, hinter der der Junge verschwunden war. Dort fing sie das alte Holz gerade noch rechtzeitig auf, bevor es zurück in sein Schloss krachen konnte. Sie spähte in den Flur. Der Junge folgte dem Gang mit schnellen Schritten. Er ging nicht ganz bis zum Ende des Korridors, sondern öffnete die vorletzte Tür. Ria sah noch, wie er offensichtlich eine Treppe hinabstieg, ehe er ihr Sichtfeld verließ. Leise, aber schnell folgte sie ihm.

Der Junge kannte den schnellsten Weg durch den Speicher. Nachdem Ria ihm auch die Treppe entlang gefolgt und wieder im Erdgeschoss angekommen war, hatte sie ihm noch durch mehrere Korridore unbemerkt nachgestellt. Schließlich sah sie ihm dabei zu, wie er durch ein schweres Portal ins Tageslicht trat. Ria schlich ihm hinterher. Neben dem Tor befand sich ein verschmutztes Fenster, das einen getrübten Blick auf die Straße erlaubte. Durch dieses konnte Ria erkennen, dass der Junge nach rechts weiterging. Mitten im Gehen griff er plötzlich in seine Hosentasche und zog sein Telefon hervor. Ria nutzte den Moment, schlüpfte durch das Portal und huschte nach links davon. Sie hatte sich gerade hinter der nächsten Hausecke in Sicherheit gebracht, als sie doch noch einen Blick zurück riskierte. Der Junge bewegte sich schnell von ihr weg, das Handy am Ohr. Ria glaubte, seine aufgeregte Stimme hören zu können. Sie seufzte schwer. Schließlich gab sie sich einen Ruck und lief in die entgegengesetzte Richtung davon.

*

„Was ist los?“ Eleanas Stimme klang gehetzt. Percy konnte hören, dass sie unter Druck stand.

„Du musst unbedingt zu den Speichern kommen“, raunte er in sein Telefon. Seine Stimme war abgehackt, weil er die Straße entlang eilte. Immer wieder sah er in die Ferne und spähte auf die andere Straßenseite, in der Hoffnung, das Mädchen und den Anhänger wiederzufinden. Er hätte sich ohrfeigen können, dass er sie auch für nur einen Moment aus den Augen gelassen hatte. Er konnte sich die Standpauke, die ihm Eleana halten würde, bereits vorstellen. Sie beschwerte sich andauernd, dass er nicht nachdachte, bevor er etwas tat. Ständig ermahnte sie ihn, dass er nicht sorgfältig genug war.

„Ich kann jetzt nicht!“, zischte Eleana am anderen Ende der Leitung. Ein wenig sanfter fügte sie hinzu: „Ich bin hier in etwas geraten.“

Percy blieb abrupt stehen. „Geht es dir gut?“, wollte er sofort wissen.

„Ja, mir geht es gut. Aber Friedrich Hansen ganz offenbar nicht.“

„Was meinst du damit?“

Percy hörte durch die Leitung, dass Eleana einige Schritte machte. Vielleicht wollte sie sich außer Hörweite von jemandem begeben.

„Als ich heute Morgen in sein Geschäft kam, war bereits die Polizei da. Hansen ist heute Nacht ermordet worden.“

„Was?“ Percys Ausruf war lauter gewesen als beabsichtigt. Das Paar, das ihn gerade passieren wollte, zuckte heftig zusammen. Der Mann legte der Frau den Arm um die Schulter und führte sie schnellstmöglich weg. Percy kümmerte es nicht. „Von wem?“

Eleana pausierte am anderen Ende der Leitung. Sie nahm einen lautstarken Atemzug. Sie tat das immer, wenn sie mehr zu sagen hatte, als sie bereit war mitzuteilen. „Ich habe einen Verdacht.“

„Eleana!“ Percy schrie fast vor Wut. Er hasste es, wenn sie ihm nur die Hälfte von dem erzählte, was sie wusste. Wenigstens tat sie dieses Mal nicht so, als wenn sie nichts zu verbergen hatte.

„Wir reden später darüber. Im Moment haben wir andere Sorgen.“ Ihre Stimme hatte wieder die mütterliche Strenge angenommen, an die Percy bestens gewöhnt war. „Die Polizei fand es natürlich auffällig, dass ich ausgerechnet an dem Morgen mit Hansen verabredet war, als die Haushälterin seine Leiche gefunden hat. Sie haben mich festgehalten und mir einige Fragen gestellt.“

„Oh nein.“ Percy fuhr sich nervös durch sein Haar. „Was hast du ihnen gesagt?“

„Fast die Wahrheit. Ich habe ihnen erzählt, dass ich einen Anhänger bei Hansen in Auftrag gegeben habe, den ich heute abholen wollte. Ich habe ihnen eine herzzerreißende Geschichte von einem alten Familienerbstück aufgetischt, das leider verloren gegangen ist und das Hansen für mich nachbilden wollte."

„Und sie haben dir geglaubt?" Percy konnte nicht anders als Bewunderung für jemanden zu empfinden, der aus dem Stegreif eine solche Geschichte zaubern konnte.

„Hansen hatte eine Replik des Anhängers in seinem Geschäft. Den konnte ich ihnen zeigen. Die Polizei scheint erst einmal nicht von einem Zusammenhang zwischen dem Mord und meinem Auftauchen auszugehen. Ich bin dann sofort zu Hansens Haus gefahren."

Percy fragte nicht nach, wie seine Ziehmutter an die Privatadresse des Ermordeten gelangt war. Seine Vorstellung genügte ihm. „Und?", fragte er.

Eleana schwieg für einen Moment. Percy konnte sich ihre Enttäuschung ausmalen. Eleana hatte Jahre mit der Suche nach dem Anhänger zugebracht.

„Hier wimmelt es nur so von Polizei. Ich habe mich trotzdem unbemerkt kurz in das Haus schleichen können. Und ..." Sie stockte. „Er ist weg. Sie haben den Anhänger gestohlen. Er ist das einzige, was fehlt. *Sie* haben ihn! Und Hansen ist für etwas gestorben, dessen Wert er gar nicht kannte." Eleanas Stimme brach im letzten Satz fast ab: „Wir haben verloren."

„Nein, haben wir nicht."

„Wie bitte?"

Percy blähte die Nasenflügel. Mit erstickter Stimme sagte er: „Du musst sofort in die Speicherstadt kommen. Ich habe den Anhänger gesehen. Ein Mädchen hatte ihn."

Als nur Stille zu hören war, fragte Percy sich kurz, ob die Leitung unterbrochen worden war. Doch dann fragte Eleana streng: „Was für ein Mädchen?"

*

Ria fand die Brieftasche mit dem zweiten Handgriff. Sie saß auf einer der Bänke, die einen der breiten Hamburger Fleete säumten, und von der sie einen guten Überblick in alle Richtungen hatte. Aus einer der Innentaschen der Jacke zog sie ein Portemonnaie aus feinstem Leder. Es fühlte sich unter ihren rauen Fingern zart an. Mit geübten Bewegungen ließ Ria das dicke Bündel aufklappen und warf einen neugierigen Blick hinein. Sie stieß einen anerkennenden Pfiff aus, als sie das kleine Vermögen entdeckte, das der Junge mit sich herumgetragen hatte. Sie überschlug kurz die Summe der großen Geldscheine, zog zwei der mittelgroßen heraus und verstaute sie zur Sicherheit in ihrer Hosentasche. Anschließend machte sie sich daran, den Rest der Geldbörse zu untersuchen.

Sie fand nicht viel von Bedeutung. Die Brieftasche enthielt nichts, was den Namen des Jungen verriet. Die Kreditkarten waren allesamt auf eine ihr unbekannte Firma ausgestellt. Der Junge hatte weder einen Ausweis noch einen Führerschein bei sich getragen. Enttäuscht ließ Ria die Geldbörse wieder zuklappen. Da fand sie auf der Rückseite noch ein letztes Fach, das sie noch nicht untersucht hatte. Ohne zu zögern, schob sie ihre Finger in das Leder und fischte eine zerknitterte Photographie heraus.

Ria wusste nicht warum, aber bei dem Anblick des Bildes stockte ihr der Atem. Das Foto zeigte den Jungen vor wenigstens einigen Jahren. Er konnte nicht älter als vierzehn auf dem Bild sein. Er sah freundlich und unschuldig in die Kamera. Auf seiner Schulter lag liebevoll die Hand einer sehr schönen Frau. Sie hatte kastanienbraunes Haar, das zu einer kunstvollen Frisur geflochten war. Ihre tiefblauen Augen ruhten stolz auf dem Jungen, der eine Urkunde in seinen Händen hielt, die Ria nicht entziffern konnte. Die Szene hatte etwas Vertrautes, Familiäres. Die innige Bindung zwischen dem Jungen und der Frau war unübersehbar. Sie sahen aus wie eine glückliche Mutter mit ihrem Sohn.

Urplötzlich schob Ria das Bild in die Brieftasche und ließ das kleine Lederbündel wieder in der Jacke verschwinden. Ein Beben, das ausnahmsweise nicht von der Kälte stammte, schüttelte ihren Körper. Mit einem Mal fühlte Ria sich so traurig und so einsam, wie sie es schon seit Jahren nicht mehr getan hatte. Sie zog die Jacke, die der Junge ihr so hilfsbereit gegeben hatte, enger um sich. Dabei war ihr gar nicht bewusst, dass sie den Geruch des Jungen einatmete und zuließ, dass er sie tröstete.

Es dauerte eine Weile, bis Ria einen klaren Gedanken fassen konnte. Doch als sie ihre übliche nüchterne und pragmatische Stimmung angenommen hatte, erwog sie, was sie als nächstes tun sollte. Sie musste dringend ins Warme. Auch wenn die Jacke des Jungen ihre Situation nachhaltig verbessert hatte, so musste sie endlich wieder vollends zu Kräften kommen. Noch war sie nicht außer Gefahr. Ihr Blick schweifte prüfend umher. Sie musste etwas essen und trinken. Erst gestärkt würde sie entscheiden, wie es weiter ging.

Ria sprang von der Bank und landete mit beiden Füßen auf dem Boden. Sie schob die Hände tief in ihre neue Jacke und machte sich in Richtung des Hafens auf. Sie lief gerade über eine rote Fußgängerampel, als sie meinte, im Augenwinkel zwei Schatten wahrzunehmen, die hinter ihr um eine Hausecke huschten. Doch als Ria ihren Kopf in die Richtung der Schatten drehte, konnte sie niemanden sehen. Beunruhigt beschleunigte sie ihre Schritte.

*

„Wie konntest du sie nur aus den Augen lassen?“ Percy musste sich das Telefon einige Zentimeter vom Ohr weghalten, um den Aufschrei seiner Ziehmutter überhaupt aushalten zu können. Sie tat, als frage er sich nicht selbst, wie er nur so unüberlegt hatte handeln können.

„Ich weiß auch nicht“, versuchte er sich zu rechtfertigen. „Irgend etwas an ihr, kam mir so ...“ Er unterbrach sich. Er war unsicher, wie er Eleana die Situation beschreiben sollte.

Seine Ziehmutter ließ nicht locker: „Was?“

„... vertrauenswürdig vor. Ach, ich kann es auch nicht besser erklären.“

„Percival!“ Eleana benutzte niemals seinen richtigen Vornamen, außer er war in Schwierigkeiten.

„Du verstehst das nicht. Irgendetwas war mit diesem Mädchen. Sie war nicht einfach zufällig in dieser Halle. Sie hat die Energie des Hippoiden gespürt. Wie sonst hätte sie ihn überhaupt finden können? Und es kam mir so vor, als wenn ...“ Er suchte erneut nach den richtigen Worten.

„Sie eine von uns ist?“ Eleanas Stimme war weicher geworden. Sie stand noch immer unter Stress, doch sie schien Percy eine Brücke bauen zu wollen.

Percy schüttelte den Kopf, sagte jedoch nichts. Er war froh, dass Eleana ihn nicht sehen konnte. Das Gefühl, das das Mädchen bei ihm ausgelöst hatte, war anders gewesen, als das, was Eleana vermutete. Dieses Mädchen hatte ihn allein dadurch, dass es ihm in die Augen gesehen hatte, tief berührt. Er hatte so etwas noch nie erlebt.

„Percy“, sagte Eleana am anderen Ende der Leitung. „Wenn sie tatsächlich den echten Anhänger trägt, schwebt sie in Gefahr. Wir müssen sie finden.“

Percy sah sich erneut zu allen Seiten um. Er ging durch die belebten Straßen des Hamburger Hafens. Doch niemand um ihn herum sah dem Mädchen auch nur ähnlich. „So schnell geht das doch nicht“, sagte er.

„Ich rede nicht von der Wirkung des Steins. Percy, dieselben Männer, die Hansen ermordet haben, werden hinter ihr her sein. Wie auch immer sie an den Anhänger gekommen ist, diese Leute sind ihr mit Sicherheit auf den Fersen.“

Percy lief ein Schauer über den Rücken. „Aber wie wollen wir sie denn finden? Du musst herkommen!“ Er flehte fast. Eleana würde das Mädchen auffinden können.

„Das dauert zu lange. Ich komme, so schnell, es geht. Bis dahin könnte es zu spät sein. Percy, du musst sie finden.“

„Ich kann das nicht wie du!“, raunte Percy ins Telefon.

„Konzentriere dich. Du hast den Anhänger gesehen. Such‘ nach ihm. Erinnere dich an das Gefühl, das du empfunden hast, als du ihn entdeckt hast. Du schaffst das, Percy.“ Mit diesen Worten ertönte ein Klicken in der Leitung, und das Gespräch war beendet.

Percy ließ das Telefon enttäuscht sinken und verstaute es in seiner Hosentasche. Er richtete den Blick zu Boden. „Du schaffst das?“, flüsterte er sich selbst zu. Entschlossen ballte er die Fäuste. „Du schaffst das!“

Percy schloss die Augen. Er ließ zu, dass vor seinem geistigen Auge Bilder erschienen, die so real und intensiv waren, als erlebte er den Moment noch einmal. Er stand wieder vor dem Mädchen, sah an ihm hinab und entdeckte den Anhänger. Percy erinnerte sich an die Erregung, die ihn erfasst hatte, als er die Kette und den Stein gesehen hatte. Seine Nackenhaare stellten sich auf. Percy spürte wieder das Kribbeln in seinem Brustkorb. Er hielt das Gefühl fest, konzentrierte sich noch stärker und ließ seine Sinne nach außen schweifen.

Die sogenannten tiefen Sinne, die nur wenige Menschen auf der Welt besaßen, erlaubten es, die Welt nicht bloß körperlich wahrzunehmen. Percy übte seit Jahren, seine Umgebung nicht mit seinen Augen und Ohren zu erforschen. Stattdessen fokussierte er sich allein auf die vielen verschiedenen Energieströme, die ihn umkreisten. Er fühlte die Körperwärme anderer Menschen, die surrende Elektrizität der vielen Glühbirnen von Ampeln und Laternen. Sogar die Bewegungsenergie des Wassers ließ sich mit den Gedanken einfangen, um auf diese Art und Weise ein mentales Bild zu erzeugen, das alles Lebendige um ihn herum abbildete. Percy war nicht sonderlich gut darin, seine tiefen Sinne zu benutzen. Seine Wahrnehmung war bei weitem nicht so geschärft wie die von Eleana. Noch nie hatte er über längere Strecken hinweg seine Sinne zuverlässig eingesetzt. Doch er fühlte nach einigen Sekunden in der Ferne den Hauch des Gefühls, das der Anhänger mit dem blauen Stein bei ihm ausgelöst hatte.

Percy fasste sich mit einer Hand an die Stirn. Seine Schläfen begannen unter der Anstrengung zu pochen. Seine Haut wurde warm, und Schweißtropfen bildeten sich. Vor seinem geistigen Auge sah er jetzt Bilder. Die Schemen von Menschen, die sich dicht aneinander gedrängt durch eine Straße schoben, erschienen. Ein Schemen stach dabei deutlich hervor. Es war, als wäre er heller, deutlicher als die anderen. Als Percy angestrengt all seine Gedanken auf ihn lenkte, verstärkte sich das Kribbeln in seinem Brustkorb. *Da ist sie!*

Percy riss die Augen auf. Sein Mund stand offen, und seine Atemzüge waren unregelmäßig. Er hob den Kopf in die Richtung, aus der er das Gefühl wahrgenommen hatte.

„Oh nein!“, keuchte er.

*

Ria warf vier Tabletten Süßstoff in ihren Kaffee und schaute kauend zur Seite. Der Mann mit den perfekt gelegten Haaren und schicken Designeranzug, der neben ihr stand und wartete, warf ihr einen angewiderten Blick zu. Ria grinste ihn frech an und schmatzte. Sie schob mit dem Finger ihre Brille zurecht, zwinkerte und ließ den Mann kopfschüttelnd zurück. Sie ging zu einem der gemütlichen Sessel in dem modernen Coffee-Shop und ließ sich dankbar in die weichen Polster fallen.

Das bodenlange Fenster, neben dem sie saß, erlaubte einen schönen Blick in die Hafencity Hamburgs. Ria ließ ihre müden Augen über die schicken Gebäude mit ihren Glasfassaden schweifen. Sie konnte nicht sagen, dass ihr die Hafencity besonders gefiel. Das moderne und futuristische Design der vielen Neubauten hatte vielleicht seinen eigenen Charme. Doch die Gemäuer hatten keinen Charakter und keine Geschichte, die einen in die Vergangenheit versetzen konnten.

Die Klingel am Eingang des Coffee-Shops läutete und Ria schreckte aus dem Halbschlaf, in den sie ungewollt geraten war, wieder auf. Sie saß mit einem Mal kerzengerade in ihrem Sessel, den nicht mehr dampfenden Kaffee vor sich. Sie spürte die Gefahr, bevor sie sie sah. Nur einen Augenblick später entdeckte sie die beiden Männer, wie sie den belebten Laden betraten. Der hagere Kerl mit dem fiesen Gesicht kam als erster über die Türschwelle. Der tumbe Riese folgte ihm auf dem Fuße. Rias Blick und die des drahtigen Mannes trafen sich.

Wie haben die mich gefunden? Ria blieb keine Zeit, darüber nachzudenken. Sie sprang auf die Füße, riss den Kopf herum und erwog ihre Optionen. Die beiden befanden sich zwischen ihr und der Eingangstür. Sie setzten sich in Bewegung und kamen mit schnellen Schritten auf sie zu. Ria sah zu ihrem Kaffeebecher und einer Frau, die direkt neben ihr saß und gedankenverloren auf ihr Mobiltelefon starrte.

„Ah!" Der Schrei der Frau war ohrenbetäubend, als Ria ihren Kaffee über den Schoß der Frau kippte. Wie sie geplant hatte, stand die Frau sofort mit einem Ruck auf und rammte mit ihrem Oberkörper den hageren Mann, der bereits seine Hand nach Ria ausgestreckt hatte. Der Kerl kam ins Taumeln und stieß gegen den Riesen, der ebenfalls für einen Moment damit rang, sein Gleichgewicht nicht zu verlieren.

Ria nutzte die Gelegenheit. Sie sprang über den kleinen Tisch vor ihrem Sessel und lief zur Damentoilette. Die beiden Mädchen, die darin gerade ihre Schminke auftrugen, kreischten vor Schreck, als Ria in den Waschraum stolperte. Sie stürzte sich auf das Fenster auf der Rückseite des Raums, ergriff den Knauf und zog daran. Die beiden Mädchen flohen aus dem Waschraum.

„Verdammt!“, schrie Ria. Das Fenster ließ sich nicht öffnen. Sie warf einen panischen Blick über ihre Schulter und lauschte dem Tumult hinter der Toilettentür. Hinter sich hörte Ria Geschrei und Geschirr zu Bruch gehen.

Ria wusste, dass ihr keine andere Wahl blieb. Sie wandte sich wieder dem Fenster zu, nahm all ihre Kraft zusammen und zog. Mit einem Bersten flog das Fenster aus seinem Rahmen und krachte neben Rias Füßen auf den Boden. Sie hatte keine Zeit, auch nur einen Gedanken an das zu verschwenden, was gerade geschehen war. Hinter ihr taumelte schon der hagere Mann in die Damentoilette. In der Hand hielt er sein Messer.

Ria zog sich durch die Fensteröffnung und landete auf dem Bürgersteig. Sie hörte, wie der hagere Mann hinter ihr her schrie: „Bleib stehen, du kleines Miststück!“ Doch sie rannte bereits die Straße entlang. Sie lief gerade an der Eingangstür des Coffee-Shops vorbei, als diese aufgestoßen wurde und der tumbe Riese herauskam.

„Halt!“, rief der große Kerl und nahm ihre Verfolgung auf.

Ich muss die beiden abschütteln!, dachte Ria gehetzt. Sie kam an das Ende der Straße, die wie so viele in der Hafencity an einem kleinen Kanal endete. Eine Fußgängerbrücke führte zu einer neu geschaffenen Hafeninsel, auf der sich eine graue Betonkonstruktion, Baumaschinen und ein Kran befanden. Die Baustelle war offensichtlich nicht im Betrieb. Ria lief über die Brücke, warf einen Blick zurück und sah, dass die beiden Halunken hinterherkamen.

Sie rannte noch schneller. Wieder kam es ihr so vor, als setze ihre Erschöpfung nicht ein. Auch daran dachte sie jetzt nicht. Sie durfte diesen beiden nicht in die Hände fallen. Auf dem sandigen Baustellengelände schlug Ria einen Haken und bog in den Schatten des Betonskeletts ein, das hoch über ihr in den Himmel ragte. Hier entstand ganz offensichtlich ein Wolkenkratzer. Ria lief zwischen den grauen Säulen umher. Ihre Schritte hallten zwischen den Pfeilern wider. An einem von ihnen angelangt, legte Ria ihre Arme um den Beton, drehte sich an ihm entlang und kam auf seiner Rückseite zum Stehen. Dort kauerte sie sich hin und spähte um die Ecke.

Die beiden Männer waren ihr bis in den Rohbau gefolgt. Sie blieben inmitten der Betonhalle stehen und wandten sich in alle Richtungen um.

„Wir wissen, dass du hier bist, Kleines!“, rief der hagere Mann. Sein Deutsch hatte einen Hamburger Akzent. Der tumbe Riese neben ihm nickte grinsend. „Es hat keinen Sinn, sich zu verstecken. Wir finden dich eh.“

Als Ria meinte, dass die beiden nicht in ihre Richtung schauten, huschte sie im Schatten der Säule davon und versteckte sich hinter der nächsten. Das Geräusch ihrer Schuhe hinterließ ein verräterisches Echo.

Sie traute sich nicht, nachzusehen, aber sie konnte hören, wie die beiden Männer näher kamen.

„Wir wollen nur den Anhänger. Sei ein braves Mädchen und gib ihn uns. Dann passiert dir auch nichts.“ Das Glucksen des Riesen ließ Ria erschaudern.

Sie hielt sich den Mund zu, damit ihr Atem keine Geräusche machte. Panisch sah sie sich zu allen Seiten um. Ihr Blick fiel auf einen kleinen Stein neben ihrem Stiefel. Ria packte ihn und warf ihn durch den Rohbau. Der Kiesel kam wenigstens zwanzig Meter von ihr entfernt auf und hinterließ einen Widerhall.

„Da“, raunte der Riese und machte sich schon auf. Er wurde von seinem Komplizen zurückgehalten. Aber auch der starrte in die Richtung, aus der das Echo gekommen war. Ria nutzte die Gelegenheit und huschte zu einer weiteren Säule. Sie hatte den Rand des Rohbaus erreicht. Hinter ihr würde das neue Gebäude irgendwann an das Hafenbecken grenzen. Ria sah sehnsüchtig über das Wasser. Einige Meter entfernt war bereits eine neue Hafeninsel aufgeschüttet worden. Doch der Abstand zu ihr war zu groß für einen Sprung.

„Komm‘ raus, Kleines!“ Ria erkannte den Schatten des hageren Mannes an einer der Betonwände. Sie sah, dass er mit vorsichtigen Schritten näher kam, das Messer in der Hand.

Ria hatte gerade die Zähne zusammengebissen und beschlossen, dass ein Sprung ins Hafenbecken ihre beste Chance sein würde, als ihr etwas ins Auge fiel. Sie traute ihren Augen kaum, als sie den Jungen, der ihr seine Jacke gegeben hatte, auf der noch leeren Hafeninsel gegenüber entdeckte. Er saß auf etwas, und erst beim zweiten Hinsehen wurde Ria klar, dass er sich auf dem silbernen Pferd befand, das sie im Speicher gefunden hatte. Eindringlich sah er erst zu ihr, dann richteten sich seine Augen auf etwas anderes. Ria folgte seinem Blick, schrie auf und wich im letzten Moment dem Messer aus, das auf sie herabsauste.

„Hab‘ ich dich!“, brüllte der hagere Kerl und setzte Ria nach, die umgehend die Flucht ergriff. Sie duckte sich unter der Pranke des Riesen weg, der auf der anderen Seite der Säule zum Vorschein kam. Doch die beiden Männer krachten nicht ineinander, wie Ria es beabsichtigt hatte. Sie wirbelten stattdessen umeinander und setzten ihr erneut nach. Ria lief davon. Trotz ihrer Aufregung schaffte sie es, einen Blick zur Seite zu werfen. Ihr Mund klappte auf, als sie sah, wie der Junge dem silbernen Pferd die Sporen gab. Das künstliche Tier setzte sich in Bewegung und sprang mit einem Satz die fünfzehn Meter über das Wasser, um auf der Insel mit dem Rohbau aufzukommen.

Bereits im nächsten Moment spürte Ria, wie sie etwas von hinten packte. Sie drehte sich in der Bewegung um, hob die Arme und wehrte das Messer ab, mit dem der hagere Kerl nach ihr hieb. Ihre Abwehr kam jedoch fast zu spät. Die Klinge schrammte an ihr vorbei und glitt unter ihre Jacke. Das Messer zerschnitt ihren Pullover.

Ria schlug ihre Faust in die Bauchgrube ihres Angreifers, doch der ließ nicht von ihr ab. Er ließ nur seine Waffe fallen, hob die jetzt freie Hand und schloss sie um Rias Hals. Der Anhänger baumelte hin und her.

Ria keuchte und krächzte, als ihre Luftzufuhr unterbrochen wurde. Sie packte den Arm, der sie festhielt, mit beiden Händen und versuchte, ihre Fingernägel in die Haut des hageren Schurken zu graben. Sie zappelte mit den Füßen. Doch was sie auch tat, sie konnte nichts dagegen tun, dass langsam, aber sicher die Welt schwarz wurde.

*

„Loslassen!“, schrie Percy, als er mit dem Hippoiden auf den dünnen Mann zu galoppierte, der das Mädchen in seinem Griff hielt und würgte. Der Kerl mit dem brutalen Gesicht hatte nur noch Zeit aufzusehen, als Percy schon an ihm vorbeirauschte und ihm von seinem Pferd aus den Fuß gegen den Kopf rammte.

Der hagere Kerl ließ von dem Mädchen ab und wurde in den Staub geschleudert. Das Mädchen fiel auf seine Knie, hielt sich den Hals und schnappte röchelnd nach Luft. Percy ließ den Hippoiden abrupt zum Stehen kommen und schwang sich von dessen Rücken. Er kniete sich neben dem Mädchen auf den Boden und packte es vorsichtig an den Schultern. Sie trug noch immer seine Jacke.

„Ist alles in Ordnung?", fragte er gehetzt. Das Mädchen sah ihn mit einer Mischung aus Erstaunen und Horror an. Sie hob den Finger und stieß japsend hervor: „Pass' auf!"

Percy wandte sich um, doch da wurde er schon von einer riesigen Hand fortgerissen. Der Riese, der den hageren Mann begleitet hatte, war hinter ihm aufgetaucht und warf ihn gegen eine der Betonsäulen. Percys Brustkorb zog sich vor Schmerz zusammen. Er hob den Kopf und sah die Pranke gerade noch rechtzeitig. Er duckte sich vor dem Schlag des Riesen weg, der stattdessen den harten Beton traf. Der Mann heulte auf und Percy holte zu einem Hakenschlag in die Achselhöhle aus. Seine Faust traf das weiche Gewebe, doch der Riese zuckte nicht einmal. Stattdessen holte er einfach mit seiner anderen Pranke aus und traf Percy am Unterarm, den er gerade noch zum Schutz hatte hochziehen können.

Der Schmerz war unbeschreiblich. Er wanderte Percys Arm herauf und erfasste seine Schulter. Percy schrie, gab aber noch nicht auf. Er drehte sich in der Bewegung um, hob sein Bein und stieß es mit aller Kraft gegen den Bauch seines riesigen Gegners. Wieder schien der Mann den Gegenangriff kaum zu spüren. Er taumelte nur einen halben Schritt zurück, lächelte Percy mit seinem ungepflegten Gesicht an und packte ihn erneut. Er riss ihn einfach mit beiden Händen von den Füßen, hielt ihn kurz in der Luft und ließ ihn mit Schwung auf den Boden krachen.

Für einen Augenblick kämpfte Percy um sein Bewusstsein. Er sah Sterne vor seinen Augen tanzen. Gleichzeitig blieb ihm die Luft weg. Als er sich endlich dazu durchgerungen hatte, den Mund zu öffnen und zu atmen, wurde sein Körper von einem solchen Schmerz erfasst, dass er kurz glaubte, sich nicht mehr bewegen zu können. Als er schließlich wieder etwas sehen konnte, erkannte er den Riesen über sich, die gelben, teilweise zerbrochenen Zähne zu einem hässlichen Grinsen gebleckt. Percy konnte nur zuschauen, wie er die Faust hob, um seinem Gegner den finalen Schlag zu versetzen.

Auf halben Weg kam die Faust zum Stehen. Sie wurde einfach von einer viel kleineren Hand aufgefangen. Der Riese sah erschrocken in das Gesicht der weiteren Person, die buchstäblich in den Kampf eingegriffen hatte.

„Eleana!“, stammelte Percy, doch seine Ziehmutter hatte nur Augen für ihren Widersacher, dessen Arm sie mit scheinbarer Lässigkeit einfach festhielt. Ehe der Riese einen Mucks von sich geben konnte, hatte sie ihm den Arm auf den Rücken gedreht und zwang ihn in eine gebeugte Körperhaltung. Der große Kerl schrie schrill.

Percy richtete sich auf und wollte schon seiner Ziehmutter zur Hilfe eilen, als diese ihm ein schnelles Kopfschütteln zuwarf. „Ich kümmere mich um die beiden. Sieh‘ nach dem Mädchen!“

Percy ließ sich das nicht zweimal sagen. Er hievte sich angestrengt auf die Füße und schaute in die Richtung, in der er das Mädchen zurückgelassen hatte. Ihm blieb kurz die Luft weg.

„Hey!“, rief er, als er auf sie zustürzte. Sie lag mit geschlossenen Augen am Boden. Percy fiel neben ihr in den Staub und packte sie an den Schultern. Ihr Kopf hing schlaff an ihrem Hals. Percy schob ihr seine Hand in den Nacken.

„Hey“, sagte er noch einmal und schüttelte sie ein wenig, damit sie die Augen wieder öffnete. Ihre Lider hoben sich nur langsam. Hinter dicken Brillengläsern kamen tiefblaue Augen zum Vorschein, die jedoch ganz trüb geworden waren. „Hey“, antwortete sie leise.

Percy sah alarmiert an ihr hinab. Als er die Blutlache entdeckte, die sich um sie herum bildete, setzte sein Herz einen Schlag aus. Sein Blick fiel auf das Messer, das neben dem Mädchen lag. Die Klinge glänzte rot.

„Du musst wach bleiben.“ Percys Stimme wurde leiser.

Sie sah ihn aus halbgeöffneten Augen an.

„Sag‘ mir deinen Namen.“ Percy fiel nichts Besseres ein, was er sagen konnte, damit sie bei Bewusstsein blieb.

Das Mädchen blinzelte. „Ria“, brachte sie hervor.

„Schön, dich kennen zu lernen, Ria.“ Percy kam sich lächerlich vor. Er sah kurz auf und entdeckte Eleana, die den beiden Halunken gerade den Rest gab.

„Eleana!“, rief er verzweifelt. „Wir müssen ihr helfen!“

Eleanas Blick fiel auf Percy, das Mädchen in seinen Armen und das Blut, das aus der Wunde an seiner Seite strömte. Percy hob die Jacke an, um zu sehen, wie tief die Verletzung war. Ein eisiger Schauer fuhr über seinen Rücken. Er sagte nichts, sondern sah nur flehend zu seiner Ziehmutter.

„Bleib‘ bei ihr!“, rief Eleana und stürmte davon. Percy zwang sich, daran zu denken, dass sie gleich wieder da sein würde. Es würden nur Minuten vergehen, bis sie zurückkehrte.

Er sah wieder zu dem Mädchen. Ria hatte die Augen jetzt geschlossen und atmete in kurzen schwachen Zügen. Percy bettete ihren Kopf in seinen Schoß und presste seine Hand auf ihre Wunde. Mit der anderen Hand fuhr er ihr über das ebenmäßige Gesicht.

„Ria! Bleib‘ hier“, flüsterte er.

Das Mädchen öffnete die Augen jetzt noch langsamer als zuvor. Doch als sie seinen Blick fand, schlich sich ein Lächeln auf ihre Züge. Sie hob ihre Hand und fuhr Percy wiederum durchs Gesicht.

„Wie ..., wie ...“, stammelte sie.

„Percival“, antwortete Percy.

Das Lächeln des Mädchens wurde ein wenig breiter. „Percy“, hauchte sie.

„Genau! Alle nennen mich Percy. Du darfst mich auch so nennen, wenn du willst“, sagte er. Da fielen die Augen des Mädchens zu und ihr Kopf sackte nach hinten.

„Ria!“, rief Percy. „Ria, bleib‘ hier!“, schrie er jetzt. „Bitte! Bleib‘ hier.“ Ohne nachzudenken, schob er seine Stirn an ihre. „Bleib‘ bei mir!“, flüsterte er.

II. Akt

Christopher Rider saß gelangweilt in seinem Sessel und betrachtete die beiden Taugenichtse, die vor ihm standen. Sie sahen furchtbar aus. Jack hatte eine Platzwunde am Kopf. Seine linke Wange und der Hals starrten noch immer vor Blut. Eines der Augen war so stark angeschwollen, dass er es kaum öffnen konnte. Brutus sah nicht viel besser aus. Er hätte seinen Arm sicher in eine Schlinge legen müssen. Stattdessen hielt er ihn mühevoll mit dem anderen Arm. Auch in seinem Gesicht waren Kampfspuren zu sehen.

„Und dann ist wie es dem Nichts dieser kleine Mistkerl aufgetaucht. Der kam einfach angeritten, wie ein verdammter weißer Ritter." Während Jack die Geschichte erzählte, stand Brutus neben ihm und nickte eifrig, offenkundig froh, nicht selbst sprechen zu müssen.

Rider rollte die Augen. Er wechselte einen schnellen Blick mit dem Rest seiner Truppe. Die Männer standen in seinem Rücken und feixten. „Ihr seid also von einem weißen Ritter so zugerichtet worden", fasste Rider belustigt zusammen. Ein kleiner, dicklicher Kerl hinter ihm, der einen Pullover mit abgerissenen Ärmeln trug, musste sich den Mund zu halten, um nicht laut zu prusten.

„Der war ja nicht allein!", platzte es aus Brutus heraus. „Der hatte Hilfe!"

Rider hob neugierig die Augenbrauen. „Von wem?" Er kniff die Augen zusammen, als er beobachtete, wie Jack seinem Komplizen einen verärgerten Blick zuwarf. Brutus schwieg jetzt, doch Jack wandte sich Rider widerwillig wieder zu.

„Da war noch eine Frau."

Hinter Rider verfielen die Halunken in schallendes Gelächter. Rider hingegen verzog keine Miene. Sein Interesse war erst jetzt richtig geweckt. Er machte eine auffordernde Handbewegung in Jacks Richtung. „Und?"

Er konnte sehen, wie Jack nach den richtigen Worten suchte. Der hagere Mann senkte den Kopf. „Nachdem der Kerl mit dem Gaul mich außer Gefecht gesetzt hatte, hat sie Brutus fertiggemacht. Sie hat ihn einfach zu Kleinholz verarbeitet."

Das Gelächter wurde lauter. Rider sagte nichts, sondern beobachtete Jack aufmerksam. Er konnte seinem Handlanger ansehen, dass es noch mehr zu erzählen gab.

„Boss, du versteht das nicht. Die Schlampe war nicht normal. Die war total schmal und sah überhaupt nicht aus wie eine Kampfmaschine. Aber die hatte eine Kraft ... Das war nicht natürlich. Ich wette, die war fast so stark wie ...“ Er brach mitten im Satz ab. Voller Angst sah er zu seinem Anführer.

Rider beugte sich vor, ließ Jack nicht aus den Augen. „Wie?“, drängte er.

Jack schien noch schmaler zu werden. Seine Schultern sanken zusammen, und sein Kopf hing noch schlaffer herab. Seine Stimme war kaum wahrzunehmen: „Wie du, Boss.“

Rider warf sich in seinen Sessel zurück. Er hatte Mühe, den Schein zu wahren. Am liebsten hätte er gegrinst. Er war tatsächlich zufrieden. Er durfte es seiner geistig zurückgebliebenen Mannschaft von Handlangern nur nicht zeigen. Der so sorgfältig im Geheimen ausheckte Plan, den er endlich in Gang hatte setzen können, schien aufzugehen. *Sie war dort gewesen.* Rider kam es vor, als sei er ihr so nah, wie seit Jahren nicht.

„Und sie haben den Anhänger und das Mädchen mitgenommen?“ Rider bemühte sich verärgert zu klingen. Hinter ihm wurde seine Truppe wieder still. Er konnte die Angst, die sie plötzlich vor ihm hatten, spüren. *Gut so.*

„Nur den Anhänger“, sagte Jack. Er hob wieder den Kopf und sah Rider ein wenig erleichtert an.

Rider aber lehnte sich wieder nach vorne. „Was meinst du damit?“

„Ich weiß nicht, was sie mit dem Mädchen gemacht haben. Sie bringt ihnen jedenfalls nicht mehr viel.“ Auf Jacks Gesicht schlich sich ein fieses Lächeln. Brutus kicherte gehässig.

Rider schwang sich aus dem Sessel und machte einen donnernden Schritt auf Jack zu. Der wich vor Schreck zurück. Riders blaue Augen schienen vor Ungeduld zu glühen. „Was habt ihr mit ihr gemacht?“

Brutus schob sich zur Seite. Rider fixierte Jack. Dieser hob beschwichtigend die Hände. „Sie hat sich gewehrt. Und da habe ich dem kleinen Miststück gezeigt, was mein Messer kann.“

Rider sah, dass Jack den letzten Hauch von Stolz über seine Tat in seiner Stimme augenblicklich bereute. Er wandte sich um, wollte fliehen, doch da hatte Rider den Mann schon gepackt und ihn mit einer einfachen Bewegung seines Arms quer durch den Raum befördert. Jack landete mit einem Poltern in einem Regal mit Gläsern, das an der Wand gestanden hatte. Splitter flogen umher. Doch bevor Jack sich aufrichten konnte, war Rider schon über ihm und zog ihn an seinem Kragen hoch. Mit seiner freien Hand griff er in eine Innentasche seines schwarzen Mantels und holte eine Pistole hervor. Er hielt sie Jack an die Schläfe.

Jack kniff vor Angst die Augen zusammen und begann zu zittern. „Mit Chance lebt sie noch. Ich habe sie nur an der Seite erwischt“ stammelte er. „Das Mädchen war verschwunden, als wir wieder zu Bewusstsein gekommen sind. Sie haben sie sicher mitgenommen und sich um sie gekümmert. Vielleicht ist sie nicht …“

Rider schob zornig den Unterkiefer nach vorne. Die Männer schnappten nach Luft. Einer hatte den Kopf zur Seite gedreht. Rider kümmerte das nicht. Ohne einen weiteren Moment mit Jacks Gewimmer zu verschwenden, drückte er ab. Der Körper des hageren Mannes fuhr ruckartig zusammen. Es wurde gespenstisch still. Niemand gab einen Laut von sich. Brutus, der sich inmitten seiner Komplizen in Sicherheit gebracht hatte, schien nicht einmal mehr zu atmen.

Rider hielt Jack noch immer am Kragen, als der sich endlich zu rühren begann. Es dauerte noch eine scheinbare Ewigkeit, bis Jack sich traute, die Augen wieder aufzuschlagen. Erst jetzt begriff er, dass keine Kugel im Lauf von Riders Waffe gewesen war. Als sein Blick den seines Anführers traf, begann er wieder zu beben.

Rider schob sich dicht an das Gesicht seines Handlangers. „Wenn sie tot ist, wartet da eine Kugel auf dich. Hast du mich verstanden?“ Mit diesen Worten ließ Rider Jack fallen, der wie ein Sack auf die Erde plumpste. Rider wandte sich um und ließ seine Augen über die Mannschaft schweifen. Die Männer drängten sich auf der anderen Seite des Raumes dicht aneinander. Nackte Furcht stand in ihren Gesichtern.

„Das gilt für euch alle!“, schrie Rider, und die Truppe zuckte erneut zusammen. Rider sah die Ansammlung von wandelnder

Nutzlosigkeit noch einen Augenblick lang wütend an, bevor er sich mit aufbauschendem Mantel umdrehte und den Raum verließ. Dabei entging ihm nicht, wie seine Männer ihn voller Unverständnis ansahen.

*

Ria kämpfte um ihr Bewusstsein. Sie hatte jedes körperliche Gefühl hinter sich gelassen. Alles, was ihr geblieben war, war ihr Verstand. Doch auch den drohte sie zu verlieren. Zu stark war der Sog, der sie von der Gegenwart in die Traumwelt zerrte.

Endlich durfte sie stehen bleiben. Das Mädchen hatte noch nie ein solches Brennen in der Lunge verspürt, oder eine solche Angst. Alles in ihr wollte schreien, weinen und aus diesem Alptraum aufwachen. Nichts hiervon konnte wirklich geschehen. Vor Stunden noch war alles normal, ja friedlich gewesen. Sie hatte Ärger bekommen, weil sie an dem Computer ihres Vaters gespielt und etwas gelöscht hatte. Sie hatte bitterlich geweint, weil alles so ungerecht gewesen war. Jetzt war es viel schlimmer. Sie rannte mitten in der Nacht zwischen den Häusern der Stadt entlang, der tödlichen Gefahr nur wenige Schritte voraus.

Die Frau, die sie an ihrer Hand durch die Straßen zerrte, hatte ihr beim Laufen immer wieder zugerufen, dass sie nicht stehen bleiben durfte. Sie müsse sich jetzt zusammenreißen und zeigen, wie mutig sie war. Das Mädchen kam sich aber nicht mehr mutig vor. Sie wollte einfach nach Hause. Doch sie wusste, dass es ihr Zuhause nicht mehr gab.

Als sie endlich stehen geblieben waren, schöpfte das Mädchen Hoffnung. Vielleicht war das ganze doch nur ein Spiel, und nun war es endlich vorbei. Sie würden aufhören. Doch als die Frau an seiner Hand sich hektisch umsah, und in die Knie ging, um das Mädchen anzusehen, erstarb diese Aussicht jäh.

Ria kämpfte. Sie wollte die Bilder vor ihrem inneren Auge nicht sehen. Sie hatte Jahre damit zugebracht, sich dagegen zu wehren, dass sie ihren Geist wie Phantome heimsuchten. Sie hatte die Bilder weggeschlossen, Techniken entwickelt, die sie an etwas anderes hatten denken lassen. Sie würde nicht zulassen, dass sie wieder in ein Loch aus düsteren Gedanken fiel!

Irgendwo in der Ferne glaubte Ria, ihre Glieder spüren zu können. Sie ahnte, wie ihre Beine sich verkrampften und ihr Kopf sich hin und her warf. Doch schon diese schwachen Bewegungen erschöpften sie völlig. Ihr Widerstand gegen die Bilder bröckelte. Schließlich gab sie auf. Die Erinnerungen kehrten zurück.

„Mami, ich habe Angst!“ Als ihre Mutter vor ihr kniete und ihr mit den Fingern über die Wangen strich, wusste die achtjährige Ria, dass sie doch zu weinen begonnen hatte. Es war nicht die Furcht, die die Tränen in ihre Augen trieb. Es war die Erkenntnis, dass dies das letzte Gespräch mit ihrer Mutter war, das sie je führen würde. Ria konnte es in ihren Augen sehen.

„Ich weiß, mein Schatz. Ich habe auch Angst.“

In der Gegenwart fühlte Ria, wie Schweiß über ihre Stirn lief. Ein ersticktes „Mami“ kam über ihre Lippen. Sie sah das Bild ihrer Mutter deutlich vor sich. Sie wusste, dass sie eigentlich noch anderes hätte sehen sollen. Zu der Erinnerung gehörte mehr als nur der Anblick ihrer Mutter, die sich von ihr verabschiedete. Doch Ria zwang sich, allein an ihre Mutter zu denken. Wenn sie schon nicht verhindern konnte, dass sie diese Erinnerung durchlebte, dann wollte sie sie wenigstens nicht vollständig sehen. Sie würde es nicht ertragen.

„Ria, es tut mir so leid, aber ich kann nicht weiter mitgehen.“ Ria schluchzte hemmungslos. Sie schüttelte den Kopf, versuchte sich an ihre Mutter zu drücken, doch diese schob sie einfach fort. Rias Verzweiflung drohte sie zu übermannen. Ihre Mutter wollte sie nicht umarmen. Sie war viel stärker als sie und zwang ihre Tochter mit einem festen Griff, sie anzusehen.

„Ria, ich will, dass du mir jetzt gut zuhörst. Ich will, dass du …“

„Nein!“ Ria glaubte entfernt den Schmerz ihrer Fingernägel in ihrer Haut zu spüren. Alle geistige Kraft, die sie noch hatte, verwendete sie jetzt gegen diesen Teil der Erinnerung. Sie würde nicht noch einmal hören, was ihre Mutter zu ihr in diesem Moment gesagt hatte. Sie würde nicht noch einmal zulassen, dass diese Sätze ihre Wirkung auf sie entfalteten. Das, was ihre Mutter damals gesagt hatte, hatte sie bereits einmal fast zerstört.

Ria siegte. Als die Erinnerungen ihren Geist wieder einlullten, wusste sie, dass sie nicht hören würde, was ihre Mutter von ihr verlangt hatte. Der Moment war vergangen. Als Preis dafür musste sie nun noch einmal an die letzten Worte denken, die ihre Mutter je an sie gerichtet hatte.

Rias Mutter strich ihr nervös durchs Haar. Auch über ihr Gesicht liefen jetzt Tränen. Sie hatte jedoch ihre Augenbrauen hinuntergedrückt und sah Ria entschlossen an. Das Muttermal, das die Form eines Flügels hatte, trat an ihrer Schläfe deutlicher hervor als sonst. Ihre leuchtend blauen Augen strahlten die unendliche Kraft aus, die in ihr zu ruhen schien. „Ria, du weißt noch nicht, wie wichtig du bist. Aber der Tag wird kommen, an dem du es endlich verstehst. Und wenn es soweit ist, musst du dich erinnern: Du musst l…“ Ein Schuss donnerte durch die Nacht.

Ria richtete sich mit einem Ruck auf. Sie saß kerzengerade, schweißgebadet und schweratmend da, die Augen weit aufgerissen. In ihrem Kopf hallten die Worte ihrer Mutter wider, bis auf eines. Sie hatte das letzte Wort damals nicht verstanden. Der Schuss und derjenige, der ihn abgegeben hatte, hatten heute wie damals vor elf Jahren das letzte Wort geraubt, das ihre Mutter an sie gerichtet hatte. Egal wie oft Ria in ihre Erinnerungen zurückfiel, niemals hatte sie es hören können.

Rias Herz klopfte gegen ihren Hals. Sie vernahm das Geräusch eines Wassertropfens, der auf weichen Stoff fiel. Es wiederholte sich einige Male. Die Minuten verstrichen, in denen Ria weinend dasaß und Mühe hatte, zwischen Traum und Wirklichkeit zu unterscheiden. War sie doch noch ihr achtjähriges Selbst? War sie das kleine Mädchen, das vor seiner Mutter gestanden und sie angefleht hatte, bei ihm zu bleiben? Sie fing an zu zittern. Kälte wanderte über ihren nassen Rücken herauf. Ria blinzelte viele Male hintereinander. Vor ihren Augen verschwamm die Dunkelheit allmählich und es bildeten sich Konturen. Es wurde hell um sie.

Endlich wurde Ria wach. Ihr Körpergefühl, ihre Sehkraft und ihr Bewusstsein kehrten so schnell zurück, dass es sie fast überwältigte. Sie warf ihren Kopf hin und her, lauschte und spreizte die Finger. Kaum war sie wieder ganz zu sich gekommen, packte sie die Angst. Sie sah sich um. „Wo bin ich?“, flüsterte sie.

*

Rider stützte die Hände auf seinen Schreibtisch, senkte den Kopf und holte tief Luft. Er bemühte sich, gleichmäßig durch Nase und Mund einzuatmen. In seinem Innern brodelte es. Für einen Moment war der Drang, die Fäuste zu ballen und alles kurz und klein zu schlagen, was er finden konnte, so übermächtig, dass er schon die Arme hob und ausholte. Im letzten Moment besann er sich eines Besseren. Er ließ die Arme wieder sinken und atmete weiter.

Seine Gedanken waren bei dem Mädchen und den Anblick, den es geboten hatte, als er ihr auf dem Flur in der alten Absteige begegnet war. Sie war gerade aus dem Zimmer mit dem Kästchen gekommen, den Anhänger um den Hals. Sie hatte ihn aus ihren großen Augen angesehen.

Sie ist nicht tot. Rider hielt sich an diesem Gedanken fest. Er wiederholte ihn einige Male im Kopf. *Sie würde sie nicht sterben lassen. Nicht sie.* Es war der letzte Gedanke, der ihn endlich beruhigte. Er hing ihm einen Moment lang nach. Dabei bemerkte er nicht, wie seine Hand die Schublade zu seiner Linken öffnete. Ohne zu überlegen, holte er den alten, abgenutzten Bilderrahmen heraus und schaute sich die darin eingefasste Photographie an. Ihm entfuhr ein Seufzen.

Das Bild zeigte drei junge Leute. Ein Mann und zwei Frauen lachten in die Kamera. Sie waren alle ungefähr Mitte zwanzig, gutaussehend und voller Selbstbewusstsein. Ihre Posen waren albern und ausgelassen. Rider ignorierte sein jüngeres Selbst, wie es keck den Kragen seiner Lederjacke hochklappte oder die schöne Frau mit dem kastanienbraunen Haar, das in eine kunstvolle Frisur geflochten war. Seine Augen galten allein der dritten Person auf dem Foto: der fröhlich grinsenden Frau mit feinem, dunklen Haar, olivfarbener Haut und strahlenden Augen. Sie hatte die linke Augenbraue frech hochgezogen. Auf ihrer Schläfe war ein Muttermal in der Form eines Flügels.

*

Mit vorsichtigen Bewegungen schob Ria sich aus dem Bett. Ihre nackten Füße kamen auf metallischem Fußboden auf, der entsetzlich kalt war. Ganz vorsichtig verlagerte Ria ihr Gewicht, bis sie auf beiden Beinen stand. Ihr war schwindelig, und sie erwog kurz, sich wieder auf das schmale, aber ausgesprochen weiche Bett fallen zu lassen. Der Schwindel verflog jedoch und Ria konnte einige Schritte durch den Raum zurücklegen. Sie fand sich in einer kleinen Kammer wieder. Sonnenlicht fiel durch ein schmales Fenster. Es war zu hoch über ihrem Kopf, als dass sie nach draußen hätte gucken können. Außer dem Bett befand sich in dem kargen Raum noch ein Tisch, ein Stuhl und ein Schrank. Weiter gab es nichts. *Stimmt nicht*, dachte Ria, als sie doch einen weiteren Gegenstand entdeckte. Ria erstarrte, als sie sich in dem Wandspiegel erkannte.

Sie hatte ihr Spiegelbild niemals sonderlich gemocht. Dem Anblick, dem sie jetzt gegenüber stand, hatte sie stets versucht aus dem Weg zu gehen. Sie trug nur ein weißes Nachthemd, das fast durchsichtig war und ihren drahtigen Körper kaum verhüllte. Ihre braunen, viel zu feinen Haare, die sonst immer zu einem unordentlichen Zopf gebunden waren, fielen frei auf ihre Schultern. Ohne ihre Brille konnte man nun deutlich ihre großen blauen Augen sehen und die ernste Miene, zu der sie gehörten. Nichts von Rias üblichen Blickfängern lenkte von ihrem Gesicht ab. Sie trug keine Ohrringe, keine Halsketten, keine Armbanduhren. Ihr ganzer Schmuck fehlte.

Meine Sachen! Rias Augen weiteten sich. Sie drehte sich hektisch um und suchte den Raum ab. Sie stürzte sich auf den kleinen Schreibtisch. Dort lagen sorgfältig angeordnet ihre Kostbarkeiten. Ria griff zuerst nach den vielen Ringen und schob sich einen nach dem anderen über die Finger. Sie hatte sich gerade den letzten beruhigt auf den linken Mittelfinger gesetzt, als ihr Blick neugierig über ihre Kettensammlung fuhr. Sie benötigte nur einen Moment, um zu sehen, dass der Anhänger nicht da war. Sie biss sich nervös auf die Lippe und schloss kurz die Augen. Die Erinnerungen kehrten zurück. Sie dachte an ihre Flucht aus dem Coffee-Shop, ihre beiden Verfolger, den Jungen und an das Messer.

Ria kniff die Augen zusammen, als sie an den brennenden Schmerz in ihrer Seite dachte. Instinktiv fuhr ihre Hand unter das Nachthemd und suchte nach der Verletzung. Sie fand sie nicht. Ria starrte ungläubig an ihrer Seite hinab. Mit den Fingern umfasste sie ihre Haut und zog daran. Sie fühlte nicht einmal ein Jucken. Die Wunde, aus der ein schwallender Strom Blut gesickert war, war einfach verschwunden.

Ich bin geheilt? Rias Herz begann schneller zu schlagen, und sie bekam wieder Angst. Sie ließ das Nachthemd los. Sie musste herausfinden, wo sie gelandet war! Sie sah sich erneut um und entdeckte auf dem Stuhl vor dem Schreibtisch Kleidung. Sie rümpfte die Nase angesichts der beigen Hose und des weißen Hemdes. Aber von ihren Jeans und ihrem Pullover fehlte jede Spur. Ein wenig widerwillig streifte Ria sich die Sachen über. Die Feststellung, dass ihr Hose und Hemd wie angegossen passten, verstärkte ihr Unbehagen. Auch die flachen Stiefel, in die sie jetzt schlüpfte, machten den Anschein, als seien sie für sie maßgeschneidert worden.

Nachdem Ria auch noch den Rest ihrer Habseligkeiten einschließlich ihrer Brille angelegt hatte, ging sie zu der Metalltür der Kammer, umfasste vorsichtig die Klinke und zog. Ihr Herz setzte einen Schlag aus, als sich die Tür ohne jeden Widerstand öffnen ließ. Man hatte sie nicht einmal eingesperrt.

Kopfschüttelnd kletterte Ria über die hohe Türschwelle und trat auf einen fensterlosen Flur. Zu ihrer Erleichterung lag ein schlichter Teppich auf dem Boden aus, sodass Ria fast lautlos den Gang hinunter huschen konnte. Dabei hielt sie sich dicht mit dem Rücken an die Wand gedrückt und lauschte jedem noch so kleinen Geräusch. Sie vernahm ein stetes Rauschen und von Zeit zu Zeit ein Knacken. Es klang wie ein Motor.

Als Ria an einen Türrahmen kam, blieb sie stehen. Die Tür war nach innen geöffnet. Ria drehte sich um und lugte zaghaft mit dem Kopf in den Raum dahinter. Zuerst sah sie nur das helle Sonnenlicht, das sie fast blendete. Nach und nach erkannte sie, dass der Raum dahinter recht groß war. Die Fenster am oberen Rand der Decke erlaubten, dass das Tageslicht auf einen mit Matten ausgestatteten Boden fiel. Auf der linken Seite befand sich eine Sprossenwand, während von der Decke ein Paar Ringe und ein Sandsack herabhingen.

Verblüfft wollte Ria schon einen Schritt in den Raum machen, als sie plötzlich inne hielt. Mit einer fließenden Bewegung tauchte eine Person in ihrem Sichtfeld auf. Ria verstand erst auf dem zweiten Blick, dass die junge Frau federleicht nach einem Salto auf dem Boden landete. Ihr goldenes Haar schimmerte und fiel in perfekten Wellen über die schmalen Schultern. Sie trug ein eng anliegendes Turndress. Das Mädchen hatte lange Beine und eine Figur, die der eines Supermodels in nichts nachstand.

Ria fiel die Kinnlade hinunter, als sie sah, wie das Mädchen mit den Armen ausholte, in die Luft stieg und sich scheinbar mühelos um sich selbst drehte. Fast ohne einen Laut kam sie wieder auf dem Boden auf. Nur ein metallisches Klimpern hallte durch den Raum. Als Ria sah, woher das Geräusch rührte, gab es für sie kein Halten mehr. Sie umfasste den Türrahmen, zog sich in den Raum und warf noch in derselben Bewegung die Tür hinter sich ins Schloss. Ein Knall ertönte.

Das Mädchen zuckte heftig zusammen, drehte sich zum Eingang und erstarrte bei Rias Anblick. Diese hatte sich fest auf die Beine gestellt und die Fäuste geballt.

„Du hast etwas, was mir gehört!“, rief sie zur Sicherheit auf Englisch. Während ihr Gegenüber erschrocken zurückwich, deutete Ria auf den Anhänger um den Hals des Mädchens.

„Und ich hätte es gerne wieder!“

*

„Bist du sicher, dass das nötig ist?“ Percy saß auf der Couch im Arbeitszimmer seiner Ziehmutter und beäugte sie kritisch.

Gräfin Eleana sah ihn nicht an. „Wieso?“, fragte sie und legte das kleine Glasröhrchen mit der roten Flüssigkeit zurück in das Kästchen. „Ich will wissen, was es mit diesem Mädchen auf sich hat. Du nicht?“

Percy seufzte und schob sich auf die Füße. „Du willst doch etwas ganz anderes wissen.“

Eleana sah ihren Schützling verärgert an. Sie sagte nichts, sondern schürzte nur die Lippen. Sie konnte es nicht leiden, durchschaut zu werden.

„Warum, Eleana? Ich dachte, du warst dir so sicher, dass wir unsere Suche beendet haben. Gestern noch warst du überzeugt, dass wir *sie* gefunden haben."

Eleana ließ den Kopf hängen. „Ich weiß."

Sie ging um ihren Schreibtisch herum, blickte zu Boden und ließ sich auf die Tischkante fallen. „Aber du spürst es doch auch, oder nicht? Dieses Mädchen ... irgendetwas ist mit ihr. Ich will zumindest sichergehen, dass sie es nicht ist."

Percy konnte nicht anders, als zu nicken. Eleana hatte Recht. Auch auf ihn hatte dieses Mädchen in den wenigen Momenten, die er mit ihm verbracht hatte, einen nachhaltigen Eindruck gemacht. Er war sich allerdings nicht sicher, ob es damit zusammenhing, dass sie diejenige war, die er und Eleana so lange und verzweifelt suchten. Vielmehr hatte er das Gefühl, eine Verbindung zu ihr zu haben. Das konnte er seiner Ziehmutter jedoch nicht erklären. Er konnte es ja nicht einmal sich selbst erklären.

„Außerdem werden wir später sicher noch einen umfangreicheren Test durchführen. Ich verschicke ihre Blutdaten erst einmal nur zur Messung des ozeanischen Genanteils. Je nachdem wie die Werte ausfallen ..."

Eleana brach mitten im Satz ab, als ein Beben durch die Wände fuhr. Den Flur hinunter war eine Tür mit Gewalt zugeschlagen worden.

„Was zum ...?", entfuhr es Percy.

Eleana war ihm bereits einen Schritt voraus. Sie sprang auf und eilte aus dem Zimmer. Percy folgte ihr auf dem Fuße.

Sie hasteten den Flur entlang, bis sie zu der eben noch geöffneten Tür gelangten. Eleana stieß sie auf.

„Hört auf!", schrie sie, kaum dass sie den Raum betreten hatten. Percy riss die Augen auf angesichts des Bildes, das sich ihm bot. Zwei Mädchen waren in einen Kampf verstrickt. Calla – ihr blondes, wunderschönes weiteres Besatzungsmitglied in einem Turndress – verteidigte sich gerade gegen einen Schlag von Ria, die jedoch sofort zum nächsten Angriff ausholte. Sie drehte sich um sich selbst, hob ihren Fuß und ließ ihn in einem definitiv professionell erlernten Hackentritt auf den Kopf der deutlich größeren Calla zurasen. Letztere wich geschickt aus. Sie nutzte den Moment des Ungleichgewichts ihrer Gegnerin und hob die

Faust zu einem Schlag, der Ria sicher an der Stirn getroffen hätte. Eleana schob sich aber im letzten Moment mit einem lautstarken „Halt“ zwischen die beiden Kontrahenten.

Während Calla bei Eleanas Anblick sofort vom Kampf abließ, dachte Ria gar nicht daran. Sie wollte sich gerade wieder auf Calla stürzen, als auch Percy sich einmischte.

„Ria!“, rief er. Er baute sich vor ihr auf und sah ihr streng ins Gesicht. In dem Moment, in dem Rias und Percys Blicke sich trafen, erstarrte Ria. Ihr Gesichtsausdruck verwandelte sich von einem Augenblick auf den anderen von wutentbrannt zu erschrocken und ängstlich. Sie taumelte einige Schritte zurück, ließ Percy aber nicht aus den Augen. „Percy“, hauchte sie. Sie hatte seinen Namen nicht vergessen.

„Was ist das hier?“, rief Eleana, mit dem Rücken zu Ria an Calla gewandt. Diese fasste sich keuchend an den Hals, hob den Zeigefinger und deutete auf Ria.

„Ich weiß es nicht. Ich habe hier nur meine Übungen gemacht. Dann ist sie plötzlich aufgetaucht und hat mich angegriffen.“

Percy sah Ria erstaunt an. Diese war jetzt wieder wütend und schüttelte heftig den Kopf. „Sie hat mich bestohlen. Dieser Anhänger, den sie trägt, er gehört mir!“, rief sie zornig.

Die Erwähnung des Anhängers veranlasste Eleana, sich langsam umdrehen. Percy trat zur Seite. Mit einem abschätzenden Blick wandte seine Ziehmutter sich Ria zu. Sie musterte das Mädchen von Kopf bis Fuß. Dabei glitt ihr Blick über jedes der vielen Schmuckstücke, die sie trug. Ria schob die Hände übereinander, als wolle sie die vielen Ringe an ihren Fingern darunter verstecken. Ihre Wangen wurden rot, doch sie sah Eleana weiter an.

„Du bist also das Mädchen, von dem Percy mir erzählt hat.“

Ria und Percy tauschten einen kurzen Blick. Dabei wurde Rias Miene wieder weicher und freundlicher.

„Und Sie sind?“, fragte sie fordernd.

„Mein Name ist Gräfin Eleana.“

„Wo bin ich hier?“

Percy bemerkte, dass Rias Stimme verunsichert klang.

„Das beantworte ich dir, wenn du mir sagst, wie du heißt.“

Ria antwortete nicht gleich. Sie zögerte ganz offenkundig und presste die Lippen aufeinander. Schließlich rang sie sich zu einer Antwort durch.

„Ich heiße Ria." Mit dem Blick auf Percy und deutlich leiser fügte sie hinzu: „Ria Thale."

Ria saß mit verschränkten Armen vor dem Schreibtisch und folgte mit finsterem Blick den Bewegungen der Frau, die sich ihr als „Gräfin Eleana“ vorgestellt hatte. Die Dame in dem blauen Samtkleid, das zwar keinerlei Verzierungen hatte und doch extravagant wirkte, schenkte sich gerade ein Getränk ein. Es roch verführerisch nach Kaffee. Die Gräfin warf Ria einen fragenden Blick zu, doch diese schüttelte abweisend den Kopf.

„Sie haben mir immer noch nicht gesagt, wo ich bin!“, fauchte sie.

Gräfin Eleana sagte nichts, goss Milch in ihren Kaffee und rührte langsam darin herum. Ria knirschte mit den Zähnen. Als die Gräfin sich ihr gegenüber platzierte, sprach sie noch immer nicht. Sie nahm stattdessen einen Schluck aus ihrer Tasse. Ria hatte genug. Sie umfasste die beiden Armlehnen ihres Stuhls und wollte gerade schwungvoll aufstehen, als die Gräfin mit ruhiger Stimme sagte: „Wieso bist du so feindselig?“

Ria ließ sich in ihren Stuhl zurücksinken. „Ich will wissen, wohin Sie mich entführt haben!“, forderte sie noch einmal.

Die Gräfin überging Rias Worte einfach. „Du hast keinen Grund, Angst vor mir zu haben oder mich zu bekämpfen. Ich finde, das Gegenteil ist eher der Fall. Du solltest mir dankbar sein.“

Ria fühlte sich mit einem Mal unwohl. Sie senkte den Blick und rutschte auf ihrem Stuhl herum. Sie hatte kurze Beine und konnte den Boden nicht erreichen, sodass ihre Füße nutzlos über dem Teppich baumelten. Es kostete sie Kraft, ihre Wut herunterzuschlucken und wieder aufzusehen.

„Ich soll Ihnen dankbar sein?“, gab sie zurück. Sie bemühte sich, ihre Stimme ironisch klingen zu lassen.

„Ich habe deine Wunde geheilt. Und wenn ich mich nicht täusche, habe ich damit dein Leben gerettet.“

Instinktiv griff sich Ria an die Seite. Ihre Finger fuhren über den Stoff ihres Hemdes und suchten nach der Stelle, wo der Schnitt gewesen war. Sie fand nichts, das darauf auch nur hindeutete. Ihr Unbehagen verstärkte sich.

„Sie sagen ‚geheilt'. Sie haben nicht gesagt, dass sie die Wunde versorgt haben. Was haben sie mit mir gemacht?", fragte sie.

Die Gräfin faltete die Hände und nickte anerkennend. „Du hörst aufmerksam zu."

„Hören Sie auf damit!", entfuhr es Ria. Sie beugte sich vor und legte ihre Hände lautstark auf den Schreibtisch.

Gräfin Eleana verzog keine Miene, sondern nippte wieder ruhig an ihrem Kaffee. „Womit soll ich aufhören?"

„Meinen Fragen auszuweichen. Ich will wissen, wohin Sie mich gebracht und was Sie mit mir gemacht haben!"

Die Gräfin beugte sich ebenfalls vor. Ihr Gesichtsausdruck wurde weich, fast mütterlich. Ria fiel die Photographie ein, die sie in Percys Brieftasche gefunden hatte. Die Frau auf dem Foto war diese Gräfin gewesen. Der Gedanke daran versetzte ihr erneut einen Stich.

„Das kann ich verstehen. Und ich würde dir all diese Fragen gerne beantworten, Ria." Gräfin Eleana pausierte kurz. „Aber ich weiß nicht, ob ich dir vertrauen kann."

Ria und die Gräfin sahen sich einen Moment abschätzend an, dann lehnte Ria sich zurück. Sie senkte den Kopf und hob ihn auch nicht, als die Gräfin weitersprach: „Wenn ich dir erkläre, wo wir sind und was ich getan habe, um deine Wunde zu heilen, muss ich dich in Geheimnisse einweihen. Du bist klug, Ria. Du weißt sehr genau, dass du Menschen begegnet bist, die, sagen wir, außergewöhnlich sind."

Ria schnaubte.

„Und ich kann niemanden ins Vertrauen ziehen, von dem ich nichts weiß."

„Wieso haben Sie mich dann mitgenommen?", fragte Ria, weiterhin ohne den Blick zu heben. „Es hat Sie niemand gezwungen, mich gegen meinen Willen mitzunehmen. Sie hätten mich da einfach liegen lassen können."

„Hätte ich dich sterben lassen sollen?", fragte die Gräfin.

Ria biss sich auf die Unterlippe. Neugierig sah sie auf und musterte das Antlitz der Frau. In ihrem Blick lag Sorge, vielleicht sogar echtes Mitgefühl. Der Gesichtsausdruck der Gräfin war warm, sie wirkte geduldig. Sie sah aus wie jemand, dem man seine dunkelsten Gedanken anvertrauen konnte und der einem dennoch das Gefühl gab, ein anständiger Mensch zu sein. Ria hatte nicht die geringste Absicht, dies zu probieren.

„Sie hätten mich doch auch sicher heilen und dann irgendwo abladen können, oder?“, versuchte es Ria. Daran, dass die Gräfin ihre Augen kurz abwandte, erkannte Ria, dass sie richtig lag. „Warum haben Sie mich hierher gebracht? Was ist der Grund?“

Es überraschte Ria, dass die Gräfin sofort antwortete: „Weil ich wissen will, wer du bist.“

„Was interessiert Sie das?“

Gräfin Eleana nahm einen weiteren Schluck von ihrem Kaffee, ehe sie mit Worten, die sehr wohl überlegt klangen, antwortete: „Ich sagte vorhin, dass du außergewöhnlichen Menschen begegnet bist. Vielleicht bist du ja nicht die einzige, der das passiert ist.“ Sie lächelte Ria an. Es war ein ehrlicher Versuch, freundlich auf sie zuzugehen. Ria musste sich eingestehen, dass er nicht vollkommen erfolglos war. Sie hob einen Mundwinkel an.

„Komm‘ schon, Ria. Erzähl‘ mir etwas von dir. Woher kommst du? Was ist mit deiner Familie?“

Rias Gesichtsausdruck wurde wieder ernst, und sie verschränkte die Arme. Das tat dem Lächeln der Gräfin keinen Abbruch. „Du hast vor mir nichts zu befürchten. Und das obwohl, du ganz augenscheinlich gerne zuschlägst, bevor du Fragen stellst.“

„Das war etwas anderes!“, rief Ria. „Diese Tussi hat mich bestohlen. Die Kette, die sie um ihren Hals trägt, gehört mir!“

Gräfin Eleana lächelte. „Ah ja, der Anhänger. Er gehört also dir?“ Sie stellte ihre Kaffeetasse ab.

Ria nickte entschlossen.

„Du hast keine Ahnung, was das für ein Anhänger ist, nicht wahr?“

Ria senkte wieder den Blick und schwieg. *Sag‘ jetzt nichts!*, befahl sie sich in Gedanken.

„Du hast ihn gestohlen, oder?“

Ria blieb stumm.

Gräfin Eleana stöhnte. „Das wird gerade ein sehr einseitiges Gespräch.“ Sie stand auf, ging um den Schreibtisch herum und stützte sich auf dessen Kante.

„Ich habe den Anhänger nur einen Tag, bevor wir ihn bei dir gefunden haben, in einem Geschäft bestellt. Der Inhaber des

Ladens ist noch in derselben Nacht ermordet und ausgeraubt worden. Du hast diesen Anhänger einem sehr gefährlichen Mann abgenommen."

Ria ließ ihre Hände kraftlos in den Schoß sinken. Ihre Gedanken schweiften zu dem Mann in Schwarz, dem sie in dem Hotel begegnet war. Sie dachte an sein Gesicht und an seine leuchtend blauen Augen. Es war schwierig, die Gedanken an ihn zu verdrängen.

„Und Sie glauben, deshalb haben die beiden Kerle versucht, auch mich umzubringen? Wegen einer Kette?"

„Indem du diesen Anhänger gestohlen hast, bist du an skrupellose Leute geraten, die nicht eine Sekunde zögern werden, dein Leben zu beenden. Und sie verfügen über Kräfte, die du dir nicht einmal vorstellen kannst."

Das war Rias Stichwort. „Was für Kräfte?"

Sie und Gräfin Eleana tauschten einen langen Blick. Ria stellte fest, dass auch die Augen der Gräfin von einem intensiven Blau waren. *Herrje, wieso hat denn hier jeder blaue Augen?*

„Womit wir wieder dabei wären, dass ich nichts über dich weiß und dir deshalb nichts anvertrauen kann."

Ria wandte sich ab, verschränkte die Arme erneut und sah demonstrativ zur Seite. Die Gräfin neigte enttäuscht den Kopf. Für einen Moment herrschte Stille im Raum. Ria sah zur Wand, bemüht nicht an den Mann in Schwarz zu denken. Gleichzeitig versuchte sie zu ignorieren, dass Gräfin Eleana sie unablässig anstarrte.

„Ein paar Dinge weiß ich allerdings schon über dich", sagte die Gräfin und durchbrach das Schweigen. „Du bist ganz offensichtlich eine Diebin. Angesichts deines Alters und deines Verhaltens würde ich sagen, dass du eine Waise bist. Du lebst zwar nicht auf der Straße, schlägst dich aber allein durch. Du hast ein Gespür für den Wert von kostbaren Gegenständen, andernfalls hättest du nicht den Anhänger stehlen wollen. Und ganz offensichtlich ist Schmuck dein bevorzugtes Diebesgut."

Ria spürte, wie Gräfin Eleanas Augen über ihre zahlreichen Habseligkeiten wanderten. Wie zur Prüfung umfasste Ria einen ihrer Ringe und drehte ihn um den Finger. „Wer sagt Ihnen, dass ich das alles gestohlen habe?"

Die Gräfin zog einen Mundwinkel nach oben. „Hast du nicht?"

„Nicht alles“, entgegnete Ria. Etwas leiser fügte sie hinzu: „Es sind auch Geschenke dabei.“ Sie drehte den Ring noch schneller um ihren Finger.

„Als Diebin verstehst du dich aufs Täuschen. Dein Motto scheint zu sein, unerwünschten Blicken durch Ablenkung zu entgehen. Und natürlich trägst du eine Maske.“

Ria schluckte. Verärgert sagte sie: „Wie meinen Sie das?“

„Fensterglas ist in Brillen leicht zu erkennen, Ria.“

Trotzig rückte Ria ihre Sehhilfe zurecht. Sie wollte diese Gräfin nicht mögen, die ohne große Anstrengung ihre so sorgfältig angelegte Fassade zu durchschauen schien. Sie konnte jedoch nicht anders, als ein gewisses Maß an Bewunderung für ihren Scharfsinn zu empfinden.

„Warum legst du so großen Wert darauf, dich hinter einem Schauspiel zu verstecken?“

Ria richtete den Blick wieder zu Boden. Geduldig wartete die Gräfin auf eine Erwiderung von Ria. Doch dieser fiel nichts ein, was sie sagen konnte. Sie hatte vor langer Zeit aufgehört, darüber nachzudenken, warum sie den ständigen Drang verspürte, sich zu verstecken. Ausnahmsweise blieb ihr jetzt nichts anderes übrig, als zu schweigen.

Gräfin Eleana schien zu spüren, wann es aussichtslos war, auf eine Antwort zu bestehen. „Erstaunlicherweise gibt es dann wieder Hinweise darauf, dass du über ein sehr gutes Allgemeinwissen verfügst.“

Ria zog verächtlich die Augenbrauen hoch und sah wieder auf. „Erstaunlicherweise?“, fragte sie gereizt.

Die Gräfin lächelte. „Du musst zugeben, dass es für eine siebzehn, achtzehnjährige ...“

„Neunzehn!“

„... neunzehnjährige Diebin ohne Eltern ungewöhnlich ist, wenn sie im Schlaf korrekt in drei verschiedenen Sprachen spricht.“

Ria schob trotzig den Unterkiefer nach vorne.

„Und eine sehr gute Kampfausbildung hattest du auch. Calla werden die blauen Flecken nicht gefallen. Sie ist ein bisschen eitel.“ Die Gräfin zwinkerte aufheiternd.

Ria schnaufte verächtlich. „Hat sie nicht besser verdient“, murmelte sie.

Gräfin Eleana hob die Augenbrauen. „Sie scheint ja einen guten ersten Eindruck auf dich gemacht zu haben“, stellte sie fest.

Ria dachte an die Selbstverständlichkeit, mit der das blonde Mädchen den Anhänger um den Hals getragen hatte. Es machte sie rasend. Der Anhänger stand ihr zu.

„Langfinger kommen nicht gut bei den Leuten an“, sagte sie.

„Sprichst du da aus Erfahrung?“ Wieder lächelte Gräfin Eleana sie an. Ria konnte nicht anders, als ebenfalls leicht zu schmunzeln.

„Wieso willst du den Anhänger unbedingt haben?“

Die Gräfin sah sie eindringlich und voller Erwartung an. Unfähig dem Blick standzuhalten, wandte Ria ihren Kopf ein weiteres Mal zur Seite. „Das kann ich Ihnen nicht sagen“, antwortete sie schließlich.

Die Gräfin schwieg.

„Kann ich ihn wiederhaben?“, fragte Ria auf einmal kleinlaut.

Sie sah wieder zur Gräfin. Deren Lächeln war verschwunden. Fast traurig schüttelte sie den Kopf. „Im Moment nicht. Es tut mir leid. Ich habe ihn Calla aus einem wichtigen Grund gegeben.“

Jetzt war es an Ria, der Gräfin einen stechenden Blick zuzuwerfen. „Und was ist das für ein Grund?“, fragte sie mit lauter, fester Stimme.

Die Gräfin machte keinerlei Anstalten, auf die Frage einzugehen. Bevor Ria aber vor Ungeduld auffahren konnte, sagte sie: „Ich mache dir einen Vorschlag.“

Es war der erste Satz aus dem Mund der Gräfin, der Ria nicht in Rage versetzte. „Ich bin ganz Ohr.“

„Du beantwortest mir eine Frage zu dir, und ich verrate dir, wo du bist und warum ich dich hergebracht habe. Einverstanden?“

Ria musterte die Gräfin abschätzend. Sie sah der Frau in ihre tiefblauen Augen. Gedankenverloren drehte sie wieder ihren Ring um ihren Finger.

„Kommt auf die Frage an“, antwortete sie nach einer Weile.

Die Gräfin hob eine Augenbraue. Dann sagte sie: „Ria Thale, ist das dein richtiger Name?“

Rias Herzschlag beschleunigte sich. Wer immer diese seltsame Frau mit dem geflochtenen Zopf und dem merkwürdig aus der Zeit gefallenen Samtkleid war, sie war nicht leicht hinters Licht zu führen. Ria beschloss, alles dafür zu tun, ihr in nichts nachzustehen.

„Nicht wirklich“, gab sie zurück.

Zu Rias Überraschung wurde Gräfin Eleanas Lächeln noch breiter, und sie nickte. „Ich schätze, die Antwort muss mir erst einmal genügen.“ Mit einer kraftvollen Bewegung stieß sie sich von der Tischkante ab und stellte sich vor Ria.

„Komm‘ mal mit mir mit.“ Ohne eine Erwiderung abzuwarten, schritt sie zur Tür, öffnete sie und trat in den Flur hinaus. Ria sah ihr einen Moment unschlüssig nach, sprang aber auch auf die Füße und folgte der Gräfin.

*

„Tut mir leid“, flüsterte Percival, als er den Eisbeutel an Callas Stirn drückte und diese vor Schmerz zusammenzuckte. „Das wird helfen.“ Die beiden saßen in dem kleinen Krankenzimmer auf der schmalen Patientenliege.

Calla warf ihm ein schwaches, aber freundliches Lächeln zu. Sie nahm den Eisbeutel aus seiner Hand. Percys Mund wurde ganz trocken bei ihrer Berührung.

„Vielen Dank. Das wäre wirklich nicht nötig gewesen.“

„Ich fürchte, sie hat dich ganz schön erwischt“, widersprach Percy und neigte den Kopf, um einen besseren Blick auf die Stelle an Callas Stirn werfen zu können, an der Rias Faust sie getroffen hatte. Die Haut war gerötet, und es hatte sich bereits eine dicke Beule gebildet. „Ich bin überrascht, dass du nicht bewusstlos bist. Du müsstest eine Gehirnerschütterung haben“, überlegte er laut.

Calla schüttelte den Kopf, was Percy veranlasste, sie verwundert anzusehen.

„Wie schon gesagt, ich glaube, das alles ist nicht nötig“, sagte sie.

Sie nahm sich den Eisbeutel von der Stirn, legte ihn zur Seite und zeigte Percy ihren Unterarm. Dieser sah das riesige Hämatom, das sich dort gebildet hatte. Calla hatte einen von Rias Schlägen mit ihrem Arm abgewehrt. Der war dabei so stark zerquetscht worden, dass sich sofort ein dunkler, blauer Fleck gebildet hatte. Die Ränder reichten Calla bis ans Handgelenk. Nein, sie hörten kurz davor auf.

„Was zum ...“, hörte Percy sich fragen, als er sah, dass der blaue Fleck sich immer weiter zurückzog und schrumpfte. „Du heilst!“, rief er, nahm Calla beim Handgelenk und zog ihren Arm dichter an sein Gesicht heran. Es dauerte einen Augenblick, bis ihm bewusst wurde, was er da eigentlich tat. Verlegen ließ er schnell Callas Hand los und kämpfte gegen die Hitze an, die ihm in die Wangen schoss.

Calla lachte laut auf. „Das ist der Anhänger“ sagte sie und umfasste das Schmuckstück um ihren Hals.

„Wirklich?“ Percy warf einen forschenden Blick auf den blauen Stein. Das Juwel schien zu glühen. Unter seiner Oberfläche leuchtete ein schwaches Licht, das langsam pulsierte. Es kostete ihn Mühe, den Blick wieder von ihm abzuwenden. Ihm wurde kurz schwindelig.

„Er wirkt so schnell auf dich?“, fragte er.

Calla zuckte nur mit den Achseln und ließ den Anhänger los. „Ganz offenbar.“

„Er erkennt dich, nicht wahr?“

Den Blick, den Calla ihm jetzt zuwarf, konnte Percy nicht deuten. Ihr Lächeln war verschwunden. Ihre Augen, die wie die von jedermann an Bord ozeanblau waren, strahlten Entschlossenheit, aber auch Angst aus. Sie sah Percy lange mit diesem Blick an, und die verfluchte Hitze in seinen Wangen nahm sogar noch zu.

„Ich weiß es nicht“, räumte Calla ein.

„Wieso?“ Percys Frage entkam seinem Mund schneller, als er beabsichtigt hatte.

„Es ist schwierig zu beschreiben. Etwas passiert mit mir, seitdem ich ihn trage. Ich fühle mich unendlich stark und gesund. Es ist, als könnte ich Bäume ausreißen. Aus irgendeinem Grund macht mir das aber Angst. Kannst du das verstehen?“

Percy nickte, allerdings ohne Calla bei ihren Ausführungen tatsächlich zu folgen. Er hatte nur Augen für das schöne Mädchen, das jetzt endlich so dicht bei ihm saß und ihn in seine Gefühlswelt einließ. Er wollte einfach, dass Calla weiter sprach.

„Kannst du den Anhänger denn spüren?“, fragte Calla.

Es dauerte eine Spur zu lange, bis Percy klar wurde, dass sie ihm eine Frage gestellt hatte. „Ich?“ Er musste überlegen. „Ja, ich denke schon. Ich kann die Energie, die von ihm ausgeht, fühlen. Aber ich glaube nicht, dass er so eine Wirkung auf mich haben würde.“ Er deutete auf Callas Arm. Der blaue Fleck war endgültig verschwunden.

Calla folgte seinem Blick und grinste. Sie fasste sich wieder an ihre Stirn. Sie sog scharf die Luft ein, als sie ihre Beule ertastete. „Die braucht wohl noch einen Moment.“

„Und abgesehen davon, passiert sonst irgendetwas?“, wollte Percy wissen. Im nächsten Moment überlegte er, ob er mit dieser Frage einen Schritt zu weit gegangen war.

Calla seufzte. „Ja und nein. Wie schon gesagt: Es ist schwierig zu beschreiben. Ich glaube, ich habe es mir anders vorgestellt. Ich habe immer gedacht, dass in dem Moment, in dem ich mit einem echten Splitter in Kontakt komme, alles in mir freigesetzt wird, weißt du. Mein ganzes Leben werde ich verfolgt von Erinnerungsfetzen, halbfertigen Gedanken und seltsamen Träumen. Ich weiß, dass sie da sind, aber ich kann nicht auf sie zugreifen. Kennst du das Gefühl?“

Wieder nickte Percy, ohne zu glauben, dass er auch nur eine Ahnung davon hatte, was Calla meinte. Zwar wusste er, wie es sich anfühlte, wenn die Bilder aus Träumen den einen Augenblick noch erreichbar und klar waren, um nur Sekunden später für immer verloren zu gehen. Doch das, worauf Calla anspielte, war so viel größer als vergessene Träume es je sein konnten. Sie sprach von den Erinnerungen an ein anderes Leben.

„Und jetzt ...“, Calla suchte nach den richtigen Worten. „... meine ich, die Gedanken an diese Bilder vielleicht einen, zwei Momente länger festhalten zu können. Die Gewissheit, dass sie da sind, wird stärker. Aber noch ist alles so weit weg. Ich fühle mich, als wandere ich in meinen Gedanken im Nebel.“ Calla hatte bei diesen Worten ihren Kopf gesenkt, und ihre Stimme war leise geworden. Sie klang traurig und sehnsüchtig.

Percy wünschte sich, ihm fiele etwas ein, das er sagen konnte. Doch was tröstete jemanden, der sein ganzes Leben auf der Suche nach Antworten gewesen war und der noch mehr Geduld aufbringen musste, bevor er sie erhalten würde.

„Gibt es etwas, das du beschreiben kannst? Ein Bild, einen Gedanken?“, fragte er.

Calla holte tief Luft und überlegte. „Ja, da gibt es etwas.“ Ihre Stimme wurde sanft, verträumt. „Ich erinnere ich an Gegenstände, an Kleidung. Oh, wie oberflächlich!“ Sie legte beschämt eine Hand auf ihren Mund und sah Percy schüchtern an.

„Nein, überhaupt nicht. Mach‘ weiter!“, ermunterte er sie.

Calla ließ ihre Hand wieder sinken, und ihr Blick wurde glasig. „Ich erinnere mich an ein Kleid. Es war rot, und ich habe es geliebt. Ich trug dazu immer einen Gürtel.“ Versonnen griff sie sich mit der Hand an ihre Taille. Percy folgte der Bewegung und ließ seinen Blick auf ihren schmalen Hüften ruhen. Er musste sich innerlich zur Ordnung rufen, um Calla wieder ins Gesicht zu sehen.

„Mein Nacken hat geschmerzt. Ich habe ihn immer gerade halten müssen, damit auf meinem Kopf ... Ich habe etwas auf meinem Kopf getragen. Etwas ...“ Ein Zucken durchfuhr Callas Körper, als ihre Fingerspitzen wieder die Beule an ihrer Stirn berührten. Der Schmerz ließ sie hochschrecken und ihr gerade noch versonnener Blick wurde mit einem Schlag wieder klar.

„Aua“, sagte Calla mit gehobenen Mundwinkeln.

Percy presste die Lippen aufeinander, lächelte aber zurück. Er würde mit Eleana sprechen müssen, sobald diese mit Ria fertig war. Sie würde unbedingt wissen wollen, was Calla ihm gerade erzählt hatte. Denn für ihn waren soeben alle Zweifel ausgeräumt worden: Sie hatten *sie* gefunden.

„Was guckst du mich denn so an?“, riss Calla ihn aus seinen Gedanken.

„Was?“, fragte er verdutzt.

„Stimmt irgendwas nicht?“ Verunsicherung lag in Callas Stimme. Sie hatte den Kopf leicht schief gelegt, und Percy konnte sich nicht vorstellen, dass es ein Mädchen gab, das jemals süßer ausgesehen hatte.

Er schüttelte energisch den Kopf. Doch Calla war nicht überzeugt: „Ich sehe schlimm aus mit der Beule, oder?“

„Nein!“, rief Percy. Die Beule war schon fast nicht mehr zu sehen. Innerhalb der nächsten Minuten würde sie verschwunden und für immer vergessen sein.

„Du siehst ...", setzte er an. Unendlich viele Worte schossen ihm in den Kopf. Keines schien angemessen zu sein. Die Hitze in seinen Wangen war jetzt so stark, dass er fürchtete, zu schwitzen.

„Ich ziehe mich besser mal um", sagte Calla auf einmal. Sie rutschte von der Liege, und bevor Percy etwas sagen konnte, hatte sie das kleine Krankenzimmer auch schon verlassen.

„... perfekt aus", beendete Percy seinen Satz. Damit warf er wütend den Kopf in den Nacken und schlug zerknirscht die Hände über dem Gesicht zusammen.

*

„Zieh' das an. Du wirst es brauchen."

Mit einem skeptischen Gesichtsausdruck nahm Ria den schweren Parka entgegen, den die Gräfin ihr reichte. Sie war der eleganten Frau nur ein kleines Stück durch den Flur gefolgt. Nachdem sie um eine Ecke gebogen waren, hatten sie vor einer steilen Stiege aus Metall halt gemacht. Die Stufen endeten vor einer schmalen Luke.

Gräfin Eleana streifte sich ebenfalls einen Parka über und begann die Stufen nach oben zu klettern. Ria folgte, ohne ein Wort zu sagen. Dabei beschlich sie langsam, aber sicher eine Ahnung, was ihren Aufenthaltsort anging.

Über ihr stieß die Gräfin die Luke auf und grelles Sonnenlicht fiel auf Ria. Nur einen Augenblick später war die Frau durch die Öffnung im Licht verschwunden. Ria beeilte sich, packte am oberen Ende der Stiege die Ränder der Öffnung und zog sich ebenfalls ins Licht.

Eisige Kälte schlug ihr entgegen und Sonnenstrahlen blendeten sie. Es dauerte einige Sekunden, ehe Rias Augen sich an das Tageslicht gewöhnt hatten. Der Ausblick, der sich ihr bot, raubte ihr den Atem.

„Heilige Axt!", entfuhr es ihr, als ihre Augen über die Wogen aus glitzerndem Wasser wanderten. Der herrliche Geruch von Salz stieg in ihre Nase und Meeresrauschen erklang in ihren Ohren.

„Willkommen auf der PALLAS." Gräfin Eleana trat in ihr Sichtfeld und streckte eine Hand nach Ria aus. Diese ergriff sie zitternd und ließ sich von der Gräfin auf die Beine helfen.

Unsicher kam sie zum Stehen und drehte sich zu allen Seiten um.

„Das ist ein Schiff“, raunte sie. Das Deck, auf dem sie sich befand, hatte die Größe einer größeren Motoryacht. Rumpf und Deck hatten dieselbe silbrige Farbe. Das Metall war mit allerhand feinen Linien verziert, die Ria an das künstliche Pferd erinnerten, das sie in dem Hamburger Speicher gefunden hatte. Eine schmale Reling reichte ihr bis zur Hüfte. Dahinter erstreckte sich das Meer zu allen Seiten bis zum Horizont.

„Ja, sie ist mein ganzer Stolz.“ Die Gräfin trat an die Reling, stützte beide Hände darauf ab und hielt ihr Gesicht dem Himmel entgegen.

Ria erholte sich langsam von ihrem Schreck und folgte der Gräfin an die Reling. Dabei folgten ihre Augen unsicher den Wellenbewegungen des eigentlich recht ruhigen Meeres. Unter ihren Füßen spürte sie fast keine Schwankung. Dennoch merkte Ria, wie sich in ihrem Magen ein flaues Gefühl ausbreitete.

„Und Sie haben es PALLAS genannt?“, fragte Ria, als sie neben der Gräfin angekommen war.

Diese nickte fröhlich. „Nach der Göttin Athene. Pallas war ihr Beiname“, erklärte sie.

Ria fasste sich an den Bauch und schnaubte. „War Pallas nicht der Name der Freundin, die Athene aus Versehen umgebracht hat?“

Weil Ria sich plötzlich den Mund zu halten musste, entging ihr beinahe, dass die Gräfin auf einen Schlag kreidebleich wurde und sie bestürzt ansah. Ria sah jedoch nicht zurück, sondern schwang ihren Kopf über die Reling. Sie versuchte mit gleichmäßigen Atemzügen, ihren Magen wieder in den Griff zu bekommen.

Die Übelkeit war gerade vorbei, als die Gräfin sagte: „Ich habe richtig gelegen, was dein Allgemeinwissen angeht.“

Ria lächelte schwach, ohne die Gräfin anzusehen.

„Und dass du schnell seekrank wirst, werde ich mir ebenfalls merken.“

Wäre Ria nicht bereits grün im Gesicht gewesen, hätten ihre Wangen sicher eine tiefrote Farbe angenommen. Ihre plötzliche Übelkeit war allein ihrer Psyche geschuldet. Nur der Gedanke daran, dass sie sich nicht an Land befand, ließ ihren Magen verrückt spielen. So war es immer die ersten Stunden auf See. Danach verschwand das Unwohlsein und kehrte nicht zurück. Ihre Neigung zur Seekrankheit tat Rias Liebe zum Meer keinen Abbruch. Es war nur eine von vielen Widersprüchlichkeiten in ihrem Leben. Sie beschloss jedoch, nichts zu der merkwürdigen Reaktion ihres Magens zu sagen. Die Gräfin hätte nur gefragt, woher Ria das so genau über sich wusste. Gräfin Eleana musste aber nicht erfahren, dass Ria bereits viel Zeit auf See verbracht hatte.

„Sagen Sie mir jetzt, wo wir sind?“, fragte Ria.

„In der Nordsee. Vor der norwegischen Küste.“

Ria riss die Augen auf. „Wie bitte?“, rief sie. „Wie kann das sein? So lange kann ich doch nicht außer Gefecht gewesen sein.“ Die Schiffsreise zwischen Hamburg und Norwegen dauerte mehrere Tage.

Als die Gräfin lächelte, aber nicht antwortete, wandte Ria sich fluchend ab und blickte wieder in die Ferne. Die Übelkeit verschwand allmählich. Die eisige Kälte begann dafür an ihr hochzukriechen. Ihre Knie zitterten wieder. Wie sie das Frieren hasste!

„Und was wollen Sie hier?“, fragte Ria.

Die Gräfin trat näher an Ria heran und zeigte mit dem Finger in die Ferne. Ria folgte der Geste und meinte, einen schmalen Küstenstreifen ausmachen zu können.

„Dort werden wir morgen früh an Land gehen“, sagte die Gräfin.

„Was ist da?“

„Ein kleines Fischerdorf. Wenn du willst, kann ich dich dort – Wie hast du es so schön gesagt? – abladen. Es sei denn, du entschließt dich, mit mir zu kommen und mir zu helfen.“

Rias Herz begann schneller zu schlagen. „Wobei soll ich Ihnen helfen?“ Sie drehte sich zur Gräfin.

„Meine Suche abzuschließen.“ Auch Gräfin Eleana wandte sich jetzt Ria zu, sodass sich die beiden gegenüber standen. Die ozeanblauen Augen der Frau ruhten auf Ria. Die Gräfin sah entschlossen aus. Ria erwiderte den Blick, holte Luft und wollte etwas sagen. Doch bevor sie ihre Frage aussprechen konnte, verkündete die Gräfin, den Blick noch immer fest auf sie gerichtet: „Nach der Prinzessin von Atlantis.“

Rider ließ sich den frischen Wind in sein Gesicht wehen. Die Augen fest auf die Wellen gerichtet, beobachtete er, wie sich langsam ein Gewitter über dem Meer bildete. Die Wolken wuchsen wie ein Geschwür in die Höhe, und die Blitze zuckten in ihrem Inneren. Rider ließ das instinktive Gefühl drohender Gefahr, das in ihm hochstieg, auf sich wirken und genoss es in vollen Zügen. Wie passend, dass ausgerechnet jetzt ein Sturm aufzog. Die Dinge nahmen endlich ihren Anfang.

An Deck des großen Schiffes, auf dem er stand, herrschte durch die dichte Wolkendecke am Himmel ein schwaches Licht. Das hielt Rider nicht davon ab, das in Leder gebundene Notizbuch, das er in seiner Hand hielt, zu öffnen und darin zu lesen. Er warf einen Blick über die jüngsten Einträge, beschloss aber, dass diese ihm nicht die ersehnte Ablenkung bringen würden. Stattdessen blätterte er viele Seiten zurück zum Anfang seines Buches. Die Einträge, die er dort vorgenommen hatte, lagen bereits viele Jahre zurück. Die Zeilen, die er jetzt las, hatte er vor über zwölf Jahren aufgeschrieben.

„Urteil des Zeus über Atlantis", wisperte Rider vor sich hin. Seine eigene Handschrift war mittlerweile verblasst und an einigen Stellen kaum mehr auszumachen. Rider konnte die Worte dennoch entziffern. In Wahrheit kannte er sie auswendig: „Zur Besinnung gebracht, sollten die Bewohner von Atlantis zu einer edleren Lebensweise wiederfinden. Kehrt die Prinzessin zurück, erhebt sich mit ihr das streitbare Geschlecht aus Asche und Meer." Mit diesen Worten schlug Rider sein Buch wieder zu und blickte erneut über die Wellen. Als er den Text damals gelesen und abgeschrieben hatte, war er jung und naiv gewesen. Er hatte geglaubt, zu wissen, was es bedeutete, wenn die Prinzessin von Atlantis zurückkehrte. Er hatte sich an alberne Hoffnungen und Träume geklammert. Wäre er damals nur nicht so dumm gewesen. Er hätte womöglich verhindern können, was wenig später geschehen war.

„Boss?"

Kaum hatte Brutus das Wort hinter ihm ausgesprochen, war Rider herumgewirbelt. Wütend fixierte er seinen Handlanger.

„Hatte ich nicht gesagt, dass ich nicht gestört werden will?“, fauchte er. Der Wind wehte ihm jetzt in den Rücken und bauschte die Enden seines schwarzen Mantels auf.

„Ja, schon.“ Brutus wagte es nicht, seinen Anführer anzusehen, sondern schaute auf seine Füße. Rider war gereizt. Allerdings galt sein Zorn nicht Brutus‘ Störung, sondern der Tatsache, dass er so in seinen Gedanken versunken gewesen war, dass er nicht bemerkt hatte, wie sich der Riese angeschlichen hatte.

„Aber du hast auch gesagt, wir sollen dir sagen, wenn die Antwort da ist.“

Rider blies seine Wut davon. Als Brutus sich traute, ihn anzusehen, fragte er den größeren Mann: „Und?“

Brutus schien einen Moment unschlüssig zu sein, wie er erwidern sollte. Seine dunkelbraunen Augen flackerten. Schließlich brachte er hervor: „Ich soll dir sagen, dass *er* dich sprechen will.“

Rider schob seinen Unterkiefer vor. Er hätte damit rechnen müssen, und dennoch ärgerte es ihn, dass die Nachricht, die er vor wenigen Stunden versandt hatte, nicht ausgereicht hatte. Es hatte den Anschein, als wären seine Erläuterungen nicht zufriedenstellend gewesen. Er würde sich noch einmal persönlich erklären müssen.

„Wo?“, fragte er seinen Handlanger.

„Kontrollraum“, antwortete Brutus knapp.

Rider sagte nichts weiter, sondern ging bereits an dem Riesen vorbei, der eingeschüchtert zur Seite wich. Mit schnellen, aber kräftigen Schritten, nahm Rider die Stufen, die unter Deck führten. Er ging durch den breiten Flur. Zielstrebig steuerte er die Tür des Kontrollraums an.

Bis auf das Licht der vielen Bildschirme und Knöpfe war der Raum vollkommen dunkel. Einer von Riders Männern sprang auf, als er seinen Anführer eintreten sah. „Boss!“

„Steht die Verbindung noch?“, wollte Rider ohne Umschweife wissen.

„Ja. Er wartet. Das Mikro ist auf stumm.“

Rider nickte, hob die Hand und deutete dem Mann, den Raum zu verlassen. Dieser flüchtete sichtlich erleichtert, und nur wenige Sekunden später stand Rider allein in der Dunkelheit. Er setzte sich nicht auf einen der Stühle, sondern ging an das Kontrollfeld, auf dem zahlreiche Knöpfe leuchteten. Er legte seine Hand auf einen Schalter.

Bevor er ihn umlegte, holte er noch einmal tief Luft. Anschließend betätigte er den Knopf und sagte mit so viel Verachtung wie möglich: „Exzellenz?“

Die Stimme am anderen Ende war tief und verzerrt. Sie klang unnatürlich. Rider wusste, dass es nicht das Mikrophon war, das sie verfälschte. Er kannte schließlich den Mann, dem sie gehörte.

„Hallo Christopher.“

Rider hasste es, mit seinem Vornamen angeredet zu werden. „Was kann ich für Euch tun?“

„Du kannst mir verraten, wie es möglich ist, dass du den Anhänger verloren hast, nachdem du ihn der Gräfin doch eigentlich schon unter der Nase weggeschnappt hattest.“

Rider rollte die Augen und drückte die Kiefer aufeinander. Genau das hatte er bereits in seiner Nachricht erläutert. Er würde sich nicht ein zweites Mal rechtfertigen. „Das hatte ich bereits …“

„Jaja, ich habe deine Nachricht erhalten. Ich würde es trotzdem noch einmal gerne von dir hören.“ Die Stimme klang über die Lautsprecher herablassend, aber geduldig. Dieses Gespräch diente vor allem Riders Demütigung.

„Ihnen nützt der Anhänger allein nichts“, sagte Rider trocken.

„Richtig.“

„Ich werde Ihnen nicht nur den Anhänger bringen“, fuhr Rider fort, „sondern auch die Person, die zu ihm gehört.“

„Und wie willst du das anstellen?“, fragte die körperlose Stimme.

Rider hoffte, dass man ihm anhören konnte, wie er in diesem Moment genüsslich lächelte. „Das ist das Beste. Beides wird von ganz allein zu mir kommen. Ich muss gar nichts tun.“ Rider ließ sich nun doch in einen Stuhl fallen und faltete die Hände.

Eine lange Pause trat ein. Rider überlegte kurz, ob die Verbindung abgebrochen war, als aus den Lautsprechern drang: „Ich verlasse mich auf dich.“

„Keine Sorge, Exzellenz. In wenigen Tagen werde ich beides in meinem Besitz haben.“

„Wenn das so ist, scheinst du ja Zeit zu haben.“

Rider lehnte sich vor. Er ahnte, was jetzt kommen würde. „Haben Sie etwas für mich?“, fragte er zum ersten Mal ohne den verächtlichen Tonfall in seiner Stimme.

„So ist es. Ich übermittle dir gerade Koordinaten. Ich will, dass du dich sobald wie möglich dorthin begibst.“

„Was werde ich finden?“

Es folgte eine kurze Pause, und Rider war sich sicher, nun ebenfalls ein Lächeln in der Stimme aus den Lautsprechen wahrnehmen zu können. „Kannst du dir das nicht denken? Ich erwarte, von dir zu hören, wenn du da bist.“ Mit diesen Worten erstarb der Lautsprecher. Ein kurzes Piepen ertönte und Rider betätigte den Schalter, um die Kommunikationsanlage auszustellen.

Er ließ sich zurück in seinen Stuhl sinken und sah zu einem der vielen Bildschirme auf der Kontrolltafel. Auf einem waren Längen- und Breitengrade abgebildet. Rider musste an das Gefühl zurückdenken, das ihn angesichts des kommenden Gewitters gepackt hatte. *Es geht los!*, dachte er und begann zu schmunzeln.

*

Nachdem Ria die Gräfin eine Zeit lang nur beobachtet hatte, ohne etwas zu sagen, hatte diese plötzlich besorgt ihren Arm ergriffen.

„Ria?“, hatte sie gefragt. „Geht es dir nicht gut?“ Ria konnte sich an die folgenden Minuten später kaum mehr erinnern. Sie wusste nur noch, dass die Gräfin etwas von „blass im Gesicht“ und „Blutverlust“ gemurmelt hatte, bevor sie sie wieder unter Deck und in die Kajüte zurückgeschoben hatte, in der sie vor nicht allzu langer Zeit erwacht war.

Dort saß sie jetzt auf der Kante ihres Bettes und beobachtete mit zusammengezogenen Augenlidern, wie die Gräfin auf das blonde Mädchen einredete, das sie vorhin Calla genannt hatte. Die jüngere der beiden nickte unterwürfig, als sie die Anweisungen entgegennahm. Der Anhänger, den sie noch immer um ihren Hals trug, baumelte dabei hin und her. Als die Gräfin geendet hatte, verließ sie das Zimmer und Calla wandte sich Ria zu.

„Wie geht es dir?“, wollte sie in einem verbindlichen Tonfall wissen. Ria sah sie an, antwortete aber nicht. „Gräfin Eleana vermutet, dass dir der Blutverlust noch zu schaffen macht. Ich werde mich jetzt darum kümmern, in Ordnung?“, fuhr das Mädchen in dem noch immer schrecklich freundlichen Tonfall fort.

„Und wie willst du das machen?“ Rias Tonfall war schnippisch und alles andere als diplomatisch.

Calla seufzte. Statt auf die Frage einzugehen, drehte sie sich um, ging zu einem der Wandschränke in der schlichten Kabine und öffnete ihn mit einem kleinen Schlüssel. Sie zog einen Gegenstand hervor, der etwa so groß wie ein Globus war. Er war so sperrig, dass sie ihn nur mit beiden Händen tragen konnte. Ria guckte interessiert dabei zu, wie das blonde Mädchen den Gegenstand auf dem Tisch neben ihrem Bett abstellte. Nun konnte sie deutlich sehen, dass es sich um einen Kristall handelte. Er war nicht glatt, sondern hatte eine raue Oberfläche, was ihm ein natürliches, unbehandeltes Aussehen verlieh. Er erinnerte eigentlich an einen gewöhnlichen, nicht besonders sorgfältig geschlagenen weißen Salzkristall, wäre da nicht das hellblaue Leuchten gewesen, das in seinem Inneren pulsierte.

„Was zum Henker ist das?“ Ria klang jetzt nicht mehr feindselig, sondern eingeschüchtert. Sie konnte ihre Augen kaum von dem Kristall abwenden.

„Wonach sieht es denn aus? Das ist eine Kristalllampe.“

Ria presste die Zähne aufeinander, um die Bemerkung, die ihr auf der Zunge lag, herunterzuschlucken. Stattdessen murmelte sie: „Und warum leuchtet sie so komisch?“

Das blonde Mädchen grinste wissend. „Spürst du denn gar nichts?“

Ria sah das andere Mädchen verständnislos an. Calla grinste noch breiter, und griff nach Rias Hand. Ria riss sie zurück.

„Vertrau‘ mir“, sagte Calla und Ria ließ zu, dass das andere Mädchen ihre Hand nahm und sie auf den Kristall legte.

Zuerst spürte Ria nur die wohltuende Wärme. Doch auf einmal begannen ihre Fingerspitzen zu kribbeln. Das Gefühl erfasste erst ihre ganze Hand, wanderte anschließend ihren Arm hinauf, bis ihr Körper von einem angenehmen Schauer geschüttelt wurde. Wie eine Welle durchfuhr sie ein Gefühl von Geborgenheit,

Sicherheit und Stärke. Sie bekam eine Gänsehaut, obwohl ihr nicht kalt war. Ihr Herz begann schneller zu schlagen.

Sie wollte gerade zu einer Frage ansetzen, als das eigenartige Gefühl auch in ihren Geist vordrang. Ohne es verhindern zu können, verlor Ria die Wahrnehmung ihrer Umgebung und die Erinnerung überkam sie mit Gewalt.

Sie hatte beschlossen, dass ihre Mutter die schönste Frau auf der ganzen Welt war. Ria stand verstohlen im Türrahmen und beobachtete, wie ihre Mutter vor dem Schminktisch saß und Lippenstift auftrug. Sie hatte ihr den Rücken zugewandt, doch sie entdeckte ihre Tochter im Spiegel. Sie lächelte Ria erst an, dann drehte sie sich um.

„Komm' her!", rief sie ihr zu und streckte die Arme nach ihr aus. Ria lief mit schnellen Schritten zu ihrer Mutter und warf sich ihr in den Schoß. Sie war klein für eine Vierjährige, aber schnell. Ihre Mutter stöhnte, als ihre Tochter mit Schwung auf ihren Knien landete.

Mutter und Tochter guckten sich im Spiegel an. Sie hatten dasselbe Haar, dieselben Augen, auch wenn Ria das damals noch nicht hatte erkennen können. Sie interessierte sich nicht für ihr Spiegelbild. Stattdessen wandte sie sich ihrer Mutter zu und griff nach dem funkelnden Anhänger um ihren Hals.

„Stop!", schrie Ria, als sie ihre Hand wegriss. Die Erinnerung brach schlagartig ab und Ria fand sich in der kleinen Kajüte wieder, Calla gegenüber sitzend, vor sich den leuchtenden Kristall. Ria keuchte. Ihre Halsschlagader pochte. Sie warf einen alarmierten Blick zu dem blonden Mädchen, das sie ebenfalls irritiert anstarrte.

„Was war das?", flüsterte Ria.

„Was hast du gesehen?", fragte Calla.

Ria war noch zu aufgewühlt, um sich darauf zu besinnen, dass sie Calla eigentlich nicht antworten wollte. „Es war eine Erinnerung, von früher. Aber sie war so viel echter als sonst. Es war, als würde ich es noch einmal erleben."

„Was ist passiert?"

„Ich habe meine ...", Ria brach ab. „Was treibt ihr hier?", fragte sie stattdessen feindselig.

Callas Miene wurde traurig. „Ria“, sagte sie und wollte nach ihrer Hand greifen, doch Ria zog sie hastig zurück.

„Störe ich?“

Beide Mädchen wandten sich gleichzeitig um, als Percy in der Tür auftauchte. Während Calla erleichtert aufatmete, versteifte sich Ria. Ihr wütender Gesichtsausdruck verflog. Stattdessen hatte sie die Augen weit aufgerissen und glotzte den Jungen an.

„Percy“, sagte Calla. „Ich habe Ria gerade ...“, sie brach ab, als sie sah wie Ria Percy fixierte.

Percy sah verwirrt zwischen den beiden Mädchen hin und her. Er warf Calla ein schwaches Lächeln zu. „Soll ich vielleicht ...?“

Ria sah im Augenwinkel, dass Calla zaghaft nickte, bevor sie aufstand und zu Percy ging. Sie beobachtete, wie die beiden flüsternd ein paar hastige Worte miteinander wechselten. Aber sie reagierte fast gar nicht darauf. Sie sah Percy noch immer an. Ria war wie in Trance.

Als der Junge zu ihr herüberkam, während Calla die kleine Kabine verließ, verkrampfte sie sich weiter. Er ließ sich vor ihr auf dem Stuhl nieder.

Percy und Ria schwiegen kurz. Sie konnte nicht fassen, wie wenig Kontrolle sie in der Gegenwart des Jungen über sich zu haben schien. Doch seine pure Anwesenheit übte eine Wirkung auf sie aus, die alle Gefühle von Wut und Verwirrung augenblicklich verdrängte.

Nachdem Percy Ria einen Moment fragend angesehen hatte, schien ihm endlich eingefallen zu sein, wie er das Eis zwischen ihnen brechen konnte. Er grinste schelmisch. „Sag‘ mal, hast du Hunger?“

Es dauerte einen Augenblick, bis Ria die Bedeutung der Worte erfasste. Ihr fiel das riesige Loch in ihrem Magen auf.

„Also ich habe Kohldampf. Was hältst du davon, wenn wir uns was zu essen schnappen?“

Rias Mundwinkel zuckten nach oben. „Ich halte ziemlich viel davon“, antwortete sie leise.

„Dann komm‘ mit!“ Percy stand auf und streckte Ria die Hand entgegen. Sie sah die Hand unsicher an. Anschließend stand sie ohne Percys Hilfe auf und folgte ihm auf den Flur hinaus.

Ein Stückchen den Gang hinunter gingen die beiden in die kleine Messe des Schiffs. Ria betrat einen schmucklosen, hellen

Raum mit großen Bullaugen am oberen Ende der Schiffswände. Ria musste sich auf die Zehenspitzen stellen, um durch das Glas auf das Meer schauen zu können.

„Setz' dich schon einmal. Ich bin gleich wieder da." Mit diesen Worten verschwand Percy durch eine weitere, deutlich schmalere Tür, von der Ria vermutete, dass sie in die Kombüse führte. Sie hatte sich gerade an den Esstisch gesetzt, als Percy mit einem großen Tablett wiederkam. Er stellte es vor Ria ab und setzte sich ihr gegenüber.

„So! Ich weiß nicht, was du magst. Warme Küche gibt es erst heute Abend. Aber ich schätze, ein Sandwich hilft erstmal." Er zwinkerte ihr zu.

Ria bemühte sich um einen freundlichen Gesichtsausdruck und nahm in Augenschein, was Percy mitgebracht hatte. Neben Tellern und Besteck hatte er einen riesigen Stapel aus Toast, Aufschnitt und Aufstrichen aufgetischt.

„Greif' zu." Mit diesen Worten nahm sich Percy selbst mehre Scheiben Brot und begann sie mit Schokoladencreme zu bestreichen.

Ria ließ sich das nicht zweimal sagen. Beherzt griff sie nach dem Brot, Käse, Schinken und so ziemlich allem anderen, was sie finden konnte. Sie ignorierte Percys leicht angewiderten Blick, als sie alles zwischen zwei Toastscheiben quetschte und ihr Werk mit zwei Saucen und einer ordentlichen Portion Ketchup krönte.

„Das kriegst du doch nie in deinen ..." Percy brach ab, als er zuschaute, wie Ria ihren Mund maximal weit aufriss und ihren Kiefer in dem Sandwich vergrub.

„Was denn?", wollte Ria kauend und mit vollem Mund wissen.

Percy riss die Augenbrauen hoch, winkte aber ab. „Nichts."

Erst als Ria sich ihr zweites Sandwich deutlich sparsamer belegte, richtete sie ihre Stimme an Percy.

„Was war das für ein Ding?", wollte sie wissen.

„Was für ein Ding?" Percy legte das Brot, von dem er hatte abbeißen wollen, zurück auf den Teller.

„Dieser Kristall, oder die Lampe."

„Ah ja die Kristalllampe. Hast du den Kristall angefasst?"

Ria nickte. „Erst fühlte es sich total gut an. Wie bei dem ... wie in dem Speicher ..." Sie unterbrach sich.

„... wie bei dem Pferd, das du in Hamburg gefunden hast“, vollendete Percy ihren Gedanken.

Ria nickte erneut. „Aber dann ist etwas ganz Merkwürdiges passiert. Es war fast so, als wäre ich eingeschlafen. Auf einmal überkam mich eine Erinnerung. Ich wusste gar nicht, dass ich sie noch habe. Es war gruselig. Für einen Moment kam mir alles echt vor. Es war wie ein sehr realer Traum. Und dann war mit einem Schlag alles vorbei.“

Percy sah sie verständnisvoll an. Er war weder überrascht noch befremdet von dem, was sie erzählte.

Er seufzte, bevor er zu erklären begann: „Wir benutzen die Kristalllampen unter anderem zur Heilung. Das Licht und die Energie, die sie ausstrahlen, haben eine positive Wirkung auf unsere Zellen. Die Regenerationsprozesse werden angeregt und um ein Vielfaches beschleunigt. Deine Zellen beginnen sich viel schneller zu heilen als unter normalen Umständen. Dasselbe gilt auch für deine Gehirnzellen. Dabei kann es schon mal passieren, dass Erinnerungen wachgerufen werden.“

Ria sah Percy ungläubig an. Percy ignorierte sie einfach.

„Die Strahlen, die von der Lampe ausgehen, sind einzigartig. Sie funktionieren auch nicht bei jedem. Sie reagieren nur bei bestimmten Personen. Normale Menschen würden von der Strahlung überhaupt nichts merken.“

Ria schob den Teller mit dem Brot von sich weg. „Und ich bin einer von diesen Menschen?“, fragte sie.

„So ist es. Du bist etwas Besonderes“, scherzte Percy.

Ria starrte Percy an. Sie wusste nicht, was sie sonst tun sollte. Diese Worte aus seinem Mund zu hören, versetzte sie in eine freudige, aufgeregte Stimmung. Aber sie machten ihr auch Angst.

Als ihr bewusst wurde, dass sie dem Jungen tief in die Augen blickte, beschloss sie, in die Offensive zu gehen: „Liegt es an meinen großen blauen Augen?“, fragte sie halb im Spaß.

Percy kicherte, entspannte sich und nahm einen Bissen von seinem Brot. „Du wirst dich wundern, aber es hat damit zu tun.“

Ria hob eine Augenbraue. „Haben deshalb alle an Bord blaue Augen?“, fragte sie. Ihre Gedanken wanderten zu dem Mann in Schwarz.

„Das ist dir aufgefallen, ja?“, fragte Percy verlegen.

„Es ist schwer zu übersehen. Vor allem sind eure Augen alle so …“ Ria rang nach Worten. „… intensiv. Weißt du, was ich meine?“

Percy nickte. „Der Gebrauch der Kristalllampen verstärkt das Blau in den Augen sogar noch. Deswegen kommt es dir so vor.“

Ria legte die Stirn in Falten. „Aber was …?“, wollte sie fragen, Percy kam ihr jedoch zuvor: „Wusstest du, dass alle Menschen mit blauen Augen ein und denselben Vorfahren haben?“, fragte er.

Ria schüttelte den Kopf.

„Es stimmt. Die Mutation, durch die blaue Augen hervorgerufen werden, ist relativ jung. Sie geht auf einen einzelnen Menschen zurück, der vor circa zehntausend Jahren im Mittelmeerraum gelebt hat.“

Ria schob sich ihre Brille zurecht.

„Und wir alle stammen von diesem Menschen ab“, fügte Percy hinzu.

„Alle Menschen mit blauen Augen haben denselben Vorfahren?“, hakte Ria nach.

„Und der hat vor ein paar Tausend Jahren gelebt. Wenn man genauer darüber nachdenkt, ist das noch gar nicht so lange her.“

Ria überlegte einen Moment. „Und jeder, der blaue Augen hat, auf den wirkt diese Lampe so?“

Percy schüttelte den Kopf. „Nein, so einfach ist das nicht. Die DNA muss noch eine ganze Reihe weiterer Marker von diesem Vorfahren aufweisen, damit die Zellen so reagieren. Wir nennen das auch ozeanischer Genanteil. Es muss eine bestimmte Anzahl verschiedener Abschnitte mit ozeanischem Anteil auf dem DNA-Strang im Genom vorliegen. Die wenigsten dieser Gene haben etwas mit dem Aussehen der Menschen zu tun.“

„Soll ich das so verstehen: Man muss mit dieser blauäugigen Person vor zehntausend Jahren eng verwandt sein, damit diese Lampen an einem funktionieren?“

Percy grinste. „So kann man das vereinfacht ausdrücken.“ Er nahm einen Bissen von seinem Brot.

Ria ließ ihn jedoch nicht aus den Augen. Sie faltete die Hände und sagte: „Und bei dieser Person handelt es sich um die Prinzessin von Atlantis?“

Percy verschluckte sich. Ria sah ihm ruhig zu, wie er von einem heftigen Hustenanfall geschüttelt wurde. Als er sich wieder beruhigt hatte, sagte er: „Eleana hat dir davon erzählt?“, fragte er heiser.

„Nicht wirklich“, entgegnete Ria. Sie hatte beschlossen, dass es keinen Sinn hatte, zu bluffen. Percy machte keinerlei Anstalten, sie unnötig im Dunkeln zu lassen oder sie zu hintergehen. „Sie hat nur gesagt, dass sie auf der Suche nach ihr ist.“ Etwas leiser fügte sie hinzu: „Und dass ich ihr dabei helfen soll.“

Ria und Percy sahen sich für die Dauer eines Augenblicks stumm an. Ria beobachtete den Gesichtsausdruck des Jungen aufmerksam. Seine Augen wurden ernst. Ria glaubte sogar, echtes Bedauern in ihnen erkennen zu können.

„Ich fürchte, dieses Thema solltest du lieber mit ihr besprechen. Sie kann es dir außerdem besser erklären. Das heißt, solltest du dich entschließen, uns zu helfen.“ Ein schwaches Lächeln kehrte auf Percys Lippen zurück.

„Sollte ich das denn?“, fragte Ria. In ihrer Stimme lag keine Ironie. Sie fragte ehrlich.

Percy strahlte. „Ich würde mich darüber freuen.“

Rias Mund öffnete sich leicht vor Erstaunen. Fast erschrocken sah sie Percy an. Doch dieser lächelte sie noch immer offenherzig an, sodass Ria vor Verlegenheit den Blick abwenden musste. Sie hatte nicht viel Erfahrung mit Menschen, die ihr ohne Vorbehalte und in aller Freundlichkeit begegneten. Meistens verdächtigte sie jedermann eigennütziger Motive, womit sie in der Vergangenheit zu oft richtig gelegen hatte. Percy jedoch zeigte nicht die geringsten Anzeichen von Selbstsucht oder Hinterhältigkeit. Es machte Ria ratlos.

„Nochmal zu dieser Lampe ...“, begann sie, um das Thema zu wechseln. „Was ist das für eine Strahlung?“

Percy nahm noch einen Schluck Wasser. „Eigentlich geht die Strahlung nicht von der Lampe direkt aus“, erklärte er. „Die Kristalle fungieren eher als Speicher. Sie können mit der Strahlung aufgeladen werden und sie für eine gewisse Zeit abgeben. Aber nach einer Weile verbrauchen sie sich.“

„Und dann muss man sie wieder ...“, Ria zögerte bei der Wortwahl, „... aufladen?“

„Ganz genau.“

„Und womit?“

Percy schmunzelte. „Wir nennen sie Atlantissteine.“

Rias Miene wurde skeptisch. Percy fuhr unbeeindruckt fort: „Man kann sie auch Splitter nennen. Beide Begriffe meinen dasselbe. Es sind unheimlich wertvolle Kristalle. Sie reagieren auf Menschen mit ozeanischen Genen und vollbringen wahre Wunder. Ihre Strahlung lässt sich speichern und übertragen, mit guten Speichern sogar für sehr lange Zeit. Aber nur die Splitter sind wirklich unerschöpfliche Quellen.“

„Splitter?“, hakte Ria nach.

„Es sind Bruchstücke von einem Meteoriten. Die Mineralien, aus denen sich sein Gestein zusammensetzt, kommen natürlich auf der Erde nicht vor. Daher ist der Vorrat von Splittern begrenzt.“

„Wie viele gibt es denn?“

Die Tatsache, dass Percy Ria jetzt abwägend ansah, verunsicherte sie. „Nicht viele“, sagte er ausweichend.

Ria hob die Augenbrauen.

„Es sind allerdings nicht alle ihrer Standorte bekannt. Einige Atlantissteine sind verschollen. Und der Zugang zu denjenigen, die gefunden worden sind, unterliegt einer strengen Kontrolle.“

„Ich schätze, das macht es nicht besonders einfach, an sie ranzukommen.“

Percy schüttelte lächelnd den Kopf. „Die Kontrolle hat leider ihren Sinn. Man muss sorgfältig mit ihnen umgehen. Ihre Wirkung auf unsere Zellen kann heilsam und gut sein. Richtig angewendet verleihen sie uns ...“, er sah Ria prüfend an, „... besondere Fähigkeiten – jedenfalls für eine kurze Weile. Doch wenn man ihnen zu lange ausgesetzt ist, führt es dazu, dass die Zellen in sich zusammenbrechen.“ Ria sah zu, wie Percy bei dem Gedanken daran erschauderte.

„Der Stein in dem Anhänger ist ein solcher Splitter, nicht wahr?“ Ria wählte einen Tonfall, der verdeutlichte, dass sie eigentlich keine Frage stellte.

Percy ließ sich Zeit mit seiner Antwort. „Er ist der größte Atlantisstein, den ich je gesehen habe.“

Ria fuhr sich mit der Hand zu ihrem Hals, wo der Anhänger gestern noch gehangen hatte. „Aber Calla trägt ihn an ihrem Körper", sagte sie.

„Calla ist anders als wir", erklärte Percy.

„Wie?", drängte Ria.

„Bist du mir böse, wenn ich dich bitte, das mit Eleana zu klären? Das gehört zu den Dingen, die sie dir besser erklären muss."

Ria schnaubte frustriert. „Ich habe nicht den Eindruck, dass sie mir viel erklären wird", sagte sie.

Percy neigte den Kopf. „Nimm ihr ihre Geheimniskrämerei nicht übel. Sie muss dir erst einmal vertrauen. Wenn sie dich besser kennt, erzählt sie dir alles, was du wissen willst."

Ria legte die Stirn in Falten. „Du kennst mich auch eigentlich gar nicht." Sie hatte ihre Stimmlage verändert. Sie klang jetzt sanft. Sie beobachtete genau, wie Percy auf ihre Worte reagierte. Er lächelte sie unschuldig an.

„Ich habe aber eine gute Menschenkenntnis", sagte er.

Ria lachte auf. Percy wusste ja gar nicht, wie sehr er sich irrte.

Sie wechselte das Thema. „Wenn man einem solchen Stein zu lange ausgesetzt ist, bringt er einen wirklich um?", fragte sie.

Als Percy nickte, schüttelte Ria ungläubig den Kopf. „Seid ihr euch da sicher?", hakte sie nochmals nach.

Zum ersten Mal war es Percy, der seine Augenlider zu einem skeptischen Blick zusammenzog. Er legte die Hände auf den Tisch und sah Ria eindringlich an. „Ja. Wieso fragst du so hartnäckig?"

Ria bemerkte, dass ihre Finger wieder begonnen hatten, ihre Ringe zu drehen. Sie schüttelte den Kopf und lächelte. „Ich kann mir das einfach schwer vorstellen, weißt du?", sagte sie freundlich. „Ein kleiner Stein soll einen einfach so umbringen?"

Ria sah erleichtert, dass Percy sich entspannte und wieder lächelte. *Zu gutmütig,* dachte sie.

„Sie heilen schließlich auch tödliche Stichwunden binnen weniger Stunden", sagte Percy mit einem Schmunzeln.

Bei dem Gedanken an das heiße Blut, das aus ihrer Seite gesickert war, fasste Ria sich an die Taille. Der Schmerz war vergangen, aber die Erinnerung an ihn war noch frisch.

„Sag' mal ...", begann Ria.

„Ja?“, fragte Percy freundlich.

„Wäre es in Ordnung, wenn ich mich ein wenig hinlege? Ich bin doch ein bisschen erschöpft.“

„Sicher.“ Percy erschien augenblicklich besorgt und wollte ebenfalls aufstehen, als Ria sich erhob. Diese winkte jedoch ab.

„Ich finde den Weg“, versicherte sie ihm.

„Calla wird dir Bescheid sagen, sobald es Abendessen gibt.“

Ria nickte Percy zum Abschied zu, verließ die Messe und kehrte in ihre Kabine zurück. Nicht ohne einen misstrauischen Blick auf die Kristalllampe zu werfen, die noch immer neben ihrem Bett stand, ließ sie sich auf die Matratze fallen. Dort faltete sie die Hände über der Brust und starrte zur Decke. Es gab viel, über das sie nachdenken musste.

Percy sah Ria bis zum Abendessen nicht mehr. Sie blieb still in ihrer Kabine und ließ sich für den Rest des Tages nicht ein einziges Mal blicken. Er hatte mit Eleana in der Messe Platz genommen, während Calla auftrug, was sie zuvor in der Kombüse gekocht hatte. Sie war an der Reihe mit der Essenszubereitung. Percy ließ Calla keinen Augenblick aus den Augen, während sie den Kessel mit dem Gemüseeintopf auf dem Tisch abstellte. Dabei ignorierte er den amüsierten Blick seiner Ziehmutter. Calla hingegen schaute verlegen zu Boden.

Als Calla nochmals in der Kombüse verschwand, um Gewürze und Brot zu holen, konnte Eleana sich ein leises Kichern nicht mehr verkneifen. Percy schubste sie mit dem Ellenbogen.

„Ich will nichts hören“, knurrte er durch zusammengebissene Zähne.

Eleana lächelte ihn vollkommen unverhohlen an. Sie hob eine Hand und fuhr ihm übertrieben zärtlich über die Wange. „Du kannst so empfindlich sein“, scherzte sie.

Eleanas Blick wurde ernst. Percy stellte sich gerade darauf ein, dass nun ein tadelnder Vortrag seiner Ziehmutter dazu folgen würde, wie kompliziert alles mit Calla werden würde. Da entdeckte er Ria. Das schmale Mädchen drückte sich scheu an den Türrahmen und lugte in die Messe hinein. Sie sah zu ihm und Eleana. Ihr Blick wirkte nervös.

„Ria!“ Ohne darüber nachzudenken, stand Percy auf und lächelte das Mädchen an. Auch Calla und Eleana drehten sich in Richtung der Tür und entdeckten Ria.

„Komm‘, setz‘ dich. Es gibt Abendessen.“ Demonstrativ zog Percy seinen Stuhl ein Stückchen zurück und deutete darauf. Er selbst wanderte um den Tisch herum, um neben Calla auf der anderen Seite Platz nehmen zu können. Calla und Eleana sagten nichts. Doch während Calla Ria ebenfalls verunsichert beobachtete, wie sie langsam auf den Esstisch zukam, strahlte Eleana sie breit und gewinnend an.

Als Ria sich gesetzt hatte, ließ sich auch Percy in seinen Stuhl fallen. Er saß Ria genau gegenüber. Das Mädchen sah ihn jedoch nicht an, sondern hatte seine Augen stur auf den Teller gerichtet, neben dem sorgfältig gedeckt das Besteck lag.

Percy wechselte einen fragenden Blick mit Eleana, die aber nur eine Augenbraue angesichts Rias plötzlicher Schüchternheit hob. Percy fragte sich, wie lange Ria schon in der Tür gestanden und was sie gesehen hatte. *Was ist denn auf einmal los mit ihr?*

„Was gibt es denn zu essen?“, durchbrach Eleana die Stille und wandte sich an Calla.

Das blonde Mädchen hob den Deckel vom Topf, aus dem sofort weißer Dampf aufstieg. „Kartoffelsuppe mit Bratwurst“, erklärte sie verlegen und beeilte sich hinzuzufügen: „Ich musste die Reste aufbrauchen.“

„Klingt doch gut“, sagte Percy und warf wieder einen Blick zu Ria, die jedoch stumm und ohne eine Miene zu verziehen, in den Topf schaute.

„Soll ich?“, fragte Percy und griff bereits nach Rias Teller. Diese sah ihn kurz an, zuckte mit dem Mundwinkel und nickte. „Gern.“

Percy füllte Ria eine selbst für seine Verhältnisse sehr große Portion auf und reichte sie ihr. „Das alles soll ich essen?“, fragte sie erstaunt.

„Percy, du weißt schon, dass nicht jeder Mensch so verfressen ist wie du“, kommentierte Eleana, als Percy sich daran machte, sogar noch mehr von der Suppe auf seinen eigenen Teller zu verfrachten.

Percy grinste. „Hey, von nichts kommst nichts. Ich bin der Stärkste und Schnellste hier am Tisch. Da brauche ich entsprechende Stärkung.“ Mit diesen Worten ließ er die Kelle nochmals im Topf eintauchen, um sich einen weiteren Löffel Suppe zu nehmen.

„Bist du dir da so sicher?“, neckte Calla.

Percy sah sie mit einer Mischung aus Freude und Empörung an. „Wie bitte?“

Ohne ein weiteres Wort zu sagen, legte Calla ihren Ellenbogen auf den Tisch und streckte demonstrativ ihre Hand in die Höhe.

„Wenn du denkst, dass ich sanft mit dir umgehe, weil du eine Frau bist ...“, warnte Percy

Calla hob herausfordernd die Augenbrauen. Eleana stützte derweil die Stirn in die Hände und murmelte: „Wie alt seid ihr eigentlich?“

Doch da hatte Percy schon Callas Hand ergriffen und seinen Arm in Position gebracht. Er grinste. Er hatte Calla bereits mehrfach im Armdrücken besiegt. Sie war stark, insbesondere unter dem Einfluss der Kristalllampen. Gegen ihn war sie hingegen noch immer unterlegen.

„Und los!“, rief seine Gegnerin und Percy stemmte sich mit seinem Gewicht in seinen Unterarm. Calla hielt dagegen und für einen Augenblick prallten ihre gesammelten Kräfte aufeinander. Als Percy sich an den Gegendruck gewöhnt hatte, kräftigte er seinen Griff und fing langsam an, die Spannung auf seinen Unterarm zu erhöhen. War sonst spätestens jetzt der Moment gekommen, in dem Callas Arm allmählich nach hinten zu weichen begann, passierte jetzt nichts. Percy spannte seine Kiefernmuskeln an und warf einen verwunderten Blick in Callas ebenso verbissenes Gesicht. Er verstärkte den Druck nochmals. Calla wich trotzdem nicht zurück.

„Was zum …“, keuchte Percy. Schweißperlen bildeten sich auf seiner Stirn und Schmerz breitete sich sowohl in seiner Hand als auch in seiner Schulter aus. Er versuchte, noch mehr Kraft aufzubringen, doch er war bereits an seiner Grenze angelangt – im Gegensatz zu Calla.

Eleana fing laut an zu lachen, als sein Arm langsam, aber sicher zurückwich und er nichts dagegen tun konnte. Sie feuerte das Mädchen sogar noch an: „Zeig’s ihm, Calla!“, rief sie begeistert.

Percy warf ihr von der Seite einen wütenden Blick zu. Als er Calla wieder ansah, fiel ihm der Anhänger um ihren Hals auf. Das blaue Juwel funkelte. „Das ist nicht fair“, brachte er mit gepresst hervor, kurz bevor sein Arm mit einem Krachen auf der Tischplatte landete.

Calla streckte triumphierend die Hände in die Höhe. Eleana pfiff begeistert durch die Zähne.

„Ha!“, rief Calla. „Von wegen Stärkster und Schnellster am Tisch“, lachte sie, griff nach der Suppenkelle und füllte sich von Percys Teller auf. „Du brauchst ja dann doch nicht so viel, oder?“

„Hey!“, protestierte Percy und packte Callas Arm, um sie davon abzuhalten, sich noch mehr von seinem Abendessen aufzutischen. Sie hielt inne, lachte ihn an und für einen Moment versank er in ihren Augen. *Sie ist am schönsten, wenn sie lacht,* dachte er verträumt.

Ein schleifendes, unangenehmes Geräusch riss ihn von Callas Anblick los. Er drehte den Kopf herum. Ria war mit einem Ruck aufgestanden, hatte ihren Teller genommen und sah mit gesenktem Kopf in die Runde.

„Bitte entschuldigt mich“, hauchte sie leise und befremdlich höflich. Sie wandte den Blick ab und ging zur Tür.

Percy konnte nur noch „Ria“ rufen, als sie durch die Tür in den Flur verschwand.

Percy ließ sich zurück in seinen Stuhl sinken und sah die anderen ratlos an. „Haben wir was falsch gemacht?“, fragte er.

Calla hob nur die Schultern. Aber als Percy zu Eleana blickte, sah er ihr an, dass sie eine Vermutung dazu hatte, was gerade passiert war. Er ahnte allerdings auch, dass sie ihre Gedanken nicht mit ihm teilen würde. So blieb ihm nichts anderes übrig, als sich schweigend seinem Abendessen zu widmen.

„Was hältst du von Ria?“ Percy sah seine Ziehmutter nicht an, als er das fragte. Es waren die ersten Worte, die er seit dem Abendessen sprach. Nach Rias Verschwinden hatten alle nur noch geschwiegen.

Anstatt zu antworten, sah Eleana von ihrem Schreibtisch auf und musterte ihren Schützling ausgiebig. „Sie fasziniert dich, nicht wahr?“

Percy hätte am liebsten laut geflucht, als er spürte, wie seine Wangen heiß wurden.

„Und ich dachte, du magst Calla“, fuhr Eleana ungerührt und mit einem Kichern fort.

Percy warf ihr einen bösen Blick zu. „So ist das nicht!“, fauchte er.

„Das mit Calla oder Ria?“

„Beide!“ Percy biss sich schmerzvoll auf die Lippen. „Ich meine ... das mit Ria ist anders als ... Calla finde ich ...“ Verzweifelt brach er sein Stottern ab, verschränkte die Arme und gab die Suche nach den richtigen Worten auf.

Eleana lachte triumphierend. „Meine Güte, es ist einfach, dich aus der Fassung zu bringen.“

Percy schnaubte und seine Wangen wurden noch heißer. Nur mit Mühe ertrug er Eleanas abwartenden Blick, bis sich sein Bedürfnis, beschämt aus dem kleinen Raum zu fliehen, endlich gelegt hatte. In einem deutlich veränderten Tonfall sagte er: „Da ist irgendetwas an Ria, das mir …“, er stockte wieder, doch dieses Mal reagierte Eleana nicht mit ihrem zweifelhaften Humor. Sie beugte sich über ihren Schreibtisch zu Percy herüber und vollendete seinen Satz: „… vertraut vorkommt?“

Percy sah erstaunt zu ihr auf. Seit er Ria das erste Mal in dem Speicher in Hamburg begegnet war, hatte er nach einem Wort gesucht, das beschreiben konnte, was in ihm in ihrer Gegenwart vorging. „Ja“, sagte er leise. „Genauso fühlt es sich an. Wenn ich sie ansehe, oder mit ihr spreche, dann überkommt mich manchmal ein ganz komisches Gefühl. Es ist ganz flüchtig, eigentlich kaum greifbar. Aber in meinem Unterbewusstsein kommt es mir so vor, als hätte ich sie schon vor langer Zeit gekannt. Als wäre ich noch ein Kind gewesen, als …“

Percy hatte seine letzten Worte ausgesprochen, ohne genauer darüber nachzudenken, was er da eigentlich sagte. Kaum hatte er sich unterbrochen, tauschten er und Eleana einen langen, vielsagenden Blick. Er presste die Lippen aufeinander. Zwischen ihm und seiner Ziehmutter gab es eine stille, aber unangetastete Übereinkunft: Sie sprachen nicht über Percys Kindheit. Er stellte niemals Fragen, und sie gab niemals Antworten. Percy war immer klar, dass dieses Abkommen eines Tages hinfällig werden würde. Panik überkam ihn, als ihm dämmerte, dass er gerade einen ersten Schritt in diese Richtung gemacht hatte.

Doch zu seiner Erleichterung ging Eleana nicht auf dieses Thema ein. Sie lächelte sanft und sagte: „Mir geht es genauso.“

Percy atmete kaum merklich auf. Dann wurde er jedoch stutzig. „Dir geht es auch so?“, wollte er neugierig wissen.

Eleana lehnte sich in ihren Stuhl zurück und richtete die Augen zur Decke. „Ich kann dir auch nicht genau sagen, woher es kommt. Es ist ja schwierig genug, ihr Gesicht unter dem ganzen Krimskrams zu erkennen. Und mit ihrem Verhalten macht sie es einem auch nicht gerade leicht. Den einen Moment ist feindselig und misstrauisch. Dann heute Abend wirkt sie unsicher, nervös und bedrückend einsam.“

Eleana pausierte, setzte eine Hand an die Lippen und dachte kurz nach. „Aber du hast Recht“, fuhr sie fort. „Für den Bruchteil eines Augenblicks überkommt mich manchmal das Gefühl, als würde ich sie kennen. Sie erinnert mich an jemanden, den ich vor langer Zeit gekannt habe.“

Percy war froh, dass es ihm nicht alleine so ging. Er hatte schon an seinem Verstand gezweifelt. Außerdem hatte Eleana mit ihrer Neckerei einen Punkt getroffen, der ihn selbst gerade verwirrte und verunsicherte.

„Meinst du, wir kennen sie aus einem früheren Leben?“, sagte er. Er lächelte, meinte diese Worte allerdings nur halb im Spaß.

Eleana entging das nicht. „Du und ich sind keine Atlanter, Percy. Allein die ozeanischen Gene verleihen einem keine Erinnerungen an die Vergangenheit.“

Percy wusste das natürlich. Allerdings kam ihm eine Idee: „Hast du Calla mal darauf angesprochen?“

Eleana schüttelte leicht den Kopf. „Calla hat gerade genug mit sich selbst zu tun. Ich fürchte, sie ist auch noch ganz überfordert. Der Atlantisstein um ihren Hals macht das nicht einfacher. Außerdem glaube ich nicht, dass sie allzu gut auf Ria zu sprechen ist.“

Percy musste unwillkürlich grinsen. Mit nicht zu verleugnendem Respekt dachte er an den kurzen Kampf zwischen Ria und Calla, den er und Eleana beendet hatten.

„Ria macht es nicht nur Calla, sondern auch mir nicht einfach, einen Zugang zu ihr zu finden. Sie ist völlig verschlossen. Ich glaube, du bist der einzige, zu dem sie wenigstens ein bisschen Zutrauen hat.“

Ein warmes Gefühl beschlich Percy. Er hätte am liebsten „Da ist es!“, aufgeschrien, als ihm klar wurde, dass es dieser unerklärliche Eindruck von Bekanntheit war, der ihn an Ria faszinierte. Doch ehe er seinen Empfindungen auf den Grund gehen konnte, war das Gefühl schon wieder verschwunden.

„Wenn wir mehr über Ria erfahren wollen, müssen wir wohl oder übel auf die Ergebnisse ihrer Bluttests warten“, fuhr Eleana fort.

Percy fuhr sich mit der Hand durch sein wildes Haar. Er wollte gerade sagen, dass er damit rechnete, dass Ria ihnen erst recht nicht vertrauen würde, erklärten sie ihr erst einmal, dass sie ihr heimlich Blut abgenommen hatten. Doch bevor er auch nur den Mund öffnen konnte, hielt er inne und starrte auf den kleinen Bildschirm, der hinter Eleana begonnen hatte, aufzuleuchten.

„Ich glaube nicht, dass wir darauf noch länger warten müssen", sagte er.

Als Eleana ihn verwirrt ansah, deutete er hinter sie. Sie entdeckte das Aufleuchten der Nachricht auf dem Bildschirm und holte tief Luft.

„Das ging aber schnell", kommentierte Percy skeptisch.

„Ich habe die Blutdaten, die wir ausgelesen haben, nicht an den Palast geschickt", erklärte Eleana.

Percy war verstört. „Ich will den Palast noch da heraushalten", stellte seine Ziehmutter klar.

Percy ließ sie durch seinen missbilligenden Blick wissen, wie wenig er davon hielt. „An wen hast du die Daten denn gegeben?", fragte er und wunderte sich nicht, dass er darauf keine Antwort erhielt.

Aus einem Drucker neben Eleana kroch nur einen Augenblick später ein längeres Papier, das im Wesentlichen mit einer Tabelle beschrieben war. Percy hielt vor Spannung den Atem an. „Ist das Rias Testergebnis?"

Eleana nickte, während sie die Nachricht überflog. Nachdem sie am Ende angelangt war, hörte Percy, wie sie lautstark seufzte.

„Nun sag' schon!", drängte er ungeduldig, als Eleana keine Anstalten machte, den Inhalt der Nachricht mit ihm zu teilen.

Sie hob den Blick und sah ihn für einen quälend langen Moment an. Dann sagte sie: „Das ist nur das Ergebnis des Schnelltests. Die vollständige Aufschlüsselung ihres Genoms ist noch nicht abgeschlossen. Das hier gibt nur Auskunft über ihren ozeanischen Genanteil. Aber Rias liegt bei mindestens über siebzig Prozent, fast achtzig."

Percy Kinnlade klappte nach unten. Ein so hoher ozeanischer Genanteil war ungewöhnlich. Die meisten Menschen wiesen einen Anteil von zwanzig, manchmal auch dreißig und vierzig Prozent auf. Waren mehr als die Hälfte der dominanten Gene ozeanisch, sprach man von einem Ozeanier. Dann reagierten die Zellen auf die Atlantissteine, und die besonderen Fähigkeiten manifestierten sich.

Percy und seine Ziehmutter sahen sich wieder an. Sie wussten beide, was dieses Ergebnis zu bedeuten hatte.

„Eines wissen wir jetzt wenigstens über Ria", begann Eleana.

Percy nickte. Rias ozeanischer Genanteil war hoch, aber nicht hoch genug. Er vervollständigte den Gedanken seiner Ziehmutter: „Sie ist nicht die Prinzessin von Atlantis."

Noch bevor am nächsten Tag die Sonne aufging, legte die PALLAS an. Gräfin Eleana steuerte ihr Schiff allerdings nicht in den Hafen des kleinen Fischerdorfs, sondern ließ es ein Stückchen die Küste weiter hinauf das Festland anlaufen. In einer kleinen, sichtgeschützten Bucht befand sich ein einzelner Anleger, der für das schlanke Schiff wie gemacht war. Dort kam die PALLAS neben einem kleinen Kai zum Liegen.

Noch während sich das Schiff langsam, aber sicher der Kaimauer näherte, öffneten Percy und Calla vom Lagerraum aus eine der beiden Rumpfseiten. Das Schiff kam ganz von selbst neben dem Kai zur Ruhe. Ohne dass es festgemacht werden musste, schaukelte es sacht neben dem Anleger, immer in demselben Abstand.

Gemeinsam mit Calla packte Percy die Enden eines großen, weißen Segeltuchs, unter dem eine breite Laufplanke mit niedrigem Geländer zum Vorschein kam.

Percy wollte gerade damit beginnen, die Planke durch den Lagerraum zu schieben, um sie auf der anderen Seite auf dem Anleger festzumachen, als Ria vor ihm unvermittelt auftauchte.

„Kann ich helfen?", fragte sie ohne ein Wort des Grußes, wenn auch freundlich und mit der Andeutung eines Lächelns auf den Lippen. Ihre Hand war ausgestreckt.

Percy lächelte zurück. „Sicher", sagte er und warf einen kurzen Blick zu Calla. Ihr Argwohn stand ihr ins Gesicht geschrieben. Er bemerkte, dass Ria auf das Tau vor ihm deutete. „Weißt du, wie sowas geht?", fragte er.

Ria antwortete nicht, sondern schnaufte selbstbewusst. Sie packte mit sicheren Händen das Tau, drehte sich zu dem geöffneten Rumpf des Schiffes und nahm Anlauf. Bevor Percy auch nur einen Ton von sich geben konnte, war das Mädchen bereits samt Seil aus dem Schiff gesprungen und kam sicher und elegant auf der Kaimauer jenseits des Wassers auf. Dort drehte sie sich um und sah Percy und Calla ungeduldig an.

Die beiden tauschten einen kurzen Blick, zuckten aber nur mit den Achseln. Sogleich schoben sie die Laufplanke durch das Schiff und über das Ende des Rumpfs hinaus, bis ihr Ende mit einem leichten Poltern auf dem Anleger landete. Ohne Zeit zu verschwenden, machte Ria sich daran, die Planke mithilfe des mitgebrachten Seils mit einem ordentlichen Knoten zu befestigen.

„Sieht so aus, als wenn du das nicht zum ersten Mal machst", rief Percy ihr fröhlich zu. Ria zwinkerte und ging zur anderen Seite der Laufplanke. Sie benahm sich wieder normal. Was auch immer sie am gestrigen Abend beschäftigt hatte, sie schien es überwunden zu haben.

„Wirf' mir die andere Leine zu!", rief sie und deutete auf das zweite Seil im Laderaum.

Percy kam der Aufforderung nach. Ria fing das Seil mit sicheren Händen und machte die Planke auf der anderen Seite fest. Percy wandte ihr den Rücken zu und begutachtete die Ladung, die sie gleich aus dem Schiff holen mussten.

„Wenn wir schnell sind, sind wir in zwei Stunden durch", sagte er zu Calla, die sich neben ihn stellte. „Zumal, wenn wir ein Paar Hände mehr haben als sonst." Er drehte sich strahlend um, und wollte Ria gerade eine Aufforderung zurufen, zurück ins Schiff zu kommen. Stattdessen entfuhr ihm: „Was zum ...?" Seine Augen glitten an der Kaimauer auf und ab. Erschrocken stürzte er an den Rand der Öffnung im Rumpf, stützte sich ab und starrte nach draußen. Es war niemand zu sehen.

„Ria!", rief er in die Dunkelheit hinein. Das Tageslicht war noch nicht angebrochen, und er konnte im Zwielicht nur wenige Meter weit sehen. Von Ria fehlte jede Spur. „Ria!", versuchte er es noch einmal. Es folgte keine Antwort.

Percys Schultern sackten nach unten. So leise, dass nur er selbst es hören konnte, sagte er: „Nicht schon wieder."

*

Ria lief. Es tat gut, die Beine zu benutzen und ihre Kräfte bis an ihre Grenzen zu testen. Sie fühlte sich besser. Von ihrer Wunde war nicht mehr geblieben als eine blasse Erinnerung.

Außerdem glaubte sie, dass sie sich insgesamt stärker, gesünder und schneller vorkam. Es machte ihr Angst. Wegzulaufen, weit weg, schien dagegen richtig. Alles in ihr schrie danach.

Sie folgte einem schmalen Trampelpfad, der erst in einen kleinen Kiefernhain und im Anschluss an einem menschenleeren Strand vorbeiführte. Es war bitterkalt, ihr Atem tanzte in beständigen Wölkchen um ihr Gesicht. Doch sie trug die Stiefel und die dicke Jacke, die sie auf dem Schiff erhalten hatte. Beides schützte sie hervorragend gegen die eisige Luft. Bei jedem ihrer Schritte klimperten ihre Ketten, Ohrringe und Armreifen. Das vertraute Geräusch gab ihr ein Gefühl von Sicherheit.

Als die Lichter des kleinen Fischerdorfs in Sichtweite kamen, verlangsamten sich Rias Schritte. Sie hatte ohnehin nicht damit gerechnet, dass man ihr folgte. Percy und Calla waren offensichtlich mit dem Ausladen des Schiffes beschäftigt und hätten nicht alles stehen und liegen lassen können. Die Gräfin hatte von ihrem Verschwinden unmittelbar nichts mitbekommen. Sie hatte Ria zudem angeboten, das Schiff hier zu verlassen. Ria tat nichts anderes, als dieses Angebot anzunehmen.

Zu ihrer Erleichterung war der Tag in dem Fischerdorf bereits angebrochen. Es herrschte schon ordentlicher Betrieb. Um diese Jahreszeit ging die Sonne so weit nördlich erst fast zur Mittagszeit auf, sodass die Geschäfte, Läden und Gasstätten in der Dunkelheit öffneten. Das Dorf bestand mehr oder weniger aus einer einzigen Straße, deren Rand von verschiedenen Häusern gesäumt war. Dick eingepackte Menschen, deren grimmige Gesichtsausdrücke in dem schwachen Laternenlicht der Straßenlampen aufblitzten, schlenderten müde und mit gekrümmten Rücken die Straße entlang.

Am Ortseingang hielt Ria an, um sich zu orientieren. Sie war gerade vor einer Holztafel stehen geblieben, auf der eine ausgeblichene Karte mit den Koordinaten des Örtchens prangte, als ein Mann an ihr vorbeiging. Er beäugte sie misstrauisch und musterte sie von unten bis oben. Ria schauderte, als er ihr erkennbar irritiert in die Augen sah, danach seine Schritte beschleunigte und sich davonmachte. Ria sah ihm nach. Als sie sich gerade wieder der Karte zuwenden wollte, entdeckte sie im Augenwinkel, dass nicht unweit von ihr entfernt zwei Frauen beieinander standen. Sie hatten ihre Blicke ebenfalls auf sie gerichtet. Eine der Frauen hob einen Zeigefinger. Die andere hielt sich ein Mobiltelefon ans Ohr.

Hastig wandte Ria sich von der Karte ab, schob sich die Kapuze der Jacke über den Kopf und zog sich den Stoff tief ins Gesicht. Den Blick gesenkt, damit sie die seltsamen Blicke, die ihr die Passanten zuwarfen, nicht sehen musste, wanderte Ria die schmale Straße entlang. Ohne Ziel und ohne Richtung ließ sie sich von ihren Füßen tragen. Sie wunderte sich nicht, als sie feststellte, dass sie in Richtung des kleinen Hafens ging. Sie folgte dem Geruch des Meeres.

Erst an der Hafenkante blieb sie wieder stehen. Sie wandte sich zu allen Richtungen um und stellte mit einiger Erleichterung fest, dass sie vollkommen allein war. Niemand war der fremden jungen Frau gefolgt.

Sie holte tief Luft und lehnte sie sich mit der Schulter gegen einen Laternenpfahl. Ihre Augen wanderten zum Horizont, der sich langsam zu verfärben begann. Hinter ihr brach die Dämmerung über dem Festland an. Als schließlich goldenes Sonnenlicht ihren Rücken wärmte, drehte Ria sich kurz um. Im Anschluss verfolgte sie die goldenen Strahlen, wie sie auf der Wasseroberfläche immer länger wurden. Das Meer begann zu glitzern. Ria hatte dieses Glänzen schon immer fasziniert. Sie nahm den Anblick in sich auf und ließ zu, dass sie sich ein wenig beruhigte. Ihre Hand glitt zu ihrem Hals, um den eigentlich der Anhänger hängen sollte.

„Und was jetzt, Ria?“, flüsterte sie sich selbst zu. Ihre Gedanken waren in der jüngsten Vergangenheit. Sie erinnerte sich an all die Umstände, die sie hierher gebracht hatten: wie sie den Anhänger gestohlen hatte, wie sie Percy begegnet war. Doch als ihre Gedanken in ihrer Zukunft ankamen, schloss sie gequält die Augen. Sie nahm ihre Brille ab und vergrub ihr Gesicht in den Händen.

„Ich kann das einfach nicht“, flüsterte sie und dachte an das, was sie hatte tun sollen, sobald sie den Anhänger in ihren Besitz gebracht hätte. Ihre Pläne schienen keinen Sinn mehr zu ergeben. Sie könnte jetzt die Entscheidung treffen, zu gehen und alles hinter sich zu lassen. Sie wäre allein, aber sie wäre frei.

Ein Poltern riss sie in die Gegenwart zurück. Erschrocken fuhr Ria zusammen und sah sich um. Über den Steg, auf dem sie stand, kullerten lautstark kleine gelbe Kügelchen. Sie rollten über das Holz geradewegs in Richtung Wasser.

„Fang' sie auf!", rief eine Stimme plötzlich.

Verwirrt hob Ria den Blick vom Boden. Sie entdeckte eine kleine Frau, die verzweifelt hinter den Kügelchen her hechtete. Ria musste ein lautes Lachen unterdrücken. Die Frau trug einen dicken Pelzmantel, der ihr die Figur einer Kugel verlieh. Winzige Füßchen in vollkommen unpassenden roten Pumps trippelten über die Planken.

„Worauf wartest du denn noch?", herrschte die kleine Frau sie an. Instinktiv löste Ria sich aus ihrer Starre, bückte sich, und jagte den Kügelchen nach. Die ersten waren bereits kurz davor, mit hohem Bogen in das Hafenbecken zu stürzen.

„Hab' ich dich!" Ria schlitterte über den Boden, streckte ihren Arm aus und fing die erste Kugel auf. Die weiteren folgten ohne Umschweife. Ria aber pflückte eine nach der anderen aus der Luft und hielt den Rest mit ihrem Körper auf, den sie geschwind zwischen die Kaimauer und den Kugeln platzierte.

Nachdem sie auch die letzte Kugel aufgefangen hatte, stand Ria vorsichtig auf. Sie sammelte die vielen Kügelchen ein und nahm sie unter die Lupe. Auf den ersten Blick sahen sie aus wie kleine gelbe Edelsteine. Ria nahm eine von ihnen zwischen Daumen und Zeigefinger und hielt sie ins Sonnenlicht. Sie wollte sie gerade inspizieren, als die kleine Frau bei ihr ankam, ihr die Kugel aus der Hand nahm und sie sich in den Mund warf.

Irritiert sah Ria der Frau beim Schmatzen zu.

„Danke dir, Liebes!", sagte die Frau freundlich und schmunzelte. Ihre Stimme war erstaunlich tief und wirkte eigentümlich bei einer so kleinen Person. Verwirrt stellte Ria fest, dass die Frau mit leichtem Akzent Deutsch sprach – Rias Muttersprache.

„Keine Ursache", gab Ria zurück und reichte der Frau die Bonbons. Diese zog eine Papiertüte hervor und verstaute die Süßigkeiten. Sie hielt Ria die Tüte auffordernd hin.

Ria schüttelte den Kopf, lächelte jedoch höflich. „Nein, danke."

„Du siehst aber aus, als könntest du was Süßes gebrauchen", sagte die Frau. Skeptisch zog Ria die Augenbrauen zusammen, trat einen Schritt zurück und musterte ihr Gegenüber. Erst als sie die andere Frau in ihrer Gänze sah, erkannte Ria, dass sie älter sein musste. Weißes Haar guckte als langer geflochtener Zopf unter einer Fellmütze hervor, die farblich zu ihrem üppigen Pelzmantel passte – ganz im Gegensatz zu den roten Pumps. Die ältere Dame hatte keine Handschuhe übergezogen. So konnte Ria sehen, dass an sämtlichen ihrer Finger ein Ring steckte. Wie von selbst wanderten Rias Finger zu ihren eigenen zahlreichen Ringen.

Umgekehrt schien die Frau Ria ebenso genau zu begutachten.

„Du bist nicht von hier, oder?“, fragte sie und steckte sich ein weiteres Bonbon in den Mund.

Unwillkürlich zog Ria ihre Jacke enger um sich und senkte den Blick. „Ich bin auf der Durchreise.“

„Ah ja. Und wieso versteckst du dich dann hier?“, fragte sie. Sie ging auf eine einsame Boje zu und ließ sich darauf nieder.

„Wie kommen Sie darauf, dass …“

„Ich komme nur hierher, wenn ich allein sein will. Und du machst ein Gesicht, als ginge es dir genauso.“, sagte die Frau mit einem Zwinkern. Sie klopfte neben sich auf die Boje und deutete Ria, sich neben sie zu setzen.

Ria zögerte. Sie sah den Steg hinunter, zurück in das kleine Dorf. Ihr erster Impuls war, die alte Frau einfach stehen zu lassen und zurück zu gehen, damit sie tatsächlich allein sein konnte. Dann aber sah sie wieder zu der Frau. Die Alte lächelte erwartungsvoll und freundlich.

Ria entschied, dass sie weder etwas gegen Bonbons noch gegen harmlose Gesellschaft hatte. Außerdem konnte die ältere Dame ihr vielleicht helfen, sollte sie sich entscheiden diesen Ort verlassen zu wollen.

Sie ging zur Boje. Als sie der Alten näher kam, stellte sie leicht beunruhigt fest, dass die Frau leuchtend blaue Augen hatte, die aus ihrem kleinen Schädel herauszuragen schienen. Sie erinnerte sich an das, was Percy über Menschen mit blauen Augen erzählt hatte.

„Worüber müssen Sie denn nachdenken?“, fragte Ria freundlich, griff in die Papiertüte und nahm sich ein Bonbon heraus. Anstatt es sich jedoch in den Mund zu stecken, ließ sie es spielerisch durch ihre Finger gleiten, während sie sich ebenfalls auf die Boje setzte.

„Über meine Zukunft“, antwortete die alte Frau. „Und ob ich vor ihr davonlaufen kann.“

Ria zog die Stirn kraus. Die Worte der Frau brachten sie durcheinander. Diese Gedanken schienen so gar nicht zu einer älteren Dame zu passen. Diese ganze Situation fing an, sich komisch anzufühlen. Ihr Puls beschleunigte sich.

„Kennst du das?“, fragte die Frau und sah Ria jetzt offensiv an.

Ria holte tief Luft. „Ich habe schon einmal über so etwas nachgedacht“, antwortete sie vage.

„Und was meinst du?“, fragte die Frau. „Kann man vor seiner Zukunft davonlaufen? Oder holt einen das Schicksal doch irgendwann ein?“

Ria war nicht danach, auf die Frage einzugehen. Sie bereute es, die Frau nicht einfach stehen gelassen zu haben. Doch die Alte sah sie so eindringlich an, dass ihr keine andere Wahl blieb, als sich auf das Gespräch einzulassen.

„Das kommt ganz darauf an“, gab sie kleinlaut zurück.

„Worauf?“

„Na, mit was Sie in Ihrer Zukunft rechnen. Was steht Ihnen denn so bevor, dass sie darüber nachdenken, einfach wegzulaufen?“ Ria glaubte, den Ball erfolgreich zurückgespielt zu haben.

„Ich habe eine Aufgabe zu erledigen“, sagte die Frau geheimnisvoll. Sie guckte auf ihre Hände und Ringe. „Und ich weiß nicht, ob ich genug Kraft habe.“

Ria rutschte ein Stückchen weiter von ihr weg, ließ die Alte jedoch nicht eine Sekunde aus den Augen.

„Wieso haben Sie die Aufgabe dann angenommen?“, fragte sie.

„Weil ich sie mir einfacher vorgestellt habe. Und dann ist etwas passiert, was alles geändert hat.“

Rias Mund wurde trocken. Wieso erzählte diese Frau ihr das? Wieso sah sie sie so durchdringend an? Und wieso rannte sie selbst nicht einfach davon? Das war kein gewöhnliches Gespräch. Und diese Frau war nicht gewöhnlich. Sie vermittelte Ria nicht das Gefühl, eine Fremde zu sein. Es fühlte sich an, als würde Ria sie kennen. *Das kann doch gar nicht sein!*

„Klingt als hätten Sie Angst.“

Die Alte lächelte Ria an. Sie entblößte dabei eine Reihe perfekter Zähne, die ebenfalls nicht zu einer Frau ihres Alters zu passen schienen. „Da hast du vermutlich Recht.“ Sie lachte kurz auf. „Ich habe gedacht, ich setze einfach meinen Plan um und könnte weiter damit machen, nicht über mich oder mein Leben nachzudenken.“

Ria rutschte auf die Füße. Langsam dämmerte ihr, dass diese Alte nicht über sich selbst sprach. „Und was ist dann passiert?“, fragte sie. Sie bemerkte, wie leise ihre Stimme geworden war.

Die Alte starrte Ria weiter an. „Ich bin auf etwas gestoßen“, erklärte sie.

„Was?“ Ria wurde ungeduldig.

„Bestimmung? Schicksal?“

Die Frau machte ein ernstes Gesicht. Ria hingegen konnte nicht anders. Sie prustete los. Die Frau machte einen verärgerten Gesichtsausdruck, und Rias Lachen verebbte jäh. Sie unterdrückte ihr Kichern. Es gelang ihr jedoch nicht, sich das Grinsen zu verkneifen, das sich auf ihrem Gesicht breit gemacht hatte. Sie senkte den Blick. „Bitte entschuldigen Sie“, sagte sie hastig.

„Was ist denn bitte so lustig?“, fragte die Frau mit finsterer Miene. Ihre kurzen Beine wippten auf und ab.

Ria sah die kleine Frau an. Wieder erwog sie, sich einfach umzudrehen und dieses absurde Gespräch zu vergessen. Zu ihrer Überraschung stellte sie fest, dass sie es nicht fertig brachte. Da war etwas Besonderes an dieser Alten. Sie hatte ein merkwürdig zeitloses Gesicht. Ihre Augen wirkten jung und lebhaft, aber gleichzeitig auch weise und erfahren. Es war unmöglich, das Alter der Frau zu schätzen. Ihre kleine Statur und das weiße Haar wiesen auf ein bereits sehr fortgeschrittenes Alter hin. Doch sie bewegte sich mit einer Leichtigkeit, wie Ria es bei älteren Menschen noch nie gesehen hatte. *Als wäre sie nicht aus dieser Welt*, dachte sie stumm.

„Ich glaube nicht an so etwas wie das Schicksal“, sagte Ria schließlich seufzend.

„Wieso läufst du dann vor deinem davon?“, gab die Frau ernst zurück.

Ria erschauderte. Was sie zuerst nur vermutet hatte, schien sich zu bestätigen. In diesem Gespräch war es nie um die alte Frau gegangen, sondern um sie.

„Wer sind Sie?“, fragte Ria plötzlich scharf und wich noch einen Schritt zurück. Sie ballte die Hände zu Fäusten.

Die Alte rutschte von der Boje, kam auf sie zu gewatschelt und ergriff Rias Unterarme. „Niemand vor dem du dich fürchten musst, Ria“, sagte sie.

Ria riss sich los und ging noch zwei Schritte zurück. Ihr war plötzlich eisig kalt. „Woher kennen sie diesen Namen?“, zischte sie.

„Ich glaube, ich kenne auch deinen richtigen Namen.“

Ria dachte, ihr Herz setze aus. Für einen Moment fürchtete sie, die Alte könnte ihren wahren Namen aussprechen. Stattdessen kam die Frau auf Ria zu und ergriff erneut ihre Hände. Die Geste war freundlich, fürsorglich. Sie sah Ria auf eine Art und Weise an, dass es für sie schwierig war, weiterhin Angst zu haben.

„Es ist Zeit mit dem Weglaufen aufzuhören, Ria. Auf dich warten die Antworten, nach denen du suchst.“, flüsterte sie.

„Das können Sie nicht wissen.“ Ria schüttelte den Kopf und hielt die Luft an.

Die Alte ließ Rias Hände los. Sie schob einen ihrer Ärmel ein Stückchen nach oben. Ria stockte der Atem, als sie sah, dass an dem linken Arm der Frau ein Armband hing, in das ein türkisfarbener Edelstein eingefasst war. Ria fixierte das Juwel und spürte sogleich das aufgeregte Kribbeln in ihrer Magengegend.

Ria und die Frau sahen sich einen langen Moment an, ein unausgesprochenes Verständnis zwischen ihnen. Rias Augen wanderten kurz die kleine Straße entlang, die zurück zur PALLAS führte.

„Wer sind Sie?“, fragte Ria ein weiteres Mal. Doch als sie den Blick wieder senkte, um zu der alten Dame zu sehen, war diese verschwunden. Erschrocken sah Ria nach links und rechts, doch der Hafen um sie herum war menschenleer. Sie war allein.

„So fühlt sich das also an“, murmelte Ria, als sie ihre Hände wieder in die Taschen schob. Sie schlug den Kragen ihrer Jacke hoch und verbarg ihr Gesicht. Die Gewissheit, beobachtet zu werden, blieb.

*

„Alles bereit?“ Eleanas langer Schal wehte hinter ihr, als sie auf dem Anleger auf Percy und Calla zutrat, die gerade die letzten Vorräte in ihren Taschen verstauten.

Percy presste die Lippen aufeinander. Er hatte Eleana noch nichts von Rias Verschwinden erzählt. Er hatte die Hoffnung nicht aufgeben wollen, dass Ria vielleicht von alleine wieder zurückkommen würde und er seiner Ziehmutter gar nicht erst gestehen musste, dass er sie schon wieder aus den Augen gelassen hatte. Nun war es zu spät.

„Wir sind fertig“, antwortete Calla und schwang sich einen Rucksack über die Schulter.

Eleana warf einen Blick über die gepackten Taschen auf dem Anleger und nickte zufrieden.

„Wenn alle da sind, können wir dann los?“, fragte sie nun ausdrücklich an Percy gewandt.

Percy sah seine Ziehmutter niedergeschmettert an. Er öffnete gerade den Mund, um zu antworten, als eine Stimme rief: „Erst wenn mir irgendjemand erklärt, wo es eigentlich hingeht!“

Eleana, Calla und Percy drehten sich gleichzeitig um. Die schmale Straße entlang kam Ria geschlendert, die Hände lässig in den Taschen und ein breites Grinsen im Gesicht. Percy warf ihr einen fragenden Blick zu, aber sie hob nur die Schultern.

„Reicht dir die Angabe Norden?“, fragte Eleana und schulterte eine Tasche.

Ria blieb vor der Gräfin stehen und sah sie herausfordernd an. „Nur wenn Sie mir sagen, dass wir nicht laufen werden.“

Percys Ziehmutter lachte laut auf. Als Ria bei ihnen ankam, legte Eleana ihr eine Hand auf die Schulter. Das Mädchen warf Percy einen schnellen Blick zu, den er mit lodernden Augen quittierte. Er hätte ihr am liebsten den Hals umgedreht.

„Wir reisen mit Stil“, sagte Eleana und deutete auf den Anleger. Ria drehte sich in Richtung des Wassers, und Percy gönnte ihr den Schrecken, der sie durchfuhr, als sie auf die beiden großen Metallpferde starrte.

Es hatte einmal eine Zeit gegeben, in der Christopher Rider nicht ständig schwarz getragen hatte. Das Gegenteil war der Fall gewesen. Früher hatte er seine dunkle Haut gerne mit hellen Stoffen betont und es genossen, dass er selbst im Winter ausgesehen hatte, als käme er aus der Sonne. Die Frauen hatten ihn dafür geliebt, und er hatte gewusst, das für sich zu nutzen. Die Liste seiner Liebschaften war lang. Daran hatte sich im Wesentlichen nichts geändert. Die schlafende Schönheit, die noch immer in seinem Bett lag, während er vor seinem Kleiderschrank stand und sich anzog, kannte er erst seit sie am Abend zuvor im Hafen der Mittelmeerstadt eingelaufen waren.

Doch genau wie früher hatte sie es vermocht, ihn gerade einmal für wenige Stunden von der einen Frau abzulenken, die sein Denken bestimmt hatte, seit er sie das erste Mal gesehen hatte. Diese Frau war einmal Teil seines Lebens gewesen. Für Jahre, die ihm jetzt viel kürzer vorkamen, hatte er ihr nahe sein, sie begleiten können. Sie hatten ein Leben geteilt, das sich heute anfühlte wie das eines anderen. Seit er sie verloren hatte, trug er nur noch schwarz.

In den vergangenen elf Jahren hatte es keinen Tag gegeben, an dem er nicht an sie gedacht hatte. Sie zu vergessen war schier unmöglich gewesen. Es hatte nur wenige Momente gegeben, in denen der Schmerz über ihren Verlust kurzzeitig überwunden gewesen war. Während Rider darüber grübelte, tauchte gegen seinen Willen die eine Person in seinen Gedanken auf, an die er jetzt nicht denken wollte. Er kannte ihren Aufenthaltsort nicht. Seit er ihre Spur in Hamburg verloren hatte, hatte er kein Lebenszeichen mehr von ihr aufspüren können. Es machte ihn nervös, nicht zu wissen, wo sie sich aufhielt.

Ohne nachzudenken, ging Rider zu seinem Schreibtisch und holte erneut die Photographie hervor, auf der er, Eleana und die Frau mit dem flügelförmigen Muttermal auf der Schläfe zu sehen waren. Fast angewidert sah er sein jüngeres Ich lachen, den Kragen des weißen Hemdes keck aufgestellt. Sein Blick blieb bei Eleana hängen. Sie hatte einmal zu ihm gesagt, dass er lernen müsse, dass nichts für die Ewigkeit sei. Sie würde bald erfahren, wie sehr sie sich geirrt hatte.

Schnellen und bewusst lauten Schrittes ging Rider durch den engen Korridor seines Schiffes. Mit der flachen Hand schlug er auf die Tür zur Messe, stieß sie auf und trat ein. Der Großteil seiner Mannschaft zuckte bloß zusammen, als er den Raum betrat. Nur Brutus ließ klirrend sein Besteck fallen. Bei dem unbeholfenen Versuch, den Löffel aufzufangen, rempelte er Jack an, der mit der Hand in der Schale mit dem heißen Essen landete. Er schrie lautstark vor Zorn und Schmerz auf. Einige der Männer lachten, verstummten aber sogleich wieder, als Rider auf seine Bande Taugenichtse zutrat.

„Haben wir irgendwelche Nachrichten bekommen?", wollte er barsch wissen.

Die Männer sahen sich fragend an. Nach einigen Augenblicken schauten alle zu Jack. Der hielt sich mit schmerzverzerrtem Gesicht die Hand.

„Nein, Boss", brachte er gequält hervor.

Rider konnte ein enttäuschtes Grunzen nicht rechtzeitig unterdrücken. „Seid ihr sicher?", fragte er bedrohlich.

„Ich war erst vor zwei Stunden im Funkraum. Da war noch nichts", erklärte Jack kleinlaut.

„Zwei Stunden?", rief Rider. „Hatte ich nicht gesagt, dass der Funkraum ständig besetzt sein muss?"

Rider sah in die ganze Runde. Die wenigen, die nicht zu Boden starrten, blickten noch immer erwartungsvoll zu Jack. Dieser sagte leise: „Ja, hast du ..."

„Und was tust du dann noch hier?", unterbrach ihn Rider wütend.

„Aber Boss!" Jack hielt seine noch immer ungesund rote Hand flehend in die Höhe.

„Jetzt!", zischte Rider.

Ihm entging der hasserfüllte Blick nicht, den Jack ihm zuwarf. Der Handlanger traute sich jedoch nicht, ein weiteres Widerwort zu erheben. Er schlich, ohne Rider aus den Augen zu lassen, aus der Messe.

„Wenn die Nachricht eingeht, will ich sofort informiert werden. Und damit meine ich *sofort*!", rief Rider seinem Mann hinterher.

Jack drehte sich nicht noch einmal um, sondern eilte in Richtung des Funkraumes davon.

Rider wandte sich wieder dem Rest seiner Truppe zu. Die Männer saßen alle stumm da, bis auf Brutus, der wieder begonnen hatte, sich Haferschleim in den Mund zu schaufeln.

„Habt ihr keine Ladung zu verstauen? Wir stechen in einer Stunde in See“, rief Rider.

Wie vom Blitz getroffen, setzte sich die Mannschaft ruckartig in Bewegung. Irgendeiner der Männer schaffte es, Brutus das Essen abzuknöpfen. Einer nach dem anderen huschte an ihrem Anführer vorbei auf seinen Posten im Schiff. Den letzten in der Reihe, einen stets ernst dreinblickenden Italiener, hielt Rider am Arm auf.

„Marco?“ Ohne eine Miene zu verziehen, sah der Mann Rider an. „In meiner Kabine ist noch jemand, um den du dich bitte kümmerst, bevor wir ablegen.“ Als Marco ausdruckslos nickte, ließ Rider ihn stehen und rauschte in Richtung Oberdeck davon.

*

„Geht es dir gut?“, fragte Gräfin Eleana über ihre Schulter hinweg.

Ria sah demonstrativ zur Seite, während sie sich an den Schultern der Gräfin festhielt. Sie murmelte: „Alles super!“ Sie klang alles andere als überzeugend. Neben sich hörte sie über den eisigen Wind hinweg, wie Percy schadenfroh kicherte. Sie warf ihm aus dem Augenwinkel einen warnenden Blick zu, doch er grinste frech zurück. Calla traute sich hingegen nicht, Ria anzusehen.

Die Geschwindigkeit, mit der die künstlichen Pferde über die Erde sausten, war im wahrsten Sinne des Wortes atemberaubend. Als Ria nach unten schaute und die metallenen Hufe sicher und geschmeidig über das unebene, felsige und teilweise verschneite Terrain gleiten sah, musste sie die Luft anhalten. Sie hatte die Oberschenkel schon fast panisch gegen den warmen Korpus gepresst und die Finger in den Stoff von Gräfin Eleanas Parka gekrallt. Sie wollte sich gar nicht ausmalen, was mit ihrem Schädel passieren würde, wenn sie bei diesem Tempo vom Pferd fiel.

Es dauerte mehrere Stunden, bis sie die erste Rast einlegten. Gräfin Eleana hatte erklärt, das Tageslicht ausnutzen zu wollen. Im Januar bedeutete dies in Norwegen, dass ihnen nur ein Bruchteil des Tages blieb, um das Ziel – wo auch immer das sein sollte – zu erreichen. Ohne Ria eine Erklärung zukommen zu lassen oder sich weitere Fragen von ihr anzuhören, hatte sie das Kommando zum Aufsatteln gegeben. Percy hatte Ria stumm auf das Pferd von Gräfin Eleana gehievt. Calla war hinter Percy auf dem anderen Pferd aufgesessen. Es war unschwer zu übersehen, dass Percy jede Sekunde des Ritts genoss, den Calla ihre Arme um seine Hüften geschlungen hatte.

Ria hatte angewidert die Lippen verzogen und sich bemüht, die beiden zu ignorieren. Stattdessen hatte sie die wilde Landschaft bewundert. Das Meer und die Steilküste waren hinter kahlen Laubbäumen und mächtigen Kiefern verschwunden. Sie waren in die Tiefe eines mächtigen Waldes eingetaucht.

Als Ria endlich von dem Metallkörper des Pferdes rutschen durfte, hatte die Sonne bereits ihren Zenit erreicht. Während Percy und Calla sich umgehend daran machten, ihre Vorratstaschen von den Pferden zu nehmen, um ein karges Mittagessen an die kleine Truppe zu verteilen, erforschte Ria ihre Umgebung. Sie waren auf der Lichtung eines felsigen Plateaus angekommen. Ria streckte ihr Gesicht der Sonne entgegen und blickte über kahle Baumwipfel. In der Ferne glaubte sie, das Meer noch erahnen zu können.

„Hier“, sagte Gräfin Eleana, als sie sich neben sie stellte. Sie reichte Ria ein zusammengewickeltes Bündel, in dem sich Brot, ein Energieriegel und getrocknetes Obst befanden. Ria nahm es wortlos entgegen. Sie beobachtete die Gräfin, die einen kleinen runden Bildschirm in den Händen hielt, den sie aufmerksam studierte. Ria erkannte, dass dort eine Art Karte zu sehen war. Sie kam Ria allerdings sowohl von der äußeren Erscheinung als auch von der Funktion vollkommen fremd vor. Ohne dass die Gräfin ihre Hände benutzen musste, schien sich die Karte zu bewegen.

„Reagiert das Display auf Ihre Augenbewegungen?“, wollte Ria wissen.

Gräfin Eleana hob den Blick zu einem anerkennenden Lächeln. „Gut erkannt.“

Ria sagte nichts dazu. Sie warf einen Blick zu den beiden metallischen Pferden, die vollkommen reglos auf der Lichtung standen, jederzeit bereit, weiterzureisen.

„Ich nehme mal an, diese Art von Technologie findet man nicht in der Hamburger Mönckebergstraße."

Gräfin Eleana ließ den kleinen Bildschirm in ihrer Manteltasche verschwinden, verlagerte das Gewicht auf ihren Beinen und sah Ria abwartend an.

Die stellte endlich die Frage, die sie bewegte: „Wo kommen Sie her? Und sagen sie jetzt bitte nicht, dass sie mir nicht vertrauen können. Ich stehe hier mit Ihnen mitten in der Wildnis. Ich finde, angesichts des Vertrauensvorschusses, den ich Ihnen gerade gebe, habe ich mir ein paar Antworten verdient." Ria bemühte sich um ein Lächeln. Alles, was sie zu Stande brachte, war das verlegene Heben ihrer Mundwinkel.

„Du hast Recht", sagte die Gräfin. Auch sie richtete ihren Blick in Richtung der Sonne. „Ich komme aus einer Stadt namens Ozeana."

„Ich schätze das ist kein Hinweis darauf, dass diese Stadt in Ozeanien liegt?", kommentierte Ria.

Die Gräfin schüttelte den Kopf. „Nein, tatsächlich ist sie eine Lagunenstadt an der nördlichen Mittelmeerküste."

„Lagunenstadt? Wie Venedig?" Ria war bereits einmal in Venedig gewesen und hatte sich in die Stadt verliebt. Sie hatte während der ganzen Zeit fast kein Geld ausgeben müssen. Die Sorglosigkeit der vielen Touristen und die vielen lockeren Geldbörsen hatten ihr eine luxuriöse Zeit beschert.

„Ja, in der Tat. Ozeana und Venedig haben einiges gemeinsam. Ozeana ist jedoch viel jünger."

„Und sie liegen beide in Italien?", versuchte Ria nachzuhaken. Die Gräfin legte zu dieser Frage jedoch nur den Kopf schief und schwieg.

Ria versuchte sich an einer anderen Frage. „Und was meinen Sie damit, Ozeana sei viel jünger als Venedig?"

„Die Lagune gibt es schon länger. Und seit Jahrhunderten, ja eigentlich seit mehreren Tausend Jahren leben dort …", sie zögerte, „… außergewöhnliche Menschen."

Ria erinnerte sich an ihr gestriges Gespräch und das, was Percy gesagt hatte. „Menschen mit blauen Augen und einer Faszination für Kristalle?“

Die Gräfin lachte auf, sagte dazu jedoch nichts. „Die Stadt so wie sie heute existiert, wurde erst gegen Ende des achtzehnten Jahrhunderts gegründet.“

„Von wem?“, fragte Ria.

„Von einem Zusammenschluss blauäugiger Liebhaber von Kristallen.“

Nun war es an Ria, der Gräfin einen missbilligenden Blick zuzuwerfen. Die Gräfin wurde wieder ernst. „Menschen wie wir gibt es durch sämtliche Jahrhunderte. Wir lebten erst nur in Europa und später verteilt auf der ganzen Welt. Wir haben außergewöhnliche, teilweise furchteinflößende Fähigkeiten entwickelt. Manchmal haben wir es geschafft, Dynastien von Herrschern hervorzubringen. Meistens aber wurden wir verfolgt und ausgestoßen. Die meisten von uns wussten in diesen Zeiten nicht, dass es noch andere wie uns gab: Familien, in denen uraltes Erbgut weitergegeben wird, das besondere Fähigkeiten verleiht.“

Ria dachte daran zurück, wie sie in dem Coffee-Shop in Hamburg ein Fenster einfach aus dem Rahmen gerissen, oder wie sie unter dem Einfluss der Kristalllampe eine Erinnerung nochmals durchlebt hatte.

„Im siebzehnten Jahrhundert entdeckte schließlich ein junger Adeliger aus Frankreich den Zusammenhang zwischen bestimmten Blutlinien, besonderen Fähigkeiten und den Atlantissteinen, von denen Percy dir bereits erzählt hat. In der Familie des eben erwähnten Edelmannes wurde ein solcher Stein vererbt. Und als dieser Stein an ihn ging – ein simpler Ring, dem nicht viel Aufmerksamkeit bis dahin geschenkt worden war – kam er mit dessen Hilfe hinter das Geheimnis, dass bestimmte Menschen auf diesen Stein reagieren. Zu dieser Zeit hatte er natürlich noch keine Ahnung von menschlicher DNA oder moderner Genetik. Aber nach und nach scharte er Menschen um sich, die so waren wie er, oder ihm jedenfalls ähnlich waren. Zuerst bestand diese Gruppe aus seinen eigenen Familienmitgliedern. Durch Reisen, insbesondere in den Mittelmeerraum, entdeckte er weitere, teilweise weit verzweigte

Stammbäume von Adligen, später Bauern und Händlern, die ebenfalls auf seinen Ring reagierten. Dies war die Geburtsstunde eines Ordens, den es bis heute gibt und dem auch ich angehöre."

Ria ließ diese Informationen einen Augenblick lang auf sich wirken. „Und dieser Orden hat eine Stadt gegründet?"

Gräfin Eleana nickte. „Die Anzahl der Mitglieder wuchs schnell. Bald stellte sich heraus, dass es eine Art zentrale Lenkstelle geben musste. Die Ordensmitglieder sollten eine Heimat finden." Die Gräfin seufzte schwer, ehe sie hinzufügte: „Und Schutz."

„Schutz?", fragte Ria.

„Der Orden hat mit Zusammenkünften von Adeligen angefangen, die mit den Kräften, die ihnen der Atlantisstein verliehen hat, aus Lust und Langeweile herumexperimentiert haben. Aber mit der Zeit kamen Menschen hinzu, die keinen Reichtum oder auch nur einen festen Wohnsitz kannten. Die meisten Menschen waren heimatlos, fühlten sich keiner Gesellschaft richtig zugehörig und waren mancherorts aktiv ausgestoßen und verfolgt worden. Ozeanier mögen besonders sein. Doch bis zur Gründung von Ozeana kannten sie keine wirkliche Heimat. Bei vielen ist das bis heute so." Bei diesen Worten sah die Gräfin Ria intensiv an. Diese fühlte sich auf seltsame Art und Weise sowohl verstanden als auch ertappt. Sie wusste, die Gräfin dachte, dass diese Beschreibung auch auf sie zutraf.

Als Ria keine Anstalten machte, etwas dazu zu sagen, fuhr die Gräfin fort: „Nach der Gründung von Ozeana begann eine wahre Blütezeit. Aus einer kleinen Ansammlung von Häusern in einer Lagune wurde zügig eine belebte Stadt, in der Menschen sich austauschen, handeln und vor allem forschen konnten. Mehr Atlantissteine wurden entdeckt sowie Wege, die Wirkung in anderen Kristallen zu speichern und zu übertragen. Es bildete sich eine kleine Gesellschaft, über die der Orden seine immer mächtiger werdende Hand hielt. Das tut er bis heute."

Ria sah erschrocken zur Gräfin zurück, als sie hörte, wie sie den letzten Satz mehr zischte als sagte. Irgendetwas sagte ihr, dass es sich bei dem Orden nicht um eine wohlwollende Organisation handelte, die nur das Gute für die Menschen im

Sinn hatte. Doch bevor Ria nachfragen konnte, machte die Gräfin mit ihren Erklärungen schon weiter.

„Heute unterhält der Orden ein globales Netzwerk. Egal welchen Lebensbereich du dir anguckst, wir pflegen Beziehungen in die Finanzwelt, zum Welthandel, sämtlichen wichtigen Forschungseinrichtungen und in die Politik." Ria fiel auf, dass Gräfin Eleana zum ersten Mal von „wir" sprach.

„Und dieses Netzwerk reicht bis nach Hamburg?", wollte Ria wissen.

„Hamburg ist durch seinen Hafen eine zentrale Umschlagstelle für die Auslieferung von Waren, die nur für Ozeanier hergestellt werden. Bestimmte Dinge lassen sich nicht in der Lagune bauen. Um die Teile zusammenzustellen, müssen wir fast sämtliche unserer Verbindungen spielen lassen."

„Ach so. Und Sie waren also dort, um dieses Ding …", Ria zeigte auf eines der beiden Metallpferde, „… abzuholen?"

„Wir nennen sie Hippoiden. Sie sind wahre ozeanische Wunderwerke. Sie sind durchtränkt mit der Energie der Atlantissteine und halten diese über Jahre gespeichert."

„Deshalb sind sie so warm?", ergänzte Ria.

„Nur für jemanden wie dich", sagte die Gräfin. „Sie sind auf bestimmte Besitzer eingestellt. Sie erkennen ihre Reiter anhand der genetischen Signatur."

Ria nickte, auch wenn sie eigentlich kein Wort verstand. „Was für ein Zufall, dass Sie gerade in Hamburg Ihre Geschäfte gemacht haben, als ich den Anhänger gefunden habe." Ria warf der Gräfin einen ernsten Seitenblick zu, den diese mit einem strengen Blick quittierte.

„Ja, was für ein Zufall."

Für einen Moment schwiegen die beiden Frauen einander an und starrten in den Himmel. Schließlich fragte Ria: „Wenn Ihr Orden seine *Hand* über Menschen wie mich hält …" Sie pausierte bei diesen Worten kurz. „Wie kommt es dann, dass ich noch nie von ihm gehört habe?"

„Wie du dir denken kannst, lebt der Orden davon, dass es sich in erster Linie um einen Geheimbund handelt. Der genaue Standort von Ozeana und die Identität der Ordensmitglieder dürfen nicht öffentlich gemacht werden. Sie sind verborgen."

Ria rollte die Augen. *Das war ja klar.*

„Dennoch hat der Orden seine ursprüngliche Aufgabe nicht aus den Augen verloren. Noch immer sucht er nach Menschen wie dir: Leute, die keine Ahnung haben, was für ein Potential sie haben könnten und was für ein Leben auf sie wartet. Für Menschen wie dich hat Ozeana immer einen Platz."

Ria schnaubte verächtlich. Die Worte von Gräfin Eleana klangen entschieden zu gut, um wahr zu sein. Nicht ohne Spott fragte sie: „Aber warum?"

„Wie meinst du das?"

„Wenn dieser Geheimbund mittlerweile so groß ist, dass er eine eigene Stadt füllt, wieso braucht er dann noch mehr Mitglieder?"

Gräfin Eleanas Augen verengten sich. „Nicht jeder Ozeanier ist Mitglied im Orden. Calla und Percy sind es nicht, sondern nur ich. Und außerdem hat der Orden seine Suche schlicht noch nicht abgeschlossen."

Ria trat einen Schritt auf die Gräfin zu. Sie sah ihr fest in die Augen, als sie sagte: „..., weil sie die Prinzessin von Atlantis noch nicht gefunden haben?"

Diese Frage ließ die Gräfin stocken. Unschlüssig sah sie Ria an, öffnete den Mund, doch es kam kein Ton heraus. Ria ließ sie jedoch nicht aus den Augen, entschlossen, eine Antwort auf diese Frage zu erhalten. Sie verfluchte Percy, als dieser seine Ziehmutter aus der Situation befreite.

„Eleana? Sollen wir wieder aufsitzen? Wir sind schon länger hier als geplant."

Erst reagierten weder die Gräfin noch Ria. Doch schließlich brach Gräfin Eleana den Blickkontakt ab, wandte sich Percy zu und gab ihm das Signal zur Weiterreise. Ria folgte ihr ohne ein weiteres Wort.

Sie waren geritten, bis die Nacht angebrochen war. Obwohl es eigentlich erst später Nachmittag war, hatten sich alle vier nach Sonnenuntergang mehr oder weniger erschöpft von den Hippoiden gezogen. Ria wusste nicht, wann ihr Gesäß und die Innenseite ihrer Oberschenkel je so weh getan hatten. Hinzu kam, dass die Haut in ihrem Gesicht wegen der Kälte spannte und gereizt war. Sie war unendlich dankbar, als die anderen ohne große Worte begannen ein kleines Zeltlager samt Feuerstelle aufzubauen.

Das Abendessen verlief ähnlich ruhig. Kaum einer sprach. Nur Percy richtete dann und wann das Wort entweder an Calla oder Ria, in der Hoffnung, ein Gespräch aufzubauen. Doch Ria war nicht nach Reden zumute. Sie war zu sehr damit beschäftigt, sich sämtliche Informationen, die ihr die Gräfin heute Mittag gegeben hatte, immer wieder durch den Kopf gehen zu lassen. Dabei fiel ihr Blick immer wieder auf Calla, von der Ria wusste, dass sie unter den schweren Winterkleidern den Anhänger mit dem Atlantisstein trug. „Calla ist anders", hatte Percy zu Ria an ihrem ersten Tag an Bord der PALLAS gesagt. Noch hatte ihr niemand erklärt, was es damit auf sich hatte.

Ria zog sich als Erste zurück, um sich schlafen zu legen. Entkräftet kroch sie in ein kleines, wenn auch erstaunlich gut isoliertes Zelt, das auch Schlafplätze für Calla und Percy vorsah. Sie schob sich in einen ebenfalls ungewöhnlich warmen Schlafsack und dämmerte schon nach wenigen Augenblicken in den Schlaf. Im Nachhinein verfluchte sie sich, dass sich ihre letzten Gedanken um das Wort „Heimat" gedreht hatten und wie sehr sie der Gräfin bei deren Annahme hatte widersprechen wollen, dass auch Ria keine Heimat hatte.

Sie rannte wieder. Obwohl jede Faser ihres Körpers sich gegen das Laufen wehrte, zwang Ria sich, ihre kurzen Beine in Bewegung zu halten. In ihrem Kopf dröhnten die letzten Worte ihrer Mutter und die Versprechen, die sie ihr gegeben hatte.

„Lass' niemals los, verstanden. Egal, was passiert, lass' niemals los!" Ria war wild entschlossen, dieses Versprechen zu halten. Daher drückte sie die Hand, die fest in ihrer lag, noch stärker. Die andere Person, deren Hand sie hielt, erwiderte den Druck ohne Worte.

Doch das Versprechen, die andere Hand niemals loszulassen, währte nur noch wenige Augenblicke. Ria wusste nicht, wer von ihnen zuerst auf dem Boden aufkam. Sie spürte nur, wie sie über das Kopfsteinpflaster rollte, sich heftig an Schultern, Hüfte und Knie stieß und schließlich in Wasser und Matsch zum Liegen kam. Für einen Moment lag sie benommen im Dreck und fürchtete, das Bewusstsein zu verlieren. Als sie wieder zur Besinnung kam, galt ihr erster Gedanke ihrer Hand. Sie drückte zu, nur um festzustellen, dass sie ins Leere griff.

Panisch und unter Schmerzen richtete sie sich auf, sah sich hektisch um, auf der Suche nach der anderen Hand. Schließlich fand sie sie viele Meter von sich entfernt. Die Person, der sie gehörte, lag leblos auf der Straße.

Mit aller Gewalt, die Ria aufbringen konnte, riss sie sich selbst aus dem Schlaf. Das Bild der regungslosen Gestalt auf dem Boden verschwamm nur langsam und ließ sie noch erschaudern, als sie sich längst kerzengerade aufgerichtet hatte. Sie keuchte schwer und starrte in die Dunkelheit. Vor ihrem geistigen Auge hing das Bild aus ihrem Traum fest und sie konnte es nicht abschütteln. Sie hatte sich geschworen, niemals wieder daran zu denken, niemals wieder dieser Erinnerung ausgesetzt zu werden.

„Ria?" Eine Hand umfasste ihre. Ria wirbelte vor Schreck herum, hob die andere Hand zur Faust, bereit, auf denjenigen einzuschlagen, der sich ihr aus dem Nichts genähert hatte.

„Percy?" Ria erstarrte mitten in der Bewegung.

Der Junge, der im Schlafsack neben ihr und Calla gelegen hatte, sah sie aus großen, besorgten Augen an.

„Hast du schlecht geträumt?", flüsterte er.

Rias Lippen bebten. Sie guckte ihn aus noch immer weit aufgerissenen Augen an. Endlich blinzelte sie und nickte kaum merklich.

„Alptraum", wisperte sie. Da bemerkte sie, dass Percy noch immer ihre Hand umfasst hatte. Hastig zog Ria sie fort.

„Versuch', wieder zu schlafen" murmelte Percy und legte sich schläfrig wieder auf die Seite.

Ria nickte, obwohl Percy die Augen schon geschlossen hatte und sie nicht sehen konnte. Sie legte sich wieder auf die Seite. Sie führte die Hand, die Percy ergriffen hatte, vor ihr Gesicht und sah ihre schwachen Finger an. Schließlich schloss sie ihre Augen und vergoss stille Tränen.

Mit jedem Augenblick, der verstrich, verstärkte sich Percys Gefühl: etwas geschah. Er fand keine Worte, die beschreiben konnten, was am folgenden Tag und Abend in ihm vorging. Es war eine Mischung aus Aufregung, Erwartung, Gewissheit und Angst, wobei letztere alle anderen Empfindungen überlagerte. Je größer seine Sicherheit wurde, dass etwas Großes kurz bevorstand – etwas, auf das er sehr lange hatte warten müssen – desto größer wurden seine Sorgen. *Was ist nur mit mir los?*

Es war bei weitem nicht das erste Mal an diesem Tag, dass er sich diese Frage stellte. Während der Dämmerung guckte er Ria dabei zu, wie sie schweigend einen großen Findling umrundete, der aus dem unebenen Waldboden aufragte. Der uralte Fels schien sie zu faszinieren. Mehrfach hob sie eine Hand, legte ihn auf die raue Oberfläche und schloss für einen Moment die Augen.

Sie fühlt es auch, schoss es Percy durch den Kopf. Von dem Stein, von der Erde, sogar von den Bäumen schien eine sonderbare Energie auszugehen, die immer kräftiger wurde, je weiter sie auf ihrem Weg kamen. Percy konnte sie mit jeder Faser seines Körpers spüren. Er hatte mehrfach versucht, seine tiefen Sinne auszustrecken, um die seltsame Energie erfassen zu können. Das Gefühl, das ihn überkommen war, hatte ihn nahezu übermannt. Seine tiefen Sinne waren jedes Mal schmerzhaft aufgeschreckt, als hätte es vor seinem inneren Auge aufgeblitzt. Irgendetwas Wunderliches ging an diesem Ort vor sich. Er war davon überzeugt.

Als Percy Ria beobachtete, wie sie mit einem verträumten Gesichtsausdruck ihre Umgebung erkundete, dämmerte ihm, dass es nicht allein dieser Ort war, der diese vielen gemischten Gefühle in ihm auslöste. Als sich ihre Blicke kreuzten, fühlte Percy sich weder erwischt noch verlegen. Ohne zu blinzeln starrte er Ria an, und sie tat es ihm nach.

Nach einer schieren Ewigkeit stand Percy von dem Holzstumpf auf, auf dem er gesessen hatte, und ging, ohne den Blickkontakt zu Ria abzubrechen, auf sie zu.

„Alles in Ordnung?“, wollte er wissen.

Anstatt zu antworten, zuckte Ria mit den Achseln.

„Du fühlst dich auch komisch, nicht wahr?“

Wieder antwortete Ria nicht. Stattdessen warf sie den Kopf herum, um wieder auf den Findling zu starren.

„Mir geht es auch so“, versuchte Percy durch Solidarität, an Ria heranzukommen. Seit sie mitten in der Nacht aus dem Schlaf hochgeschreckt war, hatte sie sich wieder vollkommen verschlossen gezeigt. Sie beteiligte sich so gut wie gar nicht an Gesprächen, stellte keine Fragen und antwortete, wenn überhaupt, nur einsilbig.

Percy kam es manchmal vor, als wenn Ria zwei Persönlichkeiten hatte. Da war das aktive, freche Mädchen, das offenkundig eine fähige Diebin und Überlebenskünstlerin war. Andererseits konnte Ria manchmal nachdenklich, schweigsam und traurig sein. Percy hatte einen Verdacht, welche von diesen beiden Versionen näher an der wahren Ria dran war.

Er stellte allerdings fest, dass Rias teilweise widersprüchliches Verhalten sein Interesse an ihr nicht schmälerte. Im Gegenteil: Er wollte mehr über sie erfahren, daran teilhaben, was in ihrem Kopf vor sich ging. Dabei kam sie ihm mit jedem Moment, den er mit ihr verbrachte, weniger fremd vor. Es war, als täte sich eine Verbindung zwischen ihnen auf. Diese Verbindung entstand ohne Percys Willen und benötigte keine Worte. Mit jedem Augenblick, der verstrich, wurde sie stärker.

„Wo ist die Gräfin?“, durchbrach Ria schließlich ihr Schweigen und riss Percy aus seinen Gedanken.

Percy schluckte seinen Frust darüber, dass Ria durch ihre Frage das Gespräch wieder von sich ablenkte, hinunter. „Ich glaube, sie wollte sich etwas im Wald ansehen“, antwortete er. Er war sich sicher, dass seine Ziehmutter ihm kurz zugerufen hatte, wo sie hingegangen war. Er war jedoch zu sehr in Gedanken vertieft gewesen und hatte ihr nicht richtig zugehört.

Rias Blick glitt über die Bäume, die langsam, aber sicher von der aufkommenden Dunkelheit verschlungen wurden.

„Was ist sie eigentlich?“, fragte Ria unvermittelt und sah wieder zu Percy.

„Wie meinst du das?“

„Du und die Gräfin? Seid ihr …“, setzte sie zu einer Frage an.

Percy wusste natürlich, worauf sie hinauswollte, und beeilte sich, den Kopf zu schütteln. „Mutter und Sohn?“ Er lachte verhalten. „Nein. Sie ist nicht meine Mutter. Aber sie füllt diese Rolle ziemlich gut aus.“ Percy bemühte sich, Ria ein verbindliches Schmunzeln zuzuwerfen.

Sie erwiderte sein Lächeln nicht. Stattdessen sah sie ihn weiter aus großen Augen an. Ihr Blick veränderte sich jedoch. Er war nicht mehr ganz so durchdringend, dafür jetzt auch betrübt. Sie hatte ihn schon einmal so angesehen: letzte Nacht, als sie aus ihrem Alptraum hochgeschreckt war.

Sie holte tief Luft und begann die Frage zu stellen, vor der Percy sich immer fürchtete: „Was ist mit deiner ...“

„Sieh‘ mal!“, unterbrach Percy Ria schroff und deutete über die Lichtung.

Calla durchquerte das soeben aufgebaute Zeltlager. Sie hatte eine gerade Haltung eingenommen und den Hals anmutig gestreckt. Sie ging nicht nur in Richtung der dunklen Bäume. Sie *schritt.*

„Was soll ich sehen?“, fragte Ria.

„Wo will Calla hin?“

Ria warf Calla einen kurzen Blick zu. „Feuerholz sammeln?“, schlug sie desinteressiert vor. Rias noch immer bestehende Abneigung für das andere Mädchen war nicht zu überhören.

Percy packte Ria am Arm und zog sie leicht mit sich, als er sich in Bewegung setzte. „Lass‘ uns ihr folgen!“, sagte er leise.

Ria riss sich mit einer energischen Armbewegung los.

„Warum?“, fauchte sie, verschränkte die Arme und machte keinerlei Anstalten, Percy zu folgen. Dieser drehte sich schwungvoll um und blies wütend die Luft durch seine Nase.

„Kannst du es nicht fühlen?“, herrschte er Ria an. Sie drückte die Augenbrauen tiefer in ihr Gesicht, doch Percy sah das verräterische Zucken ihrer Lider. „Natürlich kannst du es fühlen! Ich kann es dir doch ansehen.“ Er machte einen Schritt auf Ria zu und packte sie wieder am Arm. „Wir nähern uns einem besonderen Ort, einem alten Ort. Ganz tief in dir weißt du das.“

Ria betrachtete Percy argwöhnisch. „Wovon redest du denn? Hast du den Verstand verloren?“

„Als wir uns das erste Mal im Speicher begegnet sind, da bist du einem Gefühl gefolgt. Du hast nicht nachgedacht, nicht überlegt, du hattest einen Überlebensinstinkt und der hat dich geleitet, stimmt’s?“

Ria guckte wütend zur Seite, um Percy nicht ansehen zu müssen.

„Das waren deine tiefen Sinne. Das ist ein Teil der besonderen Wirkung, die Atlantissteine auf dich haben. Du kannst Dinge wahrnehmen, deren Existenz andere Menschen nicht einmal verstehen können. Und hier, an diesem Ort, kannst du fühlen, dass vor langer Zeit einmal Menschen wie wir hier waren. Sie haben ihre Spuren hinterlassen, und nur wir können sie überhaupt finden. Wenn du die Augen schließt, dann kommt es dir fast so vor, als könntest du sehen, wie sie hier gewesen sind, genau wo wir jetzt stehen. Ist es nicht so, Ria?“

Als Ria Percy wieder ins Gesicht sah, hatten sich ihre Lider vollständig geweitet. Die Farbe war aus ihrer dunklen Haut gewichen, sodass sie in dem schwachen Licht ganz blass wirkte. Erst jetzt begriff Percy selbst, was er gerade gesagt hatte und was er in diesem Moment tat. Erschrocken ließ er Rias Arm los.

„Tut mir leid“, murmelte er. „Das kam gerade einfach so über mich.“

Ria schüttelte leicht den Kopf. „Schon gut“, gab sie zurück. „Du hast ja Recht.“ Ihr Blick wanderte zum Rande der Lichtung. „Calla ist in den Wald gegangen.“

Percy drehte sich ruckartig um. Ohne nachzudenken, setzte er sich in Bewegung und ging in die Richtung, in der Calla zwischen den Bäumen verschwunden sein musste. Fast erleichtert stellte er fest, dass Ria zu ihm aufschloss und neben ihm ging.

Sie waren gerade in die Schatten der Bäume eingetreten, als sie Calla entdeckten. Ihr hellblondes Haar machte es leicht, sie selbst bei so schwachem Licht zu erspähen. Sie schritt noch immer zielstrebig einen Hang hinauf, den Kopf stolz erhoben, die Hände locker an der Seite baumelnd.

„Was ist mit ihr?“, wollte Ria wissen, als sie und Percy die Verfolgung in einigem Abstand aufnahmen. „Und wieso schleichen wir hinter ihr her?“

„Hat Eleana dir das mit Calla mittlerweile erklärt?“, fragte Percy zurück.

Ria schüttelte den Kopf. „Ich weiß nur, dass die Gräfin Calla den Anhänger aus einem besonderen Grund gegeben hat. Und du hast gesagt, Calla sei anders. Was heißt das?“

Percy seufzte leicht. „Wir haben Calla etwa vor einem Jahr gefunden. Sie hat an der Ostküste der USA in einem kleinen Kaff am Meer gewohnt. Ihre Eltern lebten nicht mehr und sie war bei irgendeinem Onkel oder anderen Verwandten untergebracht. Er und seine Frau haben in so einer Trailer-Siedlung gehaust und Calla behandelt wie einen Haussklaven. Sie durfte nicht zur Schule gehen und hatte kaum Kontakt zur Außenwelt. Hätte sie welchen gehabt, hätte man sie sicher früher gefunden und nach Ozeana gebracht. So ist sie dem Orden verborgen geblieben, bis Eleana sie gefunden hat."

Calla erreichte die Spitze des Hanges und verschwand hinter dessen Kuppe. Percy beschleunigte seine Schritte und Ria hatte Mühe zu ihm aufzuschließen.

„Was heißt *gefunden*?"

Keuchend kamen Percy und Ria auf der Kuppe des Hanges an. In der Ferne konnten sie Calla wieder ausmachen. Percy blieb kurz stehen und wandte sich Ria zu. „Eleana hat dir doch verraten, was oder besser gesagt wen wir suchen?"

Ria nickte zaghaft, doch Percy wartete ab, bis sie es aussprach: „Die Prinzessin von Atlantis." Ihre Stimme verriet, wie absurd sich das für sie anhören musste. Für Percy hingegen bedeuteten diese Worte Eleanas großes Ziel, das Zentrum allen Strebens seiner Ziehmutter.

„Nun ...", begann er und sah Calla hinterher, „... Eleana glaubt, dass wir sie gefunden haben." Er sah zurück zu Ria, um ihre Reaktion zu sehen. Diese öffnete ihren Mund, ohne dass ein Laut nach außen trat. Sie starrte ihn aus ihren blauen Augen an und wich einen Schritt zurück.

*

Als Percy sich wieder in Bewegung setzte, hatte Ria alle Mühe, ihm zu folgen. In ihrem Kopf hallten seine letzten Worte wider. Sie hätte am liebsten aufgelacht, doch die Ernsthaftigkeit in seinen Augen und seiner Stimme hatten sie davon abgehalten.

„Also, Atlantis?", wiederholte sie, während sie ihm nachsetzte. „Atlantis, wie der verlorene Kontinent? Die mediterrane Hochkultur aus dem Mythos? Platons Atlantis?"

Percy wandte sich nicht um, als er ihr antwortete. Den Blick fest auf Calla gerichtet, sagte er: „Genau das."

Ria schnaubte. „Aber das ist doch nur eine Legende! Platon hat sich das ausgedacht, um die Menschheit vor ihrer eigenen Hybris zu warnen. Atlantis ist ein Flutmythos wie der in der Bibel."

„Man, Eleana hatte wirklich Recht. Du bist tatsächlich nicht so ungebildet, wie du aussiehst."

Ria überging den Seitenhieb. „Deshalb weiß ich auch, wie die Legende von Atlantis ausgeht. Von der Stadt ist nichts übrig geblieben." In sarkastischem Tonfall fügte sie hinzu: „Kein Happy End für die Atlanter."

Abrupt blieb Percy stehen, sodass Ria fast in ihn hineingestolpert wäre. Dramatisch drehte er sich zu ihr um. „Und was ist, wenn nicht?", fragte er herausfordernd.

Ria konnte nicht anders, als ihn entsetzt anzusehen.

„Was ist, wenn es wahr ist; wenn alles wahr ist? Was wäre, wenn es vor Tausenden von Jahren eine Stadt gegeben hätte, in der Menschen wie Götter gelebt hätten?"

Ria hob die Schultern. „Dann wäre alles im Meer versunken."

Zu Rias Überraschung wurden Percys Gesichtszüge plötzlich weich. Er schloss die Lücke zwischen ihnen, bis er so dicht bei ihr stand, dass sie sein Flüstern hören konnte: „Nicht alles."

Just in diesem Moment ertönte ein markerschütternder Schrei. Percy keuchte, bevor er sich wieder umwandte und in einen Laufschritt verfiel. Ria zögerte nicht, ihm durch die nun vollständig aufgekommene Dunkelheit nachzusetzen.

Die beiden rannten in die Richtung des Schreis. Es war dieselbe Richtung, in der sie Calla zuletzt gesehen hatten. Percy und Ria trennten sich für einige Meter, sodass sie den dichten Wald großflächiger absuchen konnten.

Rias Augen glitten zwischen den schemenhaften Bäumen hin und her. Die Sonne war vielleicht untergegangen. Doch noch standen weder Mond noch Sterne am Himmel. Sie konnte kaum etwas erkennen. Umso heftiger zuckte sie zusammen, als sie plötzlich von hinten gepackt wurde und zum Stehen kam.

„Vorsicht!", schrie Percy und riss sie einige Schritte zurück. Ria rutschte auf dem steinigen Boden und sah vor sich gerade noch, wie die Kiesel unter ihrem Stiefel vorne über eine Felskante kullerten. Kreidebleich sah sie den Steinchen dabei zu, wie sie einen steilen Hang hinunterrollten, bis sie einen letzten Satz machten und in einem schmalen, aber reißenden Bach verschwanden.

Mit angehaltenem Atem hob Ria ihren Kopf zu Percy und wollte sich gerade bedanken. Doch dieser hatte sie bereits losgelassen und schaute zur Seite. Ria folgte seinem Blick und musste schon im nächsten Moment einen Schrei unterdrücken.

„Was ist das?“, presste sie hervor.

Percy antwortete nicht. Stattdessen schrie er „Calla!“, bevor er sich in Bewegung setzte und Ria zurückließ.

*

Percy dachte nicht nach. Er handelte einfach. So schnell er konnte, hastete er auf Calla zu, die humpelnd und blutend Schritt um Schritt von ihrem Angreifer zurückwich. Sie hatte gerade die Arme zu einer verzweifelten Abwehr gehoben, als Percy sie an der Hüfte packte und im letzten Moment vor der Attacke ihres Gegners in Sicherheit brachte. Die beiden kugelten unkontrolliert über den Waldboden. Doch Percy rollte sich blitzschnell auf die Füße, baute sich schützend vor Calla auf und stellte sich entschlossen seinem Gegner.

Bei dessen Anblick fuhr ihm eine solche Kälte über den Rücken, dass es ihm vorkam, als gefriere ihm das Blut in den Adern. Rias letzte Worte schossen durch seinen Kopf. *Was ist das?*

Was er aus der Entfernung und im Dämmerlicht noch für eine Person gehalten hatte, war weder menschlich noch lebendig. Zwar kam ein dem Menschen nachempfundener, nackter Torso auf ihn zu mit muskulösen Armen und Beinen. Die Gestalt hielt eine axtähnliche Waffe. Doch auf ihren Schultern saß kein menschlicher Kopf. Percy starrte in die glühenden Augen eines Elchs, auf dessen Stirn ein riesiges Geweih ruhte. Eine der beiden Schaufeln war abgebrochen, während die andere teilweise schief und verbogen wirkte. Als der Elchmann seinen Kopf neigte, entdeckte Percy die vielen winzigen Gelenke aus Metall, die an dem Hals der Kreatur quietschten. Beim zweiten Blick über den Körper seines Gegners erkannte Percy, dass nicht nur der Kopf aus Metall bestand. Was auch immer da auf Calla und ihn zukam, war eine Maschine!

„Percy“, stöhnte Calla hinter ihm. Percy wagte einen Blick über seine Schulter. Calla lag noch immer am Boden. Blut sickerte aus ihrem Oberschenkel und durchtränkte ihre Hose. Percy wich einen weiteren Schritt von seinem Gegner zurück. Panisch erkannte er, dass er und Calla nicht viel weiter zurück konnten. Hinter ihnen klaffte der felsige Abgrund, von dem er Ria gerade noch weggezogen hatte.

Als der Elchmann einen weiteren bedrohlichen Schritt auf sie zu machte und dabei seine Axt langsam hob, kam Percy ein Gedanke. „Der Anhänger!“, rief er panisch. „Gib' ihn mir!“ Percy hatte keine Ahnung, ob er genug Kraft hatte, es mit der Maschine mit bloßen Händen aufzunehmen. Vielleicht konnte der Atlantisstein um Callas Hals ihm helfen. Hinter sich hörte er Calla mit der Kette um ihren Hals hantieren, doch es war zu spät. Der Elchmann machte bereits einen letzten Satz auf sie zu und ließ seine Axt auf die beiden niedersausen.

Es klirrte heftig, als Metall auf Metall traf. Percy hatte vor Schreck die Augen zusammengekniffen. Als er sie jetzt wieder öffnete, sah er Zentimeter von seinem Gesicht entfernt das Ende eines metallischen Stabes, der die Klinge der Axt im letzten Moment aufgehalten hatte. Mit angehaltenem Atem folgten Percys Augen dem Verlauf der Waffe.

„Eleana!“ Seine Ziehmutter sah ihn nicht an. Sie hatte das Gesicht vor Anstrengung verzogen, als sie mit beiden Armen versuchte, die Axt des Elchmannes wegzuschieben. Ihre zusammengebissenen Zähne blitzten auf.

Die Gelenke im Hals des Elchmannes knackten, als er der neuen Gegnerin seinen Kopf zuwandte. Sein Mund öffnete sich, und er stieß ein markerschütterndes Röhren aus, ehe er die Axt wieder über den Kopf schwang und dieses Mal nach Eleana hieb.

Percy sah, dass Eleana nur mit Mühe parieren konnte. Der Elchmann schlug mit einer solchen Wucht auf seine Ziehmutter ein, dass die sonst unbesiegbar wirkende Frau mit den übermenschlichen Kräften in die Knie gehen musste. Sie gab eine Reihe gequälter Laute von sich.

Unermüdlich und gnadenlos machte der metallische Gegner sich für den nächsten Angriff bereit. Bevor Percy auch nur über das nachdenken konnte, was er als nächstes tat, hatte er sich bereits mit der Schulter gegen den künstlichen Oberkörper des Elchmannes geworfen. Er prallte einfach ab. Die Maschine wackelte nicht einmal ein kleines bisschen, als er mit all seinem Gewicht gegen sie stieß. Stattdessen prellte Percy sich schmerzhaft die Schulter, ging zu Boden und rollte über den steinigen Untergrund. Als er auf dem Rücken liegen blieb, zog sich seine Lunge zusammen, sodass er keine Luft mehr bekam.

„Percy, bleib‘ unten!“, rief Eleana. Percy hatte aber keine Zeit, ihr zu antworten. Der Elchmann war bereits über ihm, im Begriff ihm den finalen Stoß zu versetzen. Da glitt zwischen ihn und die Maschine plötzlich Eleana. Sie legte ihre rechte Hand auf den Metalltorso. Erst im letzten Moment erkannte Percy, wie der Waffenhandschuh zwischen den Fingern seiner Ziehmutter mit heller Energie aufzuleuchten begann.

Die Druckwelle erfasste ihn unvorbereitet. Er kam nicht einmal mehr dazu, die Arme schützend vor sein Gesicht zu reißen, als ein Blitz vor seinen Augen auftauchte und er schlitternd über den Boden geschleudert wurde. Irgendwo ertönte wieder der Schrei des Elchmannes, kurz bevor er in der Ferne verstummte. Percy rutschte schmerzhaft einige Meter über den Kies, überschlug sich und kam auf seinem Gesicht zum Liegen.

In seinen Ohren dröhnte und pfiff es. So brauchte er einen Moment, um zu verstehen, dass Eleana neben ihm in die Hocke gegangen war, ihn auf die Seite drehte und seinen Namen rief.

„Percy! Bist du in Ordnung?“, wollte sie wissen.

Percy verstand die Frage kaum. Mit seinen Lippen formte er den einen Gedanken, den er zustande brachte. „Wo ist Calla?“

Er erkannte, wie Eleana sich hastig umwandte. Sie sprang auf die Füße. Percy folgte ihr mit den Augen, rappelte sich einen Augenblick später selbst auf, um seiner Ziehmutter panisch hinterher zu hechten. Diese war zu der Felskante zurückgeeilt, hinter der sich der Abgrund mit dem Fluss verbarg. Keuchend kam Percy neben Eleana zum Stehen, starrte in die Tiefe und schrie: „Calla!“

*

Es war alles unfassbar schnell gegangen. Ria hatte wie angewurzelt dagestanden und zugesehen, wie Percy sich zwischen Calla und den Maschinenmann geworfen hatte. Die beiden waren dessen Waffe nur um Haaresbreite entkommen. Dann war die Gräfin plötzlich aufgetaucht. Aber auch sie hatte den mächtigen Hieben des Elchmannes kaum etwas entgegensetzen können. Schließlich hatte sie irgendeine Form von Waffe eingesetzt. Ihre Hand hatte aufgeleuchtet und einen Moment später hatte eine kleine Explosion den Elchmann von der Gräfin und Percy weggeschleudert. Mit einem verzweifelten Röhren war die riesige Maschine durch die Luft geflogen und hilflos über die Felskante in den Abgrund gerutscht.

Doch er war nicht das Einzige gewesen, das die Druckwelle erfasst hatte. Während Percy sicher zwischen die Bäume geschlittert war, hatte Calla ihren Halt verloren und war ebenfalls über die Felskante gerutscht. Sie hatte noch kreischend versucht, sich irgendwo festzuhalten. Doch sie war hilflos den Hang Richtung Fluss hinuntergeglitten. Ihr Körper hatte sich gerade im freien Fall befunden und wäre ins Wasser gestürzt, als ihre rudernden Hände doch noch im letzten Moment Halt gefunden und zugepackt hatten. Seitdem war der stechende Schmerz in Rias beiden Schultern alles, woran sie denken konnte.

„Calla!“ Percys Stimme übertönte das Geräusch des rauschenden Wassers unter Ria kaum. Erst jetzt wagte Ria es, die Augen wieder zu öffnen und einen Blick nach oben zu werfen. Sie sah ihre eigene Hand, die sich schmerzhaft und blutend um einen schmalen Baumstumpf krallte, der aus dem Hang hervorragte. Nur etwa einen Meter darüber sah sie Percys blasses Gesicht, wie er zu ihr hinunterstarrte.

Auch Ria riskierte jetzt einen Blick abwärts. Ihr anderer Arm hing gerade nach unten, die Hand fest um die von Calla gelegt, die völlig frei über dem reißenden Fluss baumelte.

Ich bin so ein Idiot!, schoss es Ria durch den Kopf. Sie war als Einzige nicht von der Druckwelle der Explosion erfasst worden. Als sie gesehen hatte, wie Calla über die Felskante gerutscht war, hatte sie nicht überlegt, sondern war dem Mädchen einfach hinterhergestürzt. Sie hatte keine Ahnung, wie sie es geschafft hatte, Callas Hand noch rechtzeitig zu packen und gleichzeitig Halt an dem Baumstumpf zu finden. Das letzte, woran sie sich mit Sicherheit erinnern konnte, war das Gefühl entzwei gerissen zu werden und wie die spitzen Astlöcher des Baumstumpfes ihre Haut durchbohrt hatten.

„Ria!" Sie hörte ihren Namen. Sie sah wieder nach oben. Neben Percy erkannte sie jetzt auch das Gesicht der Gräfin.

Ria wollte etwas antworten. Doch als sie den Mund öffnete, stöhnte sie nur.

„Halte durch!", rief Gräfin Eleana ihr zu. Daraufhin verschwand ihr Kopf. Ria konnte nur hoffen, dass sie gleich wiederkommen würde.

Ria ließ den Kopf hängen, öffnete die Augen einen Spalt und sah erneut nach unten. Calla klammerte sich an ihre Hand. In ihren Augen spiegelte sich Todesangst. Ria konnte das Gefühl nachvollziehen. Sie wollte etwas zu dem Mädchen sagen. Doch ihr Kopf war wie leergefegt. Sie hörte Percys Stimme: „Lass' nicht los, Ria!" Ria sah gequält nach oben zu Percy. Dieser wiederholte: „Lass' nicht los!"

Ria sog scharf die Luft ein, als ihr Körper von einem Beben erfasst wurde. Die Erinnerung an ihren Traum kam hoch, an die Stimme ihrer Mutter: *„Lass' niemals los!"* Es kostete Ria all ihre Kraft, Percy zuzunicken.

Endlich tauchte die Gräfin über ihr wieder auf. Ria beobachtete, wie sie ein paar hektische Worte mit Percy wechselte. Ria sah den metallischen Stab, mit dem die Gräfin gerade noch gegen den Elchmann gekämpft hatte. Percy ergriff ein Ende der Waffe, Gräfin Eleana das andere. Schon im nächsten Moment begann Percy mithilfe des Stabes den Hang hinunterzurutschen.

Am Ende des Stabes angekommen, stemmte Percy seine Füße gegen die Schräge, hielt sich nur noch mit einem Arm fest und ließ seinen anderen in die Tiefe baumeln. Er streckte sich nach Ria und Calla aus.

„Nimm meine Hand!", rief er Ria zu. Diese sah ihn jedoch verzweifelt an.

„Das kann ich nicht!", schrie sie. Percys Hand war nur Zentimeter von ihrer eigenen entfernt. Doch um sie zu ergreifen, hätte sie den Baumstumpf loslassen müssen, was ihren und Callas Sturz in die Tiefe bedeutet hätte.

„Eleana, ich muss tiefer!“, rief Percy nach oben.

Ria meinte, die Gräfin ächzen zu hören, als sie versuchte, Percy noch tiefer rutschen zu lassen. Er kam Rias Hand nur minimal näher.

Ria begriff voller Verzweiflung, dass sie keine Chance hatte, Percys Hand zu erreichen, ohne Calla loszulassen. Sie sah nach unten in die geweiteten Augen des anderen Mädchens. Dessen Lippen begannen zu beben.

„Ria“, hörte sie Calla flüstern. Rias Augen füllten sich mit Tränen.

Da fiel Rias Blick auf den Anhänger um Callas Hals. Der Schal, den sie zum Schutz vor der Kälte darüber getragen hatte, musste sich gelöst haben. Der dreieckige Anhänger mit dem blauen Stein baumelte jetzt gut sichtbar über Callas Brust. Rias Augen fixierten das Juwel. Irrte sie sich, oder leuchtete der Stein in der Dunkelheit?

„Ria!“ Percy rief nach ihr, doch Ria schaute dieses Mal nicht zu ihm auf. Wie gebannt, starrte sie auf den blauen Stein. Vor ihrem inneren Auge tanzten Bilder. Sie dachte daran, wie sie bei ihrer Mutter auf dem Schoß gesessen und nach dem Anhänger gegriffen hatte. In ihrem Kopf hörte sie wieder die Stimme ihrer Mutter: *„Lass‘ niemals los!“* Doch die Stimme ging in die der Gräfin über, wie sie von Atlantissteinen, Blutlinien und besonderen Fähigkeiten sprach. Ria wusste nicht, wie ihr geschah, als sie ihren Entschluss fasste. Sie wusste nur, dass sie nicht loslassen würde – dieses Mal nicht.

„Calla!“, rief sie dem Mädchen unter sich zu. „Halt’ dich fest, ok?“

Calla sah sie noch immer voller Panik an. Doch sie nickte kaum merklich. Ria begann zu schreien. Sie legte all ihre verbliebene Stärke in ihren unteren Arm und zog daran. Obwohl sie wusste, dass es eigentlich unmöglich war, dass sie zu klein und Calla viel zu schwer war, hob sie Calla Zentimeter für Zentimeter in die Höhe. Sie winkelte ihren Unterarm an, spannte die Schulter, schrie weiter, bis Callas Hand ihre Schulter erreichte. Ohne zu zögern, griff Calla danach, ließ Rias Hand los und hing nun nicht mehr an ihrem Arm, sondern um ihren Hals.

Röchelnd ließ Ria ihren Arm einen Augenblick baumeln. Sie sah schwach nach oben zu Percy, der noch immer seine Hand nach ihr ausgestreckt hatte.

„Greif' zu!“, rief er.

Ria presste die Zähne vor Schmerz und Erschöpfung aufeinander, schwang ihren Arm nach oben und umfasste Percys Handgelenk. Dieser packte so fest zu, dass es weh tat. Ria war es egal. Alles woran sie denken konnte war, dass sie langsam von Gräfin Eleana nach oben gezogen wurden und nach einer schieren Unendlichkeit über die Felskante glitten. Dort kamen sie nur Zentimeter vom Abgrund entfernt zum Liegen.

Percy stand sofort wieder auf. Er hechtete auf Ria und Calla zu. Ria glaubte erst, dass er zu ihr kommen würde. Doch er riss Calla auf die Füße, schloss sie in seine Arme und vergrub sein Gesicht in ihrem Haar. Ria schaute nach Luft schnappend zu.

Ehe sie sich versah, wurde auch sie auf die Füße gezogen. Gräfin Eleana legte ihr die Hände auf ihre Schultern und musterte sie von oben bis unten.

„Bist du in Ordnung? Geht es dir gut?“

Ria antwortete nicht. Sie sah die Gräfin nicht einmal an. Ihre Augen ruhten starr auf Calla und Percy. Letzterer befreite sein Gesicht aus Callas Haaren und sah zu Ria. Als sich ihre Blicke trafen, ließ er von Calla ab, kam auf Ria zu und zog sie ebenfalls in seine Arme. Regungslos ließ Ria es über sich ergehen, wand sich einen Augenblick steif in der Umarmung, bis sie nicht anders konnte, als nachzugeben. Zaghaft schlang sie ihre Arme um Percy und legte ihr Gesicht auf seine Brust. Und als sie seinen vertrauten Geruch einatmete, hatte sie zum ersten Mal seit elf Jahren das Gefühl, nicht mehr allein zu sein.

Rider hatte diesen Ort lange nicht betreten. Erst jetzt, da er langsam den breiten Kiesweg entlang ging, wurde ihm bewusst, wie lange es her war, dass er hier gewesen war. Er war damals ein anderer Mann gewesen. Man hatte ihn noch nicht als den Mann in Schwarz gekannt.

Das erste Mal waren sie als Trio nach Kreta gekommen. Sie hatten damals alles zu dritt unternommen. Sie hatten geglaubt, dass nichts sie auseinander bringen würde. Er war sich sicher gewesen, sein ganzes Leben mit den beiden zu verbringen. Erst heute wurde ihm klar, dass es sich hierbei um naives Wunschdenken gehandelt hatte.

Es war Eleana gewesen, die ihre Gruppe zuerst verlassen hatte. Sie hatte sich innerhalb des Ordens einen Namen gemacht, war der Führung positiv aufgefallen. Schließlich war sie in Kreise aufgestiegen, in denen geheimes Wissen weitergegeben wurde. Sie hatte sich immer mehr von ihren beiden Freunden distanziert, seltener mit ihnen gesprochen, um sie nicht anlügen zu müssen. So hatte sie es jedenfalls gesagt. Schließlich war sie nicht nur abwesend gewesen, sie hatte sich verändert. Rider konnte sich gut an diese Zeit erinnern. Ihrer aller Beziehung war anders geworden.

Als Rider Eleana das letzte Mal gesehen hatte, waren sie hier gewesen. Die alte Palastruine von Knossos auf Kreta hatte damals genauso ausgesehen wie heute.

Der Himmel an diesem Abend war sternenklar und die aufkommenden Geräusche der bevorstehenden Nacht erfüllten die Luft mit einer sanften Melodie. Es war fast windstill. Nur zwischen den Ruinen wehte ein leises Lüftchen, das Rider erschaudern ließ.

Er hatte es nicht eilig. Gemächlich schlenderte er auf den uralten Wegen der antiken minoischen Hochkultur umher und ließ seine Augen über die restaurierten Mauern schweifen. Sie leuchteten blau in der Dunkelheit.

Knossos war für seine Wandmalereien berühmt. Es gab nicht viele Zeugnisse der minoischen Freskenkunst. In Knossos fand man mitunter die schönsten und detailreichsten. Rider hatte sich an dem Begriff der *minoischen* Kultur schon immer gestört. Die älteste Hochkultur Europas nach einem einzelnen König einer zudem ausgerechnet griechischen Sage zu benennen, war ihm immer feige erschienen. Immerhin hatten die Minoer Athen unterworfen. Die Griechen waren die Feinde der Minoer gewesen. Sie hatten die Vorherrschaft über den östlichen Mittelmeerraum erst erringen können, nachdem das minoische Reich untergegangen war. Manchmal glaubte Rider, dass die Altertumsforscher nicht den Mut gehabt hatten, das Reich der Inseln Kreta und Thera – das heutige Santorin – bei dem Namen zu nennen, den Platon ihm gegeben hatte: Atlantis.

Rider ließ sich Zeit, die Fresken von Knossos zu studieren. Dabei wehrte er sich nicht dagegen, dass Erinnerungen sein Bewusstsein geradezu fluteten. Immer wieder war er versucht, in sie einzutauchen. Er hatte schon als Kind das Projizieren beherrscht. Die erweiterten geistigen Fähigkeiten, über die nur Ozeanier verfügten, ermöglichten das Betreten von Erinnerungen. Wenn Rider es wollte, konnte er die Vergangenheit vor seinen Augen wieder auferstehen lassen, Momente immer wieder und wieder erleben. Er hatte es jemandem einmal so erklärt, dass es sich anfühlte, als wenn man vor einem Fernseher steht, in dem man seine Erinnerung sieht, und einfach durch die Scheibe hindurch tritt, um an dem Geschehen wieder selbst teilhaben zu können.

Rider hütete sich jedoch, diese Kräfte jetzt einzusetzen. Als er an dem Fresko mit den blauen Delphinen vorbeikam, musste er an sich halten. Die Frau aus seinem Foto mit dem Muttermal auf der Schläfe wäre sonst vor ihm aufgetaucht. Sie hätte ihn angelächelt und ihm erklärt, dass sie sich der Vergangenheit und Atlantis noch nie so nahe gefühlt hätte, wie in diesem Moment.

„Es ist, als wäre ich schon einmal hier gewesen! Spürst du es nicht auch?“ Rider meinte, in der Ferne ihre Stimme zu hören. Er musste den Kopf schütteln, um der Illusion zu entgehen.

Er strich weiter zwischen den Ruinen umher. Allmählich wurde er ungeduldig. Als er die Koordinaten von Kreta und Knossos übermittelt bekommen hatte, hatte er erwartet, dass er nur herkommen müsste. Alles weitere würde sich zeigen, sobald er eintraf. Stattdessen stand er nun inmitten eines uralten

Palastes, dessen Überreste die letzten Zeugen einer verlorenen Welt waren.

„Kit?“ Er hörte eine zarte Frauenstimme. Rider drehte sich erschrocken um. Er riss seine geballte Faust aus der Tasche des schwarzen Mantels, bereit sich zu verteidigen. Doch als er sich umsah, war da niemand. Es starrte in die Dunkelheit.

„Können wir reden, Kit?“, fragte die Stimme plötzlich wieder. Rider wirbelte erneut herum. Die Stimme war jetzt entfernter gewesen und aus einer anderen Richtung gekommen. Er kannte diese Stimme.

Langsam folgte Rider der Richtung, aus der die Stimme gekommen war. Ihn beschlich ein Verdacht, was hier vorging, aber noch war er sich nicht sicher. Erst als er vor dem Fresko des sogenannten Lilienprinzen ankam, blieb er stehen. Vor dem Wandbild eines jungen schönen Mannes mit langen schwarzen Haaren, der zwischen hochgewachsenen Wasserlilien stand, sah er Eleana stehen. Sie sah ihn an, die großen Augen weit aufgerissen, die Hände nervös ineinander verschränkt.

Rider wusste sofort, welche seiner Erinnerungen ihn heimsuchte. Eleana sah deutlich jünger aus, als sie jetzt sein musste. Ihr Blick war unschuldig und hoffnungsvoll. Sie sah ihn mit einer Wärme an, die ihn fast schmerzte. Er hatte nicht aufgepasst. Wahrscheinlich verband er diesen Ort mit so vielen Gefühlen, dass er nicht einmal gemerkt hatte, dass sein Unterbewusstsein eine Projektion in Gang gesetzt hatte. Nun konnte er nicht anders, als jenen letzten Abend mit Eleana hier in Knossos noch einmal zu erleben.

„Meinst du, dass du das bist?“, fragte Eleana verlegen und deutete auf das Fresko hinter sich. Rider rührte sich nicht. Stattdessen beobachtete er, wie sein jüngeres Ich, der Mann, der noch helle Hemden getragen und gelächelt hatte, neben Eleana auftauchte.

„Gott, ich hoffe nicht“, scherzte der jüngere Rider. „Mit so langen Haaren hätte ich ausgesehen wie ein Indianer!“

Eleana lachte leise und senkte verlegen den Blick. Rider sah, wie sein jüngeres Ich auf sie zutrat. „Du wolltest mit mir reden?“

Rider beobachtete, wie Eleana tief Luft holte, sich straffte und endlich ihren Kopf hob. Sie hatte den Mund kaum geöffnet, als Rider die Augen zusammenkniff. Er musste sich konzentrieren.

Er wollte nicht hören, was sie als nächstes sagte. Das erste Mal war bereits schmerzhaft gewesen. Es hatte alles zunichte gemacht, was sie sich aufgebaut hatten. Eleana war nach ihren Worten nie wieder dieselbe für ihn gewesen.

Rider keuchte, legte die Hand vor die Augen und versuchte mit aller Kraft sein Bewusstsein unter Kontrolle zu bringen. Damals wie heute wünschte er sich, er könnte Eleanas Worte rückgängig machen. Doch obwohl man durch das Projizieren in seiner Vergangenheit wandeln konnte, verändern ließ sie sich nicht. Ihm blieb nichts anderes übrig, als an das zu denken, was danach geschehen war. Er riss die Augen wieder auf und wurde Zeuge dessen, was geschehen war, nachdem Eleana ihm ihre Liebe gestanden hatte.

„Du liebst *sie*, nicht wahr?“, fragte Eleanas jüngere Gestalt. Ihre Stimme war voll Bitterkeit.

Der jüngere Rider antwortete nicht. Er öffnete den Mund, um etwas zu sagen. Es kamen aber keine Worte heraus.

„Wie kannst du nur?“, fragte Eleana fassungslos. „Nach allem, was sie getan hat. Und du liebst sie immer noch?“

Rider sah zu, wie sein jüngeres Selbst sich beschämt abwandte. Schnellen Schrittes versuchte er, wegzugehen. Doch Eleana folgte ihm.

„Sie hat alles verraten!“, rief sie ihm zu.

Rider folgte den beiden, wie sie die Überreste von Knossos durchquerten. Vor dem Thronsaal der Palastruine sah er, wie Eleana sein jüngeres Ich am Arm packte und zu sich herumdrehte.

„Sie hat einen anderen, weißt du das?“ Sie spie jedes Wort aus und Rider fühlte heute wie damals den Stich, den ihre Worte ihm versetzten. „Er ist nicht mal Ozeanier. Er ist ein niemand. Und sie hat ihn geheiratet! Hörst du mich? Sie hat ihn geheiratet!“

In dem Moment, in dem sein jüngeres Ich auf Eleana zuging, um ihr Worte entgegenzuschreien, die das Band zwischen ihnen endgültig zerschnitten hatten, schaffte Rider es endlich, seine Erinnerung zu verlassen. Mit einem entschlossenen Schritt trat er nach vorne, genau an die Stelle, wo er und Eleana gestanden hatten. Die beiden Gestalten lösten sich in Luft auf. Die Erinnerung verebbte, und Rider war endlich wieder allein.

Keuchend strich er sich mit der Hand durch das Gesicht. Was er gesehen hatte, war so viele Jahre her. Fast zwei Jahrzehnte lang hatte er es geschafft, nicht mehr an diesen Moment zu denken. Doch heute hatten sich der Schmerz, der Verlust und die Verzweiflung so schrecklich angefühlt wie an jenem Abend. Erschöpft ließ Rider sich sinken. Nur langsam wurde sein Atmen wieder ruhiger.

Als er die Augen wieder öffnete, stellte er zu seiner Überraschung fest, dass er sich in einem kleinen Raum befand. Eine Decke mit schweren Balken und dicken Mauern aus Stein umgaben ihn. Die Wände waren rot angemalt und zeigten die Fresken von Greifen – eine sagenhafte Kreuzung aus Adler und Löwe. Als Rider bemerkte, worauf er saß, schüttelte er amüsiert den Kopf. Er hockte auf einem kleinen steinernen Stuhl an der hinteren Wand des kleinen Raumes. Er saß auf dem Thron von Knossos, einem Thron von Atlantis.

Instinktiv wollte er aufstehen, doch im nächsten Augenblick überlegte er es sich anders. Stattdessen ließ er sich locker gegen die Stuhllehne sinken und verschränkte die Hände hinter dem Kopf. Er wartete noch immer auf eine Nachricht, ein Zeichen oder sonst einen Hinweis darauf, was er hier eigentlich suchen sollte. Das konnte er genauso gut auf dem Thron der Könige von Knossos tun.

So saß er eine Weile da, konzentrierte sich auf seine Atmung und stellte fest, dass die Luft immer kühler wurde. Die Nächte im winterlichen Kreta waren frisch. Kleine, feine Wölkchen bildeten sich um seine Nase und seinen Mund. Allmählich fröstelnd zog Rider seinen Mantel dichter um seinen Körper. Mitten in der Bewegung hielt er inne.

Er beugte sich vor, schloss die Augen und konzentrierte sich, um sicher zu stellen, dass er sich nicht getäuscht hatte. Nur eine Sekunde später riss er die Augen wieder auf. Er fühlte Wärme. Ein dünnes, aber für ihn ohne jede Schwierigkeit wahrnehmbares Hitzeband zog sich durch den Raum. Wissend, was das zu bedeuten hatte, erhob sich Rider, hastete durch den Raum und trat ins Freie. Dort folgte er dem wohligen warmen Gefühl. Es führte ihn quer über die Palastanlage, bis er an deren Grenzen stieß. Er ging den holprigen Weg einen steilen Hang hinunter, bis er vor den Überresten eines kleinen Nebengebäudes stehen blieb.

Die Archäologen, die für Knossos' Restaurierung verantwortlich gewesen waren, hatten den Raum mit antiken Tonkrügen bestückt.

Rider umrundete den unscheinbaren Bau und sah sich die Wände genau an. Als er nichts Außergewöhnliches finden konnte, schritt er durch die Tür und sah sich in dem kleinen Gebäude um. Es gab nichts zu entdecken. Das winzige Haus, das nur aus dem einen Raum zu bestehen schien, war durch die mannshohen Tongefäße kaum betretbar. In säuberlichen Reihen war der ganze Raum mit ihnen zugestellt. Als Rider feststellen musste, dass seine Augen ihm nicht weiterhelfen konnten, streckte er nochmals seine Sinne nach dem Wärmegefühl aus. Ihn durchfuhr ein wohliger Schauer. Ohne Zögern oder Zweifel trat er auf eines der mannshohen Gefäße zu, packte es an beiden Seiten und trug es ohne jede Mühe ins Freie. Dasselbe wiederholte er mit zwei weiteren. Er wollte gerade einen der hinteren Krüge packen und entfernen, als ihm auffiel, dass sich ganz hinten zwischen den Behältern eine Lücke befand. Die Gefäße standen sauber aneinandergereiht da. Nur im hinteren Bereich fehlte eines.

Rider stutzte kurz, konzentrierte sich und ging auf die kleine Lücke zu. Er blieb vor ihr stehen, inspizierte die Decke, die anderen Gefäße und schließlich den Untergrund. Der Boden sah völlig gewöhnlich aus. Er war genauso staubbedeckt und sandig wie im restlichen Gebäude. Er fühlte sich jedoch anders an.

Das ist es!, dachte Rider triumphierend. Statt den Boden, den die Archäologen wohl vollkommen unbewusst weder betreten noch zugestellt hatten, mit den Augen anzusehen, streckte Rider nochmals seine tiefen Sinne aus. Er befahl sich, die Welt um ihn herum nicht zu sehen, sondern zu spüren.

Obwohl er im Umgang mit seinen tiefen Sinnen geübt war und nicht hätte überrascht sein sollen, musste er nach Luft schnappen, als der Boden sich vor ihm veränderte. Zum Vorschein kam eine alte staubige Treppe, die tief hinab in den Berg und in die Dunkelheit führte. Riders Herz schlug ihm bis zum Hals.

Die Treppe sah alt, aber in gutem Zustand aus. Sie war ohne jeden Zweifel Teil der Palastanlage, doch der Außenwelt bisher verborgen geblieben. Wieso fand er sie erst jetzt? Wieso hatte er ihre Existenz nicht schon bei seinen früheren Besuchen von Knossos gespürt?

Rider beschloss, über diese Fragen später nachzudenken. Er schob die Hände tief in die Taschen seines Mantels. Er streckte seine tiefen Sinne weiter aus, weshalb er weder Licht noch Halt brauchte, als er die Treppe hinabstieg. Seine Aufregung nahm zu. Er konnte förmlich fühlen, dass er seinem Ziel näher kam. Ohne jedes Zeitgefühl stieg er die Stufen hinab, bis er in einer großen Halle ankam. Ein schwaches blaues Licht erhellte einen uralten Raum bis zu einer meterhohen Decke. Als Rider die Quelle des Lichts entdeckte, entfuhr ihm erleichtert: „Endlich!“

*

„Meine Brille!“ Als wäre sie aus einem Traum aufgeschreckt, stieß Ria sich von Percy weg, wirbelte herum und suchte den Waldboden ab. In der Dunkelheit konnte sie fast nichts erkennen.

„Wo ist meine Brille?“, rief sie erneut. Panik ließ ihre Stimme beben.

„Keine Ahnung“, antwortete Percy. Ria hob ihren Kopf und sah dem Jungen ins Gesicht. Als ihr klar wurde, dass Percy ihr zum ersten Mal ohne das klobige Gestell ins Gesicht blickte, drehte sie sich hastig um.

„Ich brauche meine Brille!“, rief sie. Calla und die Gräfin beobachteten sie verwirrt.

„Vielleicht ist sie in den Fluss gerutscht“, überlegte Calla.

Ria sah sie voller Zorn an. „Nein!“, sagte sie verzweifelt. Sie beugte sich über den Abgrund, dem sie und Calla gerade noch entgangen waren. „Das darf nicht sein.“

„Siehst du nicht auch ganz gut ohne sie?“, fragte Percy arglos und stellte sich neben sie. Wieder sah er sie an, doch Ria riss hastig ihren Kopf herum, sodass er ihr nicht ins Gesicht schauen konnte.

„Hier ist sie“, hörte sie auf einmal Gräfin Eleanas Stimme sagen. Ria hob den Kopf, während die Gräfin ein Stück von ihnen entfernt in die Hocke ging. Als sie sich wieder erhob, zog sie Rias Brille aus dem Schmutz. Sie wischte gerade alte, braune Nadeln von den Gläsern, als Ria schon auf sie zulief und ihr die Sehhilfe aus der Hand riss. Ohne sich um den Dreck zu scheren, der die

Gläser trüb werden ließ, setzte Ria sich ihre Brille wieder auf die Nase und atmete erleichtert auf.

Die Gräfin stand noch immer mit geöffneten Händen vor ihr. Sie sah aus, als würde eine Ahnung sie beschleichen. Doch als Ria flehend den Kopf schüttelte, schluckte sie das, was sie hatte sagen wollen, hinunter. Ria formte mit den Lippen ein lautloses „Danke", als sich die Gräfin an Percy und Calla wandte und fragte: „Niemand verletzt?"

Percy schüttelte den Kopf, während Calla sagte: „Ich bin unversehrt." Callas Blick fiel wieder auf Ria, die sie durch ihre verschmutzten Brillengläser hindurch ansah. „Dank dir!", fügte sie mit einem warmen Lächeln hinzu. Sie machte einen Schritt auf Ria zu, wohl um sich erkenntlich zu zeigen. Ria verschränkte ihre Arme jedoch und brüllte: „Ja, aber nicht dank dir!"

Percy legte die Stirn in Falten, stellte sich neben Calla und wollte gerade etwas sagen, als Ria ihm zuvor kam. „Was stimmt eigentlich nicht mit dir? Warum läufst du wie ein Zombie allein durch den Wald? Hast du den Verstand verloren?"

Calla antwortete nicht, sondern sah hilfesuchend zur Gräfin. Diese legte Ria eine Hand auf die Schulter. „Ria ...", setzte sie an, doch Ria riss sich los.

„Oh nein! Mir reicht es! Man hat mich abgestochen, mich unnatürlich schnell geheilt, fast an den Nordpol verschleppt und nun sind wir von einem Mann mit einem Elchkopf angegriffen worden! Ich habe genug!", schrie sie.

„Fairerweise muss man sagen, dass der Typ mit dem Elchkopf kein Mann, sondern eine Maschine war", warf Percy ein und handelte sich einen finsteren Blick von Ria ein.

„Oh, Entschuldigung! Das ist natürlich wieder ganz normal und überhaupt nicht verrückt!"

Percy zuckte zusammen und schwieg.

„Was seid ihr für Leute? Was machen wir hier? Ich will jetzt Antworten!"

Für einen Moment sprach niemand. Schließlich erklang Gräfin Eleanas ruhige Stimme. „Ich hatte es dir bereits erklärt."

Ria stieß ein abwertendes „Pah!" aus. „Nichts haben Sie mir erklärt. Sie haben mir irgendwelchen Unsinn von einem Orden und Superkräften erzählt. Und als Krönung heißt es, Sie suchen die Prinzessin von Atlantis." Die letzten Worte sprach sie mit so viel Sarkasmus aus, dass ihre Stimme sich fast überschlug. Ria fasste sich an den Kopf. „Selbst, wenn ich Ihnen diesen ganzen Schwachsinn glaube - was mir, nebenbei bemerkt, wirklich schwerfällt – was machen wir hier? Wieso gehen irgendwelche gruseligen Maschinen auf uns los? Was soll dieser Trip ans Ende der Welt? Und wer zum Henker soll denn bitte die Prinzessin von Atlantis sein?"

„Ich."

Nicht nur Ria, auch die Gräfin und Percy drehten sich überrascht um. Ria öffnete den Mund, schloss ihn jedoch sogleich wieder und schluckte heftig. Alle drei sahen Calla an, die mit weit aufgerissenen Augen vor ihnen stand, eine Hand an dem Anhänger um ihren Hals.

„Ich bin die Prinzessin von Atlantis", sagte Calla noch einmal. Obwohl ihre Worte eigentlich verrückt hätten klingen müssen, hörten sie sich in Rias Ohren vollkommen ernst und bitter an. Ria sah zur Gräfin.

Diese ging auf Calla zu, legte ihr eine Hand auf die Schulter und sah ihr tief in die Augen. „Bist du sicher?"

Calla hob die Schultern. „Es fühlt sich so an."

„Was spürst du denn?", wollte jetzt Percy wissen. Auch er ging auf Calla zu, um sie am Arm zu berühren. Allein Ria blieb zurück, den Mund weit aufgerissen. *Sind denn jetzt alle übergeschnappt?* Ihr blieb nichts anderes übrig, als Calla voll Argwohn anzustarren.

„Es ist dieser Ort", erklärte Calla. „Ich glaube, ich bin schon einmal hier gewesen. Egal, wo ich hinsehe, überall überkommen mich Erinnerungsfetzen: Bilder, Gerüche, Geräusche. Es wird schlimmer, je länger wir hier sind. Ich verliere langsam die Kontrolle. Ich ... ich ..." Calla sprach immer schneller. Zum Schluss keuchte sie nur noch und vergrub ihr Gesicht in den Händen. Percy umfasste von hinten ihre Schultern, während die Gräfin ruhig auf sie einredete. „Hol' tief Luft! Konzentriere dich. Es ist alles gut!"

„Gut?", fauchte Ria, und die drei wandten sich ihr wieder zu. „Nichts ist hier gut. Sie hat ja wohl offensichtlich den Verstand verloren!"

Percy trat wütend auf Ria zu. „Kannst du vielleicht einmal deine Kl...", setzte er an. Doch die Gräfin unterbrach ihn, bevor er beginnen konnte Ria anzuschreien: „Hör‘ endlich auf dich zu wehren, Ria.“ Ihre Stimme klang noch immer ruhig und beschwichtigend, aber zugleich auch bestimmend und streng.

Ria verschränkte die Arme. „Wie bitte?“

„Du fühlst es auch. Du sträubst dich nur dagegen. Doch seit wir hier sind, je weiter wir vorankommen, desto ruhiger bist du geworden. In deinem Inneren kannst du die Energie, die dich umgibt, fühlen. Es ist wie ein Kribbeln in deiner Magengrube, nur viel stärker.“

Ria wollte widersprechen, eine sarkastische Bemerkung machen, fluchen, weglaufen. Sie tat nichts davon. So sehr sie es nicht wahrhaben wollte: Die Gräfin hatte Recht. Das komische Gefühl, das bis in ihr Mark reichte und sie nervös machte, ließ sich nicht leugnen. Dafür war ihre Angst mittlerweile zu groß geworden.

Dennoch vollbrachte Ria es, den Kopf zu schütteln und zu sagen: „Mir geht es nur nicht gut. Das ist alles.“

Die Gräfin lächelte auf einmal. Ria verstand nicht, sah hilfesuchend zu Percy, doch auch dessen Gesicht entspannte sich langsam. Als Rias Blick zu Calla wanderte, erkannte sie, dass das Mädchen ganz glasige Augen bekommen hatte. Es schien, als tauche sie in eine andere Realität ein, reiste an einen geistigen Ort weit von ihnen entfernt.

„Was ist mit ihr?“

Die Gräfin sah zu kurz zu Calla, dann jedoch gleich wieder zu Ria.

„Sieh‘ hin“, forderte sie das Mädchen auf.

„Tue ich doch!“, entgegnete Ria wütend.

„Sieh‘ richtig hin: nicht mit deinen Augen. Atme tief durch, entspann‘ dich und lass‘ geschehen, was passiert.“

Ria zog die Stirn kraus. Ihr Brustkorb hob und senkte sich immer schneller. Zögernd gab sie ihren Widerstand auf, holte einmal tief Luft und schloss fest die Augen. Es dauerte einen Moment, bis sie in sich hineinhorchen konnte. Schließlich aber ließ sie sich auf das Gefühl in ihrem Inneren, auf dieses ständige Kribbeln ein. Es wurde so stark, dass es ihr einen Schauer über den Rücken jagte. Sie stellte sich vor, sie würde fallen und ganz und gar in dieser Energie und Kraft aufgehen.

Nach wenigen Sekunden, die Ria jedoch wie eine Ewigkeit vorkamen, öffnete sie die Augen. Zuerst sah sie nur die Gräfin und Percy. Doch dann wurde ihr klar, dass sie von Licht umgeben war. Alles um sie herum war taghell erleuchtet. Und als Ria zum Himmel blickte, erkannte sie, dass über ihr tatsächlich die Sonne schien und nicht mehr die Sterne glänzten. Es war Tag!

„Was ... Was zum Henker?“, raunte sie heiser. Schutzsuchend trat sie näher an die Gräfin heran. „Wo sind wir?“, fragte sie.

Ohne Ria anzusehen, sagte die Gräfin: „Die Frage ist nicht, wo wir sind, sondern wann.“

Ria fuhr erneut ein Schauer über den Rücken. Das Bedürfnis, sich wie ein verängstigtes Kind am Arm der Gräfin festzuhalten, wurde übermächtig.

„Und in wessen Gegenwart“, fügte die Gräfin hinzu.

Ria starrte sie erschrocken an, doch die Gräfin erwiderte ihren Blick nicht. Stattdessen sah sie zu Calla. Auch Ria richtete ihre Augen auf das blonde Mädchen und taumelte sogleich einen Schritt zurück.

Calla sah vollkommen verändert aus. Sie stand noch immer genauso da wie zuvor. Ihre Mimik war aber abwesend und ihr Kreuz kerzengerade durchgestreckt. Der weiße Parka und die schweren Stiefel waren verschwunden. Ihr Haar war auch nicht mehr zu einem praktischen Pferdeschwanz zusammengebunden. Calla stand vor ihnen in einem leichten weißen Kleid, das sanft im warmen Wind wehte. Die Wunde an ihrem Bein war verschwunden. Ihre blonde Mähne war aufwendig geflochten, hochgesteckt und mit Perlen verziert. Das einzige, was sich an ihrem Erscheinungsbild nicht verändert hatte, war der Anhänger um ihren Hals. Rias Augen blieben an dem blauen Juwel hängen. Es leuchtete.

Ria wollte gerade den Mund öffnen, ohne jedoch zu wissen, welche Frage sie überhaupt stellen wollte. Sie kam nicht dazu. Calla setzte sich bereits in Bewegung. Wie zuvor, als Percy und Ria sie durch den Wald verfolgt hatten, ging sie durch die Bäume, als wisse sie genau, wo sie hintreten musste.

„Kommt“, sagte Gräfin Eleana und packte Ria an der Schulter. Diese ließ sich mit gebanntem Blick mitschleppen, als sie mit Percy gemeinsam Calla langsam folgten. Percy warf Ria einen kurzen und ebenfalls sehr verunsicherten Blick zu.

Ria ging mit der Gräfin und Percy durch einen sommerlichen Wald. Die Bäume blühten und Vögel zwitscherten. Der Geruch von Frühling lag in der Luft. Aber Ria konnte gleichzeitig die Kälte der Nacht spüren. Unter ihren Stiefeln knackten der Frost und das herabgefallene Laub. Es war, als befände ihr Verstand sich in zwei Welten: in der einen, die er als Gegenwart identifizierte, und einer anderen, die jedoch kein Stückchen weniger echt wirkte.

„Das ist die Vergangenheit, nicht wahr?“, fragte Ria leise.

Aus dem Augenwinkel vernahm sie das Nicken der Gräfin. „Ja und nein. Vor langer Zeit hat sich Energie an diesem Ort manifestiert. Und sie hat alles konserviert, was zu dieser Zeit gewesen ist. Die wenigen, die in der Lage sind, diese Energie in sich aufzunehmen, können wiederauferstehen lassen, was damals war.“

Ria sagte nichts. Sie glaubte nur zu verstehen. Die Augen fest auf Calla gerichtet, sagte sie: „Das war als sie hier war, oder?“

„Es war ihre Energie, die in diesen Ort geflossen ist“, antwortete die Gräfin.

„Wir sind da“, sagte Percy auf einmal. Obwohl er normal laut gesprochen hatte, zuckte Ria zusammen, als hätte er geschrien.

Calla trat auf eine Lichtung. In der winterlichen Nacht der Gegenwart jedoch gab es diese Lichtung nicht. Calla blieb einfach zwischen den Bäumen stehen. Doch in der taghellen Frühlingswelt, die Ria mit ihrem geistigen Auge so deutlich vor sich sehen konnte, trat Calla in das Zentrum eines weiten Baumkreises.

Ria sah sich um.

„Das ist ja wie Stonehenge“, flüsterte sie. Der Rand der Lichtung war gesäumt von meterhohen Steinen, die wie riesige Finger aus der Erde ragten.

Die Gräfin trat nah an Ria heran. „Das sind Stelen. Sieh‘ dir den Boden an.“

Ria senkte den Blick und stellte zu ihrem Erstaunen fest, dass sie nicht länger auf Erde stand. Unter ihnen hatte sich vor ihrem geistigen Auge ein heller, ebener Steinboden ausgebreitet. Der Fels war über und über mit Figuren und Symbolen verziert. Ria folgte den Zeichnungen mit ihren Augen, ehe sie feststellte, dass die Bilder in einer riesigen Spirale angeordnet worden waren. Die

Spirale wand sich immer weiter in das Innere der Lichtung bis in ihr Zentrum. Genau dort befand sich jetzt Calla.

„Was tut sie da?“ Percy sprach aus, was Ria dachte.

Das blonde Mädchen kniete auf dem Boden, die Hände vor sich abgestützt. Ria konnte nicht erkennen, was sie dort tat, weil sie ihnen den Rücken zugewandt hatte.

„Das hier ist ein Tempel“, erklärte die Gräfin.

„Ein Tempel von was?“, fragte Ria, obwohl sie sicher war, die Antwort auf diese Frage zu kennen. Gräfin Eleana sprach es dennoch aus: „Von Atlantis.“

„Da! Calla hebt etwas auf“, rief Percy.

Gebannt beobachtete Ria, wie Calla sich langsam aus der Hocke erhob, die Hände jetzt leicht vor sich ausgestreckt. Ihre Handflächen zeigten nach oben.

Unendlich langsam drehte Calla sich zur Gräfin, Percy und Ria um. Schließlich erhaschten sie einen Blick auf das, was Calla dort in den Händen hielt.

Ria wollte gerade fragen, um was es sich bei dem Gegenstand handelte, als Gräfin Eleana ein erleichtertes Seufzen ausstieß. „Das ist sie!“

Ria sah erschrocken zu ihr auf. Auch Percys Augen wanderten erst zur Gräfin, dann zu Calla. „Das da? Das ist …“ Er beendete den Satz nicht.

Ria sah zurück zu Calla. In ihren Fingern trug sie ein schmales, fast unscheinbares Gestell, wäre da nicht das große wasserblaue Juwel gewesen, das in seinem Zentrum nun genauso hell funkelte wie der Anhänger um Callas Hals.

„Ist das ein Haarreif?“, fragte Ria.

Gräfin Eleana schüttelte den Kopf. „Eine Krone.“

Ria blieb die abschätzige Bemerkung, die sie dazu machen wollte, in ihrem Hals stecken. Calla brach mit einem Schlag zusammen. Das blonde Mädchen sank einfach dort, wo es gestanden hatte, zu Boden. Im selben Moment wurde die Welt um Ria wieder dunkel und kalt. Die Lichtung verwandelte sich in dichten Wald. Die Stelen und der bemalte Steinfußboden verschwanden im Nichts.

„Calla!“ Percy zögerte nicht eine Sekunde und stürmte auf sie zu. Er warf sich neben sie in den Schmutz und bettete ihren Kopf in seinem Schoß. Nur einen Augenblick später kamen auch Ria und die Gräfin dazu. Die Gräfin kniete sich neben Calla, legte ihr prüfend eine Hand auf die Stirn und redete beruhigend auf sie ein.

Ria stand daneben, die Augen weit aufgerissen, den Mund leicht geöffnet.

Calla atmete schwer, ihr Haar war schweißnass und verklebt. Dennoch schaffte sie es, nach einigen Atemzügen die Augen zu öffnen und zuerst Percy, dann die Gräfin anzusehen.

„Habt ihr sie gesehen?“, fragte sie keuchend.

„Ja“, sagte die Gräfin sanft. „War das ...?“

Bevor Gräfin Eleana ihre Frage vollenden konnte, nickte Calla bereits. „Das war sie. Das war die Krone von Atlantis.“

Percys Augen wanderten zwischen Calla und Ria hin und her. Er konnte sich nicht entscheiden, wen er beobachten sollte, während Eleanas Stimme von einem der größten Geheimnisse der Welt erzählte.

„Fast jeder Mensch auf diesem Planeten kennt die Geschichte von Atlantis. Für die meisten tauchen Bilder einer versunkenen Stadt in einem blauen Meer auf. Jeder stellt sich die große Flut vor, die eine perfekte Welt voll Wunder und Fortschritt in die Tiefe gerissen hat. In uns allen schlummert das Wissen, dass es vor uns schon einmal eine andere, eine bessere Welt gegeben hat."

Ria verschränkte die Arme, verzichtete aber auf ihre üblichen abschätzigen Laute. Sie begnügte sich damit, den Kopf schief zu legen und Eleana zu lauschen.

Sie saßen um ein kleines Feuer, das sie im Zentrum ihres Lagers entzündet hatten. Um sie herum herrschte noch immer die endlose Dunkelheit der Nacht. Es war eisig kalt, und sie alle drängten sich dicht an die Flammen. Percy suchte Callas Blick. Das blonde Mädchen starrte jedoch ins Feuer, tief versunken in seinen Gedanken.

„Wir wissen nicht genau, wie Atlantis ausgesehen hat. Vielleicht hat es einmal diese riesige Stadt gegeben, wobei das eher unwahrscheinlich ist. Viel eher ist Atlantis aus einem kleinen mediterranen Königreich entstanden. Fest steht allerdings, dass die Bewohner dieses Reiches über einzigartige Technologien verfügt haben. Sie konnten ein Metall verarbeiten, das einzig und allein in ihrem Inselreich vorkam. Dieses Metall ermöglichte zusammen mit den Atlantissteinen die Herstellung von Maschinen, die selbst die heutige Robotertechnik in den Schatten stellen."

„Der Elchmann", kombinierte Ria. Sie zeigte auf Percys und Eleanas Hippoiden. „Und die Pferde? Sind die auch mit dieser Technologie erschaffen worden?"

Percy tauschte einen erstaunten Blick mit seiner Ziehmutter. Ria begriff sehr schnell. Manchmal fragte Percy sich, ob Ria ihre wütende Ratlosigkeit nicht bewusst übertrieb. Sie schien erstaunlich gut zu verarbeiten, dass sie in einen Mythos verwickelt worden war, den sie bis vor kurzem für pure Phantasie gehalten haben musste.

„Die Hippoiden sind ebenfalls mit diesem Metall hergestellt worden. Die Pferde stammen aus Ozeana. Der Elchmann hingegen wurde zu einer anderen Zeit erschaffen. Er stammt mit Sicherheit noch aus der Zeit von Atlantis."

Percy beobachtete Ria weiter, die aufmerksam auf ihrer Unterlippe kaute. „Was ist das für ein Metall?", fragte sie gezielt und ohne langes Zögern.

„Platon hat es Oreichalkos genannt", sagte Percy. Er hatte das Gefühl seit einer Ewigkeit nichts mehr gesagt zu haben und verspürte den Wunsch, sich an dem Gespräch zu beteiligen. Er wollte Ria ansprechen und sehen, wie sie auf das reagierte, was er ihr erzählte.

„Messing?", entfuhr es ihr ungläubig. „Das ist ja wohl kaum etwas Besonderes!"

Percy fuhr sich nachdenklich mit der Hand über das Kinn. Ria wusste, dass Oreichalkos die griechische Bezeichnung für Messing war? Entweder verfügte sie über einen außergewöhnlichen Fundus an zufälligem Wissen, oder ... *Ja, was oder?* Ria, ihre Art mit dieser Situation umzugehen und ihre Intelligenz faszinierten Percy. Er konnte sich gegen dieses Gefühl kaum wehren. Ihn überkam plötzlich ein schlechtes Gewissen, das er sich nicht erklären konnte. Schuldbewusst wandte er sich wieder Calla zu. Doch diese starrte noch immer ins Feuer. Nichts an ihr verriet, ob sie ihnen überhaupt zuhörte.

„Die Archäologen glauben heute, dass es sich dabei um Messing gehandelt hat. Sie liegen jedoch falsch. Das Metall, das so mit den Atlantissteinen reagiert, dass sich aus ihnen selbstständig handelnde Maschinen herstellen lassen, ist eine einzigartige Zusammensetzung aus Gold, Silber und Kupfer. Letzteres verleiht ihm diesen besonderen Schimmer."

„Und woher hatten die Menschen aus Atlantis dieses Metall? Und wieso reagiert es mit den Atlantissteinen?", wollte Ria wissen und stellte damit genau die Frage, die Eleana veranlassen würde, zum Kern ihrer Geschichte zu kommen. Percy beschloss, Ria nicht aus den Augen zu lassen, während sie zuhörte.

„Ich sagte ja bereits, wir wissen nicht, ob Atlantis tatsächlich zu dieser riesigen Stadt geworden ist, die wir uns heute alle vorstellen. Wir wissen aber, wie die Geschichte von Atlantis begonnen hat: mit einem Meteoriten."

Ria legte ihre Stirn in Falten.

Eleana fuhr fort: „Vor einigen Tausend Jahren – wir sind nicht ganz sicher, wann genau – schlug ein Meteorit auf der Mittelmeerinsel Thera, dem heutigen Santorin auf. Der Einschlag löste keine globale Katastrophe aus, dafür war der Stein zu klein. Doch auf der Insel gab es eine der ersten europäischen Zivilisationen. Es gab eine Stadt, Ackerbau und einen Hafen. Der Meteorit zerstörte alles durch seinen Aufschlag."

Percy guckte zu, wie Ria sich versteifte und nervös mit den vielen Ringen an ihren Fingern zu spielen begann.

„Alles menschliche Leben wurde ausgelöscht, bis auf eines." Eleana machte eine dramatische Pause.

Percy nutzte die Gelegenheit, das Wort zu ergreifen: „Die Prinzessin von Atlantis. Sie überlebte die Katastrophe als Einzige."

Neben sich spürte Percy, wie auch Calla reagierte. Sie schlang die Arme fest um ihren Oberkörper, als wenn sie fröstelte. Percy griff nach ihrer Hand. Dankbar, wenn auch schwach erwiderte sie die Geste.

„Aber etwas geschah mit der Prinzessin, als sie überlebte. Heute gehen wir davon aus, dass der Meteorit eine besondere Strahlung abgegeben hat. Es war diese Strahlung und nicht der Einschlag selbst, der die Menschen auf Thera dahinraffte. Die Prinzessin jedoch ging an der Strahlung nicht zugrunde. Stattdessen begannen ihre Zellen sich zu verändern. Der Alterungsprozess unserer Zellen, der in unserem genetischen Code implementiert ist, schaltete sich bei ihr aus. Stattdessen begannen sämtliche Körperzellen sich stetig und ständig zu erneuern – in einem ewigen Zyklus", erklärte Eleana.

„Ihre Zellen starben nicht mehr ab?", hakte Ria nach.

Eleana schüttelte den Kopf. „Nein, das passiert, wenn im Körper Krebsgeschwüre entstehen. Ihre Zellen lebten und starben noch genauso wie die normaler Menschen. Doch während gewöhnlich im Alter der Zyklus, mit dem neue Zellen die alten ersetzen, länger wird, war dies bei der Prinzessin nicht so. Ihr Körper war einem ständigen und immerwährenden Erneuerungsprozess ausgesetzt."

„Sie wurde unsterblich?“, fasste Ria zusammen.

Eleana nickte. „Sie wurde gesünder, stärker, intelligenter. Der normale menschliche Körper und auch der genetische Code sind vom Tag seiner Entstehung an Umwelteinflüssen ausgesetzt, die ihn schwächen und weniger *optimal* werden lassen. Auch im Rahmen von Zellerneuerung entstehen Fehler, die unsere Fähigkeiten und unser Wohlbefinden beeinträchtigen, ohne dass wir es merken. Bei der Prinzessin von Atlantis hoben sich sämtliche Schäden dieser Art auf. Sie wurde ein schlicht perfekter Mensch: wunderschön, schnell, stark und übermäßig hochbegabt in allem, was sie tat.“

Ria zeigte sich mit dieser Antwort nicht zufrieden: „Aber sie war unsterblich?“

„Sie alterte nicht“, warf Percy zustimmend ein.

Ria lehnte sich nachdenklich zurück. Ihre Hände spielten noch immer mit ihrem Schmuck. Percy fiel auf, dass sie immer denselben Ring an ihrem linken Mittelfinger drehte. Es war ein hässliches Exemplar aus irgendeinem unedlen Metall, in das ein Glasstein eingefasst war, der einen Sprung hatte. Er musste einmal versilbert gewesen sein. Jetzt waren aber nur noch Spuren davon zu sehen. Rötliches Metall schimmerte im Feuerschein.

„Es geschah noch mehr als das“, fuhr Eleana fort. „Überkommen mit Trauer über den Untergang ihres Volkes, schaffte es die Prinzessin von Atlantis, den Tod zu überwinden. Es gelang ihr, zehn Bewohner der Insel wieder zum Leben zu erwecken: fünf Frauen und fünf Männer, fünf Paare also. Dabei übertrug sie die Strahlung des Meteoriten auf die toten Körper mit dem Effekt, dass auch deren Zellen diesen ständigen Erneuerungsprozess begannen. Sie erschuf weitere zehn Unsterbliche.“

„Diese elf waren die ersten Atlanter. Die Prinzessin von Atlantis und die zehn, denen sie die Unsterblichkeit geschenkt hatte“, ergänzte Percy.

„Moment!“, entfuhr es Ria. Sie hob ihre beiden Zeigefinger und sah hastig zwischen Percy und Eleana hin und her. „Kleito!“, rief sie. „Das passt zur Sage von Kleito!“

Percys Kinnlade fiel hinunter. Diese Sage konnte Ria nicht kennen. Dafür war sie viel zu unbekannt. *Gibt es denn nichts, von dem dieses Mädchen nichts gehört hat?*

Auch Eleana stieß ein anerkennendes Pfeifen aus. „Ich sagte ja, dass du eine gute Bildung genossen haben musst.“

Percy biss ärgerlich die Zähne zusammen. Reichte Eleana das wirklich als Erklärung? Machte sie das nicht wenigstens ein klein bisschen stutzig? Auf der anderen Seite musste Percy sich eingestehen, dass es nicht nur möglich war, dass Ria vielleicht einfach hochbegabt und außerordentlich belesen war. Es war auch die einzige Erklärung, die Sinn ergab.

„Der Gott Poseidon könnte für den Meteoriten stehen, der vom Himmel fiel und der Kleito mit der Gabe der Unsterblichkeit beschenkte. In der Sage heißt es, Poseidon hätte Kleito als seine Braut auserwählt“, sinnierte Eleana.

„Und die zehn anderen könnten für die zehn Kinder stehen, die Kleito Poseidon geboren haben soll. Der Erstgeborene war Atlas, nicht wahr?“, führte Ria die Überlegung fort.

„Der erste König von Atlantis.“ Nun auch schien Calla aus ihrem Schlaf erwacht zu sein. Percy fand, dass die Art, wie sie das Wort „Atlantis“ aussprach, sich verändert hatte. Das Wort klang weniger fremd und mythisch aus ihrem Mund. Vielmehr sprach Calla es auf eine Weise aus, als hätte sie diesen Namen ihr ganzes Leben immer wieder benutzt – als wenn sie plötzlich und unvermittelt wieder ein Wort ihrer Muttersprache verwendete.

„Nach ihm ist Atlantis benannt worden“, sagte Eleana.

„Und von dem stammen wir alle ab?“ Ria hatte wohl versucht, die Frage scherzhaft klingen zu lassen. Doch ihr gelang bei ihren Worten nicht einmal ein Grinsen. Ihr schien doch bewusst zu werden, dass das, was sie da sagte, wahr sein konnte.

„Von wem genau die Ozeanier – also wir – abstammen, lässt sich nicht mehr genau sagen. Wir haben Teams, die unsere DNA aufschlüsseln und daran arbeiten, das herauszufinden. Aber noch sind wir nicht so weit. Wir stammen allerdings ohne jeden Zweifel von den elf Atlantern ab. Man geht davon aus, dass auch diese sich einen gemeinsamen Vorfahren teilen, der eine genetische Disposition besessen hat, die seine Abkömmlinge anders auf die Strahlung des Meteoriten hat reagieren lassen als den Rest ihres Volkes.“

Nun endlich brachte Ria immerhin ein schiefes Lächeln zustande. Sie warf Percy einen warmen Blick zu, als sie sagte: „Der Mann mit den blauen Augen.“

Percy erwiderte Rias Lächeln unwillkürlich. Sein Puls beschleunigte sich vor Aufregung, als er Ria lange in die Augen sah. Als er plötzlich Callas Stimme hörte, packte ihn wieder das unerklärliche Schuldbewusstsein.

„Es kann auch eine Frau gewesen sein.“

Rias Lächeln verging, und sie beäugte Calla argwöhnisch. Percy verstand noch immer nicht, woher Rias Abneigung für Calla herrührte. Obwohl sie ihr das Leben gerettet hatte, hatte sich an ihrem Verhalten zu Calla nichts geändert.

„Die elf Atlanter vererbten an ihre Nachkommen ihre besonderen Fähigkeiten durch das, was wir heute die ozeanischen Gene nennen. Ihre Kinder reagierten ebenfalls auf die Atlantissteine, wenn auch nicht so stark und nicht immer auf dieselbe Art und Weise. Mit den Generationen nahm der Anteil der ozeanischen Gene ab. Diese Gene sind zudem zum Großteil rezessiv, sodass sie über Generationen vererbt werden können, ohne dass sie und die besonderen Fähigkeiten wie die tiefen Sinne sich zeigen. Erst wenn mehrere ozeanische Blutlinien zum Beispiel durch Heirat aufeinandertreffen, kann es sein, dass die Kinder auf Atlantissteine reagieren. Dann werden Ozeanier geboren.“ Eleana pausierte wieder.

Percy griff den losen Faden auf: „Nachdem es Atlantis nicht mehr gab, gerieten die Atlantissteine, die tiefen Sinne und die ozeanischen Blutlinien in Vergessenheit. Für Jahrhunderte vergaß die Menschheit, wie entwickelt sie bereits gewesen war, und welche Errungenschaften sie verloren hatte. Das ging so, bis die Nachfahren der Atlanter, die Ozeanier, den Orden und Ozeana gegründet haben.“

Ria seufzte schwer. Percy konnte förmlich sehen, wie sie die Informationen des heutigen Abends in Gedanken mit dem zusammensetzte, was Eleana ihr bereits über den Orden erzählt hatte. Nach einer kurzen Weile fragte sie schließlich: „Was sind die Atlantissteine denn überhaupt?“

„Ich hatte doch vorhin den Meteoriten erwähnt, der auf Thera beziehungsweise Santorin eingeschlagen ist“, antwortete Eleana. „Wie du dir denken kannst, stammt von ihm das Metall, das die Atlanter für ihre Wunderwerke brauchten und das wir in Ozeana ebenfalls verwenden.“

Ria reagierte mit einem Achselzucken.

„Bei den Atlantissteinen handelt es sich ebenfalls um Überbleibsel des Meteoriten. Es ist das Gestein, das vom Himmel fiel. Sie geben bis heute ihre einzigartige Strahlung ab, auf die unsere Zellen reagieren.“

Rias Blick wanderte zu Calla. Er blieb an dem Anhänger um ihren Hals haften. Für einen Moment konnte Percy sehen, wie das Blau des Steins sich in Rias Augen spiegelte.

„Und es gibt elf von ihnen?“, fragte Ria, ohne aufzusehen.

Eleana und Percy antworteten gleichzeitig. Doch während Percy „Elf“ sagte, erklärte Eleana bestimmt: „Zwölf.“

Percy sah seine Ziehmutter irritiert an. Ria sagte nichts, sondern sah abwechselnd Eleana und Percy an.

Eleana wartete ab, ob Percy weitersprechen würde. Als er keinerlei Anstalten hierzu machte, sagte sie: „Es gibt elf Splitter.“

„Dann konnte ja jeder Atlanter einen haben, wie?“, fragte Ria. Sie hob ganz leicht den Blick und sah jetzt direkt Calla ins Gesicht. Diese ließ den Kopf hängen und wandte sich wieder dem Feuer zu.

„So ist es“, erklang Eleanas Stimme. Sie legte Calla eine Hand auf die Schulter, doch das Mädchen versteifte sich. Das Gespräch machte ihr zusehends zu schaffen. Percy hätte sie gerne von den inneren Qualen, die sie gerade zu durchleben schien, erlöst. Er wusste nur nicht wie.

„Wo sind die anderen Steine?“, wollte Ria wissen.

„Die meisten von ihnen sind in Ozeana.“ Die Gräfin ließ von Calla ab und wandte sich wieder Ria zu. „Sie sind im Laufe der Jahrhunderte aufgespürt worden. Oftmals waren sie als Juwelen in Schmuckstücke verarbeitet worden und befanden sich im Besitz reicher Familien. Meistens tauchten sie auf, als in diese Familien Ozeanier hineingeboren worden sind.“

„Nicht alle“, sagte Percy und presste die Lippen aufeinander. „Einige wurden von dem Orden ...“, er pausierte kurz auf der

Suche nach dem richtigen Wort. „... beschafft", beendete er den Satz.

Percy und Ria tauschten einen vielsagenden Blick. Er konnte ihr ansehen, dass sie auf Anhieb begriff, dass der Orden bereit war, sich mit allerlei Mitteln über den Willen anderer hinwegzusetzen, wenn es seinen Zielen diente.

„Wie viele Steine fehlen denn?", kam Ria zum Ausgangspunkt ihrer Frage zurück.

Eleana sah kurz zu Percy, bevor sie antwortete und vergewisserte sich, dass er ihr nicht wieder ins Wort fallen würde. „Ein paar", sagte sie ausweichend. Schnell fügte sie hinzu: „Den wichtigsten aber haben wir in Hamburg gefunden"

Ria verschränkte die Arme vor der Brust. „Sie meinen, *ich* habe ihn gefunden. Soweit es nach mir geht, gehört die Kette immer noch mir!"

Percy verdrehte die Augen. Da war er wieder: Rias rücksichtsloser Besitzanspruch auf die Kette. Hatte sie Calla deshalb vor dem Abgrund bewahrt? Hatte sie es immer nur noch auf den Anhänger abgesehen? Und wenn ja, wieso?

„Sei froh, dass wir dir die Kette abgenommen haben. Würdest du sie noch immer tragen, hätte sie dich langsam, aber sicher umgebracht", warf Percys Ziehmutter freundlich, wenn auch autoritär ein.

Ria machte eine abwehrende Handbewegung. „Das glaube ich nicht!"

Eleana und Percy tauschten einen verdutzten Blick. Wieso fiel es Ria so schwer, ihnen zu glauben, wo sie doch die Wirkung des Atlantissteins am eigenen Leib erfahren hatte?

„Glaub' uns das mal, Ria", mahnte Percy.

„Sie trägt den Stein die ganze Zeit, und ihr geht es gut." Ria deutete mit dem ausgestreckten Arm auf Calla, ehe sie hinzufügte: „Von den nächtlichen Zombiephasen mal abgesehen."

Ria hatte sarkastisch und beiläufig geklungen, als wenn sie sich über alles, was ihr erzählt worden war, lustig gemacht hatte. Sie zuckte zusammen, als Calla unvermittelt auffuhr, die Hände von sich streckte und schrie: „Mir geht es gut? Du hast ja keine Ahnung, wovon du da sprichst!"

Ria zog vor Schreck die Schultern zusammen und lehnte sich von Calla weg, die Augen weit aufgerissen.

Calla war noch nicht fertig: „Du hast ja keine Vorstellung davon, was der Stein mit mir macht! Ich laufe nicht wie ein Zombie durch die Gegend. Es ist ein früheres Leben, das mich da einholt!“

Nicht nur Ria, sondern auch Percy und Eleana starrten Calla an. Deren Brustkorb hob und senkte sich in einer ungesund anmutenden Geschwindigkeit. Ganz langsam, wohl weil niemand wagte, zu sprechen, beruhigte Calla sich. Sie packte den Anhänger um ihren Hals und schloss ihn fest in ihrer Faust ein.

„Versuch' du mal, mit zwei Leben fertig zu werden.“ Mit diesen Worten drehte Calla sich auf dem Absatz um und stürmte davon. Eleana, Percy und Ria konnten ihr nur hinterher sehen.

Ria suchte betroffen Percys Blick, doch der wich ihr verärgert aus.

„Ich sollte ihr nachgehen. Sie ist völlig übermannt von dem, was passiert ist“, sagte Eleana. Sie setzte gerade an, aufzustehen, als Percy sie zurückhielt.

„Ich mache das“, verkündete er und wunderte sich darüber, wie sicher und entschlossen er klang. Er hatte keine Idee, was er eigentlich tun sollte. Er wusste nur, dass Calla sich im Zentrum eines der größten Mysterien der Menschheit wieder gefunden hatte und dass es ihr nicht gut ging.

„Sei behutsam mit ihr. Wir wissen nicht, von was sie sonst noch heimgesucht wird. Die Projektion am Tempel war vielleicht nur die Spitze des Eisbergs. Es kann sein, dass sie mit Erinnerungen gerade überflutet wird.“

Percy nickte Eleana auf ihre mahnenden Worte hin zu, stand auf und folgte Calla. Er war erst wenige Schritte weit gekommen, als etwas ihn veranlasste, sich nochmals umzudrehen.

„Percy.“ Rias Stimme klang zaghaft und so ganz anders als zuvor. Er sah ihr in die großen Augen, die hinter ihrer hässlichen Brille fast nicht zu erkennen waren. Sie sah ihn mit einer Mischung aus Bedauern und Sehnsucht an. Doch sie sagte nichts mehr. Es kam keine Entschuldigung, keine Erklärung.

Auch Percy sagte nichts. Er seufzte, drehte sich um, und machte sich daran, Calla zu folgen. In seinen Gedanken gab er sich alle Mühe, Ria aus seinem Kopf zu vertreiben. Er hatte keinen Erfolg.

Percy fand Calla nicht weit von ihrem Lager entfernt. Sie stand an einen Baum gelehnt an einem Hang, der den Blick über den Wald und seine Wipfel freigab. Ihre Augen lagen auf dem Horizont, der in dem tiefen Blau der Nacht unsichtbar war.

Sie hörte seine Schritte, bevor er nahe genug an sie herangetreten war, um sie anzusprechen. Sie drehte sich nicht um, wandte aber den Kopf, sodass er ihr Gesicht sehen konnte. Ihre Miene war jetzt wieder ruhig, wenn auch traurig.

„Wie geht es dir?“ Percy stellte sich neben Calla. Ihre Schultern streiften sich fast, doch Percy hütete sich davor, das Mädchen zu berühren. Er wusste nicht, ob sie das jetzt zulassen würde.

Zu seiner großen Überraschung lehnte Calla sich ein wenig zur Seite und legte ihren Kopf auf seine Schulter. Percy versteifte sich unmerklich und ließ sich ein wenig tiefer sinken, damit Callas Kopf bequemer ruhen konnte. *Mach jetzt keine falsche Bewegung!*

„Ehrlich gesagt, ich weiß es nicht“, gestand Calla fast im Flüsterton. Ihr Kopf war jedoch so dicht an seinem, dass er sie ohne Schwierigkeiten verstehen konnte. Er war ihr noch nie so nahe gewesen.

„Mein Kopf ist ganz voll, und doch wieder leer. Verstehst du das?“

Percy nickte sanft, noch immer völlig eingenommen, dass Calla sich an ihn lehnte. „Ja, ich verstehe das.“, sagte er ruhig.

Calla hob plötzlich ihren Kopf und starrte ihn an. „Wirklich?“, fragte sie skeptisch. Ein ungläubiges Lächeln schlich sich auf ihre Lippen.

Percy fühlte sich ertappt. Er öffnete den Mund, doch ihm fielen keine Worte ein, die er zu Calla sagen konnte. Er gab sich geschlagen und antwortete stattdessen: „Nein, ich kann mir überhaupt nicht vorstellen, was in dir vorgeht.“

Calla sah enttäuscht aus. Percy beeilte sich hinzuzufügen: „Aber ich kann versuchen, zu verstehen. Und zuhören kann ich auch ganz gut.“

Calla sah ihn einen Moment lang abschätzend an. Dann lehnte sie ihren Kopf wieder an seine Schulter, holte tief Luft und begann zu erzählen.

Sie erzählte ihm davon, wie sie genau wisse, dass sie schon einmal hier gewesen sei, in einem früheren Leben. Sie erzählte ihm von dem Tempel, der hier geweiht worden war, von der atlantischen Kolonie, die sich hier angesiedelt hatte. Und sie erzählte ihm von ihrer Angst vor dem, was mit ihr passierte. Sie fürchtete sich vor fremden Erinnerungen, die ihre eigenen verdrängten und davor in einer anderen, fremden Person einfach unterzugehen.

Percy lauschte andächtig, obwohl er Mühe hatte, sich zu konzentrieren. Er spürte Calla an seiner Seite, atmete ihren Duft ein und wünschte sich, dieser Moment hielte eine Ewigkeit an. Ab und an überkam ihn das Gefühl, beobachtet zu werden. Hätte er sich umgedreht, vermutete er, dass er Ria gesehen hätte, wie in sie einiger Entfernung stand, die Augen auf ihn gerichtet und die Stirn sorgenvoll in Falten gelegt.

*

„Percy hat es dir angetan, nicht wahr?"

Die Stimme der Gräfin riss Ria aus ihren Gedanken. Sie wandte sich von Percy und Calla ab. Die attraktive große Frau stand schon hinter ihr. Sie war trotz der Nächte im Wald noch immer schön und elegant gekleidet. Sogar groben Stiefeln und unförmiger Funktionskleidung verlieh sie etwas Edles.

Ria rückte demonstrativ ihre Brille zurecht, drehte sich aber wieder zu Percy und Calla. „Er hat es mir nicht angetan."

„Nein?", fragte die Gräfin und stellte sich neben sie.

„Nicht so!", fügte Ria leise hinzu. Sie spürte die Blicke von Gräfin Eleana auf sich, und dass sie ihr kein Wort glaubte. Es war ihr egal.

„Als Percy Calla vor einem Jahr zum ersten Mal gesehen hat, dachte ich, ihn hätte der Schlag getroffen. Er war vom ersten Moment an von ihr verzaubert."

Ria rollte die Augen. Statt auf Percys unerträgliche Bewunderung zu Calla einzugehen, fragte sie: „Was ist eigentlich mit Calla? Was ist denn so ...", sie druckste bei dem nächsten Wort herum, „... besonders an ihr?" Sie gab sich alle Mühe das Wort „besonders" normal auszusprechen. Es gelang ihr nur fast.

„Du erinnerst dich an die elf Atlanter, von denen ich erzählt habe?“, fragte die Gräfin.

Ria nickte und sagte: „Kleito und ihre Kinder.“

„Und du weißt ja auch sicherlich, wie die Sage von Atlantis ausgeht.“

Ria zuckte wieder mit den Achseln. „Das weiß jeder: Atlantis ist untergegangen.“

Die Gräfin drehte sich vollends zu Ria und sah auf sie hinab. Ihre blauen Augen leuchteten in dem schwachen Licht und starrten sie so intensiv an, dass Ria einen kleinen Schritt zurückwich.

„Was ist, wenn es wieder auferstehen könnte?“

Ria wollte laut lachen, eine sarkastische Bemerkung machen oder irgendwie sonst so reagieren, wie es für Hirngespinste angemessen war. Doch sie konnte nicht. Der Diebstahl des Anhängers, die letzten Tage und nicht zuletzt der intensive Blick der Gräfin hielten sie davon ab. Stattdessen brachte sie nur hervor: „Was?“

„Was den Untergang von Atlantis ausgelöst hat, weiß niemand genau. Aber wir sind der Wahrheit schon ziemlich nahe gekommen.“

„Ich dachte immer, es soll ein Erdbeben oder Vulkanausbruch gewesen sein.“

„So hat es Platon erzählt“, stimmte die Gräfin zu. „Er schreibt, dass es zu Erdstößen und Überschwemmungen gekommen ist, und dass das ganze streitbare Geschlecht der Atlanter während eines einzigen Tages und einer einzigen Nacht gestorben ist, während die Insel im Meer versank.“

Vor Rias geistigem Auge entstanden die Bilder, die sie mit dieser Sage verband. Jeder Mensch auf dieser Welt kannte diese Geschichte. Und jeder dachte an die antiken Gebäude, Säulen und Statuen unter der Meeresoberfläche. Ria stellte sich eine riesige ringförmig gebaute Stadt mit Wasserkanälen vor; wie die Erde feurig aufbrach und das Meer alles überspülte.

„Platon spricht aber noch an einer weiteren Stelle seines Textes über den Untergang von Atlantis“, fuhr die Gräfin fort.

Ria zwinkerte ein paar Mal kräftig, um wieder in die Gegenwart zurückzukehren. „So?“

„Angeblich war der Untergang von Atlantis eine Strafe, die die Götter den Atlantern auferlegt hatten. Zeus hatte auf Atlantis geblickt und gesehen, dass das Geschlecht der Atlanter, die ja schließlich von göttlicher Abstammung waren, heruntergekommen war. Weil angeblich der göttliche Anteil durch die Verbindung mit den Menschen geschwunden sei, seien die Atlanter von Gier, Neid, Missgunst und einem unbedingten Willen zur Macht ergriffen worden. Also wollte er sie bestrafen, rief alle Götter zusammen und legte das Urteil fest."

Ria hatte angespannt gelauscht. Als die Gräfin nicht weitersprach, drängte sie: „Was war ihre Strafe?"

Die Gräfin hob die Schultern. „Platons Text bricht an dieser Stelle ab. Wir wissen nicht, wie das Urteil des Zeus aussah. Wir wissen nur, dass er es in der Absicht gesprochen hat, dass die Atlanter zu einer edleren Lebensweise zurückkehren sollten."

Ria hob die Augenbrauen und nickte, ohne jedoch ganz zu begreifen. Sie ließ sich den letzten Satz der Gräfin nochmals durch den Kopf gehen.

„Sie sollten zu einer edleren Lebensweise zurückkehren?", hakte sie nach.

„Fällt dir da was auf?"

Ria biss sich wieder auf die Unterlippe. „Wie sollen sie denn zu einer edleren Lebensweise zurückkehren, wenn sie alle tot sind."

Die Augen der Gräfin weiteten sich ein Stückchen und Ria glaubte, sie zum ersten Mal grinsen zu sehen. „Genau!", sagte sie begeistert. „Platon schreibt zuerst, dass das ganze Geschlecht der Atlanter untergegangen sei. An späterer Stelle sollen sie aber durch die Strafe des Zeus wieder auf den rechten Pfad gebracht werden. Das passt nicht zusammen, nicht wahr?"

Ria wich einen weiteren Schritt zurück. Der plötzliche Enthusiasmus der Gräfin verunsicherte sie.

„Es sei denn, dass der Tod in der Geschichte von Atlantis nichts Endgültiges ist."

„Ok, so langsam verlassen wir meine Komfort-Zone", sagte Ria, meinte dies jedoch nur halb als Scherz. Ihr wurde zunehmend unwohl bei den Informationen, die die Gräfin mit ihr teilte.

„Warum geschah, was darauf folgte, können wir ebenfalls nicht erklären. Fest steht nur, dass einige tausend Jahre später ein Phänomen aufgetreten ist, dass die Sage um Atlantis in die

Gegenwart holt.“ Die Gräfin holte tief Luft und Ria ahnte, dass sie nun zu dem wichtigsten Punkt ihrer Geschichte kommen würde.

„Erinnerst du dich an den französischen Adeligen, der als erster erkannte, dass er aus einer ozeanischen Blutlinie stammte und dass es einen Zusammenhang mit den Atlantissteinen gibt?“

Ria nickte zaghaft.

„Dieser Adelige ist kein Ozeanier wie du, Percy oder ich.“

„Er war wie Calla“, mutmaßte Ria.

„Er ist ein Atlanter.“, sagte die Gräfin.

Ria fuhr ein eiskalter Schauer über den Rücken. In ihrem Kopf begann sich alles zu drehen. Sie versuchte, sich in Erinnerung zu rufen, was genau ein Ozeanier, was ein Atlanter war. Es gelang ihr besser als ihr lieb war, denn so verstand sie, was die Gräfin ihr zu sagen versuchte. „Er war einer der elf“, hauchte sie.

Die Gräfin legte eine lange Pause ein und gab Ria Gelegenheit mit dieser Erkenntnis fertig zu werden. Keine Zeit der Welt reichte dafür aus. Anstatt eine vollständige Frage zu stellen, stammelte sie: „Wie …?“

„Die Antwort liegt wieder in seinen Genen. Obwohl die Wahrscheinlichkeit so unendlich gering ist, ist nach Tausenden von Jahren ein Mann geboren worden, dessen DNA exakt der eines der elf Atlanter entspricht.“

Ria fasste sich an den Kopf. „Das kann doch gar nicht sein.“

„Es ist aber passiert. Das ist allerdings noch nicht alles. Die Erbinformationen des Atlanters müssen nicht nur körperliche Merkmale enthalten haben. Über die Gene sind auch Erinnerungen übertragen worden. Er konnte sich an Bruchstücke des Lebens erinnern, das er in Atlantis vor Tausenden von Jahren geführt hat, als Unsterblicher.“

Ria fühlte, wie Nervosität sich in ihrer Magengrube ausbreitete. Sie hätte am liebsten einen Witz gemacht, verkündet, dass die Gräfin den Verstand verloren zu haben schien. Doch sie dachte an ihr Erlebnis mit Calla im Wald. Wie konnte sie akzeptieren, was sie gesehen hatte und gleichzeitig nicht glauben, was ihr die Gräfin erklärte?

„Er ist also wiedergeboren worden?“, fragte sie dennoch ein wenig ungläubig.

„Es gibt Menschen, die das so sehen. Sie glauben, dass die elf Atlanter ihre Seele verloren haben, als sie unsterblich geworden sind. Ihre Seelen seien dann auf Wanderschaft gegangen und hätten sich später in ihren Nachkommen manifestiert.“ Die Gräfin kräuselte die Lippen.

„Sie glauben das aber nicht“, stellte Ria fest.

Die Gräfin schmunzelte. „Ich habe mich entschieden, dass ich nicht wissen kann, was der Grund für dieses Phänomen ist. Ich muss es aber auch nicht wissen. Wir suchen nach anderen Antworten.“

Ria nickte ein paar Mal, schüttelte aber plötzlich den Kopf und legte die Hände an die Stirn. Sie kniff die Augen angestrengt zusammen. „Ok, stopp! Das ist ja eine hübsche kleine Geschichte. Aber woher wissen wir das eigentlich?“ Bei dem Wort „wir“ hob sie ihre beiden Hände und ahmte das Setzen von Anführungszeichen nach. „Woher haben Sie alle diese Informationen.“

Die Gräfin lächelte sie milde an. Ohne besonderen Tonfall in der Stimme sagte sie: „Von ihm.“

Ria schob die Augenbrauen so weit hinunter, dass ihre Brille beinahe von der Nase rutschte. „Sie wissen das von einem Adeligen aus dem siebzehnten Jahrhundert? Der kann doch noch gar nichts gewusst haben über DNA, Gene und ...“, sie brach schlagartig ab, weil ihr ein Gedanke kam. Sie starrte die Gräfin fassungslos an.

„Nein“, hauchte sie ungläubig.

Die Gräfin nickte schlicht. „Doch. Er lebt noch. Er ist mittlerweile ein alter Mann. Denn auch wenn sein Körper durch die Wirkung der Atlantissteine deutlich langsamer altert, ist er anders als die ursprünglichen Atlanter nicht unsterblich. Aber er steht dem Orden vor. Er nennt sich heute allerdings wieder bei seinem alten Namen.“

„Atlas.“ Ria flüsterte den Namen, vollkommen übermannt von der Erkenntnis, für wen Gräfin Eleana arbeitete.

Ria wandte sich ab. Sie musste etwas anderes ansehen als die Gräfin. Sie suchte in ihrer Umgebung nach etwas Normalem, etwas, was sie gekannt hatte, bevor ihre Welt gerade so aus den Fugen gerissen worden war. Stattdessen fanden ihre Augen Calla.

„Und Calla ist auch wie er?“, fragte sie.

Die Gräfin stellte sich wieder dichter an Ria und sah gemeinsam mit ihr zu Calla und Percy. „Ja, daran besteht kein Zweifel. Ich habe ihre DNA untersuchen lassen und das Ergebnis ist eindeutig. Sie hat zu hundert Prozent ozeanische Gene. Das ist eigentlich so gut wie unmöglich. Nur bei Atlantern haben wir das bisher feststellen können. Hinzu kommt, wie der Atlantisstein auf sie reagiert und was er mit ihr macht."

Ria sah die Gräfin fragend an.

„Jeder der elf Atlanter war im Besitz eines eigenen Atlantissteins. Und der, den Calla um den Hals trägt, ist der größte, den wir bisher gefunden haben. Wir vermuten, dass er der Prinzessin von Atlantis gehört hat. Möglicherweise ruft er deshalb Erinnerungen bei ihr hervor."

„Wie heute Nacht, als wir sie in dieser Tempelanlage gesehen haben", kombinierte Ria.

Die Gräfin nickte. „Deshalb wollte ich Calla hierherbringen. Der Atlantisstein zusammen mit diesem Ort, von dem wir festgestellt haben, dass er ein alter Tempel des Königreichs Atlantis war, sollte in ihr die Erinnerungen, die sich in ihren Erbinformationen befinden, wachrufen."

„Warum konnte ich dann Sie und Percy noch ganz normal in der Erinnerung sehen? Calla aber sah aus, als wäre sie eine Priesterin."

„Weil es Callas Erinnerung war. Sie hat sich an das letzte Mal erinnert, als sie diesen Ort betreten hat und sie ist mit ihrer Erinnerung verschmolzen. Percy, du und ich waren nur Gast in der Projektion."

Ria nickte, auch wenn ihr das eine gänzlich unangemessene Reaktion erschien angesichts des Durcheinanders, das in ihrem Kopf herrschte.

„Sie sagten vorhin, dass jeder Atlanter einen Stein von dem Meteoriten besessen hat", begann Ria.

Die Gräfin sah sie erwartungsvoll an.

„Sie und Percy waren sich aber nicht ganz einig. Gibt es nun elf oder zwölf Atlantissteine?"

Die Gräfin lächelte. „Dir entgeht nicht viel, nicht wahr?", sagte sie.

Ria sah sie ungeduldig an.

„Die Atlantissteine sind Splitter des Meteoriten. Es gibt jedoch noch das Stück, von dem sie abgebrochen sind: den Hauptstein, zu dem sie alle gehören."

Ria fiel schlagartig ein, was Calla gesagt hatte, als sie aus ihrer Vision heute Nacht erwacht war und was sie in den Händen gehalten hatte.

„Die ...", Ria pausierte, weil sie sich kaum traute, die Worte auszusprechen, „... Krone von Atlantis."

„Sie ist der zwölfte Atlantisstein. Und sie gehört allein der Prinzessin von Atlantis."

Ria stieß einen langen Seufzer aus. In ihrem Kopf breitete sich langsam, aber sicher Erschöpfung aus.

Sie sah wieder zu Calla. „Und Sie glauben, das ist Calla."

Die Gräfin nickte zustimmend. „Alle Zeichen deuten darauf hin. Ich habe sie endlich gefunden."

Verstohlen warf Ria aus dem Augenwinkel einen Blick auf die Gräfin. Sie sah keineswegs triumphierend oder überhaupt glücklich aus. *Warum guckt sie nur so traurig?*

„Wieso wollen Sie sie unbedingt finden?", fragte Ria. Als die Gräfin nicht direkt antwortete, fügte sie hinzu: „Für den Orden? Hat der Sie beauftragt?"

Die Gräfin antwortete noch immer nicht. Stattdessen wanderte ihr Blick zu Boden. Sie nahm einen tiefen Atemzug. Schließlich sagte sie: „Nein, ich mache das nicht für den Orden. Der will sie auch finden. Doch er hat seine ganz eigenen Pläne mit ihr. Ich will Calla überlassen, ob sie sich dem Orden offenbaren will, oder nicht."

Ria wollte gerade nach dem Grund hierfür fragen, als Gräfin Eleana sie plötzlich intensiv ansah. Der Gesichtsausdruck der Gräfin wurde dabei noch eine Spur trauriger.

„Und ich möchte etwas wieder gut machen", fügte sie unvermittelt und mit leiser Stimme hinzu.

Ria hatte sie kaum verstehen können. Sie sah die Gräfin forschend an, doch diese hatte die Augen wieder in die Ferne gerichtet. Für einen Moment erwog Ria, die Gräfin zu fragen, was sie mit diesem kryptischen Satz gemeint hatte. Aber sie war sich sicher, dass sie keine Antwort erhalten würde. Stattdessen sah sie wieder zu Calla und Percy, während ihre Finger den Ring an ihrem linken Mittelfinger immer und immer wieder drehten.

Sie begaben sich auf die Rückreise. Nachdem sie alle noch ein paar Stunden geschlafen hatten, brachen sie ihr Lager ab und packten ihre Sachen. Jetzt, wo sie die Erkenntnisse gewonnen hatten, nach denen Eleana gesucht hatte, gab es für sie keinen Grund mehr, länger zu bleiben. Kurz nachdem die Sonne aufgegangen war, sattelten sie die Hippoiden und machten sich auf den Weg zurück zur PALLAS.

Niemand sprach viel. Eleana und Calla waren in eine nachdenkliche Stille verfallen. Percy fiel auf, dass auch Eleana nicht glücklich über ihre Entdeckung zu sein schien. Sie hätte sich eigentlich freuen müssen. Sie hatte fast ihr halbes Leben mit der Suche nach der Prinzessin von Atlantis zugebracht. Doch nun, da seine Ziehmutter sie und sogar den zu ihr gehörenden Atlantisstein gefunden hatte, standen ihr weder Erfolg noch Erleichterung ins Gesicht geschrieben. Stattdessen konnte Percy sehen, dass ein dunkler Schatten sich über ihre Züge gelegt hatte, der ihre sonst so unerschütterliche Zuversicht trübte. Eleana war ernst.

Callas Gesichtsausdruck war noch düsterer. Percy konnte es ihr nicht verdenken. Als sie das Mädchen vor einem Jahr in der Trailer-Park-Siedlung aufgelesen und mitgenommen hatten, war sie aufgeblüht. Nachdem sie sich ihr ganzes Leben aus für sie unerklärlichen Gründen anders und fremd gefühlt hatte, hatten Percy und Eleana ihr eine Welt eröffnet, der sie sich zugehörig hatte fühlen können. Sie hatte Menschen kennengelernt, die so waren wie sie, die Dinge spüren konnten, ohne sie zu sehen. Doch als sich nach und nach die Hinweise darauf verdichteten, wer Calla wirklich war, dass sie eine Atlanterin und sogar die Prinzessin war, war sie wieder zunehmend ernster geworden. Dennoch hatte sie die Suche nach ihrer wahren Identität genossen, war geradezu in ihr aufgegangen. Jeder Hinweis, den sie auf den Anhänger oder einen atlantischen Tempel nachgegangen waren, hatte sie ein Stückchen weiter ins Reine mit sich kommen lassen.

Doch jetzt, wo endlich geklärt zu sein schien, wer Calla in Wahrheit war, welches Potential und welche Macht in ihren

Genen schlummerten, tauchte wohl die alte Verunsicherung wieder auf. Percy konnte es sich vorstellen. Als Calla herausgefunden hatte, dass sie nach Ozeana gehörte, hatte sie schlagartig zu einer Gesellschaft Gleicher gehört. Auf einmal hatte es viele andere gegeben wie sie. Percy und Eleana hatten ihr zeigen können, wie sie ihre Fähigkeiten nutzen konnte, hatten sie in den Gebrauch der tiefen Sinne eingeführt. Aber wie sich jetzt endgültig bestätigt hatte, war Calla keine Ozeanierin. Sie stammte aus Atlantis und war damit noch viel besonderer als Percy oder Eleana es je sein konnten.

Obwohl Percy sich bemühte, allein über Calla und ihre Sorgen nachzudenken, schlichen sich doch auch seine eigenen Ängste in seine Gedanken. Was bedeutete das für ihn, jetzt wo Calla die Prinzessin von Atlantis war? Er hatte sich eingestanden, dass er Gefühle für sie hatte. Der Moment, in dem sie sich an ihn gelehnt, Trost allein bei ihm gesucht hatte, war so wundervoll und doch so belastet gewesen. Er kannte Calla seit einem Jahr. Doch ausgerechnet jetzt, wo sie für ihn unerreichbar geworden war, konnte er zugeben, wie gern er sie hatte.

Er wusste nicht, ob Calla sich dem Orden offenbaren würde. Der Orden Ozeanas hatte schon immer nach der Prinzessin von Atlantis und allen anderen Atlantern gesucht. Die meisten hatte er gefunden oder sie waren ihm zumindest bekannt. Die Möglichkeit der DNA-Untersuchung hatte die Dinge deutlich vereinfacht, sodass die meisten Atlanter in den letzten Jahren identifiziert worden waren. Gleichzeitig waren solche, die sich als Atlanter ausgegeben hatten, entlarvt worden. Es hatte ein ziemliches Chaos in Ozeana gestiftet.

Percy hatte jedoch keine Ahnung, was der Orden eigentlich vorhatte, wenn er erst die elf Atlanter einschließlich der Prinzessin und alle Atlantissteine gefunden hatte. Was geschah dann? Eleana schien es zu wissen. Und egal, was es war, es hatte sie veranlasst, die Prinzessin von Atlantis auf eigene Faust zu suchen. Der Orden besaß weder Kenntnis von Calla, noch dass Eleana in Hamburg den Anhänger gefunden hatte. Percy und sie hatten allein und im Dunkeln gearbeitet.

Aber egal, was der Orden mit Calla plante, wüsste er erst von ihrer Identität, stand eines fest: Auf Calla wartete die Erfüllung eines Jahrtausende alten Schicksals. Welche Rolle konnte Percy da spielen, der Junge ohne Familie, der nur von einer Gräfin des Ordens gefunden und aufgezogen worden war.

Keiner der Percy bekannten Atlanter hatte je geheiratet. Keiner von ihnen hatte Kinder. Es ging das Gerücht um, dass die Atlanter allesamt keine Kinder bekommen konnten. Angeblich konnten sie nicht lieben. Traf das auch auf Calla zu?

Percy verfluchte sich innerlich in Gedanken. Wieso stellte er sich diese Fragen erst jetzt? Ihm hätte all das schon immer klar sein müssen. Hätte er darüber früher nachgedacht, hätte er sich vielleicht davor bewahren können, Gefühle für Calla zu entwickeln. Doch dafür hätte ihm bewusst sein müssen, dass er überhaupt Gefühle für sie hegte. Diese Erkenntnis hatte ihn erst jetzt getroffen. *Ja wieso eigentlich jetzt?* Was hatte sich in den vergangenen Tagen geändert? Was war in sein Leben getreten und hatte ihn wachgerüttelt?

Er erhielt die Antwort, als er sich für einen kurzen Moment umdrehte und in ein Augenpaar blickte, das ihn hinter einer viel zu großen Brille anstarrte. Percy spürte Rias Blicke schon den ganzen Tag auf sich. Sie hatte wohl einige Male versucht, mit ihm ins Gespräch zu kommen, hatte sich jedoch anscheinend nicht getraut, ihn offensiv anzusprechen. Sie hatte stattdessen seine Nähe und seine Blicke gesucht, doch Percy war ihr ausgewichen.

Auch wenn sie sich wie immer in seiner Gegenwart anders gab, freundlich sogar schüchtern und aufgeschlossen war, hatte Percy nicht mit Ria reden wollen. Sie musste noch denken, dass er ihr wegen der Art, wie sie auf Eleanas Erklärungen in der Nacht reagiert hatte, böse war. Doch das spielte für Percy längst keine Rolle mehr.

Der Grund, weshalb er nicht mit ihr sprach, war ganz einfach und dennoch so kompliziert, dass er sich keinen Reim darauf machen konnte: Ria verwirrte ihn. Es war, als wenn sie mit ihren Augen direkt in seine Seele blickte und Dinge aufwirbelte, die er längst begraben hatte. Wenn er sie ansah, überkam ihn das Gefühl allein und verlassen zu sein. Er fragte sich abermals, ob es endlich an der Zeit war, dass er mit seiner Ziehmutter über seine Familie sprach. Vermutlich erkannte er in Rias Gesicht dieselbe Einsamkeit, die er jeden Tag so gut verdrängte.

Percy drehte sich um, und sah wie Ria den Kopf traurig hängen ließ, während sie hinter Eleana auf ihrem Maschinenpferd saß.

Eine Welle von Mitgefühl überkam ihn. Percy schwor sich, dass er mit Ria sprechen würde, sobald er sich dazu in der Lage fühlte.

*

Ria kam der Rückweg zur Küste deutlich kürzer vor als der Hinweg. Möglicherweise lag es daran, dass der größte Teil des Weges abschüssig war und sie an einem Tag deutlich mehr Strecke zurücklegten. Andererseits trug das kontinuierliche Schweigen, das in der Gruppe ausgebrochen war, dazu bei, dass Ria in ihren eigenen Gedanken versank und kaum darauf achtete, wie schnell die Zeit verstrich.

So erschrak sie, als Gräfin Eleana am Abend verkündete, dass sie ihr letztes Lager in dieser Nacht aufschlagen würden. Bereits am nächsten Tag würden sie die PALLAS erreichen.

Ria wurde bei dieser Erkenntnis bewusst, dass sie keine Ahnung hatte, wie es weiter gehen sollte, sobald sie bei der PALLAS eintrafen. Gräfin Eleana hatte ihr gegenüber nichts darüber gesagt, wohin die Reise danach gehen sollte und ob Ria überhaupt dabei vorgesehen war. Hinzu kam, dass Ria ihre eigene Entscheidung zu treffen hatte. Wollte sie überhaupt weiter mit der Gräfin und Percy gehen? Ria wusste, dass sie ihre Wahl nicht mehr allzu lang hinauszögern konnte. Sie beschloss, der Gräfin eine Frage zu stellen, deren Antwort ihr bei ihrem Entschluss helfen konnte.

„Was hat es mit dem Mann in Schwarz auf sich?“, fragte sie die Gräfin ohne einleitende Worte.

Ria hatte das Feuerholz, das sie aufgelesen hatte, fallen lassen und war zur Gräfin zum Lager zurückgekehrt. Calla und Percy waren noch mit dem Holzsammeln beschäftigt. Ria und die Gräfin waren allein.

Gräfin Eleana war gerade mit einem elegant und viel zu modern anmutenden Gerät beschäftigt gewesen, das nach einer Kommunikationseinheit aussah. Als sie den Kopf hob, sah sie aus, als hätte Ria sie aufgeschreckt. Sie war gänzlich in die Nachricht vertieft gewesen, die auf dem Display des Gerätes angezeigt worden war. Der Inhalt schien ihr nicht gefallen zu haben.

„Wie bitte?“

„Sie haben mich verstanden“, sagte Ria offensiv und stemmte die Hände in die Hüften. Sie war entschlossen, sich nicht ohne die Antworten zufrieden zu geben, die sie haben wollte.

Die Gräfin klappte das Gerät auf ihrem Schoß zu, verstaute es in ihrer Manteltasche und musterte Ria aufmerksam.

„Was ist mit ihm?“, fragte sie ruhig.

Ria biss sich auf die Unterlippe. *Muss ich dieser Frau denn alles aus der Nase ziehen?* Sie beschloss, direkt zum Punkt zu kommen: „Der Mann in Schwarz, der Kerl, dem ich den Anhänger gestohlen habe ...“ Sie zögerte, weil sie sich erst sammeln musste, bevor sie die folgenden Worte aussprechen konnte: „Er kommt auch aus Atlantis nicht wahr? Er ist wie Calla.“

Es folgte ein langer Augenblick der Stille. Die Gräfin sah Ria an, beobachtete sie, schien genau abzuschätzen, wen sie da eigentlich vor sich hatte. Sie holte tief Luft. „Wie kommst du darauf?“

Ria wäre am liebsten mit dem Fuß aufgestampft. Wie konnte sie das nur mit einer Gegenfrage beantworten? Es kostete sie sämtliche Selbstbeherrschung, ruhig weiterzusprechen.

„Ich habe da so ein Gefühl“, brachte sie gepresst hervor.

Die Gräfin hob eine ihrer Augenbrauen. „Beschreib‘ mir dein Gefühl“, sagte sie ohne jeden Hohn oder Spott. Sie wirkte ehrlich interessiert an dem, was Ria sagen würde.

Ria seufzte noch einmal, beschloss aber, es auf einen Versuch ankommen zu lassen. „Wenn ich die Augen schließe ... Nein, wenn ich versuche, meine Umgebung nicht mit den Augen wahrzunehmen, sondern mit anderen ...“ Sie stockte.

„Mit deinen tiefen Sinnen?“, half die Gräfin aus.

Ria zuckte mit den Achseln. „Wenn ich jedenfalls versuche, mich so zu orientieren, dann kann ich Sie sehen. Und ich kann Percy sehen. Andere Menschen schaffe ich, auszublenden.“

Die Gräfin rutschte auf dem kleinen Hocker, auf dem sie saß, herum, bis sie Ria frontal ansehen konnte. Sie verschränkte die Arme locker vor der Brust und schaute Ria aufmerksam an.

„Und ich spüre ... oder ich sehe auch Calla. Aber es fühlt sich anders an.“

„Wie fühlt es sich an?“

Ria rang mit sich. Es fiel ihr überraschend schwer, zu beschreiben, dass Calla in ihr ein Gefühl von Unruhe auslöste, das nichts damit zu tun hatte, dass sie ein Schmuckstück um den Hals trug, auf das sie Anspruch erhob. Es hatte auch nichts damit zu tun, dass Calla groß, hübsch und im Besitz der vollständigen Aufmerksamkeit von Percy war – fast nicht jedenfalls.

„Es fühlt sich an wie in der Nacht, in der wir in den Tempelruinen standen. Sie und Percy sahen innerhalb der Erinnerung ganz normal aus. Calla trug dagegen diese anderen Kleider und ihre Haare waren anders. Sie *passte* zu diesem Tempel und zu dieser Zeit. Es fühlt sich an, als wenn sie woanders hingehört und nur Gast bei uns ist. Ihre Präsenz ist so viel stärker als Ihre und gleichzeitig vollkommen fremd. Ach, ich weiß auch nicht. Ergibt das einen Sinn?“

Gräfin Eleana antwortete auf ihre Frage nicht. Stattdessen verfiel sie in Schweigen. Je länger dies andauerte, umso unbehaglicher fühlte sich Ria. Schließlich musste sie verlegen den Blick abwenden.

„Und bei dem Mann in Schwarz hat es sich genauso für dich angefühlt?“, fragte die Gräfin nach einer Weile.

Ria sah wieder auf. Mehr als ein zaghaftes Nicken brachte sie nicht zustande.

Mit Schwung stellte sich die Gräfin auf die Füße. Sie machte einen Schritt auf Ria zu, thronte jetzt direkt über ihr und sah auf sie hinab. Ria hatte das Gefühl, als trete ihr die Gräfin empfindlich zu nahe. Entschieden, sich jedoch nicht weiter einschüchtern zu lassen, hielt Ria jetzt Gräfin Eleanas Blick stand und wich nicht einen Zentimeter zurück.

„Ria, hast du jemals von den tiefen Sinnen gehört, bevor du Percy und mir begegnet bist?“

Nur ein klein wenig, doch von der Gräfin nicht unbemerkt, wich Ria zurück. Mit einer merkwürdig hohen Stimme sagte sie: „Nein.“

Die Gräfin ließ ihre Augen prüfend über Ria schweifen. „Ich habe Schwierigkeiten, mir das vorzustellen. Es sei denn, deine Fähigkeiten sind dermaßen ausgeprägt, dass du sie ohne besondere Übung einsetzen kannst.“

Ria schluckte. „Ist das nicht möglich?“

„Schon.“ Endlich wandte die Gräfin ihren stechenden Blick von Ria ab, und ging ein paar Schritte durch das Lager, das Gesicht dem Himmel entgegen gestreckt.

„Du hast Recht. Der Mann in Schwarz ist ebenfalls ein Atlanter. Er ist wie Atlas und wie Calla.“

„Es hat ihn also schon einmal gegeben“, schloss Ria.

„So ist es.“

„Und wieso ist er dann nicht Teil des Ordens? Wieso arbeitet er gegen sie?“

Ria bemerkte, dass sich die Mundwinkel der Gräfin gequält verschoben. Aus irgendeinem Grund bereitete Gräfin Eleana der Gedanke an den Mann, der in Hamburg seine Schläger auf Ria gehetzt hatte, sichtbares Unwohlsein.

„Das ist eine lange Geschichte“, sinnierte die Gräfin.

„Ich habe nichts Besseres vor“, scherzte Ria und grinste halbherzig.

Gräfin Eleanas Kopf schnellte herum. „Nein? Ich wüsste aber etwas Besseres.“

Ihr überraschend strenger Tonfall ließ Ria einen weiteren Schritt zurückweichen.

„Du stellst all diese Fragen. Und du hast ein Recht auf die Antworten.“ Die Gräfin trat wieder dicht an Ria heran. „Aber ich auch!“

Ria biss die Zähne zusammen, sagte jedoch nichts.

„Welche Rolle genau dieser Mann spielt, und warum er so gefährlich ist, kann ich dir nicht sagen, solange du nicht endlich mir ein paar Antworten gibst.“

„Warum nicht?“, protestierte Ria.

„Weil ich dich dazu noch weiter in mein Vertrauen einbeziehen muss, als ich es ohnehin schon längst getan habe. Und du hast mir keinen einzigen Grund gegeben, dies zu tun.“

„Dieser Kerl und seine Handlanger haben mich in Hamburg fast umgebracht. Ich finde, ich habe verdient, zu wissen, wer diese Leute sind!“

Die Gräfin überging Rias Einwand. „Warum hat er in Hamburg Jagd auf dich machen lassen?“, fragte sie stattdessen.

„Weil ich den Anhänger gestohlen habe.“

„Wieso wolltest du den Anhänger überhaupt haben?“

„Ich mag ganz offensichtlich Schmuck.“

„Woher wusstest du, dass dieser Mann den Anhänger überhaupt hat?“

Ria schwieg.

Die Gräfin hob frustriert die Hände. „So kommen wir nicht weiter, Ria!“, fuhr sie sie an.

Ria sagte weiter nichts.

„Ich habe dir niemals einen Grund gegeben, mir zu misstrauen. Und dennoch weigerst du dich, mir irgendetwas über dich zu erzählen. Ich weiß nicht, woher du kommst, oder wie du überhaupt an den Anhänger gelangt bist. Um Himmelswillen, ich kenne ja nicht einmal deinen richtigen Namen!“ Die Gräfin warf die Hände in die Höhe.

Ria senkte den Blick. Sie bemühte sich, den Waldboden anzustarren.

Doch die Gräfin stand unbeeindruckt vor ihr und wartete auf eine Antwort. „Wie heißt du, Ria?“

„Das habe ich Ihnen gesagt.“

„Nein, du hast mir einen Namen gegeben. Aber der ist nicht dein richtiger. Wie heißt du in Wahrheit?“

Ria drehte sich um und wollte gehen. Innerlich verfluchte sie sich, dass sie Gräfin Eleana zu diesem Gespräch aufgefordert hatte. *Selbst in Schuld!*

„Oh nein, stehengeblieben!“ Mit einer einzigen, unnatürlich schnellen und eleganten Bewegung hatte die Gräfin Ria umrundet und stand wieder vor ihr. Sie schnitt ihr den Weg ab und zwang sie, sie anzusehen.

„Sag‘ mir deinen Namen, Ria!“

Ohne nachzudenken, rief Ria: „Das kann ich nicht!“

„Wieso?“

Ria drehte sich abermals weg und richtete die Augen wieder zu Boden. Sie würde gar nichts mehr sagen. Sie durfte nichts mehr sagen.

„Weißt du, was ich daraus schließe, Ria?“, fragte die Gräfin herausfordernd.

Ria benötigte all ihre Beherrschung, einfach still zu halten, nichts zu sagen oder zu tun. Sie traute sich nicht einmal, zu atmen.

„Dass du mir deinen richtigen Namen nicht verraten kannst, sagt mir, dass du fürchtest, ich könnte etwas mit ihm anfangen.“

Ria verkrampfte sich.

„Ich habe deinen Namen schon einmal gehört, nicht wahr? Jedenfalls hast du davor Angst."

Ria kniff nun die Augen zusammen. Wie sollte sie nur aus dieser Situation entkommen? Was konnte sie sagen, um dieses Gespräch zu beenden?

Nicht einmal, als er sie vor dem Messerstecher in Hamburg gerettet hatte, war ihr Percy mehr als ein strahlender Held vorgekommen als in diesem Moment, in dem er das Lager betrat. Denn just als die Gräfin ansetzte, weiter auf Ria einzureden, trat der Junge zusammen mit Calla zwischen den Bäumen hervor und verkündete lautstark: „Reicht das?"

Die Gräfin und Ria sahen beide zu Percy, der einen riesigen Stapel Holz auf den Armen trug. Der Stapel war so groß, dass ein normaler Mensch ihn niemals hätte schleppen können. Calla musste Percy den Atlantisstein kurz gegeben haben. Diese ging grinsend neben ihm, selbst nur ein paar mickrige Zweige zwischen den Händen.

Wohl gegen ihren Willen entfuhr der Gräfin ein Kichern. „Knapp!", rief sie Percy zu und schon nutzte Ria ihre Gelegenheit. Sie schlüpfte der Gräfin davon. Sie setzte ein gezwungen freundliches Grinsen auf und eilte auf Percy zu. Sie war schon fast bei ihm angekommen, als Gräfin Eleanas Stimme sie noch einmal zusammenzucken ließ.

„Ria?"

Ria drehte sich notgedrungen um.

„Das setzen wir später fort." Der Tonfall der Gräfin ließ keine Widerworte zu. Sie wandte sich ab. Alles an ihrer Körpersprache verriet, dass sie die nächste Gelegenheit nutzen würde, um Ria ihre Geheimnisse zu entlocken.

Ria sah zu Percy, wie er mit Calla scherzte und sich neckte. Er schien sie irgendwie aufgeheitert zu haben. Die beiden wirkten vertrauter denn je.

Ria wandte sich wieder der Gräfin zu, die sich auf ihren Hocker fallen ließ und ihr Kommunikationsgerät zur Hand nahm.

Ria seufzte. *Nein, wir sind fertig,* dachte sie und fasste einen folgenschweren Entschluss.

Ria fand keinen Schlaf in dieser Nacht. Während Percy selig neben ihr schlummerte, eine Hand nach Calla neben sich ausgestreckt, lag Ria auf dem Rücken die Augen weit aufgerissen. Ihre Gedanken ließen ihr keine Ruhe. Immer wieder dachte sie an das Gespräch mit Gräfin Eleana zurück. Die Art und Weise, wie die Gräfin sie unter Druck gesetzt hatte, machte sie nervös. Ria würde nicht wieder so viel Glück wie vorhin haben. Die Gräfin würde sie das nächste Mal nicht davonkommen lassen, ohne dass sie ihr auf ihre Fragen antwortete. Und das nächste Mal mochten sie sich auf der PALLAS befinden: ein Schiff ohne Fluchtmöglichkeit.

Dieser Gedanke löste bei Ria ein solches Herzrasen aus, dass sie das Einschlafen aufgab. Sie setzte sich auf, schälte sich aus ihrem Schlafsack und trat nur mit ihrer Jacke locker über den Schultern hinaus in die Nacht.

Weiße Wölkchen bildeten sich um ihren Mund, als sie die frische Luft schwer ein- und ausatmete. Über ihr funkelten die Sterne und sogar der Mond ließ sich sehen.

Ria hatte keinen Sinn für die Schönheit der Nacht. Die Arme fest um ihren Oberkörper geschlungen, wanderte sie durch das Lager, bis sie an dessen Rand kam. Dort lehnte sie sich gegen einen Baum, schloss die Augen und versuchte verzweifelt, ihre unregelmäßige Atmung unter Kontrolle zu bringen.

Ihr letztes Gespräch mit der Gräfin machte ihr auch emotional zu schaffen. Ria war klar, dass sie die Gräfin bitterlich enttäuscht haben musste. Sie hatte wohl gedacht, dass Ria sich im Laufe der Zeit ihr öffnen und Vertrauen zu ihr fassen würde. Nichts davon war geschehen. Und die Geduld der Gräfin war am Ende.

Ria hätte sich gern anders verhalten. Sie ertappte sich dabei, wie sie sich wünschte, sie hätte der Gräfin alles erzählen können. Wenn sie ihr all ihre Geheimnisse offenbart hätte, hätte die Gräfin sie dann nicht getröstet? Hätte sie sie vielleicht umarmt und ihr gesagt, dass sie nichts mehr zu befürchten hätte?

Ria schüttelte den Kopf. Sie wusste, dass das reines Wunschdenken war. Nichts, was auch nur im Ansatz mit der Wahrheit zu tun hatte, würde eine solche Reaktion bei Gräfin Eleana auslösen. Dafür würde ihre Entrüstung viel zu groß sein. Sie hielt Ria für ein einsames, verwirrtes, junges Mädchen, das ein gutes Herz hatte und nur nach Menschen suchte, zu denen es gehörte. Sie war nichts davon.

Ria fragte sich dennoch, wieso sie sich von Gräfin Eleana Trost und Warmherzigkeit erhoffte. Wieso sehnte sie sich nach derselben Zuwendung, die sie Percy mit nur einem Blick zukommen lassen konnte? Sie wusste die Antwort natürlich. Aktiv daran zu denken, wie sehr sie ihre Eltern, besonders ihre Mutter vermisste, ließ ihr nicht nur die Tränen in die Augen steigen.

„Bitte nicht!“, brachte Ria hervor, doch es war bereits zu spät. Sie hatte sich nicht unter Kontrolle. Sie tauchte in Gedanken in die Erinnerung ein, die den Anfang ihrer Einsamkeit bildete.

Ria rannte wie besessen durch die Straßen. Ihre kleine Hand hatte sie vor die Brust gepresst. Mit ihrer Faust umfasste sie den winzigen Gegenstand, den ihre Mutter ihr noch in die Hand gedrückt hatte, bevor sie aus ihrem Haus geflohen waren. In ihrem Kopf hallte die Stimme ihrer Mutter wider. „Lauf!“

Erst als ihr vom Rennen unangenehm heiß geworden war, fiel ihr auf, dass Tränen über ihre Wangen liefen. Die Nässe auf ihrer Haut wurde durch den Luftstrom ihres hohen Tempos unangenehm kalt.

Ria blieb stehen. Ihr Herz pochte unangenehm gegen ihren Brustkorb und ihr Atem rasselte. Sie bekam kaum Luft.

Schlimmer aber war, dass sie keine Ahnung hatte, wie es jetzt weitergehen sollte. Sie wusste nicht wohin. Sie war ein achtjähriges Mädchen und sie hatte gerade eben ihre ganze Familie verloren. Ein übermächtiges und vollkommen unbekanntes Gefühl von Verzweiflung überkam sie. Ein Schluchzen brach aus ihrer Kehle.

Weit entfernt von alldem schnappte die neunzehnjährige Ria ebenfalls nach Luft. Sie durchlebte ihre Erinnerung mit einer solchen Macht, dass sogar ihr Herz wieder unregelmäßig schlug, wie damals in dieser Nacht.

Die Erinnerung an die Stimme ihrer Mutter hielt Ria davon ab, einfach zusammenzubrechen. Stattdessen setzte sie sich wieder in Bewegung. Schnellen Schrittes hastete sie durch die Straßen. Sie durfte nicht stehen bleiben. Die Leute, die heute Nacht ihre Familie zerstört hatten, waren ihr sicher auf den Fersen. Sie durfte sich nicht schnappen lassen. Dann hätte sich ihre Mutter umsonst geopfert.

Ria eilte einfach, ohne nachzudenken die Wege entlang. Sie sah kaum auf, hatte den Blick fest auf den Boden gerichtet. Niemand begegnete ihr zu so später Stunde auf der Straße. Erst als sie kurz wegen eines Geräuschs hinter sich aufsah, wurde ihr klar, dass sie diesen Weg kannte. Sie war zusammen mit ihrer Mutter diese Straße entlang spaziert. Wohin führte sie? Ria versuchte angestrengt, sich ins Gedächtnis zu rufen, wo sie und ihre Mutter hingegangen waren. Doch es fiel ihr schwer, sich zu konzentrieren. Das, was soeben geschehen war, tanzte in wilden Bildern vor ihrem geistigen Auge und ließ sie nicht los.

Endlich fiel Ria ein, wo sie langging. Jetzt beschleunigte sie ihre Schritte sogar. Sie und ihre Mutter hatten jemanden besucht, es war gar nicht lange her. Was hatte ihre Mutter gesagt? Hatte sie ihr nicht gesagt, dass sie hier Hilfe finden würde, wenn sie einmal gar nicht weiter wüsste? Ria hatte es damals als Scherz abgetan. Sie hatte gedacht, dass ihre Mutter bewusst dramatisch geworden war, um bei ihr spielerisch das Gefühl von Abenteuer zu wecken. Jetzt erkannte Ria, dass es kein Spiel gewesen war. Ihre Mutter hatte sie auf den Moment vorbereitet, in dem sie nicht mehr da sein würde.

Diese Einsicht traf Ria mit einer solchen Wucht, dass ihr erneut ein lautes Schluchzen entfuhr. Die Tränen strömten jetzt aus ihren Augen. Aber Ria blieb nicht stehen. Irgendetwas in ihrem Unterbewusstsein hatte sie auf diesen Weg geschickt. Und sie war entschlossen, ihn zu Ende zu gehen.

Als Ria vor der Haustür mit dem goldenen Knauf zum Stehen kam, wusste sie nicht, wie lange sie schon unterwegs war. Am Himmel konnte man allerdings bereits die Farben der Dämmerung erahnen.

Ohne zu überlegen, hämmerte Ria mit ihren Fäusten gegen die Tür. In ihrer rechten Hand lag noch immer der kleine Gegenstand. Ria hatte ihn so fest umklammert, dass er sich schmerzhaft in ihre Handfläche drückte.

Die Tür ging auf. Ria sah hoch in die hellblau leuchtenden Augen der letzten Person, die ihr jetzt noch helfen konnte. Sie öffnete ihren Mund und sagte: „Hallo...

„... Percy!“

Ria wäre wohl umgefallen, hätte sie sich nicht mit dem Rücken gegen den Baumstamm gedrückt. Mit einem Ruck wurde sie aus ihrer Erinnerung gerissen. Anstelle der Person, die ihr vor elf Jahren in dieser schrecklichen Nacht die Tür geöffnet hatte, stand nun Percy vor ihr, die Augen genauso sorgenvoll aufgerissen.

„Ria, was machst du denn?“

Ria keuchte. Sie riss den Kopf nach rechts und links. Sie musste sich erst wieder in der Gegenwart orientieren. Nach einer Weile sagte sie: „Ich brauchte nur mal frische Luft.“ Sie brachte ein gequältes Lächeln zustande.

Percy überging ihre halbherzige Erklärung. „Was war das?“, fragte er.

„Was war was?“

„Dieses kleine Mädchen, das geweint hat. Warst das du?“

Ria wich alle Farbe aus dem Gesicht. „Du hast das gesehen?“, fragte sie panisch.

Percy nickte, zog aber gleichzeitig die Augenbrauen hoch. „Hast du nicht gemerkt, dass du projiziert hast?“

Ria schüttelte erschrocken den Kopf. Sie sah Percy direkt ins Gesicht. Ganz leise traute sie sich zu fragen: „Was hast du gesehen?“

Percy hob die Schultern. „Nur dich. Du musst noch ganz schön klein gewesen sein.“

Ria schluckte mit Mühe. „Acht.“, sagte sie. Sie sah wieder Percy an. Sie suchte sein Gesicht nach einer Regung, nach irgendeiner Reaktion ab. Doch der Junge sah sie noch immer arglos und offen an.

„Was ist damals passiert?“, fragte er mit einer Stimme, die nicht den kleinsten Hinweis auf einen Hintergedanken zuließ.

Rias Gesichtsausdruck wurde traurig. Sie verzog die Lippen. Anstatt zu antworten, schüttelte sie den Kopf.

Percy verstand, seufzte jedoch enttäuscht. Auch vor ihm würde und musste sie ihre Geheimnisse bewahren. Es ging nicht anders.

„Wenn wir beide schon wach sind ...“, sagte er auf einmal mit einem Lächeln und stellte sich neben sie an den Baum. „Ich wollte mich noch entschuldigen, dass ich so abweisend war.“

Ria sah ihn verwirrt an. „Du entschuldigst dich bei mir?“, fragte sie ungläubig.

„Ich verstehe ja, dass das Ganze vollkommen überwältigend für dich sein muss. Kein Wunder, dass du da dicht machst.“

Er lächelte sie nochmals an. Ria überkam eine Welle von Schuldgefühlen.

„Aber kann ich dich etwas fragen? Nur eine Frage? Und vielleicht antwortest du mir einfach? Ich verspreche auch, dass ich es nicht Eleana sage.“

Ria antwortete nicht. Sie holte tief Luft und sah ihn erwartungsvoll an.

„Wieso willst du diesen Anhänger so sehr? Was bedeutet er dir? Vor ein paar Tagen wusstest du nichts von den Atlantissteinen. Das ist also kaum der Grund. Wieso ist dir dieser Anhänger so wichtig?“

Percy pausierte und gab Ria Zeit, sich auf die Frage einzulassen. Sie beschloss, dass sie Percy nicht anlügen konnte, nicht bei dieser Frage. Möglicherweise war es an der Zeit, ihm zumindest einen kleinen Teil der Wahrheit zu sagen.

„Er hat meiner Mutter gehört“, sagte sie schlicht.

Percys Augen weiteten sich.

„Was?“, gab er zurück. „Wie kann das denn sein? Wie ist er denn dann in den Besitz dieses Juweliers gelangt. Und du ...“

Ria unterbrach ihn sanft. „Erstens habe ich keine Ahnung. Und zweitens hatten wir uns auf nur eine Frage geeinigt.“

Percy schloss seinen Mund wieder. Er sah sie noch einen Moment lang abschätzend an, doch als Ria ihren Kopf von ihm wegdrehte, war der Augenblick der Wahrheit verstrichen. Percy schien das zu begreifen. Jedenfalls hakte er nicht weiter nach.

Umso überraschter sah er Ria an, als sie weitersprach. „Meine Mutter ist gestorben. Und mein Vater auch.“

Ria spürte Percys Blicke auf sich. Sie fügten ihr fast körperliche Schmerzen zu.

Als sie zu schweigen begann, holte Percy tief Luft, ließ seine Schultern hängen und sagte schließlich: „Meine Eltern sind auch tot."

Ria sah ihn aus großen Augen an. Sie hatte nicht damit gerechnet, dass er auch über sich sprechen würde. Sie hatte sich nie getraut, dieses Thema von sich aus mit ihm anzuschneiden. Umso verwunderter war sie, dass er es von selbst tat.

„Wie sind sie gestorben?", fragte Ria.

Percy schüttelte den Kopf. „Ehrlich gesagt, weiß ich es nicht."

„Wie bitte?"

Percy fuhr sich mit der Hand durch das Gesicht und rieb sich die Augen.

„Ich weiß, das klingt furchtbar. Aber es ist nicht einfach für mich. Ich habe es niemals geschafft, mit Eleana über meine Familie zu sprechen."

Ria sah Percy betreten an.

„Ich habe keine Erinnerungen an meine Eltern."

Es folgte eine lange Pause. Ria konnte ihren eigenen, beschleunigten Herzschlag hören. Mehrfach setzte sie an, um etwas zu sagen, fand aber nicht die richtigen Worte. Dankbar lauschte sie, als Percy fortfuhr.

„Meine Eltern sind bei einem Unglück ums Leben gekommen."

„Einem Unglück?", wiederholte Ria skeptisch. Sie fand, dass dieser Begriff ausgesprochen generell war.

„Ich habe mir dabei wohl den Kopf verletzt. Als ich aufgewacht bin, konnte ich mich an nichts erinnern. Eleana hat mich aufgelesen. Sie war eine sehr gute Freundin meiner Eltern. Sie hat mich gesund gepflegt und in Obhut genommen. Und dann hat sie mich nach Ozeana gebracht."

Ria fuhr bei Percys Worten ein Schauer über den Rücken. Erst jetzt stellte sie fest, dass sie vor Spannung den Atem angehalten hatte.

„Wie alt warst du?", fragte sie mit erstickter Stimme.

Percy warf ihr ein schiefes Lächeln zu. „So alt wie du. Ich war auch acht."

Ria neigte verwirrt den Kopf. „Wie kann man sich an nichts erinnern, bis man acht war? Weißt du wirklich gar nichts mehr?"

Percy lachte leise. Ria kam diese Reaktion vollkommen unpassend vor.

„Schwer zu glauben, wie?“

„Ein wenig!“

„Es ist aber so“, beteuerte Percy. „Alles, was ich über meine Herkunft weiß, ist, dass ich aus einer alten Familie aus Deutschland stamme: die von Thalburgs. Sie ist so gut wie ausgestorben.“

„Hast du noch lebende Verwandte?“, wollte Ria wissen. Ihre Stimme war noch immer brüchig. Sie war froh, dass es Percy nicht aufzufallen schien.

„Nicht, dass ich wüsste. Doch ich muss zugeben, dass ich mir immer mal wieder vorstelle, ich würde durch irgendeinen Zufall einem Familienmitglied begegnen: irgendein lange verlorener Verwandter, weißt du? Kannst du dir vorstellen, wie das wäre, wenn man nach so langer Zeit feststellt, dass man doch noch Familie hat?“

Ria wurde bei Percys Worten kalt. Obwohl alles in ihr sich dagegen wehrte, sah sie ihm offensiv ins Gesicht. Erst jetzt fiel ihr auf, dass sie ihre Brille im Zelt hatte liegen lassen. Und nur jetzt, nur heute Nacht, ließ Ria zu, dass Percy ihr direkt ins Gesicht sehen konnte.

Doch Percy sah sie nicht an. Er starrte stattdessen in die Dunkelheit hinaus. In Gedanken hing er der Phantasie einer verlorenen Familie nach, die ihn mit Glück doch eines Tages finden würde.

So ein Trottel!, dachte Ria. Sie wandte das Gesicht wieder von ihm ab und sah ihrerseits in den Nachthimmel. Statt jedoch auszusprechen, was sie dachte, sagte sie: „Meine Mutter hat immer gesagt, dass sich im Leben findet, was zusammengehört, wenn auch manchmal auf eine Art und Weise, die man nicht erwartet.“

„Du vermisst deine Mutter, nicht wahr?“, fragte Percy einfühlsam.

Ria nickte leicht.

„Manchmal bin ich dankbar, weißt du?“

„Wofür?“

„Dass ich mich nicht an meine Mutter erinnern kann.“

Ria sah ihn erschüttert an. „Das ist doch nicht dein Ernst!“, sagte sie fast ein bisschen hoffnungsvoll, dass er nicht gemeint haben konnte, was er gesagt hatte. Sie lag falsch.

„Doch schon. So kann ich sie nicht vermissen. Und Eleana war mir die beste Mutter, die ich mir wünschen konnte." Er schmunzelte und fügte hinzu: „Das darfst du ihr aber bitte nie sagen!"

Rias Miene war wie versteinert. Sie hätte bei Percys Bemerkung über die Gräfin wahrscheinlich lächeln sollen. Sie konnte es nicht. Immerhin sagte sie: „Natürlich."

„Und vielleicht ist es ja so, wie deine Mutter gesagt hat. Eleana und ich sollten uns finden. Und das haben wir getan."

Percy sah Ria warmherzig und optimistisch an. Doch sie erwiderte seine Freundlichkeit nicht. Sie sah einfach zurück, das Gesicht frei von ihrer Sehhilfe, die Augen weit geöffnet. Und als sie in das liebenswürdige Gesicht dieses durch und durch guten Jungen schaute, erkannte sie, dass er ihren Schmerz und Verlust nicht nachvollziehen konnte. Er würde sie niemals verstehen, egal wie sehr sie es sich wünschte.

Anstelle all der Dinge, die sie Percival von Thalburg am liebsten gesagt hätte, hauchte sie leise: „Vielleicht."

Percy ergriff ihre Hand und drückte sie leicht. Dann sagte er plötzlich: „Oh man, du bist ja eiskalt!"

Ria bemerkte erst jetzt, dass sie zitterte.

„Komm'! Wir hauen uns nochmal aufs Ohr. Morgen wird ein langer Tag!"

Ria nickte und folgte Percy zurück zum Lager. In Gedanken wuchs ihre Gewissheit, dass Percy mit seinem letzten Satz Recht behalten würde.

*

Percy war froh, als sie die PALLAS wieder erreichten. Er konnte es kaum erwarten, endlich wieder in einem richtigen Bett zu schlafen, selbst wenn es eines sein würde, das dem Wellengang ausgesetzt war. Er freute sich auf die Wärme und Behaglichkeit der Messe und auf einige Tage Ruhe, um das Erlebte zu verarbeiten. Daher traf es ihn umso härter, als seine Ziehmutter ihm diese Vorstellung zunichte machte.

„Wir beide müssen nochmal los!"

Es war später Nachmittag. Das Tageslicht schwand bereits und dunkle Wolken begannen sich am Horizont aufzutun. Das Wetter schwang um.

„Was? Sag' mir bitte, dass du Witze machst, Eleana!", protestierte Percy, als er sich gerade in Eleanas Büro auf der PALLAS in den Stuhl vor ihrem Schreibtisch fallen ließ.

„Tut mir leid, Percy." Eleana sah ihn mit ehrlichem Bedauern an. „Aber wir müssen nochmal zu *ihr.*"

Percy richtete sich ruckartig auf. „Nein!", entfuhr es ihm ohne jedes Zögern. „Oh nein! Da bringst du mich nicht hin. Die Frau ist gruselig."

„Percy, bitte!", tadelte ihn Eleana.

„Jedes Mal, wenn wir da sind, beäugt sie mich aus jedem Winkel. Es ist, als studiert sie mich. Und ihre Gegenwart fühlt sich so ..."

„Wie fühlt sie sich an?", hakte Eleana nach, als er den Gedanken nicht fortsetzte.

Percy entschied, dass er aufhören konnte, sich mit seiner Wortwahl Mühe zu geben. „... alt an", beendete er seinen Satz und warf seiner Ziehmutter einen verärgerten Blick zu.

Eleana schüttelte unbeeindruckt den Kopf. „Stell' dich nicht so an. Ich habe eine Nachricht bekommen, dass sie uns beide sehen will, sobald wir zurück auf der PALLAS sind."

Percy verschränkte abweisend die Arme. „Und du willst Calla mit Ria alleine lassen. Die beiden gehen sich doch wieder an die Gurgel, sobald wir weg sind."

„Wir werden nur ein paar Stunden weg sein", warf Eleana ein.

„Ich bin sicher, das ist mehr als genug Zeit, damit die beiden das Schiff zerlegen."

Eleana rollte die Augen. „Du glaubst du doch nicht im Ernst."

Percys Widerstand bröckelte. „Um was geht es denn überhaupt?"

Seine Ziehmutter zuckte mit den Achseln. Doch ihr Blick verriet, dass sie nicht auf die leichte Schulter nahm, was sie jetzt sagte: „Ich weiß es nicht. Sie wollte es mir in der Nachricht nicht sagen. Aber es klang dringend."

Percy seufzte und ließ seinen völlig versteiften Nacken knacken. Sein bequemes Bett würde warten müssen.

„Wann brechen wir auf?", fragte er und gab sich geschlagen.

Eleana lächelte bedauernd. „Sofort.“

*

„Sie wollen gehen?“

Ria beobachtete, wie Calla panisch erst die Gräfin dann Percy ansah. Der Blick des blonden Mädchens blieb auf Percy hängen, als es fragte: „Müsst ihr denn beide los?“

Percy nickte stumm.

„Es tut mir leid, Calla. Wir werden nicht lange fort sein. Das verspreche ich dir“, sagte die Gräfin. Mit diesen Worten machte sie einen Schritt auf Calla zu und legte ihr die Hand auf die Schulter.

Ria, Calla, Percy und die Gräfin standen im Laderaum der PALLAS. Percy und seine Ziehmutter hatten gerade ihre unermüdlichen Maschinenpferde erneut klargemacht. Die beiden künstlichen Tiere warteten bereits auf dem Anleger darauf, ihre Herren eine weitere Strecke zu tragen.

Ria stand ein wenig hinter Calla, hatte den Kopf gesenkt und sagte nichts. Auch als die Gräfin sie direkt ansah, schwieg sie einfach weiter.

„Ruht euch aus. Und macht bitte einfach nichts. Habt ihr mich verstanden?“ Den letzten Satz hatte die Gräfin ohne jeden Zweifel an Ria gerichtet. Auch auf sie trat sie noch einmal zu.

„Wir reden in Ruhe, wenn ich wieder da bin, in Ordnung?“ Die Stimme der Gräfin war streng, wenn auch nicht unfreundlich.

Ria holte tief Luft und nickte. „In Ordnung.“, sagte sie leise.

Die Gräfin hob zufrieden einen Mundwinkel. Dann wandten sie und Ria sich Percy und Calla zu. Als Ria ihren Kopf in die Richtung der beiden drehte, zuckte sie zusammen.

Calla hatte sich zu Percy gebeugt und hauchte ihm einen zarten Kuss auf die Lippen. Es ging ganz schnell und Ria hätte meinen können, sie hätte sich das Ganze nur eingebildet. Doch Percys rote Wangen und weit aufgerissene Augen blieben als unerschütterlicher Beweis zurück.

Ria hörte neben sich die Gräfin leise kichern. Sie sagte nichts, sondern packte Percy am Arm, der noch immer wie vom Donner gerührt dastand, während Calla sich zu Ria gesellte.

Die beiden Mädchen sahen zu, wie die Gräfin und Percy den Anleger betraten und aufsaßen. Kurz nachdem die beiden das Schiff verlassen hatten, begann die Ladeluke sich auch schon zu schließen.

„Wir sehen uns heute Nacht!“, rief die Gräfin zum Abschied, kurz bevor die Luke mit einem Donnern in ihr Schloss zurückfiel.

Calla und Ria waren allein. Die beiden Mädchen standen einen Augenblick stumm da, den Blick noch immer auf die Stelle gerichtet, wo gerade Percy zu sehen gewesen war.

Es war Calla, die die Stille durchbrach. „Dann sind es nur noch wir beide, wie?“, sagte sie freundlich.

Ria aber neigte den Kopf und warf ihr einen gänzlich teilnahmslosen Blick zu. Calla versteifte sich.

„Wenn du meinst“, sagte Ria schroff zurück und hob die Schultern. Sie schlenderte, ohne Calla weiter zu beachten, aus dem Laderaum.

Im Flur des Schiffes hielt Ria schlagartig inne und drehte sich um. Sie sah zurück in den Laderaum und vergewisserte sich, dass Calla ihr nicht direkt folgen würde. Tatsächlich ließ das andere Mädchen sich mit einem schweren Seufzen auf eine Kiste sinken und machte keinerlei Anstalten, sich davon zu bewegen.

Ria triumphierte innerlich. Endlich war sie allein und unbeobachtet. Sie wartete nicht einen Moment länger. Eilig hastete sie den Schiffsflur entlang und inspizierte die verschiedenen Räume der PALLAS. Als sie schließlich den gefunden hatte, nach dem sie gesucht hatte, sah sie sich noch einmal prüfend zu allen Seiten um. Als sie sich vergewissert hatte, dass sie noch immer allein war, schlüpfte sie unbemerkt in den Raum und schloss fast lautlos hinter sich die Tür.

*

„Wie lange noch, Boss?“

Rider biss wütend die Zähne zusammen, als er die Augen öffnete und Jack vor sich fand. Der dürre Deutsche, der wie immer mit dem tumben Brutus im Schlepptau erschienen war, stand vor seinem Schreibtisch, kaute mit offenem Mund und sah seinen Anführer mit einer kuriosen Mischung aus Angst und Trotz an.

„Wie bitte?“ Obwohl Rider sich höflich ausdrückte, gelang es ihm, einen Unterton zu verwenden, der seinen Hang zur schnellen Aggression mehr als deutlich machte.

Jack und Brutus tauschten einen nervösen Blick. Schließlich schluckte Jack das, was auch immer er gekaut hatte, hinunter und sagte: „Wie lange sollen wir noch hier vor Anker liegen. Die Männer werden langsam unruhig.“

„Die Männer oder du, Jack?“, konterte Rider, ohne lange nachzudenken.

Er konnte sehen, wie der Zorn in Jack förmlich aufstieg. Der dürre Kerl war wenig intelligent, dafür umso gieriger und mit ausgesprochen wenig Geduld gesegnet. Rider hätte sich seiner am liebsten längst entledigt, hätte er nicht gewusst, dass Jack kein Problem hatte, sich für ihn die Hände schmutzig zu machen.

„Wir hängen seit Tagen in diesem Hafen fest. Wir gehen nicht einmal an Land. Worauf warten wir denn, verdammt?“

Rider faltete die Hände vor der Brust. „Wir warten auf unsere Koordinaten. Das hatte ich dir bereits erklärt. Und du weißt, wie sehr ich es hasse, mich zu wiederholen“, zischte er.

„Aber was, wenn gar nichts kommt?“, fragte Brutus dazwischen.

Rider würdigte den tumben Riesen keines Blickes. Er behielt allein Jack im Auge, als er weitersprach. „Das Signal wird kommen. Vertraut mir.“

Jack ging nervös auf der Stelle auf und ab. Wieder sah er kurz zu seinem großen Kumpan. „Du hast uns ne verdammt hohe Summe Geld versprochen. Und die Männer beginnen sich zu fragen ...“

Mit seiner Geduld am Ende fuhr Rider auf. Er rammte seine beiden Fäuste auf die Platte seines Schreibtisches.

„Ihr bekommt euren Lohn, wenn der Job erledigt ist“, spie er. Jedes seiner Worte war eine Drohung.

Jack zeigte sich eingeschüchtert, aber noch nicht bereit aufzugeben. „Und wann wird das sein?“, gab er zurück.

„Wenn ich von mein...“, Rider verharrte mitten im Wort. Sein Blick glitt zur Seite und zu dem kleinen Bildschirm der Kommunikationseinheit, die er nun seit ein paar Tagen ständig bei sich trug. Er nahm das Gerät in die Hand, hob es an sein Gesicht und vergewisserte sich, dass er sich nicht getäuscht hatte. Die Nachricht war nur wenige Zeichen lang. Auf dem Bildschirm waren sechs Zahlen und zwei Buchstaben erschienen. Es waren Koordinaten. Unterschrieben war die Nachricht mit den Initialen A.E.T.

Rider lachte triumphierend. Er warf Jack die Kommunikationseinheit mit solcher Kraft gegen die Brust, dass er aufstöhnte. Erst im letzten Moment konnte er das kleine Gerät fangen.

„Meine Herren, wir haben unser Signal. Bringt uns zu diesen Koordinaten."

Jack starrte Rider einen Augenblick lang ungläubig an. Dann sah er auf das Display der Kommunikationseinheit. Mit unfassbarer Langsamkeit entzifferte er die Nachricht. Als er geendet hatte, sah er noch einmal auf, bleckte verständnislos seine schlechten Zähne und fragte: „Wer zum Teufel ist denn A.E.T.?"

Anstatt zu antworten, begann Rider siegessicher zu grinsen.

III. Akt

In dem Moment, in dem er die warme Eingangshalle der Villa betrat, wurde Percy bewusst, wie durchgefroren er war. Er konnte seine Glieder kaum noch bewegen und stolperte mehr, als dass er durch die breite Flügeltür schritt. Ihm war schleierhaft, wie Eleana es meisterte, vor ihm noch immer vollkommen aufrecht und würdevoll zu gehen. Sie küsste der Person, die sie einließ, beide Wangen. Er selbst wagte es kaum, die Arme von seinem Körper zu lösen. Er hatte sie fest um seinen Torso geschlungen, die Hände in die Achseln geschoben und den Kopf gesenkt.

„Wie geht es dir, Leto?“, hörte Percy Eleana sagen, als er sich gerade umdrehte, um hinter sich die Eingangstür zu schließen. Dankbar schloss er die Augen, als der eisige Nachtwind endlich draußen blieb.

„Miserabel!“, sagte die kräftige und eigentümlich tiefe Stimme. „Ich sitze hier seit Tagen und warte auf Nachricht von euch! Du weißt ja gar nicht, was Ungeduld mit einem Verstand macht, meine Liebe.“

Percy hörte, wie Eleana auflachte. Percy stand noch immer mit dem Rücken zu seiner Ziehmutter und ihrer Gastgeberin. Er wollte den Moment der Begrüßung so lange wie möglich hinauszögern.

„Hallo, Kleiner!“

Dann mal los, dachte Percy und straffte seine Schultern.

Mit Schwung drehte er sich um und sah die beiden Frauen an. Eleana war zur Seite getreten und zog gerade die dicken Handschuhe von ihren Fingern. An ihrer Seite stand eine kleine Frau. Weißes, glattes Haar fiel in einem kunstvoll geflochtenen Zopf bis zu ihrer Hüfte. Hellblaue Augen leuchteten inmitten eines faltigen Gesichts, dessen Züge aber sonderbar jugendlich, fast zeitlos wirkten. Percy hatte keine Ahnung, wie alt Leto Demetrios sein mochte. Er wusste nur, dass sie aus Griechenland stammte, eine der vermutlich reichsten Frauen der Welt war und wie immer knallig rote Pumps trug. Natürlich war da noch die Information, dass sie eine Atlanterin war. Bei diesem Gedanken glitt Percys Blick zu dem linken Arm der kleinen Frau. An einem unscheinbaren silbernen Band, das in der schieren Masse ihres sonstigen Schmuckes unterzugehen schien, hing ein einzelner türkisblauer Edelstein mit tropfenförmigem Schliff. Percy spürte die Energie des Atlantissteins, als ein wohliges Kribbeln sich in seiner Brust ausbreitete. Dieser Stein fühlte sich anders an als derjenige, in dessen Besitz Calla war. Jeder der Atlantissteine besaß eine einzigartige Signatur und besondere Eigenschaften.

Percys Augen trafen die von Leto Demetrios. Er zwang sich zu einem Lächeln. „Freut mich, Sie wiederzusehen."

Die alte Frau machte eine abweisende Handbewegung und trat auf ihn zu. „Spar' dir deine Lügen, Kleiner", sagte sie mit einem Grinsen. Sie packte ohne jede Hemmung Percys Schal und zog ihn mit einer sehr kräftigen Handbewegung von seinem Hals.

„Hey!", rief Percy, doch da hatte Leto Demetrios bereits nach seiner Mütze gegriffen, sie von seinem Kopf gerissen und war einen Schritt zurück gegangen. Mit ein wenig Abstand sah sie ihn aus ihren großen Augen an.

Percy warf einen hilfesuchenden Blick zu Eleana, doch diese beobachtete die alte Frau abwartend.

Leto Demetrios hatte den Kopf leicht schief gelegt und musterte Percy eindringlich. Er verschränkte vor Unbehagen die Arme vor der Brust.

„Gut, dass du ihn mitgebracht hast", sagte die alte Frau an Eleana gewandt. Ihre Stimme war leise und nachdenklich geworden. „Ich musste ihn mir noch einmal ansehen. Außerdem brauche ich eine neue Blutprobe von ihm, um sicher zu gehen."

Eleana legte ihrer Freundin eine Hand auf die Schulter. „Was meinst du?", fragte sie.

Percy warf seiner Ziehmutter einen warnenden Blick zu. Der Gedanke, dass ihm noch einmal Blut abgenommen werden sollte, gefiel ihm überhaupt nicht. Ihm machte es nichts aus, Spritzen in den Arm zu bekommen. Aber wenn er keine Ahnung hatte, was mit seinem Blut geschehen sollte, wusste er nicht, ob er sich ohne weiteres darauf einlassen konnte.

Leto Demetrios antwortete jedoch nicht auf die Frage von Percys Ziehmutter. Ohne den Blick von Percy zu nehmen, streckte sie ihre Hand zu Eleana aus und sagte: „Hast du mitgebracht, worum ich dich gebeten habe?“

Eleana zögerte einen Augenblick. Schließlich nickte sie, griff in eine der Innentaschen ihres Mantels und holte einen kleinen Gegenstand hervor, den Percy nicht erkennen konnte. Ohne Umschweife legte sie ihn in Leto Demetrios‘ Hand.

Percy warf seiner Ziehmutter erneut einen eindringlichen Blick zu. Bevor er dazu kommen konnte, etwas zu sagen, ergriff die alte Frau schon wieder seinen Arm. Percy musste den Drang, sich gewaltsam loszureißen unterdrücken.

„Sehr gut. Ich bereite dann das Labor schon einmal vor!“

Mit diesen Worten drehte sie auf dem Absatz um und zog Percy einfach mit sich. Sie durchquerten die Eingangshalle und gingen die mächtige Treppe, die ins Obergeschoss führte, hinauf. Eleana lief neben ihnen.

Auf den Stufen gelang es Percy, seinen Arm zu befreien. Er verlangsamte seine Schritte, um ein wenig Abstand zu der alten Frau zu gewinnen. Aus dem Augenwinkel warf er Eleana einen wütenden Blick zu. „Was wird das denn hier? Was hast du ihr gegeben?“, zischte er.

„Das kann ich dir noch nicht sagen“, sagte Eleana leise.

Percy wollte seinen Ohren nicht trauen. „Wie bitte?“

„Sie hat mich ausdrücklich darum gebeten, es dir erst zu verraten, wenn sie fertig ist. Wir werden gleich erfahren, was sie meint. Verlass‘ dich drauf.“

Im ersten Stock blieb Percy stehen und stemmte die Hände in die Seiten. „Seit wann vertraust du mir nicht mehr?“, fragte er fassungslos.

„Percy, so ist das nicht gemeint.“

Percy schüttelte eindringlich den Kopf. „Wir sind stundenlang durch die eisige Nacht geritten, während Calla und Ria allein auf der PALLAS sind. Und nun soll ich noch einmal untersucht werden. Ich finde, ich darf ja wenigstens wissen, was das soll, oder nicht?“

Eleana seufzte. „Percy …“

„Du darfst gerne wissen, was das alles soll, Kleiner", drang eine Stimme zu ihnen. Eleana und Percy wandten sich um und sahen Leto Demetrios vor ihnen durch die Galerie der Villa schreiten, in ihrer Hand den kleinen Gegenstand, den Eleana ihr gegeben hatte. Sie blieb vor einer Tür stehen, die in einen hellen, gefliesten Raum führte.

„Die Frage ist aber, ob du das wirklich wissen willst", sagte sie geheimnisvoll und verschwand in dem Raum.

Percy starrte seine Ziehmutter sorgenvoll an. „Worum geht es hier, Eleana?", fragte er, entschlossen dieses Mal eine Antwort zu erhalten.

Der Blick seiner Ziehmutter wurde traurig. Ihre Worte ließen Percy erschaudern. „Sie sagt, es geht um deine Eltern."

*

„Ria?"

Als Callas Stimme die Stille durchbrach, zuckte Ria so sehr zusammen, dass sie fast vom Bett geplumpst wäre. Sie hatte nicht geschlafen, dafür war ihr zu viel durch den Kopf gegangen. Doch sie war so sehr in ihren Gedanken versunken gewesen, dass Stunden vergangen sein mochten, seit sie sich auf ihrem Bett in der kleinen Kammer auf der PALLAS ausgestreckt hatte. Sie wusste es nicht.

Ihr Blick glitt zur Tür, die jetzt einen Spalt offen stand. Callas helle Augen lugten hindurch.

„Kann ich reinkommen?", fragte das blonde Mädchen mit sanfter Stimme.

Aus purer Gewohnheit wollte Ria spontan Calla den Zutritt verbieten. Doch als die Erinnerungen an das zurückkehrten, was Ria kurz nach ihrer Ankunft auf der PALLAS getan hatte, legte sich ihre Abneigung gegen das Mädchen schlagartig. Daher zuckte sie mit den Achseln und bedeutete ihr mit den Augen, dass sie eintreten durfte.

Zaghaft betrat Calla Rias Kajüte. Sie blieb erst einen Moment zögerlich vor ihr stehen, ehe Ria sich auf ihrem Bett aufrichtete und ihr Platz machte. Während Ria ihre Beine in den Schneidersitz brachte, beobachtete sie argwöhnisch, wie

Calla sich so weit wie möglich von ihr weg auf die Kante ihres Bettes setzte.

„Was kann ich für dich tun?“ Ria hörte selbst, wie abweisend ihre Stimme klang. Und zum ersten Mal, seit sie Calla kannte, tat es ihr leid – ein wenig zumindest.

„Ich wollte mich bei dir bedanken.“

Ria verengte skeptisch die Augen. „Wofür?“

„Du hast mir das Leben gerettet.“

Schweigen trat zwischen die beiden Mädchen. Ria wusste nicht, was sie darauf sagen sollte.

Erst nach einer Weile brachte sie mit gedämpfter Stimme zustande: „Gern geschehen.“

Calla lächelte sie an. Das Gesicht des blonden Mädchens hellte sich so sehr auf, dass Ria schon glaubte, es hätte zu leuchten begonnen. Sie war wirklich eine Schönheit. Ria konnte sich nicht erinnern, jemals so angelächelt worden zu sein.

„Ich weiß, wir beide hatten keinen besonders guten Start ...“

Ria verschränkte die Arme vor der Brust, ließ Calla aber ausreden.

„... und ich wollte dir sagen, dass mir das leid tut. Wir haben dich einfach auf dieses Schiff gebracht, ohne dir irgendetwas zu erklären.“

„Und ihr habt mir meinen Anhänger weggenommen.“ Ria konnte sich doch nicht mehr zurückhalten. Callas strahlendes Lächeln aber blieb.

„Deswegen bin ich hier“, sagte sie.

Als Ria stutzte, hob das Mädchen plötzlich beide Hände, nestelte einen Moment lang mit dem Verschluss der Kette um seinen Hals und öffnete ihn. Anschließend legte Calla das Schmuckstück in ihre Handfläche, sah es einen Augenblick lang an und reichte es Ria.

„Was?“, fragte Ria irritiert. Ihre Augen hafteten auf dem Anhänger.

„Die Gräfin hat gesagt, ich soll ihn Tag und Nacht tragen und nicht abnehmen. Aber ich schätze, auf ein paar Stunden kommt es nicht an.“

Ria sah verständnislos auf.

„Ich dachte, du hättest ihn gerne, zumindest für ein bisschen. Länger als zwei Stunden solltest du ihn nicht tragen, dann fängt er an, dir Schaden zuzufügen. Aber ich dachte, es freut dich vielleicht, wenn du ihn kurz ..."

Ria wartete nicht ab, bis Calla fertig gesprochen hatte. Mit einer schnellen Handbewegung schnappte sie sich das Schmuckstück aus Callas Hand und schloss ihre Finger darum. In ihrer Handfläche konnte sie das beruhigende Pulsieren des Atlantissteins spüren.

Langsam öffnete Ria ihre Hand, ließ den Anhänger hindurch gleiten und führte ihn nah an ihr Gesicht. Sie sah ihn sich von allen Seiten genau an. Er sah noch immer aus wie damals, als sie ihn in der Schmuckschatulle ihrer Mutter aufgestöbert und damit gespielt hatte. Die Gedanken an ihre Kindheit ließen sie schlucken und sie musste sich zusammenreißen, damit ihr keine Tränen in die Augen stiegen.

Calla saß ruhig da, beobachtete Ria und sagte nichts. Sie wollte gerade aufstehen und gehen, als Ria sie zurückhielt.

„Danke!", sagte sie plötzlich und sah Calla an. Ria bemühte sich, ein Lächeln aufzusetzen, während sie heftig blinzelte.

Calla strahlte zurück. „Er bedeutete dir viel, nicht wahr?", fragte sie.

Ria nickte.

„Wusstest du, dass das ein Atlantisstein ist? Ich meine, bevor wir dir davon erzählt haben?", fragte Calla und rückte ein Stückchen näher an Ria heran.

Rias Gesichtsausdruck verlor seine Offenheit. Sie schüttelte den Kopf. „Das ist nicht der Grund, warum ich ihn haben will", sagte sie.

Calla rutschte noch weiter zu Ria. „Warum dann?"

Das blonde Mädchen lächelte weiter. Ria sah nachdenklich zurück. Sie konnte nicht anders, als über die Freundlichkeit, die Calla ihr entgegenbrachte, zu staunen. Ria hatte sie vom ersten Moment an ablehnend und kühl behandelt. *Ich habe ihr eine runtergehauen.* Und trotzdem suchte Calla jetzt ihre Nähe, vielleicht sogar ihre Freundschaft. Ria ertappte sich dabei, dass sie nicht länger abweisend sein wollte. Wie zuvor bei Percy spürte sie den Wunsch, ehrlich zu sein, nicht länger zu lügen und Calla die Wahrheit zu erzählen. Sie wollte ihr sagen, warum sie den Anhänger wirklich wollte und wie sie ihn gefunden hatte. Es wäre so viel einfacher, als diese Fassade aufrecht zu erhalten.

„Calla, ich kann nicht ...“, begann sie zaghaft, bis Calla sie mit einer schnellen Handbewegung unterbrach.

„Hörst du das?“, fragte sie.

Ria lauschte und vernahm in der Ferne ein penetrantes Piepen, das durch den Flur in ihre Kammer drang.

„Was ist das?“, fragte sie.

„Das kommt aus dem Funkraum!“, sagte Calla und schwang sich schon vom Bett. Sie rannte in den Flur hinaus. Ria legte sich noch hastig die Kette mit dem Anhänger um den Hals und eilte Calla hinterher.

Die beiden Mädchen rannten in den kleinen Raum mit den vielen Bildschirmen und Kontrollfeldern. Calla hatte binnen weniger Sekunden die Ursache für das unablässige Piepen ausgemacht. Sie hockte sich vor einen Bildschirm, drückte ein paar Knöpfe und das Piepen erstarb. Stattdessen leuchtete jetzt eine grobe Karte vor ihnen auf, auf der ein einzelner Punkt blinkte.

Ria sah Calla an. „Was bedeutet das?“, fragte sie.

„Ein anderes Schiff!“, rief das andere Mädchen. Ihre Stimme wurde heiser. „Es kommt direkt auf uns zu.“

„So eines wie das hier?“, wollte Ria wissen.

Calla nickte. Ihr Gesicht war ganz blass geworden.

„Also jemand aus dem Orden?“, schloss Ria schnell. „Vielleicht jemand, der die Gräfin sehen will?“

Mit einem Ruck wandte Calla sich um und sah Ria jetzt direkt in die Augen. Ihre Lippen bebten. „Das ist keiner aus dem Orden“, sagte sie.

„Woher willst du das wissen?“ Ria schob sich an Calla vorbei und sah wieder auf den Bildschirm.

„Ria ...“, hauchte Calla. „Ich kenne die Signatur dieses Schiffes.“

Ria drehte sich langsam wieder um.

„Ich habe es in Hamburg gesehen.“

Ria stutzte. Die Ereignisse aus Hamburg lagen gefühlt eine Ewigkeit zurück. „In Hamburg? Du meinst ..."

Calla nickte zögerlich. „Ria, ich glaube das Schiff gehört dem ..."

„... Mann in Schwarz", beendete Ria Callas Satz.

Hastig sah sie wieder zu dem Bildschirm, während Calla leise hinzufügte: „Wir sitzen in der Falle."

*

„Das ist doch lächerlich!", schrie Percy und stand mit Schwung auf. Der Hausangestellte, der ihm gerade sein drittes Heißgetränk gebracht hatte, zuckte vor Schreck zusammen und hätte beinahe sein Tablett fallen lassen.

„Hatten Sie nicht gerade um einen Espresso gebeten, junger Herr?", fragte der ältere Mann in seinem fürchterlich korrekten Oxford-Akzent. Als wolle er das Klischee vollenden, trug der Butler auch noch einen Frack.

Percy überging den tadelnden Blick, den ihm Eleana zuwarf. „Doch, doch", sagte er, nahm dem Mann die Tasse ab und ließ sich wieder in den Sessel fallen, in dem er die letzten Stunden zugebracht hatte. Leto Demetrios' Hausangestellter hatte sie in einen gemütlichen Salon mit Kaminfeuer und eleganten Möbeln geführt. Durch ein bodenlanges Fenster konnte man über den Rand der Klippen sehen, an denen die Villa stand. Tagsüber hatte man wahrscheinlich einen phantastischen Blick über den Ozean. Heute Nacht sah man nur schwarze Finsternis.

Leto Demetrios hatte sich ein Hobby daraus gemacht, prachtvolle Immobilien an unmöglichen Orten entstehen zu lassen. Percy hatte Eleana bereits einige Male begleitet, wenn sie ihre alte Freundin besucht hatte. Jedes Mal waren sie in einem anderen ihrer Häuser gewesen. Alle waren spektakulär und dekadent. Dieser moderne Glasbau direkt an einer abgelegenen Steilküste Norwegens war fast schon konservativ. Aber nicht jedes ihrer Häuser konnte so imposant sein, wie das Haus auf Brücken im Atlas-Gebirge oder die Nachbildung eines englischen Schlosses auf einem Wolkenkratzer in

Shanghai. Percy vermutete, dass das Besondere an diesem Haus war, dass es in der Nähe einer atlantischen Tempelanlage entstanden war. Vermutlich war es Leto Demetrios gewesen, die den Standort des Tempels überhaupt gefunden und Eleana übermittelt hatte. Percy zweifelte, dass der Orden von diesem Ort wusste. Sonst hätten sie ihn nicht unbemerkt aufsuchen können.

„Kann ich sonst noch etwas für Sie tun?“, wollte der Butler höflich wissen. Percy winkte ab und sah ihm dabei zu, wie er stocksteif den Salon wieder verließ.

Kaum war der Mann außer Hörweite, sprang Percy wieder auf.

„Eleana, wir können hier nicht länger warten!“, sagte er gehetzt. Er hatte nun Stunden gehabt, seinen Schock, dass es bei diesem Besuch um seine Eltern gehen sollte, zu verdauen. Er hatte Eleana nicht mehr um eine Erklärung gebeten. Er wusste nicht, ob er sie hören wollte. Früher oder später würde sie ihm sagen, was sie hier eigentlich taten und worauf sie warteten. Percy sah keinen Sinn darin, das zu beschleunigen. Das Gegenteil war der Fall.

„Machst du dir Sorgen?“, fragte Eleana und nippte an ihrem Tee, den Blick ins Feuer gerichtet.

„Ja“, gab Percy zu.

Eleana sah ihren Ziehsohn an.

„Warum?“, wollte sie wissen. Sie schien seine Unruhe nicht im geringsten zu teilen.

„Calla und Ria sind ganz allein auf der PALLAS. Was ist, wenn ihnen etwas passiert?“

Eleana hob eine Augenbraue. „Was soll ihnen denn passieren? Die beiden schlafen wahrscheinlich friedlich.“

Percy presste die Lippen aufeinander.

„Wenn sie sich vertragen“, fügte Eleana trocken und mit einem Schmunzeln hinzu.

„Ich habe einfach ein schlechtes Gefühl, in Ordnung? Irgendwie spüre ich, dass etwas im Argen ist. Kennst du sowas nicht, Eleana?“, bemühte sich Percy, Verständnis bei seiner Ziehmutter zu gewinnen.

Eleana setzte ihren Tee ab und sah Percy lange an. „Ja, ich kenne das“, sagte sie jetzt ernst.

„Und statt etwas zu unternehmen oder mich wenigstens zu vergewissern, dass alles in Ordnung ist, sitze ich hier und warte sinnlos. Sie wird doch niemals fertig!“ Frustriert warf Percy seine Hand in die Höhe.

„Machst du dir Sorgen um Calla oder um Ria?“

Percy öffnete den Mund und wollte spontan einen Namen aussprechen, stockte dann aber, weil ihm klar wurde, dass er nicht wusste, welchen er nennen sollte. Er dachte ständig an Calla, seit sie ihn im Laderaum der PALLAS verabschiedet hatte. *Sie hat mich geküsst!* Doch ohne jede Vorwarnung schlich sich auch Ria immer wieder in seine Gedanken. Nach ihrem Gespräch in der letzten Nacht hatte er das Gefühl, dass diese sonderbare Verbindung zwischen ihnen noch stärker geworden war. Sie ließ sich jetzt weder leugnen, noch schien sie abzubrechen. Es war, als könne er Rias Präsenz fühlen, selbst jetzt, wo etliche Kilometer zwischen ihnen lagen.

Als Percy nicht antwortete, stand Eleana auf und legte ihm eine Hand auf die Schulter.

Sie musterte ihn ausführlich. „Dass du dir Sorgen machst, ist aber nicht allein der Grund, weshalb du los willst, oder?“, fragte sie sanft.

Percy antwortete nicht, sondern wich ihrem Blick aus. Eleana hatte ihn natürlich durchschaut. Er kam sich wie ein Feigling vor. Es änderte nichts daran, dass er noch nicht bereit war, über seine Eltern zu sprechen. Er brauchte noch mehr Zeit, wenigstens ein paar Stunden.

Dankbar sah er auf, als Eleana darauf jedoch nicht weiter einging. „Wenn du dir wirklich Sorgen um die beiden machst, kannst du schon einmal aufbrechen.“

„Was?“, fragte Percy ungläubig. Er konnte kaum fassen, was er da hörte.

Seine Ziehmutter wollte gerade fortfahren, als plötzlich Leto Demetrios im Salon erschien. Percy und Eleana staunten bei dem Anblick der kleinen Frau. Ihr Haar, das zuvor noch ordentlich geflochten und frisiert gewesen war, hing jetzt in losen Strähnen an ihrem Kopf. Zwar hatten ihre Augen nichts von ihrer jugendlichen Kraft eingebüßt. Aber an den dunklen Augenringen, die sich in der faltigen Haut gebildet hatten, zeigte sich, wie erschöpft sie sein musste. Die letzten Stunden hatten sie Kraft gekostet.

Percys Atmung wurde schneller. Leto Demetrios war mit ihren Tests fertig. Sie hatte Ergebnisse vorliegen. Gleich würde sie ihnen mitteilen, was sie über Percys Eltern herausgefunden hatte. Er verspürte unvermittelt den Drang, davonzulaufen. Er war nicht vorbereitet auf dieses Gespräch. Möglicherweise war er unangemessen emotional. Es änderte nichts an der Tatsache, dass der Gedanke daran, etwas über seine Eltern zu erfahren, ihn zutiefst ängstigte.

„Vielleicht solltest du lieber hier bleiben, Kleiner", sagte Leto Demetrios. Sie sah Percy dabei durchdringend an. „Das ist wichtig für dich."

Percy tauschte einen schnellen Blick mit seiner Ziehmutter. Er sah, dass Eleana hin und her gerissen war. Sie öffnete gerade den Mund, wohl um ihm zu sagen, dass er bleiben sollte, als Percy ihr zuvorkam.

„Ich werde jetzt gehen", sagte er bestimmt.

Leto verschränkte die Arme. Eleana erkannte, wie ernst es Percy war. Sie nickte ihm zu und hielt ihn nicht auf, als er in Richtung der Tür schritt.

„Ich komme dann nach, sobald wir hier fertig sind", rief sie ihm hinterher.

Percy atmete vor Erleichterung aus. Er schob sich an Leto Demetrios vorbei. Die Alte folgte ihm mit ihren Augen. Sie schüttelte den Kopf. Percy ging darauf auf nicht ein, eilte in die Eingangshalle und ließ sich von dem Hausangestellten seinen Mantel, Schal, Mütze und Handschuhe bringen. Während er sich hastig fertig machte, folgten ihm die beiden Frauen. Eleana sah ungeduldig zu Leto Demetrios. Doch diese beäugte Percy noch immer streng. Sie blinzelte nicht einmal.

„Leto, was ist denn?", fragte Eleana.

Percy sah noch einmal zu den beiden zurück, überlegte, ob er die Antwort der alten Frau abwarten sollte. Doch seine innere Unruhe hielt ihn davon ab. Jetzt, da Eleana ihm gesagt hatte, dass er gehen konnte, hatte er das Gefühl, sich beeilen zu müssen. *Ich muss zurück zur PALLAS. Jetzt!*

Percy riss gerade die Eingangstür auf und der eisige Wind der Nacht schlug ihm entgegen, als er Leto Demetrios' Stimme hörte.

„Ich habe die Blutprobe, die du mir mitgebracht hast, jetzt vollständig aufgeschlüsselt und abgeglichen."

Percy trat gerade in die Nacht hinaus, als er Eleana sagen hörte: „Und?"

Percy drehte sich um, sah wieder zu der Alten, die jetzt aber nur Augen für Eleana hatte.

„Es gab einen Treffer", waren die letzten Worte die er hörte, bevor die Eingangstür krachend in ihr Schloss fiel.

Percy stand noch einen Moment perplex in der Kälte. Der Wind blies ihm Schneeflocken ins Gesicht. Schließlich gab er sich einen Ruck, eilte zu seinem Hippoiden und saß auf. Er gab dem künstlichen Tier die Sporen und ritt, so schnell er konnte, zurück zur PALLAS.

*

„Was tun wir jetzt?"

Calla sah Ria gehetzt an. Ria erwiderte ihren Blick. Auch ihr schlug das Herz vor Aufregung bis zum Hals. Aber sie konnte sehen, dass Calla im Gegensatz zu ihr in blanke Panik verfallen war.

„Er ist hinter mir her. Er will den Anhänger. Die Gräfin hat gesagt, er ist auf der Jagd nach der Prinzessin von Atlantis. Er darf mich nicht in die Finger bekommen!"

Ria sah Calla lange an. Der Kiefer des blonden Mädchens hatte sich völlig verspannt und alle Farbe war ihm aus dem Gesicht gewichen. Calla hatte ganz offensichtlich Todesangst.

„Wie lange haben wir, bis die hier sind?", fragte Ria. Sie bemühte sich, Ruhe in ihre Stimme zu legen. Einer von ihnen musste einen klaren Kopf behalten.

Calla wandte sich wieder dem Bildschirm zu. „Schwer zu sagen. Aber wir haben bestimmt keine Stunde, bis sie hier eintreffen."

Ria nickte. „Können wir ablegen?“

Calla schüttelte den Kopf. „Ich kann das Schiff nicht steuern. Es ist auf Gräfin Eleana eingestellt. Man braucht ihren persönlichen Zugangscode, um das Schiff zu starten. Und sie würden uns sowieso kriegen. Auf offener See sind sie schneller als wir.“

Ria nickte wieder. In ihrem Kopf rasten die Gedanken. Sie legte sich einen Plan zurecht.

„Dann bleibt uns nichts anderes übrig!“, verkündete sie, löste sich von den Kontrollen und trat aus dem Funkraum.

Calla folgte ihr auf dem Fuße. „Was hast du vor?“, fragte sie.

Ria rannte ungehalten in ihre Kajüte. Dort angekommen, ging sie zu ihren Sachen, die sie achtlos in die Ecke geworfen hatte. Sie zog den Parka hervor, den ihr die Gräfin gegeben hatte und hielt ihn Calla vor das Gesicht.

„Pack‘ dich warm ein, Prinzessin. Wir machen einen Waldspaziergang!“

*

„Da ist sie“, Riders Stimme war nicht triumphierend oder angriffslustig. Er ärgerte sich selbst darüber, dass er nostalgisch klang. Es war eine Ewigkeit her, dass er die PALLAS zuletzt gesehen hatte. Damals hatte sie noch einen anderen Namen und einen anderen Kapitän gehabt. Diese Zeiten schienen ein ganzes Leben her zu sein.

Keiner seiner Männer ließ erkennen, ob sie die veränderte Stimmung ihres Anführers überhaupt wahrgenommen hatten. Einige von ihnen standen bei ihm am Fenster auf der Brücke des Schiffes. Sie hatten die Augen gierig auf das silberne Boot gelenkt, das dort vor ihnen angedockt lag.

„Das ist sie?“, fragte Jack an Rider gewandt.

„Winziges Schiffchen“, kicherte Brutus

Rider Kiefer mahlten. Als sie der PALLAS noch näher gekommen waren, wandte er sich schließlich an seine Männer.

„Keine Toten!“, herrschte er die Truppe an. „Ich will, dass niemandem ein Haar gekrümmt wird. Habt ihr mich verstanden?“

Fast alle seine Männer grummelten irgendeinen Laut der Zustimmung. Allein Jack schnalzte trotzig mit der Zunge.

„Habt ihr mich verstanden?“, wiederholte Rider, stellte sich jetzt direkt vor Jack und starrte auf ihn herab.

Der hagere Kerl hob nur die Schultern.

Nicht zufrieden, aber zu ungeduldig, sich mit dem Häscher auseinanderzusetzen, ließ Rider von Jack ab. „Der Auftrag ist simpel. Wir gehen rein, schnappen uns das Mädchen und kommen wieder zurück!“

Brutus lachte vor Vorfreude. Neben ihm warf Jack seinem Anführer einen skeptischen Blick zu.

„Wir, Boss?“, fragte er.

Rider grinste ihn an. „Ich habe eine Verabredung mit einer alten Bekannten. Und ihr dürft alle mitkommen!“ Die Männer lachten auf.

*

Irgendetwas veränderte sich. Percy spürte es mit jedem Schritt, den sein Hippoide machte. Es war, als veränderte sich die Luft, als verbreite sich ein neuer Geruch, der immer kräftiger wurde, je näher Percy der PALLAS kam. Allerdings nahm er die Veränderung nicht mit seiner Nase wahr.

Percy konnte nicht anders. Er griff in die Zügel seines Metallpferdes und brachte es abrupt zum Stehen. Das künstliche Tier gehorchte sofort und hätte seinen Reiter so fast in hohem Bogen aus dem Sattel geschleudert. Kaum hatte Percy seinen Halt wieder gefunden, schloss er die Augen und versuchte sich zu konzentrieren. Trotz seiner Aufregung gelang es ihm, seine tiefen Sinne auszustrecken.

Zuerst nahm er nichts wahr. Er fühlte nur das Kribbeln in seinem Brustkorb, die Ahnung, dass er schnell zur PALLAS zurückkehren müsste.

Schlagartig riss Percy die Augen auf und wusste endlich, woher seine wachsende Unruhe kam. Jemand näherte sich der PALLAS! Er spürte Calla und Ria. Sogar in dieser Entfernung konnten seine Sinne die beiden Mädchen ausmachen. Doch seit einiger Zeit war da noch jemand hinzugekommen – eine

Person, in deren Adern ozeanisches Blut floss. Percy wusste sofort, wer dieses Gefühl schon einmal in ihm ausgelöst hatte. Er hatte diese übermächtige Kälte bisher nur einmal gespürt. Es war der Mann in Schwarz.

Percy wartete keinen Moment länger. Er schrie auf, gab seinem Metallpferd die Sporen und krallte sich an dessen Hals fest.

„Schneller!“, schrie er, als das Pferd weiter beschleunigte. „Schneller!“

*

„Ich weiß nicht, Ria“, sagte Calla, als Ria ungeduldig beobachtete, wie die Metallluke der PALLAS sich unendlich langsam öffnete.

„Hast du vielleicht eine bessere Idee?“, herrschte sie das blonde Mädchen an.

Calla sah Ria stumm an, während diese fortfuhr: „Wir verstecken uns im Wald, warten bis die Gräfin und Percy zurückkehren und dann sehen wir weiter. Einverstanden?“

„Die werden uns finden!“, sagte Calla vehement.

„Und deswegen willst du hier auf sie warten?“, fragte Ria zurück.

Calla schwieg.

Ria machte einen Schritt auf das andere Mädchen zu. Sie hob beschwichtigend die Hände „Pass auf. Wir verstecken uns in Sichtweite der PALLAS. Diese Kerle werden erst das Schiff durchsuchen. Wenn sie damit durch sind, schlüpfen wir an ihnen vorbei und gehen zurück an Bord. Die werden die PALLAS kein zweites Mal absuchen. Dann versuchen wir weiter, die Gräfin zu erreichen und sie zu warnen.“

„Keine der Nachrichten an die Gräfin sind überhaupt rausgegangen. Die blockieren bestimmt unsere Kommunikationseinheiten. Gräfin Eleana läuft in eine Falle!“, erwiderte Calla.

Ria biss sich auf die Unterlippe. „Du hast selbst gesagt, dass diese Kerle hinter dir und dem Anhänger her sind. An der Gräfin haben sie kein Interesse. Und sie wird das Schiff bereits von weitem sehen. Wir kümmern uns jetzt erst einmal um uns, in Ordnung?“

Calla widersprach nicht länger. Just in diesem Moment fiel die Ladeluke geräuschvoll in ihre Position und gab den Blick auf den Anleger frei.

Ria verschwendete keinen weiteren Augenblick. „Los!“, rief sie, packte Calla am Arm und sprang mit ihr von Bord. In Windeseile machten die beiden Mädchen sich davon und liefen in Richtung der Bäume.

*

Rider wusste längst, was Marco ihm sagen würde, bevor der Mann auch nur seinen Mund öffnete. Der Italiener machte einen weiten Schritt und trat aus dem Laderaum der PALLAS zurück auf den Anleger. „Keiner an Bord, Boss“, verkündete er trocken. Hinter ihm klirrte etwas. Die Männer waren noch dabei, sämtliche Kisten, Schränke und Behälter zu leeren, um sicher zu stellen, dass sich dort niemand versteckt hielt.

„Sind die Pferde noch da?“, fragte Rider, den Blick bereits von der PALLAS abgewandt. Er ließ seine Augen über die nahen Bäume schweifen.

Marco schüttelte den Kopf. „Vielleicht sind sie noch unterwegs“, überlegte er.

Ein Scheppern ließ Rider und Marco zusammenzucken. Rider sah an seinem Mann vorbei und erkannte, dass Brutus ein ganzes Regal zu Boden gerissen hatte. Es gab keine Möglichkeit, dass sich darin jemand versteckt haben konnte. Brutus genoss es einfach, Dinge zu zerstören.

Rider knirschte verärgert mit den Zähnen, konzentrierte sich aber wieder auf Marco.

„Nein, sie sind zurückgekehrt“, sagte er bestimmt. „Daran besteht kein Zweifel.“

„Wo sind sie dann?“, wollte Marco wissen.

Rider antwortete nicht gleich. Stattdessen sah er wieder zu den Bäumen, holte tief Luft und ließ seine Sinne die Umgebung erfassen.

„Sie sind im Wald! Sie verstecken sich da“, sagte er schließlich und zeigte in Richtung der Bäume.

„Sicher, Boss?“

Rider warf Marco einen warnenden Blick zu. „Schwärmt aus. Und bringt sie mir!“, sagte er leise.

Marco ließ sich das nicht zweimal sagen. Er verzog die Lippen, stieß einen schrillen Pfiff aus und rief die Männer zu sich. „Zu den Bäumen!“

Nach und nach strömte die Truppe Halunken aus dem Laderaum, trat hinaus auf den Steg und lief in den Wald. Brutus und Jack waren die letzten. Jack wollte gerade an Rider vorbeilaufen, um den anderen zu folgen, als Rider ihn am Arm festhielt.

„Was zum ...“, protestierte der hagere Kerl, als Rider ihn ohne Mühe mit einem Arm von den Füßen hob. Er griff in Jacks Jackentasche, zog das lange Messer, das er dort verborgen hatte, heraus und steckte es sich selbst in den Mantel.

Jack funkelte Rider hasserfüllt an.

„Wenn ihr auch nur ein Haar fehlt ...“, begann Rider den Satz, ließ dessen Ende jedoch unausgesprochen zwischen ihnen stehen.

Jack grunzte wütend, sagte aber nichts und lief in den Wald.

Rider atmete nochmals tief ein und vergewisserte sich mit seinen tiefen Sinnen, dass er seine Männer in die richtige Richtung geschickt hatte. Dann folgte er ihnen ohne jede Eile.

*

„Nein!“, keuchte Percy, als er zwischen den Bäumen auftauchte. Er war noch ein gutes Stück von dem Anleger der PALLAS entfernt. Die Steilküste, an der er entlang geritten war, machte jedoch eine Kurve und bildete eine Bucht, in der das kleine Fischerdorf lag, das nicht unweit der PALLAS gewesen war. Von seinem jetzigen Punkt aus konnte Percy über das Meer bis zum Anleger blicken und die PALLAS in der Ferne ausmachen. Doch sie war nicht alles, was er sah.

Wie ein bedrohliches Raubtier neben seiner Beute lag ein weiteres Schiff am Anleger. Es war größer als die PALLAS, jedoch eindeutig vom selben Typus. Es war ein ozeanisches Schiff. Dieses Schiff sah allerdings ziemlich mitgenommen aus. Der metallische Rumpf, der wohl einmal ähnlich silbern geglänzt haben musste wie der der PALLAS, sah ungepflegt und beschädigt aus. Dieses Schiff hatte ein ozeanisches Dock seit Jahren nicht gesehen. Dies bedeutete eines mit Sicherheit: Das war kein Schiff des Ordens.

Er hat sie gefunden! Ich bin zu spät!, schoss es Percy durch den Kopf. Unfähig Calla und Ria aufzugeben, trieb er seinen Hippoiden erneut an. Er musste den beiden Mädchen helfen, egal wie.

*

Ria hielt ihren Atem flach. Sie achtete darauf, wo sie hintrat. Das leiseste Geräusch hätte die Männer auf ihre Fährte gebracht. Der Schnee knarzte unter ihren Stiefeln so laut, dass Ria glaubte, ihre Schritte könnte man im ganzen Wald hören.

„Kannst du sie sehen?“, wisperte Calla hinter ihr.

Ria schüttelte den Kopf. Ihr Atem beschlug ihre Brille leicht und ihre Sicht war eingeschränkt. Jetzt verfluchte sie ihre Sehhilfe, rang sich jedoch nicht dazu durch, sie abzunehmen.

„Warte“, wisperte sie plötzlich und bedeutete Calla hinter ihr zum Stehen zu kommen. Ria horchte und suchte ihre Umgebung ab.

„Ich wünschte, ich könnte meine tiefen Sinne kontrollieren. Dann könnte ich fühlen, wo sie sind“, überlegte Calla laut.

„Still!“, herrschte Ria Calla an. Das blonde Mädchen erstarrte unter Rias strengem Blick.

Ria lauschte erneut. Sie glaubte, in der Ferne etwas gehört zu haben. Einen Schritt? Einen brechenden Ast? Eine Stimme?

„Weiter!“, hörte sie eine Männerstimme sagen. Der Mann war unvorsichtig laut und verriet sich dadurch. Ria war, als gefriere ihr das Blut in den Adern. Sie erkannte diese Stimme. Die Erinnerung an den stechenden Schmerz in ihrer Seite kehrte zurück. Es war der Mann, der sie in Hamburg beinahe umgebracht hatte.

„Komm!", sagte Ria schnell, packte Calla am Arm und eilte weiter. Vor ihnen türmte sich das mächtige Wurzelwerk eines umgestürzten Baumes auf. Ria und Calla duckten sich. Die beiden Mädchen krochen unter die Wurzeln und pressten sich mit dem Rücken an den Rest des Baumstumpfes.

Ria legte eine Hand an den Mund und signalisierte Calla, dass sie jetzt still sein müsse. Sie konnte wieder Stimmen und Schritte hören. Die Männer kamen näher.

„Ich kann nichts sehen. Es ist zappenduster!", sagte eine der Männerstimmen. Ria hörte, dass die Männer ihnen jetzt ganz nah waren. Der Mann, dessen Stimme sie erkannt hatte, hatte den letzten Satz auf Deutsch gesprochen.

Ria sah zu Calla. Deren Augen waren geweitet und sie hatte den Atem angehalten. Ria selbst traute sich ebenfalls nicht, Luft zu holen. Obwohl die Männer dicht bei ihnen sein mussten, konnte sie sie noch immer nicht sehen.

Ganz vorsichtig begann Ria sich zu strecken. Calla schüttelte panisch den Kopf, und versuchte, sie aufzuhalten. Doch Ria schob ihre Stirn langsam, aber sicher über die Wurzeln hinaus und sah zurück. Kaum hatte sie den Kopf weit genug gehoben, riss sie ihn auch schon wieder herunter. Nur einen Augenblick später schritten die Männer an dem Baumstumpf entlang. Wenige Zentimeter von Ria und Calla entfernt, gingen sie einer nach dem anderen an ihnen vorbei. Keiner der drei wandte sich um. Hätten sie sich umgedreht, hätten sie die beiden ohne jede Mühe entdeckt.

Wie erstarrt sahen Ria und Calla den Männern dabei zu, wie sie zwischen den Bäumen wieder in der Dunkelheit verschwanden. Erst als sie von ihnen nichts mehr hörten, trauten sich die Mädchen aufzuatmen.

Calla lächelte Ria schon erleichtert an und öffnete den Mund, um etwas zu sagen, als Ria ihr die Hand auf die Lippen legte. Sie schüttelte den Kopf und formte mit den Lippen die Worte: „Kein Wort!"

Sie streckte ihren Kopf abermals langsam über den Baumstumpf hinaus und sah in den Wald hinter ihnen. So harrte sie für die Dauer eines Herzschlages aus. Da entdeckte sie plötzlich etwas. Ihre Gesichtszüge entspannten sich vor Erleichterung. Sie duckte sich wieder zu Calla und sagte: „Wir können jetzt rauskommen."

Calla lächelte sie an. „Du bist wirklich unglaublich, Ria", sagte sie anerkennend.

Ria lächelte zurück. Doch ihr Lächeln war traurig, und sie seufzte tief. „Ja, oder?", sagte sie plötzlich sehr laut. „Was meinst du dazu, Kit?"

Mit diesen Worten erhob sie sich und blickte in die leuchtend blauen Augen ihres Gegenübers. Der Mann in Schwarz sah sie an: Christopher Rider, den allein Ria Kit nennen durfte. Ein Lächeln schlich sich auf seine Züge.

„Ria?", hisste Calla. Sie erhob sich ebenfalls. Als sie Kit entdeckte, zuckte sie zusammen. Sie packte Rias Arm, wollte sie umdrehen und mit ihr loslaufen. Doch Ria blieb wie angewurzelt stehen und sah Calla unglücklich an.

Währenddessen trat Kit auf sie zu. „Du bist also die Prinzessin von Atlantis", sagte er, den Blick auf Calla gerichtet. Diese versteifte sich vor Angst. Sie warf Ria einen schnellen Blick zu. Ihr Mund öffnete sich vor Entsetzen, als sie sah, wie der Mann in Schwarz Ria die Hand auf die Schulter legte und sagte: „Gut gemacht, Ria."

*

„Oh nein!" Percys Entschlossenheit geriet für einen Augenblick ins Wanken. Er drückte sich an einen der mächtigen Bäume unweit von der PALLAS. Den Hang hinunter hatte er einen perfekten Blick auf den Anleger und die beiden Schiffe, die dort lagen. Die Ladeluke der PALLAS stand weit offen. Doch die Gestalten, die sich jetzt über den Steg bewegten, gingen einfach achtlos an ihr vorbei.

Percy konnte Ria und Calla mühelos erkennen. Calla hatte offenkundig die Hände zusammengebunden. Sie ließ den Kopf hängen. Ria hingegen ging neben dem Mann in Schwarz. Percy konnte sie nur von hinten sehen. Der Kerl hatte ihr eine Hand auf die Schulter gelegt und führte sie augenscheinlich in

Richtung seines Schiffes ab. Eine Gruppe abgerissener Halunken folgte ihnen. Percy erkannte den dürren Fiesling, der Ria fast abgestochen hätte und seinen tumben, breitschultrigen Kameraden.

Was jetzt? Percy musste eine Entscheidung treffen. In wenigen Augenblicken hätte der Mann in Schwarz die beiden Mädchen in sein Schiff entführt. Waren sie erst einmal an Bord, würde Percy ihnen niemals helfen können. Aber ein Rettungsversuch bedeutete, dass er allein gegen eine ganze Truppe von Schlägern ankommen musste. Seine Chancen standen minimal.

Percy entschied, dass er es versuchen musste.

*

Ria warf einen kurzen Blick über ihre Schulter. Obwohl Calla den Kopf gesenkt hatte und sie nur aus dem Augenwinkel ansah, konnte Ria die Frage in den Augen des Mädchens unmissverständlich lesen: *Warum?*

Ria wich Calla aus. Es konnte ihr egal sein, was Calla gerade von ihr hielt. Jedenfalls war es nichts, woran sie zum jetzigen Zeitpunkt denken wollte. Sie wollte einfach nur weg von hier, bevor Percy und die Gräfin zurückkehrten.

Sie hatten die CRONOS, Kits Schiff, fast erreicht, als ein Geräusch hinter ihnen sie sich umdrehen ließ. Ria glaubte, ihr Herz würde stehen bleiben. Calla neben ihr hob hoffnungsvoll den Kopf.

„Percy!“, rief das blonde Mädchen.

Percival von Thalburg saß schreiend auf seinem Hippoiden, rammte die Hacken immer wieder in die Seiten des metallischen Pferdes und jagte über den Anleger. Die Männer stoben vor Schreck auseinander. Der Steg war so schmal, dass die meisten von ihnen das Gleichgewicht verloren und ins Wasser fielen. Als Brutus die Wasseroberfläche durchbrach, spritzte eisiges Meerwasser in einer großen Fontäne empor.

Wenige Meter vor Calla, Ria und Kit ließ Percy seinen Hippoiden plötzlich abbremsen, setzte die Füße auf und sprang vom Pferd. Zielsicher stürzte er sich auf Rider, der mit

Gebrüll zu Boden ging. Die beiden rollten quer über den Steg. Kaum waren sie zum Liegen gekommen, rappelte Percy sich auf, zog einen kleinen metallischen Gegenstand von seinem Gürtel und fuhr einen ozeanischen Kampfstab aus.

„Aufsitzen! Haut ab! Ich halte ihn auf!", rief er den Mädchen zu.

Calla sah zu dem Pferd, doch Ria stellte sich hastig zwischen sie und die Maschine. Sie schüttelte den Kopf.

Als Percy bemerkte, dass sich die Mädchen hinter ihm nicht rührten, drehte er sich verständnislos um.

„Worauf wartet ihr denn? Los!", schrie er noch einmal.

Er sah erst zu Calla. Rias und sein Blick trafen sich. Ria fühlte, wie sich jeder Muskel in ihrem Körper schmerzhaft zusammenzog. Sie hielt die Luft an. Wären sie nur wenige Minuten schneller gewesen, wäre ihnen erspart geblieben, was jetzt unvermeidlich auf sie zukam.

„Ria?", fragte Percy verstört. Dann traf ihn von hinten eine Faust am Hinterkopf.

Percy schrie auf und ging erneut zu Boden.

„Nein!", rief Calla und eilte zu Percy. Dieser lag für einen Moment regungslos da. Aus einer Platzwunde an seinem Kopf sickerte Blut.

Ria sah Percy ausgestreckt auf dem Boden, Blut an seiner Stirn. Der Anblick rief Übelkeit in ihrem Magen hervor, und tief in ihrem Inneren spürte sie, wie Erinnerungen wach wurden. Nur mit Mühe drängte sie sie zurück.

Kit stellte sich neben Ria. Er warf einen abfälligen Blick auf Percy und schleuderte mit der Spitze seines Stiefels den Kampfstab ins Wasser.

„Bringt das Mädchen an Bord. Lasst den Jungen hier", befahl er.

Hinter ihm und Ria kamen die anderen Männer angeschlichen. Die meisten von ihnen waren klitschnass und zitterten. Einer nach dem anderen verschwand im Laderaum der CRONOS. Brutus schnappte sich die kreischende Calla, hob sie vom Boden auf und trug sie über seiner Schulter zum Schiff.

„Sperrt sie ein! Und sorgt dafür, dass sie leise ist!“, rief Rider den Männern nach. Ria sah ihnen ohne jede Regung im Gesicht zu.

Schließlich legte Kit ihr wieder eine Hand auf die Schulter und sagte: „Komm‘!"

Ria setzte sich gerade in Bewegung, als etwas von hinten sie aufhielt. Sie wirbelte herum und sah, wie Percy sich halb aufgerappelt hatte, einen Arm nach ihr ausgestreckt.

„Ria“, hauchte er tonlos. Seine Finger krallten sich in ihren Unterarm.

Ria sah sein blutüberströmtes Gesicht, seine vor Schreck geweiteten Augen und war wie betäubt. Es war Kit, der sie aus seinem Griff befreite.

Er packte Percy grob an der Schulter, zog ihn vollends auf die Füße und schleuderte ihn zur Kante des Anlegers. Nur mit Mühe konnte Percy verhindern, dass er ins Wasser fiel. Er wollte sich gerade wieder auf die Füße hieven, als Kit schon über ihm stand und mit beiden Händen an seinem Kragen riss. Kit zog Percys Gesicht dicht an seines heran.

Ria sah regungslos zu, wie Kit Percys Züge von oben bis unten musterte.

„Du siehst genauso aus, wie dein Vater“ spie er verächtlich.

Ria versetzten diese Worte einen Stich. „Kit, lass‘ ihn los. Lass‘ uns einfach ablegen!“, rief sie ihm mit erstickter Stimme zu.

Doch Kit ignorierte sie. Er grinste Percy weiterhin triumphierend an. Dieser stammelte: „Sie kennen meinen Vater?“

Daraufhin lachte Kit lauthals auf, ließ Percy einfach fallen, der mit einem Schmerzensschrei wieder zu Boden fiel. Kit schlich wie ein Raubtier um Percy herum.

„Ob ich deinen Vater kenne? Ist das dein Ernst?“, fragte er spöttisch.

Ria bemerkte erst jetzt, dass ihre Atmung unregelmäßig geworden war. „Kit, bitte!“, rief sie. „Lass‘ uns los!“

Als Kit zu ihr aufsah, konnte sie in seinen Augen sehen, dass er zu verstehen begann. Sein Blick wanderte noch einmal zu Percy, dann wieder zu Ria und zuletzt wieder zu Percy.

„Ist das wahr?“, fragte er. Dann schnappte er sich Percy wieder und zog ihn zu sich. „Du hast keine Ahnung?“

Ria beobachtete, wie er Percys Gesicht nach Wissen, vielleicht einem Verdacht absuchte. Sie wusste, dass er nichts finden würde.

Kit wandte sich wieder Ria zu und zwang Percy, sie anzusehen. „Du weißt nicht, wer das ist, nicht wahr?“, fragte er. Kit ließ Percy los, der einfach stehen blieb, den Blick dabei fest auf Ria gerichtet. Auch sie sah ihn an. Noch immer stand in seinen Augen dieselbe Ahnungslosigkeit wie an dem Tag, an dem sie sich in Hamburg zum ersten Mal begegnet waren. Es brach Ria das Herz.

„Das ist Ria!“, versuchte es Percy. „Ria Thale.“

Kit warf Ria ein amüsiertes Grinsen zu. „Ria *Thale*?“, fragte er ungläubig. Er lachte.

Ria sagte nichts, sondern zuckte mit den Achseln.

Kit stellte sich neben sie und sah auf sie hinab. In seinen Augen lag jetzt fast etwas Mitfühlendes, Trauriges. „Wie lange hast du gebraucht? Wann hast du ihn erkannt?“, fragte er.

„Im ersten Augenblick“, antwortete Ria leise.

Kit nickte neben ihr und wandte sich wieder Percy zu. „Und du bist die ganze Zeit mit ihr zusammen, redest mit ihr, lernst sie kennen, und nichts?“, fragte er.

Percy sah panisch von Kit zu Ria. „Was geht hier vor?“

Kit ignorierte ihn. „Du hast sie einfach vergessen?“, fragte er.

Rias Augen füllten sich mit Tränen. Sie konnte nichts dagegen tun. Percy hatte sie vergessen. Sie hatte es gewusst, als sie ihm das erste Mal in die Augen gesehen hatte. Er hatte keine Erinnerung an sie und an die Zeit, die sie miteinander verbracht hatten. Für ihn war es, als hätte es sie niemals gegeben.

„Können wir einfach los?“, fragte Ria nochmals. Sie wollte dieser Situation endlich entkommen. Sie wusste nicht, wie lange sie es noch aushalten würde.

Im Augenwinkel sah sie, wie Kit den Kopf abwinkte. „Es ist Zeit, Ria“, sagte er mit ruhiger Stimme, packte sie am Arm und drehte sie sanft, aber bestimmt zu sich um.

Ria schüttelte den Kopf. Tränen liefen über ihre Wangen. „Bitte, Kit!“, flehte sie jetzt. „Bitte.“

Doch der Mann in Schwarz kannte kein Erbarmen. Mit einer langsamen, fast vorsichtigen Handbewegung zog er Ria die Brille von der Nase und schleuderte sie kraftvoll ins Meer. Er drehte Ria wieder zu Percy, der ihr jetzt frei ins Gesicht blicken konnte.

„Immer noch nichts?“, fragte Kit.

Ria und Percy sahen sich an. Ria weinte jetzt hemmungslos. Doch Percy starrte ihr noch immer ins Gesicht, ohne den Hauch einer Ahnung, wen er da vor sich hatte.

„Dann lass‘ mich dir jemanden vorstellen, Percival."

Kit machte eine lange Pause, bevor er fortfuhr. „Das hier ist Ariane Eleana von Thalburg.“ Kit sprach langsam und betonte jeden einzelnen Bestandteil von Rias wahrem Namen.

Aus Percys Gesicht wich nun jede Farbe. Er schnappte nach Luft. Ria hingegen blickte ihn noch immer stumm an, während ein Schluchzer in ihrem Hals stecken blieb.

Ruhig fügte Kit hinzu: „Deine Zwillingsschwester.“

Es war, als wäre die Zeit stehen geblieben. Percy konnte sich weder bewegen noch sprechen noch die Augen von Ria abwenden. Er konnte sie nur anstarren. Sie blickte traurig zurück, während ihr die Tränen über die Wangen liefen.

Das kann nicht sein!, dachte er immer wieder. Er traute sich nicht, den Gedanken laut auszusprechen. Langsam, aber sicher begannen sämtliche Ereignisse der letzten Tage einen Sinn zu ergeben.

Percy hatte zu Recht gestutzt, wie unbeeindruckt Ria auf die Wahrheit über die Sage von Atlantis reagiert hatte. Ihr unwahrscheinliches Wissen über die Mythologie erklärte sich dadurch, dass sie alles bereits vorher schon einmal gehört haben musste. Auch diese seltsame Verbindung zu Ria hatte Percy sich nicht eingebildet. Wann immer sie sich angesehen hatten, war da Vertrautheit gewesen. Ria war keine Fremde. Vom ersten Augenblick an waren sie mehr gewesen als Bekannte, Verbündete oder Freunde. *Meine Schwester!*

Und Ria hatte es die ganze Zeit gewusst. Sie war ihm in Hamburg im Speicher beim Hippoiden begegnet und hatte sofort erkannt, dass er ihr Bruder war. Wieso hatte sie nichts gesagt? Wieso hatte sie das vor ihm geheim gehalten?

„Ria …", begann Percy, doch der Mann in Schwarz kam ihm zuvor. Er packte Ria an der Schulter, wenn auch nicht grob oder gewalttätig. Seine Handbewegung war fast sanft. Sein Gesichtsausdruck wirkte mitfühlend, väterlich.

Ria warf einen letzten Blick auf Percy. Sie holte tief Luft, als müsste sie Kraft schöpfen und wandte sich von ihrem Bruder ab. Sie war erst zwei Schritte in Richtung des anderen Schiffes gekommen, als Percy endlich aus seiner Starre erwachte.

„Warte!" Percy packte Ria am Arm, wollte sie wieder zu sich umdrehen, mit ihr reden, sie einfach nicht gehen lassen. Da wirbelte Ria mit einer einzigen raschen Bewegung herum, streckte ihren Arm aus und schlug Percy mitten ins Gesicht.

Percy schrie auf, taumelte zurück und hätte beinahe wieder das Gleichgewicht verloren. Er hielt sich die Wange mit der

Hand. Ria hatte ihn nicht ernstlich verletzt, ihn jedoch so hart getroffen, dass sein Gesicht vor Schmerz in Flammen aufzugehen schien. Jetzt stand sie vor ihm. Ihr Brustkorb hob und senkte sich schnell. Als Percy ihr ins Gesicht sah, erkannte er, wieso sie ihm nicht gesagt hatte, wer sie war. Der Schmerz und der Zorn in ihrem Blick waren kaum auszuhalten. Sie hatte ihn erkannt, er sie aber nicht. Was hatte das mit ihr gemacht?

„Elf Jahre, Percy", sagte sie mit erstickter Stimme. „Elf Jahre."

Sie musste nicht weitersprechen, damit Percy verstand. Sie hatte elf Jahre jeden Tag an ihn gedacht. Er hatte nicht einmal gewusst, dass es sie gab.

Als Percy einige Schritte zurückwich, wandte Ria sich wieder ab und ging zum Schiff. Mit einem kleinen Sprung gelangte sie vom Anleger in den Laderaum. Der Mann in Schwarz wartete dort bereits auf sie.

„Percy!", erklang eine schrille Stimme hinter Percy. Doch er war zu benommen, sich umzudrehen oder sich auch nur zu erschrecken. Schritte donnerten hinter ihm über den Anleger.

„Ria!", schrie die Stimme.

Ohne sich umzudrehen, wusste Percy, dass Eleana auf ihn zulief. Verzweifelt versuchte sie das Schiff zu erreichen, bevor es ablegte. Es kümmerte ihn nicht. Percy hatte nur Augen für Ria, die sich jetzt wieder zu ihm und Eleana umgedreht hatte. Neben ihr stand der Mann in Schwarz. Er legte dem Mädchen erneut die Hand auf die Schulter. Und als sich die Ladeluke langsam zu schließen begann, grinste er breit. Ria ließ den Kopf hängen. Dann legte das Schiff ab.

Nur wenige Augenblicke später kam Eleana keuchend neben ihm zum Stehen.

„Percy!", rief sie aufgeschreckt, packte ihn an den Schultern und musterte ihn von oben bis unten. Ihr Blick blieb an seiner Platzwunde hängen.

„Was ist passiert? Die Mädchen ..."

„... sind weg", beendete Percy den Satz. Anschließend fügte er niedergeschlagen hinzu: „Ria ist weg."

„Und Calla?"

Percy schüttelte den Kopf.

Unfähig etwas dagegen zu tun, sahen die beiden zu, wie das Schiff auf das offene Meer steuerte. Mit einer atemberaubenden Geschwindigkeit zerschnitt es die Wasseroberfläche und raste auf den Horizont zu. Bald schon würde es verschwunden sein.

„Sie ist weg", flüsterte Percy noch einmal. Für einige wenige Sekunden hatte er eine Schwester gehabt. Nun war sie fort.

Percy spürte Eleanas Blicke auf sich. Sie fuhr ihm mit der Hand durchs Gesicht, wie sie es früher oft getan hatte, als er noch ein Kind gewesen war. Er zuckte zusammen, als sie an die Stelle gelangte, an der Ria ihn getroffen hatte.

Eleana seufzte. „Du weißt es."

*

Ria starrte noch immer völlig benommen ins Leere. In ihrem Inneren fühlte sie, wie Erinnerungen aufkamen und in ihr Bewusstsein dringen wollten. Sie hatte kaum genug Kraft, ihnen Widerstand zu leisten.

Was habe ich getan? Immer wieder kehrten ihre Gedanken zu dieser Frage zurück. Sie bekam Percys Gesicht nicht aus dem Kopf: wie er sie angesehen hatte mit dieser Mischung aus Schock, Erkenntnis und Verrat. Er wusste jetzt, dass sie ihn vom ersten Moment an angelogen und betrogen hatte. Nach elf Jahren hatte sie ihren Bruder wieder gefunden. Und sie hatte es gefeiert, in dem sie sein Vertrauen erst gewonnen und dann missbraucht hatte. Aber hatte sie jemals etwas anderes von sich erwartet? Sie hatte ihn schließlich auch zum Sterben zurückgelassen, um ihre eigene Haut zu retten.

„Ich finde, du kannst wirklich stolz auf dich sein." Kits Stimme holte sie in die Gegenwart und in den Laderaum der CRONOS zurück.

„Das war ein Genie-Streich, das Mädchen in den Wald zu führen. So konntet ihr mir in die Arme laufen, ohne dass sie Widerstand geleistet hat."

Ria spürte Kits Hand auf ihrer Schulter und hörte ihn triumphierend lachen. Sie hielt es keinen Augenblick länger aus.

„Stolz?“, herrschte sie ihn an. Sie riss sich von ihm los. „Du meinst, ich soll darauf stolz sein?“ Sie schrie jetzt.

Kits Lächeln erstarb. Sein Kiefer knackte, als er Ria tadelnd ansah. Ria kannte diesen Blick. Kit brachte seine Männer damit gerne zum Zittern. Sie aber kannte ihn besser. Er würde vielleicht seine Halunken wegen jeder kleinen Aufmüpfigkeit verprügeln oder ihnen Schlimmeres antun. Ihr hatte er niemals auch nur ein Haar gekrümmt, egal wie sehr sie ihn provoziert hatte.

„Komm’ wieder runter, Ria.“

Ria dachte gar nicht daran. Sie stieß noch einen wilden, unkontrollierten Schrei aus, ehe sie sich abwandte und zum Ausgang des Laderaums marschierte. Kit folgte ihr auf dem Fuße.

„Ria!“, mahnte Kit hinter ihr, doch Ria dachte nicht daran, stehen zu bleiben. Zielstrebig ging sie den schmalen Korridor entlang. Einige der Männer steckten neugierig ihre Köpfe aus den Türen. Ria kümmerte es nicht im geringsten.

„Ria, warte“, sagte Kit, packte sie von hinten und wollte sie zwingen, stehen zu bleiben. Doch Ria entzog sich geschickt seinem Griff. Sie lief jetzt bis zum Ende des Korridors. Dort schritt sie über eine Türschwelle, drehte sich mit Schwung um, und rammte Kit die Tür ins Gesicht.

Erst in ihrer eigenen Kajüte auf der CRONOS wagte sie es wieder Luft zu holen. Sie blieb vor der Tür stehen, drückte die Stirn gegen das kühle Metall und konzentrierte sich auf nichts anderes als ihre Atmung. Vor der Tür hörte sie Kit poltern.

„Ria, wir sind noch nicht fertig!“, rief er wütend.

„Hau‘ ab!“, schrie Ria durch die Tür. Dann brach sie in unkontrolliertes Schluchzen aus. „Geh‘ einfach weg.“

Dann sank sie zusammen, zog die Beine an und vergrub ihr Gesicht zwischen den Knien.

*

Rider ließ Ria zwei Stunden, um sich zu beruhigen. Dann kehrte er zu ihrer Kajüte zurück, öffnete die Tür, ohne anzuklopfen, und betrat den kleinen Raum.

Ria hatte kein Licht eingeschaltet. Die Kammer lag fast komplett im Dunkeln. Die Kajüte bot neben einer Koje, einem Stuhl und einem Tisch nicht viel. Es gab noch ein Waschbecken, das kaum wahrnehmbar den Geruch von Erbrochenem verströmte. Ria musste wie immer seekrank geworden sein.

Ria hatte ihre kleine Kajüte im Laufe der vergangenen Jahre in ihr persönliches Refugium verwandelt. An den Wänden hingen die Fotos unzähliger Menschen. Rider hatte Ria jedes Jahr auf ein anderes Internat geschickt. Es war ihm wichtig gewesen, dass sie eine gute Schulbildung erhielt. Gleichzeitig hatte sie sich niemals an einem Ort zu lange aufhalten dürfen. Zu groß war die Gefahr gewesen, dass der Orden oder gar Eleana sie gefunden hätte. So hatte Ria im Laufe der Zeit Schulen an den unterschiedlichsten Orten der Welt besucht. Alles, was ihr von den Freunden, die sie niemals wiedersehen würde, geblieben war, waren die Fotos. Sie waren mittlerweile eine stattliche Sammlung und bedeckten die Wände der Kajüte. Sie waren in einer bestimmten Reihenfolge angebracht worden. Die Bilder näher an der Tür zeigten Freunde und Bekannte, die Ria zuletzt getroffen und wieder verabschiedet hatte. Je weiter man zu ihrer Schlafkoje kam, desto länger war es her, dass Ria den Verlust hatte verkraften müssen. Direkt über ihrem Schlafplatz hing ein Foto mit vier Menschen: Rias Eltern, sie selbst und Percival.

Ria starrte das Bild ihrer Familie an, als Rider eintrat. Sie sah ihn nicht an. Ihre Augen waren trüb und rot unterlaufen. Sie hatte vermutlich die ganze Zeit über geweint.

Riders Hals schnürte sich zu. Er trat neben Ria an die Koje und hockte sich hin. „Es tut mir leid“, begann er. Es gab keinen anderen Menschen auf der Welt, bei dem Rider sich entschuldigen würde.

Es schien sie nicht zu kümmern. Sie verzog wütend den Mund und warf ihm von der Seite aus einen stechenden Blick zu. „Na dann ist ja alles in Ordnung“, sagte sie sarkastisch.

Rider seufzte. „Was willst du von mir hören, Ria?“

Ria setzte sich mit Schwung auf. „Deine Männer haben mich fast umgebracht! Irgendwie hast du den Teil deines blöden Plans ausgelassen, als wir das besprochen haben.“

Mit ihren Worten traf Ria einen wunden Punkt bei Rider. Nachdem Jack und Brutus in Hamburg zurückgekommen waren und ihm berichtet hatten, dass Ria verletzt worden war, hatte Rider zum ersten Mal seit elf Jahren Angst um jemanden verspürt. Er hatte sich immer wieder eingeredet, dass Eleana sie nicht sterben lassen und Ria retten würde. Aber er war sich nicht sicher gewesen. Er hatte einmal in seinem Leben den Fehler begangen, Eleana zu vertrauen. Als Rias Nachricht – unverkennbar an ihren Initialen A.E.T. – ihn erreicht hatte, war ihm eine Last von der Seele gefallen. Er hatte es Ria niemals gesagt und würde es auch niemals tun: Sie war der einzige Mensch, der ihm noch etwas bedeutete.

„Jack ist über das Ziel hinausgeschossen. Ich habe nicht geahnt, dass er so weit geht“, versuchte Rider sich zu rechtfertigen.

„Du hattest gesagt, sie könnten mir nichts anhaben. Ich sollte nur vor ihnen fliehen. Du hast allerdings vergessen zu erwähnen, dass deine lieben Kumpel auch Waffen hatten!“, schalt ihn Ria.

Rider verlor langsam die Geduld mit ihr. „Ich habe dir niemals gesagt, dass das Ganze ohne Risiko verlaufen wird. Du wolltest das. Du hast mich praktisch angebettelt, an der Suche nach dem Anhänger teilnehmen zu dürfen. Wenn es nach mir gegangen wäre …“

„… wäre ich noch immer irgendwo entsorgt. Tut mir leid, dass ich so eine Last für dich bin. Du hast mir versprochen, mich einzuweihen. Und du hast mir den Anhänger versprochen“, fuhr Ria dazwischen.

„Und ich habe mein Versprechen gehalten. Aber dich bei Eleana einzuschleusen war schwierig. Es musste glaubhaft sein. Ich konnte meinen Männern nicht sagen, dass wir zusammenarbeiten, dass du den Anhänger nur stiehlst, um Eleanas Vertrauen zu gewinnen. Sie hätte das durchschaut. Gerade weil Jack und Brutus so brutal vorgegangen sind, hat sie niemals in Frage gestellt, dass es zwischen dir und mir keine Verbindung gibt. Sie ist ja nicht einmal auf die Idee gekommen, wer du eigentlich bist. Oder etwa doch?"

„Also bist du im Nachhinein froh darüber, dass ich fast umgebracht worden bin?", gab Ria feindselig zurück.

Rider fuhr auf, stand jetzt vor Ria und sah auf sie hinab. „Du weißt, dass das nicht so ist!", herrschte er sie an.

Ria schaffte es nicht, Riders Blick stand zu halten. Sie gab auf und sah trotzig zur Seite. Ihre Augen wanderten wieder zu dem Bild ihrer Familie.

„Sie hatte wirklich keine Idee", sagte sie nach einer Weile leise. „Die Gräfin wusste nicht, wer ich bin. Ich glaube, sie hatte ab und an eine Ahnung. Sie hat mich manchmal sehr lange und nachdenklich angesehen. Vielleicht habe ich sie an meine Mutter erinnert. Aber ich glaube nicht, dass sie auch nur Verdacht geschöpft hat."

„Deine Mutter und sie hatten lange vor deiner Geburt keinen Kontakt mehr. Ich glaube, dass sie gar nicht wusste, dass es dich gibt", sagte Rider ruhig.

Ria verzog die Lippen. Ihr Unterkiefer bebte leicht. „Und Percy?" Sie sah ihn wieder aus großen Augen an. „Wusstest du, dass er bei ihr ist? Warum hast du mir nichts gesagt? Elf Jahre lang wusste ich nicht einmal, ob er lebt oder was mit ihm passiert ist. Und du lässt mich einfach in seine Arme laufen?"

Rider konnte den Vorwurf in Rias Augen sehen. Er fügte ihm fast körperlich Schmerzen zu. Er schüttelte den Kopf. „Ich wusste es nicht, Ria."

Ria neigte den Kopf zur Seite. Sie glaubte ihm nicht.

„Weißt du, wie ich mich gefühlt habe, als er plötzlich vor mir stand? Ich wusste nicht, was ich tun sollte, was ich sagen sollte. Und dann erkennt er mich nicht einmal!"

„Ria", sagte Rider leise.

Sie ignorierte ihn jedoch und sprach weiter: „Ich bin einfach abgehauen. Es war das einzige, was mir einfiel. Du hattest mir eingeschärft, dass die Gräfin allein mich finden darf – niemand sonst.“

„Ich wusste nicht …“, versuchte Rider erneut dazwischen zu gehen.

„Aber dann steht mein Bruder plötzlich vor mir. Und ich laufe wieder weg.“

„Ariane!“, sagte Rider jetzt streng. Er benutzte ihren richtigen Vornamen nur, wenn es wirklich wichtig war. „Ich wusste wirklich nicht, dass dein Bruder bei Gräfin Eleana ist.“

Rider konnte an Rias Gesichtsausdruck sehen, dass es ihr schwerfiel, ihm Glauben zu schenken. Daher fügte er gedämpft hinzu: „Vielleicht habe ich es für möglich gehalten, dass Percy bei ihr ist. Aber ich war mir nicht sicher.“

Ria schnaubte lauthals. „Wieso hast du dann nichts gesagt? Du hättest mich vorwarnen können!“, fauchte sie.

„Und wenn es nicht gestimmt hätte? Hätte ich dir nach elf Jahren Hoffnung darauf machen sollen, dass du deinen Bruder wiederfindest, nur um dich doch zu enttäuschen? Was hätte das mit dir gemacht?“, entgegnete Rider.

Ria schwieg. Aus ihren Augen sprühten Zorn, Enttäuschung und vor allem Verlust. Sie hatte selten über Percy gesprochen. Doch Rider wusste, dass ihr Zwillingsbruder ihr einmal die Welt bedeutet hatte. Als die beiden klein gewesen waren, hatte nichts sie trennen können. Ihn zu verlieren hatte Ria einen Teil ihrer Selbst gekostet. Heute hatte sie ihn verlassen.

„Ria, ich …“, begann Rider, hockte sich wieder hin und ertappte sich dabei, dass er einen Arm anhob, um ihn Ria um die Schulter zu legen. Doch er hielt sich selbst mitten in der Bewegung zurück. Es gab zwischen ihm und Ria eine unausgesprochene Verabredung: Er berührte sie so gut wie nie. Abgesehen von der gelegentlichen Hand auf der Schulter oder wenn er sie am Arm packte, wenn sie ihm wieder davon laufen wollte, hatte er sie niemals angefasst oder auch nur umarmt. Diese Regel galt selbst dann, wenn sie es gebraucht hätte.

Als Rider nicht weitersprach und auch sonst nichts weiter tat, brachte Ria abweisend hervor: „Warum bist du hier?“

Rider seufzte. „Gib' mir bitte den Anhänger, Ria."

Ria zog wütend die Augenlider zusammen. „Du hast gesagt ..."

„Du bekommst ihn wieder. Aber du trägst ihn schon zu lange. Gib ihn mir bitte. Du kannst ihn haben, wenn das Ganze hier vorbei ist."

„Also stimmt das alles? Das, was sie mir über die Atlantissteine erzählt haben?", fragte Ria.

Rider hatte Ria zu ihrem eigenen Schutz über Ozeana, den Orden und die Legende von Atlantis weitgehend im Dunkeln gehalten. Es hatte mehr als einmal zu Streit zwischen ihnen geführt. Er hatte aber nicht riskieren können, dass sie in der Schule gegenüber den falschen Leuten Geheimnisse ausplauderte. Was er ihr hingegen beigebracht hatte, war ihre tiefen Sinne zu benutzen und auf ihre übernatürlich ausgeprägten körperlichen Fähigkeiten als Nachfahrin von Atlantis zurückzugreifen. Er hatte ihr immer versprochen, ihr irgendwann alles zu erzählen. Offenkundig konnte er dieses Versprechen jetzt nicht mehr halten, weil jemand anders diesen Part übernommen hatte.

„Wenn du mir den Stein nicht gibst, fangen deine Zellen irgendwann an, gegen dich zu arbeiten. Gib' ihn mir!", sagte Rider mit Nachdruck.

„Ich glaube ja, das ist Schwachsinn!", entgegnete Ria, griff sich dennoch um den Hals und nestelte an dem Verschluss der Kette. „Ich wette, ich könnte den Stein tagelang tragen und nichts merken."

Rider würde sich auf diese Diskussion nicht einlassen. Ria hatte niemals jemanden gesehen, der den Atlantissteinen verfallen war. Er hielt die Hand auffordernd auf. Mit einem trotzigen Gesichtsausdruck ließ Ria das Schmuckstück in Riders Hand gleiten. „Wir können das ja ausprobieren, wenn wir mit unserem *blöden Plan* fertig sind", sagte er.

Mit diesen Worten erhob sich Rider und ging zur Tür. Kurz bevor er Rias Kajüte wieder verließ, drehte er sich noch einmal um und warf dem Mädchen in der Koje einen letzten Blick zu. Gerade wenn sie wütend war, war Rias Ähnlichkeit zu ihrer Mutter nicht zu verleugnen. Für einen kurzen Moment war

Rider, als sei der Schmerz über den Verlust von Rias Mutter wie fortgeblasen. Einzig Ria vermochte, das bei ihm zu erreichen.

„Wir kommen in ein paar Stunden an. Ruh' dich bis dahin aus. Du wirst deine Kraft brauchen", rief er Ria zu und ließ sie allein.

*

Kaum krachte die schwere Metalltür in ihr Schloss, erwachte Ria aus ihrer Trance. Sie war noch immer wütend, traurig, aber vor allem einsam. Vermutlich hatte Kit sich bemüht, liebenswürdig zu ihr zu sein und sie zu trösten. Nichts davon war ihm gelungen. Ria ertappte sich in Gedanken dabei, wie sie sich nach Percy sehnte. In der Nacht, in der sie im Wald über ihre Familie gesprochen hatten, hatte sie wahre Verbundenheit zu ihm empfunden. Sie waren schon als Kinder so miteinander umgegangen. Bereits die Nähe des anderen hatte Trost und Heimat gespendet. Ria sehnte sich nach ihrem Bruder mehr als jemals zuvor in den letzten Jahren.

Erst jetzt fiel ihr auf, dass sie unbewusst wieder den Ring um ihren linken Mittelfinger drehte. Er war kein besonderes Schmuckstück. Sie hatte den Ring auf irgendeinem Volksfest gestohlen, nur um zu sehen, ob ihre Finger noch immer flink genug waren, um in aller Öffentlichkeit einen Diebstahl zu begehen. Mittlerweile war das Silber abgetragen und der Glasstein gebrochen. Ria zog das hässliche Schmuckstück vom Finger und warf es wütend durch ihre Kajüte.

Mit einem Scheppern landete es auf dem Boden und kam in der hinteren Ecke des kleinen Raums zum Liegen. Die Metallplatte, auf der es jetzt lag, war lose.

Da kam Ria ein Gedanke. Sie verfluchte sich innerlich. Bereits direkt nach ihrer Ankunft auf der CRONOS hätte ihr einfallen müssen, was sie jetzt tat. Sie erhob sich, ging zu der losen Metallplatte und zog sie vom Boden. Zum Vorschein kam ein Hohlraum, in dem Ria eine kleine Box verstaut hatte. Kurz bevor sie aufgebrochen war, um sich für Kit bei Gräfin Eleana einzuschleichen und den Anhänger und die Prinzessin für ihn zu finden, hatte sie hier ihren wertvollsten Schatz aufbewahrt. Kit hatte sie in der Tat gewarnt, dass ihr Vorhaben riskant gewesen war. Sie hätte sich niemals verziehen, wenn sie verloren hätte, was dort in der Box lag.

Ria holte das Behältnis hervor, öffnete es und sah auf den kleinen Gegenstand, der darin verborgen lag. Sie hatte ihn sonst Tag und Nacht bei sich getragen. Neben dem Anhänger und ihren Erinnerungen war er alles, was ihr von ihrer Mutter geblieben war. Sie hatte ihn ihr anvertraut, kurz bevor sie Ria in jener Nacht vor elf Jahren fortgeschickt hatte.

Ria nahm den Gegenstand an sich, entschlossen nirgendwo mehr ohne ihn hinzugehen. Anschließend ging sie zur Tür, öffnete sie einen Spalt breit und vergewisserte sich, dass niemand auf dem Flur war, der sie sehen konnte. Sie hatte entschieden, Kits letzte Ansage zu ignorieren. Sie wollte keine Ruhe. Bevor die CRONOS ihr Ziel erreichte, musste sie noch jemanden sprechen. So schlich Ria über die Korridore, auf dem Weg zu Callas Zelle.

*

Percy saß wie betäubt auf seinem Stuhl vor Eleanas Schreibtisch. Seine Ziehmutter hämmerte derweil fanatisch auf Tasten herum, während ihre Augen hektisch über die Bildschirme zuckten, die vor ihr aufgebaut waren.

Sie waren zurück auf der PALLAS. Eleana hatte keine Zeit verloren, sondern war direkt zurück zu ihrem Schiff geeilt und versuchte nun seit einiger Zeit herauszufinden, wohin der Mann in Schwarz mit Calla und Ria unterwegs sein konnte.

Nicht Ria, sondern Ariane! Percy korrigierte sich in Gedanken. Ria war nur eine Kurzform ihres wirklichen Namens gewesen. Sie hatte ihn ihm aber genannt, um ihn zu täuschen und hinters Licht zu führen. Wie hatte sie das nur fertig gebracht? Wie hatte sie ihm das nur antun können?

Percy sah zu seiner Ziehmutter auf. Eleana sah für ihre Verhältnisse ungewohnt zerzaust aus. Ihr sonst so aufwendig geflochtenes Haar hing in losen Strähnen über ihr Gesicht. Eines ihrer Augenlider zuckte. Percy hatte das nur ein einziges

Mal bei ihr gesehen, als er in einem Krankenbett neben ihr aufgewacht war, ohne eine einzige Erinnerung an seinen Namen, seine Eltern oder seine Schwester.

„Seit wann weißt du es?“, fragte Percy endlich und durchbrach das Schweigen.

Eleana hielt inne, sammelte sich einen Moment, bevor sie Percy ansehen konnte. „Noch nicht lange. Leto hat es mir gerade erst gesagt.“

„Hat sie uns deshalb noch einmal zu sich gebeten?“, fragte Percy.

Eleana nickte. „Du erinnerst dich, dass ich eine vorläufige Analyse von Rias Blut habe machen lassen?“

„Damit wir ausschließen konnten, dass Ria eine Atlanterin ist“, erinnerte sich Percy.

„Leto hat das für mich bewerkstelligt. Ich konnte ihr die Daten übermitteln, damit sie sie analysiert. Dabei ist ihr aufgefallen, dass ihr die Muster bekannt vorkamen.“

Percy wusste, dass Leto Demetrios ein photographisches Gedächtnis besaß. Sie konnte Bilder in ihrem Kopf aufheben und abrufen, als öffne sie den Speicher einer Kamera.

„Sie hat außergewöhnliche Ähnlichkeiten zu deiner Blutanalyse entdeckt. Und sie hat Ria wohl im Ort getroffen. Du hast mir gar nicht gesagt, dass Ria kurz verschwunden war.“

Percy schob als Antwort nur den Unterkiefer vor. Er hatte nicht das Gefühl, sich vor Eleana noch für irgendetwas rechtfertigen zu müssen.

Eleana beließ es dabei. „Leto hat jedenfalls sofort begriffen, dass Ria die Person ist, deren Blutdaten ich durchgeschickt habe. Sie hat sie wohl gesehen und sofort Verdacht auf Rias wahre Identität geschöpft – im Gegensatz zu mir“, sagte sie niedergeschlagen. Ihre Augen wurden für einen Moment glasig. Percy war, als könne er die Vorwürfe, die seine Ziehmutter sich selbst machte, von ihrem Gesicht ablesen.

„Wollte sie deshalb noch eine Blutprobe von mir?“, hakte Percy nach.

„Sie wollte sichergehen, bevor sie mir etwas sagt. Dazu brauchte sie eine frische Analyse von deinem Blut. Dann hat sie Rias DNA mit deiner abgeglichen und festgestellt, dass ihr Geschwister seid."

„Zwillinge!", berichtigte Percy seine Ziehmutter. Seine Stimme klang für ihn ungewohnt bitter.

„Zwillinge", stimmte Eleana ihm zu. Sie legte ihre Handflächen über die Augen. Percy hatte seine Ziehmutter noch niemals so unglücklich gesehen.

„Wie kann das sein, Eleana?", fragte er mit tonloser Stimme. „Wie kann es sein, dass wir nichts gemerkt haben. Wieso hast du mir niemals etwas gesagt?"

Eleana sah Percy entrüstet an. „Weil ich nicht wusste, dass du eine Schwester hast!", sagte sie schnell.

„Wie kann das sein? Du und meine Mutter ... Ihr wart doch Freundinnen, oder etwa nicht? Verdammt, weißt du, wie Ria wirklich heißt?"

Eleana schüttelte leicht den Kopf.

„Sie heißt Ariane Eleana von Thalburg!" Percy war plötzlich laut geworden. Rias zweiten Vornamen betonte er besonders. „Sie ist nach dir benannt worden, Eleana!"

Bei diesen Worten konnte Percy sehen, dass etwas in Eleana zerbrach. Sie hielt die Luft an, während alle Farbe aus ihrem Gesicht wich. Sie erhob sich, drehte sich um und sah demonstrativ zum Fenster hinaus. Sie konnte Percy nicht länger ins Gesicht sehen.

Percy taten seine Worte augenblicklich leid, aber ihm fehlte die Kraft, Anteilnahme für Eleana zu zeigen. Er fühlte sich schwach, angegriffen und als sei er zu blöd gewesen, weil er Ria nicht erkannt hatte. Er kam sich wie ein Idiot vor. Dabei war es vermutlich seine eigene Schuld. Immer dann, wenn Eleana mit ihm über seine Familie hatte sprechen wollen, hatte er abgeblockt und sie aufgehalten. Er war zufrieden damit gewesen, nicht zu wissen, wo er eigentlich herkam und wer seine Eltern gewesen waren. So hatte er sie nicht vermissen müssen. Jetzt verfluchte er sich dafür.

„Deine Mutter ...", begann Eleana, doch ihre Stimme brach schon nach diesen zwei Worten ab. Sie musste sich erst kräftig räuspern, ehe sie weitersprechen konnte. „Clairie war in der Tat meine beste Freundin."

Eleana drehte sich wieder um. „Aber eigentlich trifft es das nicht ganz. Wir sind zusammen aufgewachsen. Sie war meine Schwester, meine ganze Welt. Es gab eine Zeit, da konnte ich mir ein Leben ohne sie nicht vorstellen.“ Eleana hob ihren Blick und sah Percy wieder an. Dieser lauschte ihr aufmerksam.

Clairie, meine Mutter hieß Clairie. Sein Herzschlag beschleunigte sich.

„Doch mit der Zeit entfremdeten wir uns. Ich war mit dem Orden involviert, und Clairie ...“, Eleana suchte nach den richtigen Worten, „... ist ihren eigenen Weg gegangen.“

Eleana pausierte und holte tief Luft. Sie ließ sich wieder in ihren Stuhl fallen, und als sie weitersprach, wurden ihre Augen gläsern. „Als wir uns das letzte Mal gesprochen haben, sagte sie mir, dass sie schwanger sei. Wir haben uns gestritten, uns Dinge gesagt, die keiner von uns jemals zurücknehmen konnte. Ich wusste damals nicht, dass sie Zwillinge erwartet. Vielleicht hatte sie selbst keine Ahnung.“

Percy wurde plötzlich kalt.

„Als ich erfuhr, dass ihr und deinem Vater etwas zugestoßen war, habe ich mich auf die Suche nach ihrem Kind gemacht. Und ich habe dich gefunden! Ich hatte ja keine Ahnung, dass Ria noch da draußen ist. Hätte ich es gewusst ...“ Eleana ließ den Kopf wieder hängen.

Es folgte eine kurze Pause, in der keiner von ihnen sprach.

„Sie sieht aus wie deine Mutter“, sagte Eleana schließlich.

Percy schluckte schwer.

„Sie sieht ihr unfassbar ähnlich. Ich habe es erst nicht erkannt wegen dieser Brille. Hätte ich geahnt, dass Clairie noch ein Kind hatte, wäre ich sofort darauf gekommen. So war ich einfach blind.“

Percy ließ diese Worte einen Augenblick lang auf sich wirken. Unendlich viele Fragen stiegen in ihm auf. Er wusste kaum, welche er zuerst stellen sollte. Er entschied sich für diejenige, die ihm am wenigsten dramatisch vorkam. „Ria hat gesagt, der Anhänger habe ihrer ...“, er stockte kurz, fuhr dann aber fort, ohne sich zu korrigieren, „... Mutter gehört. Wie kann das sein?“

Eleana hob kurz den Mundwinkel. „Ich glaube, ich weiß wie."

Als Percy ihr einen drängenden Blick zuwarf, seufzte sie. „Du erinnerst dich an Siegmund Wiedeking?"

Percy nickte. „Der alte Kauz, der den Anhänger von Santorin gestohlen hat?"

„Weißt du noch, dass ich dir sagte, dass er ein Verwandter der von Thalburgs war?"

Percy ahnte, worauf das hinauslief.

„Der Anhänger ging in Wiedekings Familie über und wurde dort wahrscheinlich weiter vererbt, ohne dass jemand eine Ahnung hatte, was es mit dem Stein eigentlich auf sich hatte. Deine Mutter ..." Percy zuckte zusammen. „Clairie hat ihr ganzes Leben mit der Suche nach den Atlantissteinen verbracht. Sie muss ihn gefunden haben. So hat sie wahrscheinlich deinen Vater, Arthur von Thalburg, kennengelernt."

Eleana sah zu Boden. Percy stellte sich vor, dass sich in Eleanas Kopf Rätsel auflösten, die sich ihr seit vielen Jahren gestellt hatten. Vielleicht hatte sie sich immer gefragt, wie Rias Mutter, seine eigene Mutter, ihrem Vater überhaupt begegnet war.

Rias Vater, mein Vater, unser Vater, Arthur von Thalburg. Percys Gedanken blieben bei dem Mann hängen, von dem er bislang geglaubt hatte, dass er nur den Nachnamen von ihm hatte. Doch offenbar hatte Percy viel mehr geerbt. *Du siehst genauso aus, wie dein Vater.* Die Worte, die der Mann in Schwarz gespien hatte, versetzten ihm einen Stich. Dieser Mann musste seinen Vater verachtet haben. Warum nur?

„Wie ist Ria an diesen Kerl geraten?", fragte Percy schließlich.

Eleana wusste sofort, dass er von dem Mann in Schwarz sprach. „Sein Name ist Christopher Rider. Er, Clairie und ich, wir sind zusammen aufgewachsen. Er gehörte auch zu uns."

Percy schlug mit der platten Hand auf den Tisch. „Der Typ war mal dein Freund? Und das sagst du mir erst jetzt?"

Eleana hob abwehrend ihre Hände. „Das ist Jahre her. Wir haben uns zerstritten, kurz nachdem Clairie und ich den

Kontakt abgebrochen hatten. Ich habe ihn seitdem nicht mehr gesehen. Ich schätze Clairie und Christopher müssen noch in Kontakt gestanden haben. Vielleicht hat Ria ihn schon als Kind gekannt. Möglicherweise war er regelmäßig zu Gast bei euch zuhause.“

Bei euch zuhause? Für Percy hörten sich diese Worte seltsam und unnatürlich an. Allein der Gedanke, dass der Mann in Schwarz, dieser Rider, ihn schon als Kind gekannt hatte, ließ Übelkeit in ihm aufsteigen.

„Was ist zwischen dir und meiner Mutter passiert?“, fragte Percy. Es war eine der beiden Fragen, die er sich niemals zu stellen getraut hatte. Als seine Ziehmutter ihn zögernd und geradezu angsterfüllt ansah, beschloss er, auch die zweite Frage, die ihn quälte, auszusprechen. „Und was ist damals geschehen? Ich meine damals, als meine Eltern gestorben sind.“

Es verging eine lange Pause, in der weder Percy noch Eleana ein Wort sprachen. Percy ließ seine Ziehmutter jedoch nicht eine Sekunde aus den Augen. Sie würde ihm jetzt antworten müssen. Er würde ihr keine andere Wahl lassen.

Eleana gab ihren Widerstand gegen Percy gerade auf, hatte bereits den Mund geöffnet und Luft geholt, als ein schrilles Piepen sie ablenkte. Percy und sie wandten sich erschrocken einem der Bildschirme zu, auf dem ein Signal zu leuchten begonnen hatte.

Percy hätte vor Zorn aufschreien können, als Eleana sich umdrehte. Er war endlich bereit gewesen. Er hatte sie gefragt. Nach Jahren, in denen er sich feige mit seiner Unkenntnis zufrieden gegeben hatte, hatte er den Mut aufgebracht, Eleana die entscheidenden Fragen zu stellen. Ausgerechnet jetzt wurden sie unterbrochen.

„Was ist los?“, fragte Percy, als er Eleanas Augenbrauen sah, zwischen denen sich eine tiefe Sorgenfalte bildete.

„Ich fürchte, wir müssen unser Gespräch verschieben, Percy“, sagte sie in gänzlich verändertem Tonfall. Percy konnte hören, wie erleichtert sie war. Er sagte jedoch nichts, sondern wartete ab, bis sie fortfuhr. „Wir bekommen Gesellschaft.“

Percy sprang alarmiert auf. Seine Gedanken wanderten augenblicklich zu Riders Schiff, Calla und Ria. Waren sie zurückgekehrt?

Eleana sah ihn sorgenvoll an. „Der Orden ist hier."

*

Ria hatte den Zellentrakt der CRONOS seit Jahren nicht betreten. Als Kind hatte sie sich manchmal hier versteckt. Sie war fasziniert davon gewesen, dass Kits Schiff ein Gefängnis besaß. Sie hatte sich Geschichten darüber ausgedacht, wen er hier unten gefangen hielt. Eines Tages hatte sie gesehen, wie er tatsächlich Menschen hier eingesperrt hatte. Er hatte ihr daraufhin verboten, jemals wieder die Zellen zu betreten. Sie hatte niemals gegen dieses Verbot verstoßen – bis heute.

„Hallo Calla." Ria begrüßte Calla, sobald das blonde Mädchen hinter den rostigen Gitterstäben zum Vorschein kam. Ria wollte Calla nicht erschrecken oder sich anschleichen. Sie hatte keinen Grund mehr, sich vor Calla zu verbergen.

Calla kauerte auf einer unbequem aussehenden Holzbank. Sie hatte die Knie angezogen und ihr Gesicht in den Händen vergraben. Als sie Ria hörte, sah sie auf. Ria blickte in die Augen einer verzweifelten Gefangenen.

Calla sagte erst nichts. Sie musterte Ria stattdessen von oben bis unten. „So siehst du also normalerweise aus?", fragte sie nach einer Weile.

Ria sah an sich hinab. In der Tat war sie eine ganz andere Erscheinung als bei Gräfin Eleana. Die Kleider, die die Gräfin ihr gegeben hatte, waren allesamt in hellen Tönen und schlicht gehalten gewesen. Jetzt trug Ria endlich wieder ihr geliebtes Schwarz. An ihren Füßen waren grobe Stiefel über einer dunklen, eng ansitzenden Hose. Über ihrem schwarzen Pullover trug sie wieder die Lederjacke, die sie hatte aufgeben müssen, um Brutus zu entkommen. Ihre zahlreichen Ketten, Armbänder und Ohrringe setzten sich in starkem Kontrast zu ihren dunklen Kleidern ab. Ihr Gesicht aber war frei. Es gab keinen Grund mehr, es hinter einer Brille zu verstecken.

„Passt besser zu mir. Meinst du nicht?“, fragte Ria, während sie auf Calla zuging. Sie kam vor den Gitterstäben zum Stehen und legte beide Hände darum.

„Weiß stand dir auch gut“, entgegnete Calla.

Ria antwortete darauf nicht. „Wie geht es dir?“

Sie musterte Calla genau. Abgesehen davon, dass sie blass war, schien ihr nichts zu fehlen. Dann bemerkte Ria, dass sie am ganzen Leib zitterte. „Dir ist kalt, oder?“, fragte sie.

Calla drehte abweisend den Kopf zur Seite. Ria seufzte ungeduldig. Es war kalt und feucht in den Zellen. Natürlich fror das Mädchen. Sie ging zu einem Schrank und zog eine übel riechende Wolldecke hervor. Der Stoff war jedoch schwer und gut gewirkt und würde Calla warm halten. Ria kehrte zur Zelle zurück und schob die Decke durch das Gitter.

Sie konnte Calla ansehen, dass sie ablehnen wollte. Doch sie war zu durchgefroren dafür. Mit einem trotzigen Gesichtsausdruck stand sie auf, nahm Ria die Decke aus der Hand und schlang sie sich um die Schultern.

„Hast du Hunger? Soll ich dir etwas zu essen besorgen?“

Calla ging darauf nicht ein. „Warum tust du das?“, fragte sie stattdessen.

Ria hob die Schultern. „Ich will nicht, dass es dir schlecht geht.“

„Du hast eine komische Art, dafür zu sorgen.“

Ria verschränkte die Arme vor der Brust.

„Wie konntest du das tun, Ria? Wieso hast du uns verraten, nach alldem, was wir für dich getan haben, nach allem, was du für uns getan hast?“

Ria stieß ein bitteres Lachen aus. „Nach allem was *ihr* für mich getan habt?“, fragte sie ungläubig.

Calla ging nicht darauf ein. „Du hast mir das Leben gerettet“, sagte sie ruhig. „Du hättest das nicht tun müssen.“

Ria hob die Augenbrauen. „Du hattest den Anhänger. Es war meine Aufgabe, ihn und dich abzuliefern. Hätte ich schlecht gekonnt, wenn du in diesen Fluss gestürzt wärest, oder?“

Calla schüttelte den Kopf. Sie sah Ria intensiv an, als sie weitersprach. „Das ist nicht der Grund. Als du mich festgehalten hast, hast du dein Leben für mich riskiert. Du wolltest mich nicht loslassen, um keinen Preis. So etwas macht kein schlechter Mensch."

Ria wich einen Schritt zurück. Das ironische Grinsen in ihrem Gesicht wurde zu einer Fratze. Schließlich lächelte sie nur noch traurig. Dann sagte sie: „Soll ich dir eine Geschichte vom Loslassen erzählen?"

Calla blickte sie verständnislos an. Ria beschloss, dass es keinen Sinn ergab, Calla auf die Folter zu spannen. Sie holte tief Luft und schloss die Augen. Ihre Gedanken nach innen gerichtet, suchte sie in ihrem Unterbewusstsein nach der einen Erinnerung, die sich ihr schon den ganzen Tag aufdrängte. Es war an der Zeit, sich zu ergeben und jene Nacht vor elf Jahren noch einmal zu durchleben.

Als Ria die Augen wieder öffnete, stand sie nicht länger im Zellentrakt der CRONOS. Sie stand in den Straßen der kleinen Hafenstadt in Südfrankreich, in der sie zusammen mit ihren Eltern und Percy gelebt hatte. Vor sich sah sie ihr achtjähriges Ich an der Hand ihrer Mutter rennen.

„Bist du das?", fragte Calla. Sie stand neben Ria. Die Gitterstäbe zwischen ihnen waren verschwunden.

Ria projizierte. Sie ließ ihre Erinnerung nicht nur für sich aufleben, sondern ließ Calla ganz bewusst daran teilhaben. Kit hatte sie in dieser Fähigkeit von Anfang an geschult. Ria besaß ein ungewöhnlich starkes Talent für das Projizieren. Dass ihre traumatischen Kindheitserlebnisse sie verfolgten, hatte sie zum Opfer dieses Talents werden lassen. So hatte Kit ihr von Anfang an beigebracht, mit dieser Fähigkeit umzugehen, in der Hoffnung, Ria beim Verarbeiten zu helfen.

„Das ist Percy." Ria trat dicht zu Calla und zeigte auf den kleinen Jungen, der an der anderen Hand ihrer Mutter hing. Er war genauso groß wie sie und rannte, so schnell ihn seine kurzen Beine tragen konnten.

„Was ist das?", hauchte Calla.

„Das ist die Nacht, in der meine Eltern gestorben sind. Es sind Leute in unser Haus gekommen. Meine Mutter hatte sich mit uns vor ihnen versteckt. Als sie uns gefunden hatten, haben sie Jagd auf uns gemacht. Ich glaube, mein Vater trieb zu diesem Zeitpunkt bereits leblos im Meer." Rias Stimme war ganz ruhig und sachlich. Auf eigenartige Weise tat es gut, diese Worte auszusprechen und Calla an dieser Geschichte teilhaben zu lassen. Es fühlte sich richtig an, nicht länger zu lügen, sondern endlich ehrlich sein zu können.

„Was waren das für Leute?", fragte Calla.

Ria schüttelte den Kopf. „Ich weiß es nicht. Ich glaube, es waren Ozeanier. Sie besaßen Waffen, wie ich sie noch niemals vorher gesehen hatte. Vor allem hatte meine Mutter Angst vor ihnen. Meine Mutter war der stärkste Mensch, den ich je gekannt habe. Sie hatte vor niemandem Angst. In dieser Nacht war alles anders."

Ria warf Calla einen traurigen Blick zu. Diese starrte sie fassungslos an. Die beiden Mädchen brachen den Augenkontakt erst ab, als die Stimme der achtjährigen Ria erklang.

„Mami, ich habe Angst!"

Ria sah dabei zu, wie sie an der Hand ihrer Mutter zum Stehen kam. Clairie von Thalburg kniete sich vor ihre Tochter und ihren Sohn, legte den beiden Kindern die Hand an die Wangen und rang sich ein Lächeln ab.

„Ich weiß, Schatz. Ich habe auch Angst."

Bei dem Klang der Stimme ihrer Mutter stiegen Ria die Tränen in die Augen. Sie hatte manchmal gedacht, dass das Projizieren eine begnadete Fähigkeit war. Statt sich vage an ihre Mutter zu erinnern, konnte sie ihre Gestalt vor sich aufleben lassen und sie noch einmal sehen. Jetzt aber gab sie Percy Recht. Vielleicht wäre es besser, wenn sie sich gar nicht an ihre Mutter erinnerte. Dann würde es jetzt nicht so wehtun.

„Können wir Pause machen, Mami?", fragte der kleine Percy mit einer Stimme, die so viel höher war als heute.

Clairie von Thalburg schüttelte den Kopf. „Nein, mein Süßer. Ihr müsst weiter laufen. Ihr dürft nicht stehen bleiben, egal was passiert. Könnt ihr das für mich tun?" Ihre Augen wanderten zwischen den beiden Kindern hin und her.

Während Percy pflichtbewusst nickte, schüttelte die achtjährige Ria energisch ihren Kopf. „Du kommst doch mit uns, Mami?", fragte sie panisch.

Clairie strich ihrer Tochter über das Haar. „Ria, es tut mir so leid, aber ich kann nicht weiter mitgehen.“ Ria begann zu schluchzen.

„Diese Leute sind hinter mir her. Sie dürfen euch aber nicht bekommen. Niemals!“, schwor Rias Mutter.

Percy sah hilfesuchend zu seiner Schwester, die sich nun versuchte, an ihre Mutter zu drücken. Doch Clairie schob sie fort.

Über das Gesicht der erwachsenen Ria liefen nun die Tränen. Warum hatte ihre Mutter sie nicht noch einmal umarmt? Vermutlich hatte sie geahnt, dass Ria sie um nichts in der Welt losgelassen hätte.

Neben sich hörte sie Calla schlucken. Sie warf dem blonden Mädchen einen kurzen Blick zu. Mitgefühl stand in Callas Blick. Ria wurde schlecht. Sie wusste, dass sie Calla nur den Rest der Erinnerung zeigen musste. Dann hätte sich ihr Mitleid für Ria erledigt.

Clairie von Thalburg packte die achtjährige Ria jetzt an beiden Schultern. „Ria, ich will, dass du mir jetzt gut zuhörst.“ Sodann sagte sie die Worte, die Ria bis zum heutigen Tage verfolgten: „Ich will, dass du deinen Bruder bei der Hand nimmst und sie nicht loslässt. Lass‘ niemals los! Verstanden? Egal, was passiert, lass‘ niemals los!“

Rias Herz setzte einen Schlag aus.

Clairie wandte sich jetzt Percy zu. „Geh‘ mit deiner Schwester. Und lauf‘ so schnell du kannst. Alles klar?“

„Alles klar“, gab der kleine Percy zurück. Er hatte schon immer genau das getan, was seine Eltern ihm gesagt hatten.

Ria war hingegen immer anders gewesen. Ihr Vater hatte sich immer darüber beschwert, wie dickköpfig sie war. „Wieso kann ich nicht bei dir bleiben, Mami?“, fragte sie wimmernd.

Das Lächeln, das jetzt auf Clairies Gesicht erschien, war nicht länger gezwungen, sondern echt. Über ihre Wangen liefen Tränen, die nicht zu ihrem Gesichtsausdruck zu passen schienen.

„Ria, du weißt noch nicht, wie wichtig du bist“, sagte sie beschwörend. „Aber der Tag wird kommen, an dem du es verstehst. Und wenn es soweit ist, musst du dich erinnern. Du musst l…“ Ein Schuss donnerte durch die Nacht und machte das letzte Wort, das Rias Mutter jemals zu ihr gesagt hatte, unhörbar.

Calla wandte sich Ria zu. „Was hat sie gesagt?“

Ria holte tief Luft. Ihre Stimme war überraschend leise, als sie antwortete. „Ich bin mir nicht sicher. Aber ich glaube, sie sagte: ‚Du musst leben.‘“ Calla verengte verständnislos die Augen. „Ich weiß bis heute nicht, was sie damit gemeint hat“, erklärte Ria.

Sie wandte sich wieder ihrer Erinnerung zu, und Calla tat es ihr nach. Jetzt sahen sie die achtjährigen Percy und Ria Hand in Hand die Straße entlang laufen. Der Atem der beiden Kinder rasselte.

„Ria, ich kann nicht mehr!“, rief Percy seiner Schwester zu.

„Ich auch nicht, Percy. Aber wir dürfen nicht stehen bleiben. Mami hat gesagt, dass wir niemals …“

Es folgte ein weiterer Schuss. Die beiden Kinder zuckten zusammen. Percy drehte den Kopf über seine Schulter, sah nach hinten, und blieb mit seinem Fuß an einer hochstehenden Bordsteinplatte hängen. Sofort geriet er ins Taumeln und riss Ria mit sich zu Boden. Die beiden Kinder prallten auf und rollten mit ihrem ganzen Schwung über den Asphalt.

Beide blieben benommen liegen. Ria kam als erste wieder zu Bewusstsein. Sie fasste mit ihrer Hand nach etwas, drückte zu. Als sie ins Leere griff, rappelte sie sich panisch auf. Ein wenig wacklig kam sie wieder auf die Beine und hielt sich den Kopf. Sie entdeckte ihren Bruder. Er lag auf dem Bauch auf dem Boden, die Hand noch immer nach seiner Schwester ausgestreckt.

„Percy!“, kreischte Ria und warf sich neben ihn in den Staub. Sie platzierte beide Hände auf seinem Rücken, rüttelte an ihm, versuchte ihn zu wecken. Doch er rührte sich nicht.

Die achtjährige Ria biss die Zähne zusammen, packte ihren Bruder an beiden Schultern und drehte ihn auf den Rücken. Kaum konnte sie in sein Gesicht sehen, erschrak sie und wich zurück. Das Gesicht ihres Bruders war blutüberströmt. Eine hässliche Wunde klaffte an seinem Kopf.

„Nein!“, schrie Ria in Panik. Sie drückte ihr Ohr auf Percys Brustkorb. Erst als sie feststellte, dass er noch atmete, schnappte sie erleichtert nach Luft.

„Ich dachte erst, er sei tot“, erklärte die erwachsene Ria Calla ruhig, ohne den Blick von ihrem jüngeren Ich abzuwenden. Neben sich bemerkte sie, wie Calla Anstalten machte, eine Hand zu heben und sie Ria auf die Schulter zu legen. Sie schien sich jedoch eines Besseren zu besinnen und ließ die Hand wieder sinken.

Derweil versuchte die achtjährige Ria alles, um ihren Bruder wieder wach zu bekommen. „Wach auf, Percy! Wach auf!“ Sie rüttelte ihn und schlug ihn sogar. „Mami hat gesagt, wir dürfen nicht stehen bleiben. Also komm‘ zu dir!“

Ria sah ihr jüngeres Ich mit ihren verzweifelten Versuchen erst aufhören, als Schritte und Stimmen aus der Ferne erklangen. Die achtjährige Ria sah erschrocken auf, als ein Mann in der Ferne rief: „Ich kann etwas fühlen. Dahinten ist jemand!“

Hektisch sah Ria zwischen ihrem Bruder und der Richtung, aus der die Stimme gekommen war, hin und her. Ihr Brustkorb hob und senkte sich unnatürlich schnell. Ihr Blick fiel auf einen offen stehenden Glascontainer auf dem Bürgersteig.

„Ich musste mich entscheiden“, sagte die erwachsene Ria zu Calla. „Bevor sie uns losgeschickt hat, hat meine Mutter mich zwei Dinge versprechen lassen. Ich sollte meinen Bruder niemals loslassen. Und ich sollte niemals stehen bleiben. Eines der beiden Versprechen hatte ich schon gebrochen.“

Calla und sie beobachteten, wie die achtjährige Ria sich mit schmerzverzerrtem Gesicht aufrichtete. Ihre Augen ruhten auf dem Glascontainer. Er war groß genug für die beiden Kinder und die Tür stand speerangelweit offen. Ria hätte sie mit nur einer Bewegung schließen können.

„Ich hätte Percy und mich verstecken können. Ich hätte ihn nur das kurze Stück zu dem Container schleifen und die Tür hinter uns zumachen müssen. Sie hätten uns vielleicht nicht gefunden“, sprach die erwachsene Ria ihre Gedanken laut aus.

Calla beobachtete derweil, dass es damals anders gekommen war. Die achtjährige Ria warf noch einen letzten Blick auf ihren Bruder. Dann drehte sie sich um und rannte davon.

„Ich habe mir eine Zeit lang eingeredet, dass ich weiter gerannt bin, um das zweite Versprechen an meine Mutter zu halten. In Wahrheit aber hatte ich einfach Angst. Und meine Angst war stärker und wichtiger als mein Bruder."

Ria warf Calla einen schnellen Blick zu. Dem blonden Mädchen waren jetzt die Tränen in die Augen gestiegen. Sie öffnete den Mund, um etwas zu sagen, doch Ria wandte sich ab und schaute sich den Rest der Erinnerung an. Gemeinsam mit Calla beobachtete sie, wie sie die ganze Nacht durch die Straßen irrte. Schließlich kam sie vor einem Haus zum Stehen. Die achtjährige Ria klopfte an und es wurde ihr geöffnet.

„Der Mann in Schwarz!", flüsterte Calla, als sie erkannte, wer Ria die Tür geöffnet hatte.

„Er war der einzige Mensch, zu dem ich noch konnte", sagte Ria. Sie sah dabei zu, wie sie einige Worte mit Kit wechselte. Er stieß ein Stöhnen aus, packte sie und umarmte sie fest.

Als Kit die jüngere Ria hochhob und in sein Haus brachte, endete die Erinnerung. Um Calla und Ria entstand langsam der Zellentrakt und zwischen ihnen tauchten die Gitterstäbe wieder auf. Stille breitete sich aus.

„Deshalb kann Percy sich an nichts erinnern", durchbrach Calla das Schweigen. „Durch den Sturz auf den Kopf muss er sein Gedächtnis verloren haben."

Ria, die sich allmählich wieder in den Griff bekam, hob abermals die Schultern. „Wahrscheinlich. Ich habe mich immer gefragt, ob er überhaupt überlebt hat. Ich dachte, die Leute, die meine Eltern ermordet haben, hätten auch ihn sicher getötet."

Das war die Wahrheit, mit der Ria die letzten elf Jahre gelebt hatte. Sie hatte geglaubt, sie hätte ihren Bruder sterben lassen, um ihre eigene Haut zu retten. Nun hatte sie erfahren, dass er nicht nur überlebt hatte. Er war in die Obhut der ehemals besten Freundin ihrer Mutter geraten. Er war in Wohlstand aufgewachsen und hatte eine liebevolle Ziehmutter gehabt. Sie war stattdessen bei Christopher Rider auf der CRONOS gelandet, hatte nie ein richtiges Zuhause besessen und war von einem Mann großgezogen worden, der sie nicht ansehen konnte, ohne schmerzhaft an ihre Mutter erinnert zu werden. In all dieser Zeit hatte sie jeden Tag an Percy gedacht. Und er hatte sie vergessen.

„Ria“, sagte Calla und riss sie aus ihren Gedanken. „Percy lebt. Es geht ihm gut. Du hast ihn nicht zum Sterben zurückgelassen.“

Ria schwieg.

Calla fuhr unbeirrt fort: „Wieso hast du nichts zu ihm gesagt? Du hättest mit ihm reden, ihm alles erklären können. Er hätte es verstanden.“

„Dass ich ihn zum Sterben zurückgelassen habe? Du meinst, er hätte dafür Verständnis gehabt?“, gab Ria patzig zurück.

„Du warst nur ein Kind. Es gab nichts, was du hättest tun können.“

„Ich hätte bei ihm bleiben und ihn retten können. Der Container war nur wenige Meter entfernt und stand offen. Wir hätten zusammenbleiben können“, sagte Ria knapp und brachte Calla damit zum Schweigen. Rias Augen füllten sich wieder mit Tränen.

„Wieso bist du nicht einfach bei uns geblieben?“, fragte Calla nach einiger Zeit.

Ria fasste sich langsam wieder. Sie blinzelte ihre Tränen weg. „Weil der Mann, dem ich mein Leben verdanke, mir eine Aufgabe anvertraut hat. Wir brauchen den Anhänger und wir brauchen die Prinzessin von Atlantis.“

„Wofür?“

„Weil nur die Prinzessin von Atlantis mit ihrem Atlantisstein uns beschaffen kann, was wir seit Jahren suchen“, erklärte Ria sachlich. Im Anschluss fügte sie hinzu: „Die Krone von Atlantis, der größte Atlantisstein, den es gibt. Aus ihm sind alle elf Steine herausgebrochen. Und nur die Wiedergeburt der Prinzessin kann ihn uns geben.“

Calla packte die Gitterstäbe mit beiden Händen und presste ihr Gesicht hindurch. „Hinter ihr seid ihr her?“

„Genau wie die Gräfin. Was meinst du, warum sie nach dir und dem Anhänger gesucht hat. Sie will die Krone auch finden, genau wie wir“, gab Ria zurück.

„Aber niemand weiß, wo sie ist. Auch Gräfin Eleana hat keine Ahnung!“

Da begann Ria zu grinsen. „Wir schon. Rider hat sie gefunden: auf Kreta.“

Da begann Calla plötzlich schnell zu atmen. Sie wandte den Blick von Ria ab, taumelte nach hinten und fiel zurück auf ihre Pritsche.

„Jetzt krieg‘ dich wieder ein. Es ist ganz einfach. Du holst uns die Krone und alles ist erledigt. Er wird dir nichts tun“, sagte Ria beschwichtigend.

„Und wenn ich es nicht kann?“ Calla sah Ria wieder an. Ihr Gesicht war sogar noch blasser geworden.

Ria stieß ein Schnauben aus. „Keine Sorge, du wirst es können. Du bist schließlich die Prinzessin.“

„Und wenn nicht?“ Callas Worte hallten zwischen den Wänden wider.

Rias Kinnlade fiel hinunter. „Was hast du gesagt?“

„Ich weiß nicht, ob ich die Prinzessin von Atlantis bin.“

Ria schüttelte verständnislos den Kopf. „Was soll das heißen? Ich habe dich gesehen, schon vergessen? In dieser antiken Tempelanlage hattest du die Krone von Atlantis. Ich würde sagen, das reicht als Beweis, oder?“

„Ich erinnere mich an die Krone, sogar dass ich sie getragen habe. Aber gleichzeitig ist da eine Ahnung, wie der Fetzen einer Erinnerung. Jedes Mal, wenn ich mich an die Krone erinnere, denke ich, dass ich sie eigentlich gar nicht tragen dürfte. Immer wieder kommt mir der Gedanke, dass ich nicht die echte Prinzessin bin.“

Ria presste die Lippen aufeinander, als sie sich Callas Worte durch den Kopf gehen ließ. „Das ist vielleicht nur deine eigene Unsicherheit, die du in deine Erinnerungen an Atlantis überträgst. Das heißt gar nichts.“

„Und wenn doch?“ Calla sah Ria jetzt direkt an. Angst stand in ihrem Blick. „Was macht er mit mir, wenn ich nicht die Prinzessin bin. Was wird er mir antun?“, fragte sie.

Ria antwortete nicht darauf.

Calla stand auf, ging auf Ria zu und stellte sich direkt vor sie, die Hände wieder an den Gitterstäben.

„Versprich' mir, dass du nicht zulassen wird, dass er mir etwas antut, Ria. Versprich mir, dass du mich beschützen wirst!", bat Calla.

Ria wich einige Schritte zurück, die Hände vor sich ausgebreitet. „Oh nein. Das kann ich nicht. Ich werde nicht ..."

„Wieso bist du dann hier, Ria?", fragte Calla plötzlich ganz offensiv.

Als Ria nicht antwortete, fuhr sie fort: „Du kommst zu mir, bietest mir deine Hilfe an und zeigst mir die Tragödie, die Percy und dich voneinander getrennt hat."

„Worauf willst du hinaus?", fragte Ria verächtlich.

„Du bist hier, weil du willst, dass ich dir deinen Verrat verzeihe. Du willst, dass ich Verständnis für dich habe und sehe, dass es alles nicht deine Schuld ist!", keifte Calla.

Ria wich weiter von Calla zurück. Jedes ihrer Worte versetzte ihr einen Stich.

„Du willst von mir hören, dass du kein schlechter Mensch bist, Ria. In Ordnung: Du bist ein guter Mensch. Ich weiß es. Ich wusste es sogar schon, bevor du mir mein Leben gerettet hast. Und ein guter Mensch wird nicht zulassen, dass mir etwas geschieht. Bitte, Ria!" Jetzt flehte Calla.

Ria konnte nur dastehen und sie ansehen. Ihre Kehle schnürte sich zu. Es kostete sie viel Kraft, zu antworten. „Du liegst mit allem, was du sagst, richtig, Calla."

Calla sah sie hoffnungsvoll an. Doch dann sagte Ria: „Du irrst dich nur an einer Stelle." Ria legte eine kleine Pause ein und sprach ihre eigene, persönliche Wahrheit aus: „Ich bin kein guter Mensch."

Mit diesen Worten drehte sich Ria auf dem Absatz um und verließ den Zellentrakt der CRONOS. Sie hinterließ eine Calla, die allein und ohne Ausweg auf die Knie sank und zu schluchzen begann.

Rider hasste es, zu warten. Die Tatsache, dass es im Augenblick nichts anderes zu tun gab, als auszuharren, bis die CRONOS ihr Ziel erreichte, machte ihn nervös. Er saß in seiner Kajüte vor seinem Schreibtisch und drehte Jacks Messer in seinen Fingern. Er hatte es seinem Handlanger noch immer nicht zurückgegeben. Ohne Zweifel verfluchte ihn Jack dafür. Es war ihm egal. Gerade versuchte er nur, die Zeit tot zu schlagen.

Geduld war noch nie Riders Stärke gewesen. Und die Erkenntnis, dass er nun die nächsten Stunden darauf warten musste, dass sie Kreta erreichten, stimmte ihn alles andere als glücklich. Hinzu kam, dass ihm Clairie, Eleana und Ria ständig durch den Kopf gingen.

Der Schmerz, der ihm der Verlust von Rias Mutter zufügte, war heute so frisch wie am ersten Tag. Es fühlte sich wieder an wie damals, als die achtjährige Ria vor ihm gestanden und ihm gesagt hatte, dass ihre Eltern umgebracht worden seien. Wäre Clairie hier, wäre alles anders. Sein Leben, das von Ria und natürlich auch das des ignoranten Percy wären vollkommen anders verlaufen. *Wie konntest du mich nur mit allem alleine lassen, Clairie? Ich brauche dich!*

Dachte er an Eleana, stellte Rider fest, dass in ihm vollkommen widersprüchliche Gefühle miteinander konkurrierten. Zunächst glaubte er, dass er Triumph verspürte. Als sie ihn nach all den Jahren auf dem Anleger in Norwegen so hilflos angestarrt und dabei zugesehen hatte, wie er mit Ria an seiner Seite davonfuhr, hatte er innerlich gejubelt. Die von dem Orden und seinen Regeln besessene Eleana hatte einsehen müssen, dass er ihr zuvorgekommen war und sie geschlagen hatte. Er war ihr einen Schritt voraus gewesen und sie hatte nichts dagegen tun können. Er hatte ihr das Leid gegönnt, das in ihren Augen gestanden hatte. Doch das war nicht alles. Die Erinnerungen an die frühere Eleana, an diese loyale, starke, junge Frau, mit der er die glücklichsten Jahre seines Lebens verbracht hatte, suchten ihn heim. Er vermisste sie. Und er hasste sich dafür, dass er es tat. Er konnte nicht leugnen, dass tief in ihm der Wunsch schlummerte, mit Eleana seinen Frieden zu machen, ihr zu vergeben und sie wieder in sein Leben zu lassen. Dieser Wunsch bestand vollkommen unabhängig davon, dass Rider wusste, dass dessen Erfüllung unmöglich war. Was Eleana getan hatte, war unverzeihlich. Daran würde sich niemals etwas ändern.

Als er darüber nachdachte, wie er Eleana niemals vergeben konnte, schlich sich Ria in seine Gedanken. Er fragte sich, ob sie ihm die Ereignisse der vergangenen Tage verzeihen würde. Ihren Bruder nach all der langen Zeit wiederzufinden, nur um festzustellen, dass er sich nicht an sie erinnern konnte, hatte ihr einen tiefen Schlag versetzt. Rider dämmerte, dass ihr Vertrauen in ihn Schaden genommen hatte. Dabei hatte sie sich immer auf ihn verlassen. Nun sah sie ihn mit einer Skepsis an, die ihn schmerzte. Ja, er hatte ihr Informationen vorenthalten und ihr nicht die ganze Wahrheit gesagt. Er hatte es getan, weil es notwendig gewesen war. *Weiß sie denn nicht, dass ich ihr das alles ersparen wollte? Ahnt sie, dass ich sie nur beschützen wollte?* Rider wusste es nicht. Doch er war sich sicher, dass Ria früher oder später ihren Zorn auf ihn aufgeben würde. Sie hatte schließlich keine andere Wahl. Er war alles, was sie hatte.

Rider hatte gerade begonnen, sich zu fragen, was Clairie dazu sagen würde, dass er Ria in eine solche Zwangslage gebracht hatte, als Jack ihn von seinen düsteren Gedanken erlöste. Der hagere Kerl kam, ohne anzuklopfen, in seine Kajüte gestampft.

„Wie oft habe ich Euch gesagt …“, begann Rider und wollte gerade auffahren, als Jack ihm ins Wort fiel.

„Er will dich sprechen, Boss!“, sagte er schnell.

Rider sah Jack prüfend an. Dieser beeilte sich hinzuzufügen: „Du hast gesagt, du willst sofort Bescheid bekommen, wenn er wieder dran ist. Wir haben eine Verbindung. Im Funkraum ist alles bereit. Ich habe nur gemacht, was du …“

Rider winkte ab. „Ja, ja“, sagte er.

Er stand auf und ging um seinen Schreibtisch herum. Ein unangenehmes Gefühl breitete sich in seiner Magengegend aus. Er hatte gehofft, erst Rechenschaft abzulegen, wenn diese Operation erfolgreich abgeschlossen war. Dann hätte er eine starke Verhandlungsposition gehabt und endlich die Forderungen stellen können, die er wollte. So hatte er noch nichts in der Hand.

„Ich gehe in den Funkraum. Haltet das Schiff weiter auf Kurs und auf voller Schubkraft. Ich will Knossos schnellstmöglich erreichen."

Jack antwortete nicht. Rider hatte keinen Zweifel daran, dass Jack seinen Befehl ausführen würde. Dennoch schien er seinem Anführer nicht die Genugtuung einer mündlichen Bestätigung geben zu wollen. Jacks ständiger Drang, ihn herauszufordern, ärgerte Rider zunehmend.

Als Rider an Jack vorbeiging, blieb er stehen, zog das Messer, mit dem er gerade gespielt hatte, hervor und hielt es dem hageren Kerl an den Hals. Jack schluckte sichtlich.

„Ich will dieses Ding nie wieder sehen. Verstanden?" Mit diesen Worten warf Rider das Messer ein Stückchen nach oben. Es drehte sich in der Luft und landete umgedreht in Riders Hand. Er hielt Jack den Griff hin, der ohne Zögern danach griff.

„Kommt die Kleine eigentlich mit?", fragte er mit seinem starken deutschen Akzent.

Rider verengte die Augen. „Hast du damit ein Problem?"

„Erst klaut sie. Und jetzt gehört sie auf einmal zu uns? Da darf man schon mal Fragen stellen, oder?"

„Sie gehört zu *mir*!", sagte Rider und trat noch einen Schritt auf Jack zu. Er war ihm nun so nah, dass er ihm seinen Atem ins Gesicht blies. Jack wich keinen Zentimeter zurück.

„Und du vertraust dem kleinen Miststück?"

Kaum hatte Jack den Satz beendet, schnappte er vergeblich nach Luft. Rider hatte Jack blitzschnell an den Hals gegriffen und übte nun langsam, aber sicher Druck auf seinen Adamsapfel aus.

Rider wusste natürlich, warum Jack misstrauisch war. Keiner seiner Männer kannte Ria. Rider tauschte seine

Mannschaft regelmäßig aus. Meist nach nur einigen Monaten entließ er sie mit einer Geldsumme, die ihr Schweigen kaufte. Danach heuerte er erneut Männer an, die für bestimmte Versprechen bereit waren, sich für ihn die Hände schmutzig zu machen. Er fand sie in den abgelegenen Häfen der Welt. Die meisten hatten keine Familie, waren nur mäßig intelligente Kleinkriminelle und besaßen vor allem keinerlei ozeanisches Erbgut. So konnte Rider sicherstellen, dass der Orden von seinen Aktivitäten nichts mitbekam. Der Nachteil an diesem Verfahren war, dass er es immerzu mit minderbemittelten Amateuren zu tun hatte, denen er alles von vorne erklären musste. Die wichtigste Regel war dabei, dass sie ihm keine Fragen stellen durften. Jack hatte sich nie an diese Regel gehalten. Rider befürchtete, dass der verurteilte Gewaltverbrecher, der sich ihm in Hamburg angeschlossen hatte, um seiner Gefängnisstrafe zu entgehen, noch für Probleme sorgen würde.

Seine aktuelle Mannschaft hatte Rider ausgewählt, kurz nachdem er mit Ria den Plan entwickelt hatte, den Anhänger und die Prinzessin von Atlantis in seinen Besitz zu bringen. Keiner seiner Männer hatte Ria gekannt oder auch nur von ihrer Existenz gewusst. Das hatte den Diebstahl authentisch aussehen lassen sollen. Während die meisten seiner Männer die Manipulation stillschweigend hingenommen zu haben schienen, war es Jack anders ergangen. Rider konnte die Wut in dem hageren Kerl fast spüren. Egal, wie sehr er mit seiner Hand zudrückte, Jacks Augen blitzten weiter vor Zorn.

Kurz bevor Rider dem Mann ernsthaft Schaden zufügte, ließ er ihn los. Es war der falsche Zeitpunkt für Radikalmaßnahmen. Ria war an Bord und sie waren ihrem Ziel zu nahe. Er würde sich Jack später entledigen müssen. Dennoch ließ er es sich nicht nehmen, dem nun japsenden Kerl unmissverständlich zu drohen.

„Nenn‘ sie noch einmal Miststück, und ich reiße dir den Kehlkopf raus. Alles klar?“, flüsterte er dem sich krümmenden Jack ins Ohr.

Dieser hustete und hielt sich den Hals. Schließlich brachte er ein „Alles klar, Boss“ hervor.

Zufrieden ließ Rider Jack zurück und ging in den Kontrollraum. Dort wurde er von einer tiefen und durch die Funkverbindung verzerrten Stimme erwartet.

„Christopher“

„Exzellenz.“ Rider ließ sich in den Stuhl vor den zahlreichen Kontrollen fallen, nahm das Mikrophon in die Hand und hielt es sich vor die Lippen.

„Ich höre, du befindest dich wieder auf dem Weg nach Knossos. Kann ich dann davon ausgehen, dass du erfolgreich warst?“

Rider genoss es, diese Frage zu beantworten. „Alles verläuft genau nach Plan. Ich habe die Prinzessin und ihren Atlantisstein. Beide haben sich ganz ohne mein Zutun auf der CRONOS eingefunden.“

„Beeindruckend“, antwortete die körperlose Stimme am anderen Ende der Leitung. Sie klang ironisch. „Wirklich beeindruckend.“ Zum Glück konnte Riders Gesprächspartner nicht sehen, wie er jetzt mit den Augen rollte.

„Verrate mir doch, Christopher“, fuhr die Stimme fort, „wie hast du das angestellt?“

Rider presste die Lippen aufeinander. Er musste seine Antwort jetzt genau überlegen.

„Ich habe jemanden bei der Gräfin eingeschleust.“ Rider beschloss die Wahrheit zu sagen, davon jedoch so viel auszusparen wie möglich. Eine Lüge wäre sofort durchschaut worden.

„Du hast Gräfin Eleana tatsächlich getäuscht und jemanden in ihrem engsten Kreis untergebracht? Unsere liebe Gräfin arbeitet dieser Tage weitgehend allein und im Geheimen. Wie hast du das fertig gebracht?“

Rider hielt kurz die Luft an. Was auch immer geschah, er wollte der Person am anderen Ende dieser Funkverbindung nicht sagen, dass er Ria eingeschleust hatte. Er durfte nichts von Ria erfahren.

„Ich hatte einen ziemlich gewieften Maulwurf“, sagte er knapp.

„Das kann ich mir vorstellen.“ Eine Pause trat ein. Dann sagte der Mann aus dem Lautsprecher: „Wer Gräfin Eleana zu täuschen vermag, muss schon etwas Besonderes sein. Ich würde diesen Maulwurf gerne einmal treffen."

„Das kann *ich* mir vorstellen", gab Rider zurück und verwendete damit absichtlich denselben Satz seines körperlosen Gesprächspartners. Er bildete sich ein, den Mann am anderen Ende der Verbindung finster lächeln zu hören.

Bevor die Unterhaltung in dieser Richtung fortgesetzt werden konnte, beeilte Rider sich, das Thema zu wechseln. „Wir werden Knossos bald erreicht haben. In ein paar Stunden werde ich die Krone in meinen Händen halten."

„Zuversichtlich!", konterte die Stimme aus dem Lautsprecher.

Rider zeigte sich unbeeindruckt. „Ich vertraue darauf, dass Sie alles vorbereitet haben. Ich will meine Gegenleistung von Ihnen unmittelbar im Anschluss haben."

Für einen Moment trat Stille ein. Rider überlegte schon, dass die Verbindung abgebrochen war, als die Stimme in einem völlig veränderten Tonfall fortfuhr. „Erst übergibst du mir die Krone von Atlantis. Dann reden wir über deine Belohnung."

Riders Puls beschleunigte sich. „Sie wissen, was ich will. Und ich will haben, was Sie mir versprochen haben, sobald Sie die Krone in den Händen halten. Ansonsten bekommen Sie sie nicht!", warnte er.

„Und du wirst bekommen, was du willst. Droh' mir nicht Christopher! Ich stehe zu meinem Wort."

Rider versuchte sämtliche Zweifel, die er an dieser Aussage hegte, zurückzudrängen. „Natürlich."

„Ich erwarte deine Meldung in ein paar Stunden." Rider konnte hören, dass sich der Mann am anderen Ende der Funkverbindung damit verabschieden wollte.

„Eine Sache noch, Exzellenz", ergänzte Rider hastig.

„Ja?"

Rider fasste sich in den Nacken. „Was passiert mit der Prinzessin, wenn wir fertig sind?", fragte er.

„Du wirst sie mir und ihren Atlantisstein übergeben." Rider biss die Zähne zusammen. Er dachte an Ria. Einer seiner Männer hatte gesehen, wie sie in den Zellenblock zu dem

Mädchen namens Calla gegangen war. Ria würde sicherstellen wollen, dass Calla nichts geschah. Clairies Tochter besaß ein zu weiches Herz. Und er hatte Ria den Anhänger versprochen. Hierfür würde er eine Lösung finden müssen.

„Und was werdet Ihr mit ihr machen?“, fragte er.

Es folgte eine weitere Pause. Anschließend sagte der Mann: „Das braucht dich nicht zu interessieren.“

Rider seufzte.

„Ist das alles, Christopher?“

„Das ist alles.“ Damit endete die Funkverbindung.

Rider schob das Mikrophon weg, legte die Ellenbogen auf den Tisch und stützte seinen Kopf ab. Als er sich erhob und umdrehte, stand Ria vor ihm.

„Wer war das?“, fragte sie ohne Umschweife. Sie sah ihn forschend an. Ihre blauen Augen glühten förmlich.

„Hast du mich etwa belauscht?“, fragte Rider verärgert.

Ria schüttelte den Kopf. „Ich bin gerade hereingekommen. Brutus sagte, dass ich dich hier finde.“

Rider musterte Ria prüfend. Diese zeigte sich vollkommen unbeeindruckt und wiederholte: „Wer war das?“

„Das sage ich dir später.“

Rider konnte sehen, dass Ria auffahren und ihn wieder anschreien wollte. Doch sie entschied sich dagegen. Stattdessen sah sie ihn skeptisch und voller Zweifel an. Ihr Vertrauen in ihn nahm weiter ab.

Doch sie sagte nichts in dieser Richtung. Stattdessen wechselte sie das Thema. „Hast du kurz Zeit?“, fragte sie.

Rider winkte ab und ging an Ria vorbei aus dem Kontrollraum heraus. Sie folgte ihm.

„Wir sind in wenigen Stunden da. Ich muss die Männer vorbereiten“, sagte er und ging schnellen Schrittes davon.

„Ich brauche auch nicht lange, Kit!“, rief Ria ihm hinterher.

„Kann das nicht warten?“

Als Rider plötzlich keine Schritte mehr hinter sich hörte, blieb er stehen und wandte sich um. Ria stand wie angewurzelt da. Ihre Miene war enttäuscht und wütend. Rider hätte die Zeit gehabt, mit ihr zu sprechen. Die Wahrheit war, dass er es nicht wollte. Er wollte einen Augenblick alleine sein und nachdenken. Ria und ihren Zorn auf ihn konnte er gerade nicht gebrauchen.

Dennoch brauchte dieses Mädchen ihn nur anzusehen, um ihn zu etwas zu bringen, was er eigentlich nicht tun wollte. Zähneknirschend sagte er: „Du kannst bei der Besprechung gleich dabei sein. Danach können wir reden."

Ria sah ihn abwägend an. Sie nickte, obwohl ihr Gesichtsausdruck alles andere als zufrieden aussah. „In Ordnung", antwortete sie. Sie machte auf dem Absatz kehrt und verschwand in Richtung ihrer Kajüte.

Rider blickte ihr noch kurz nach. Er beschloss jedoch, dass er keine Zeit hatte, sich über Rias Empfindlichkeiten Gedanken zu machen. Dafür war später noch Zeit. Jetzt musste er die Einsatzbesprechung mit seinen Männern vorbereiten. Die nächsten Stunden entschieden über den Erfolg eines über Jahre ausgearbeiteten Vorhabens. Jetzt durfte nichts mehr schief gehen.

*

Eleana und Percy standen wieder auf dem Anleger in Norwegen. Die Gräfin und ihr Ziehsohn hatten sich nebeneinander gestellt und empfingen ihre Besucher mit angespannten Gesichtern.

Percy war nervös. Drei Ordensschiffe waren am Horizont erschienen. Sie waren von einer ähnlichen Bauweise wie die PALLAS, wenn auch bedeutend größer. Percy wusste, dass auf jedem von ihnen mindestens Hundert Mann Besatzung Platz fanden. Wenn der Orden eine solche Macht aussandte, schien er Wind davon bekommen zu haben, was und wem Eleana und Percy auf der Spur waren.

„Ich kann es mir kaum mehr vorstellen", sagte Eleana leise zu Percy, als die drei Befehlshaber der Schiffe auf sie zukamen.

Ohne den Blick von den drei Gestalten zu nehmen, fragte Percy: „Was kannst du dir nicht mehr vorstellen?"

Eleana warf ihm einen schnellen und traurigen Blick zu. „Dass ich einmal geglaubt habe, der Orden würde die Menschheit in eine glänzende Zukunft führen."

Eleana wandte sich wieder den Offizieren zu. Percy sah sie noch einige Sekunden länger an.

Seine Ziehmutter war auch heute noch ein ranghohes Mitglied im Orden. Percy wusste, dass Eleana früher einmal eine vorbildliche Verfechterin seiner Ideale und seiner Vorgehensweisen gewesen war. Die brachialen Methoden, mit denen der Orden seine Ziele teilweise durchsetzte und vor allem seine Mitglieder kontrollierte, waren ihr als notwendiges Übel erschienen. Für das Wohl der Menschheit müssten Opfer gebracht werden. Eleana war schnell im Orden aufgestiegen. Aufgrund einer einzigen Mission vor vielen Jahren war sie zur jüngsten Gräfin des Geheimbundes ernannt worden. Sie hatte Zugang zu den Mysterien erhalten, die normalen Ozeaniern wie Percy vorenthalten wurden. Der Orden wusste weit mehr über Atlantis, die Atlanter und ihre Geschichte, als jemandem wie Percy bekannt war. Eleana hatte ihn in diese Dinge nicht eingeweiht. Sie hielt an ihrem Eid fest, stand bis heute im Dienst des Ordens. Es hinderte sie nicht, jenseits davon ihre eigenen Wege zu gehen.

Irgendetwas war vor vielen Jahren geschehen, was Eleanas Treue zum Orden zutiefst erschüttert hatte. Percy hatte sich niemals getraut zu fragen, doch er hegte seit langer Zeit den Verdacht, dass es mit der Ermordung seiner Eltern zu tun hatte. Seit er bei Eleana lebte, hatte sie ihn so weit wie möglich vom Orden ferngehalten. Sie hatte sich stets bemüht, den Einfluss des Ordens auf seine Bildung und sein Denken so gering wie möglich zu halten. Und sie hatte keinen Hehl daraus gemacht. Das Ergebnis war, dass Percy dem Orden eine gehörige Portion Misstrauen entgegen brachte, auch wenn er Eleanas Opposition nicht immer guthieß. Es machte die Dinge für sie zu oft kompliziert.

„Durchlaucht!“, begrüßte der erste der drei Offiziere Eleana. Ein Mann von ungefähr Mitte fünfzig Jahren kam vor Eleana zum Stehen, neigte kurz den Kopf und reichte ihr die Hand.

Eleana erwiderte die Geste mit einem höflichen Lächeln, von dem Percy sehen konnte, dass es durch und durch künstlich war. „Kapitän Metellus. Wir haben uns lange nicht gesehen.“

Metellus lächelte ebenfalls. Dabei entblößte er eine Reihe weißer Zähne, die sich stark von seiner sonnengebräunten Haut abhoben. Er wirkte dabei genauso aufrichtig wie Eleana. Der Mann war einen guten Kopf größer als Percy. Er hatte dunkles Haar, das von einigen grauen Strähnen durchzogen war. Seine Augen waren natürlich strahlend blau, wenn auch kalt und berechnend. *Eisblau*, dachte Percy.

„Zu lange“, gab Metellus zurück. Er wies auf seine beiden Kollegen. Hinter ihm standen ein unscheinbarer jüngerer Mann von etwa vierzig Jahren und eine ältere Frau mit einem Körperbau, der an einen Baumstamm erinnerte. Beide hatten ihre stechenden Augen ernst auf Eleana gerichtet. „Darf ich vorstellen: Kommandanten Jones und Moreau. Sie waren so freundlich, sich uns mit ihren Schiffen anzuschließen.“

Eleana nickte den beiden anderen höflich zu.

„Und wen haben wir hier?“, fragte Metellus mit Blick auf Percy.

Percy wollte gerade für sich selbst antworten, als Eleana ihm zuvorkam. „Ich darf Ihnen mein Mündel vorstellen: Percival von Thalburg.“

Percy und Metellus schüttelten sich die Hände. Dabei musterte der Kapitän Percy misstrauisch. „Thalburg?“, murmelte er. Er warf Eleana einen Blick zu, der Percy verriet, dass er mit diesem Namen offenkundig etwas anfangen konnte.

„Wieso habe ich den jungen Mann noch nie in der Akademie gesehen?“, fragte er an Eleana gewandt. Sein Tonfall ließ keinen Fehlschluss darüber zu, dass er Eleana seine Missbilligung spüren lassen wollte.

Eleana war aber zu klug, sich jetzt auf diese Diskussion einzulassen. Mit einem strengen Blick, der deutlich machte, dass sie diejenige war, die den Verlauf dieses Gesprächs bestimmte, fragte sie: „Warum sind Sie hier, Kapitän?“

Metellus sah Percy noch einen Augenblick lang abschätzend an, sagte jedoch nichts mehr zu ihm. Eleana stand im Rang über dem Kapitän. Wenn eine Gräfin etwas von ihm wissen wollte, hatte er zu antworten.

„Wir haben Nachricht erhalten, dass sich die PALLAS in diesen Gewässern aufhält.“, antwortete der Kapitän knapp.

Eleana zeigte sich unbeeindruckt. „Und?“, fragte sie herausfordernd.

„Uns ist außerdem mitgeteilt worden, dass sich bei Ihnen eine junge Frau befindet, die eine bisher unbekannte Atlanterin sein soll. Und einen ebenso bisher vermissten Atlantisstein sollen sie auch gefunden haben.“

Percys Herzschlag beschleunigte sich. Der Orden wusste von Calla und dem Anhänger? Das konnte nichts Gutes bedeuten.

Eleana verengte die Augenlider zu kleinen Schlitzen. „Wer hat Ihnen diese Mitteilung gemacht?“, fragte sie noch immer gänzlich ruhig. Percy fragte sich, wie seine Ziehmutter so gelassen bleiben konnte.

„Ich fürchte, ich habe nicht die Befugnis, diese Information mit Ihnen zu teilen“, antworte Metellus.

„Vergessen Sie nicht, mit wem Sie reden, Kapitän.“ Eleana betonte Metellus‘ Rang besonders.

Metellus grinste überheblich. „Das tue ich nicht, *Gräfin.* Ich habe meine Befehle von ganz oben erhalten. Wenn Sie das stört, müssen Sie es mit dem Fürsten direkt ausmachen.“

Eleana hielt frustriert den Atem an. Sie tauschte einen schnellen Blick mit Percy. „Das werde ich, Kapitän“, versprach sie.

Metellus machte einen Schritt auf Eleana zu. „Ich bin dazu verpflichtet, Sie zu fragen, Gräfin: Haben Sie an Bord eine Atlanterin und einen Atlantisstein, ohne den Orden hiervon informiert zu haben?“

Eleana wich keinen Schritt zurück, sondern hielt Metellus’ Blick ohne Mühe stand. „Nichts davon verstößt gegen das Gesetz.“

Metellus hob einen Mundwinkel. „Nein. Aber soweit ich weiß, haben Sie keinen Auftrag vom Orden, nach den verbliebenen Atlantern und den Atlantissteinen zu suchen.“

Eleana hob die Schultern. „Und?“, fragte sie erneut.

Percy konnte sehen, wie eine Ader auf Metellus‘ Stirn zum Vorschein kam. „Es wäre sehr …“ er pausierte, um nach dem richtigen Wort zu suchen, „... ungewöhnlich, wenn Sie ohne offiziellen Auftrag des Ordens eine solche Suche veranstalten. Das Auffinden der Steine und ihrer Träger ist zum obersten Ziel sämtlicher Ordensaktivitäten erklärt worden. Aber das wissen Sie ja."

Eleana lächelte schwach. „Jeder hat seine Hobbies."

Metellus überging das. „Noch ungewöhnlicher wäre es, wenn Sie eine Person und einen Gegenstand identifiziert hätten, die im Verdacht stehen Atlanterin und Atlantisstein zu sein, ohne den Orden sofort davon zu informieren. Sie haben sicher Verständnis, dass man uns entsandt hat, das genauer zu untersuchen."

Percy musste schlucken. Er war sich sicher, dass die Führung des Ordens Eleanas Suche nach der Prinzessin von Atlantis in der Form, in der sie sie betrieben hatte, niemals gebilligt hätte. Und sie hätte verlangt, dass sie Calla dem Orden sofort überstellt hätte. Eleana hatte das nicht getan. Stattdessen hatte sie auch noch einen der letzten Atlantissteine gefunden und eine dem Orden unbekannte Tempelanlage von Atlantis aufgesucht. An Ria mochte Percy gar nicht erst denken.

„Natürlich habe ich dafür jedes Verständnis", sagte Eleana jedoch.

Metellus lächelte jetzt wieder. „Sie haben dann sicher nichts dagegen, wenn wir Ihr Schiff untersuchen."

Eleana warf Percy wieder einen kurzen Blick zu. Sie schüttelte freundlich den Kopf. „Selbstverständlich nicht, Kapitän. Sehen Sie sich gerne um!"

Percy glaubte, seinen Ohren nicht zu trauen. Er öffnete den Mund, um etwas zu sagen, schloss ihn jedoch sogleich wieder. Eleana hatte schließlich nichts zu befürchten. Der Orden würde weder Calla noch den Anhänger auf der PALLAS finden. Sie waren beide in die Fänge des Mannes in Schwarz geraten, gemeinsam mit Ria.

„Umgekehrt haben Sie doch auch sicher Verständnis dafür, wenn ich Sie auf mein Schiff begleite."

Metellus blickte Eleana lange und ernst an. Es war ihm anzusehen, dass er Eleana am liebsten befehlen würde, mit

Percy zurückzubleiben, während er in aller Ruhe die PALLAS inspizierte. Ihm fehlte gleichwohl die Autorität, dies durchzusetzen. So rang er sich erneut ein falsches Lächeln ab. „Sicher doch“, sagte er.

Mit diesen Worten traten Eleana und der Kapitän nebeneinander und gingen Seite an Seite zur PALLAS. Percy und die beiden Kommandanten folgten ihnen.

Percy sah zerknirscht dabei zu, wie Metellus und die zwei Kommandanten jeden Zentimeter der PALLAS ins Visier nahmen. Percy liebte dieses Schiff. Er hatte viel Zeit hier verbracht. Neben Eleanas Residenz in Ozeana war dies sein zweites Zuhause. Eleana hatte ihn auf fast jede ihrer Reisen mit dem Schiff mitgenommen. Zu sehen, wie die drei Ordensoffiziere nun mit der PALLAS umgingen, brach ihm das Herz.

Metellus und die anderen öffneten Schubladen, rissen ihre Inhalte heraus und warfen alles achtlos zu Boden. In der kurzen Zeit, in der die drei Ordensmitglieder an Bord gelangt waren, hatten sie sämtliche Räume in ein gehöriges Chaos verwandelt. Percy wünschte sich einzugreifen, und dem Treiben der drei ein Ende zu setzen. Doch er wusste so gut wie seine Ziehmutter, dass das nichts gebracht hätte. Er und Eleana konnten nur zusehen.

Schließlich suchte Metellus Eleanas Arbeitszimmer auf. Er ließ sich in ihren Stuhl fallen und machte sich an den Geräten dort zu schaffen. Eleana und Percy folgten ihm. Eleana setzte sich in den Stuhl vor dem Schreibtisch, auf dem Percy sonst immer saß. Sie sah noch immer gelassen und ruhig aus. Nur an ihrem zuckenden Augenlid konnte Percy erkennen, wie schlecht es ihr gerade ging.

Nachdem Metellus sich einige Minuten lang durch das Computersystem der PALLAS gearbeitet hatte, unterbrach ihn Eleana rüde. „Sie scheinen nicht zu finden, was Sie suchen.“ Ihre Stimme war kalt und der unterschwellige Zorn deutlich hörbar.

Metellus schien ebenfalls kaum noch in der Lage zu sein, seine Wut auf Eleana zu kaschieren. „Wieso kann ich auf keine

Ihrer Nachrichten zugreifen?“, fragte er, drehte einen der Bildschirme zu Eleana und deutete auf die penetrant blinkende Passwortanfrage. „Sie haben den Generalzugang deaktiviert.“

Eleana hob eine Augenbraue. „Wirklich?“, fragte sie herausfordernd. „Das war mir gar nicht bewusst.“ Percy verschluckte sich fast.

Metellus stieß ein Schnauben aus. Eleana fuhr ungerührt fort: „Möglicherweise ist dies bei der letzten Systemwartung passiert.“

„Verkaufen Sie mich nicht für dumm, Gräfin!“

„Und ich verbitte mir die Unterstellung und ihren Ton, Kapitän. Wenn Sie nicht auf die Nachrichten zugreifen können, dann können Sie fragen.“

Metellus schob seinen Unterkiefer vor. „Na gut.“ Er fuhr mit gekünstelter Stimme fort: „Wären Sie so freundlich, mir Ihre Zugangsdaten zu geben?“

Eleana lächelte finster. „Sie wissen so gut wie ich, dass ich das nicht darf. Das verstößt gegen das Protokoll.“

Metellus wurde auf einen Schlag rot im Gesicht. Er wollte gerade auffahren und brüllen, als Eleana ihm zuvorkam. „Aber ich rufe Ihnen meine Nachrichten gerne selbst auf. Sie dürfen mir auch gerne zugucken“, sagte sie zuckersüß.

Percy sah mit einiger Erleichterung, dass Metellus sich beruhigte. Ungeduldig forderte er Eleana mit einer Handbewegung auf, sich dem Computersystem zuzuwenden. Percys Ziehmutter ließ sich das nicht zweimal sagen, stand auf und ging elegant um ihren Schreibtisch herum.

Sie setzte sich auf ihren Stuhl, legte eine Hand auf die Tastatur und begann ihre Zugangsdaten einzutippen. Metellus sah ihr dabei argwöhnisch über die Schulter. So entging ihm im Gegensatz zu Percy, dass Eleanas linke Hand in eine der kleinen unscheinbaren Fächer unter der Tischplatte langte, einen kleinen Gegenstand umschloss, und ihn in dem weiten Ärmel ihres Oberteils verschwinden ließ. Percy musste sich zusammenreißen, das Gesicht nicht vor Überraschung zu verziehen. *Was macht sie denn da?*

„Bitte schön, Kapitän!", sagte Eleana und erhob sich wieder. Auf dem Bildschirm waren sämtliche Nachrichten, die Eleana in den letzten Tagen verschickt und erhalten hatte, aufgetaucht.

Metellus schob sich zufrieden an Eleana vorbei und ließ sich in ihren Stuhl fallen. Konzentriert machte er sich daran, die Nachrichten zu überfliegen.

Währenddessen stellte sich Eleana wieder neben Percy. Sie sah ihn nicht an. Stattdessen spürte Percy plötzlich, wie Eleanas linke Hand ihn streifte. Er verzog keine Miene, packte die Hand seiner Ziehmutter, die ihm jetzt den Gegenstand reichte, den sie zuvor aus dem Fach unter ihrem Schreibtisch entwendet hatte. Ohne dass Metellus es bemerken konnte, schlossen sich jetzt Percys Finger darum und er ließ das kleine Objekt in seine Tasche wandern. Neben sich hörte er Eleana erleichtert nach Luft schnappen.

„Ich sehe hier, Sie haben kürzlich eine Blutanalyse in Auftrag gegeben", sagte Metellus, ohne von dem Bildschirm aufzusehen.

Eleana antwortete darauf nicht.

„Aber sie haben keines der Labore in Ozeana beauftragt."

„Ich hatte eine höherrangige Alternative", gab Eleana kühl zurück.

Metellus wandte sich ihr nun zu und zog seine Augenlider zu kleinen Schlitzen zusammen. „Außerdem ist an den Schlafquartieren auf dem Schiff zu erkennen, dass sie noch zwei weitere Personen an Bord hatten. Haben sie deren DNA überprüft?"

Eleana verzog keine Miene, während Percys Herz wieder zu rasen begann. Konnten sie vor Metellus Calla jetzt verheimlichen? Was würden sie machen, wenn sie von Ria erführen?

„So ist es", gab Eleana unverfroren zu. Percy starrte sie mit aufgerissenen Augen an. Dann fügte seine Ziehmutter hinzu: „Und?"

„Liegen ihnen die Ergebnisse der Untersuchungen vor?" Metellus war anzusehen, wie sehr er es hasste, Eleana jede kleine Information aus der Nase ziehen zu müssen. Dies erinnerte Percy an Ria und ihren Frust darüber, dass Eleana ihr nur Stück für Stück Auskunft gegeben hatte. Da wurde ihm klar, dass das alles wahrscheinlich nur gespielt gewesen war. Eine seltsame Mischung aus Sehnsucht und Zorn keimte in ihm auf.

„Können Sie sie bei meinen Nachrichten nicht finden?“

„Nein!“

„Dann kann ich Ihnen nichts geben, Kapitän. Ich habe keine schriftlichen Auskünfte erhalten. Sämtliche Informationen sind mir mündlich mitgeteilt worden.“ Eleanas Stimme wurde laut. Percy fragte sich, woher Eleana die Weitsicht gehabt hatte, die Nachrichten von Leto Demetrios zu löschen. Sie log wie gedruckt.

Metellus erhob sich. „Verraten Sie mir, was Ihnen gesagt worden ist! Und wenn Sie schon dabei sind, dann können sie mir gleich auch erklären, wer diese beiden Personen sind und wo sie sich jetzt aufhalten.“

Metellus‘ Gesicht war Eleanas sehr nahe gekommen. Eleana verzog nicht eine Miene. Stattdessen machte sie eine kurze Kopfbewegung nach hinten, bevor sie antwortete. „Das werde ich gerne tun. In einem Gespräch unter vier Augen.“

Percy wandte sich um und auch Metellus sah an Eleana vorbei. In der Tür von Eleanas Arbeitszimmer waren die Gestalten der beiden anderen Kommandanten erschienen. Sie standen kerzengerade im Türrahmen, die Mienen mürrisch.

„Moreau und Jones haben die nötige Autorisierung, das ebenfalls zu hören.“

Eleana lächelte müde. „Glauben Sie mir, Kapitän, die haben sie nicht.“

Es setzte eine kleine Pause ein. Metellus und Eleana starrten sich an, als duellierten sich ihre Geister. Percy meinte förmlich sehen zu können, wie es hinter Metellus‘ Stirn arbeitete. Der Kapitän wusste, dass Eleana eine Atlanterin gefunden hatte. Und er wusste, dass sie ausgerechnet eine andere Atlanterin beauftragt hatte, Blutanalysen durchzuführen. Ihm musste bewusst sein, dass Eleana im Besitz von Informationen war, die nur den obersten Ordensmitgliedern zugänglich gemacht werden durften.

„Also gut, Gräfin. Aber wir führen dieses Gespräch auf meinem Schiff. Und danach werden wir unverzüglich nach Ozeana aufbrechen."

Eleana warf Percy einen kurzen Blick zu. Blanke Panik setzte bei ihm ein. Wenn sie nach Ozeana aufbrachen, würden sie nicht nach Calla suchen können. Der Mann in Schwarz, dieser Rider, würde davonkommen und mit ihr machen können, was er wollte. Und Ria war bei ihm. Das konnte Eleana doch nicht zulassen!

„Sicher doch, Kapitän." Percy lief ein Schauer über den Rücken.

„Sie haben doch aber sicher nichts dagegen, wenn Percy zurückbleibt und das Schiff im Auge behält?", fragte sie.

Metellus warf einen argwöhnischen Blick auf Percy. Er musterte ihn mit seinen eisblauen Augen, sodass Percy alle Mühe hatte, nicht den Blick abzuwenden. Der Kapitän zuckte jedoch nur mit den Achseln und sagte: „Nein. Der Junge kann hier bleiben. Aber ich würde mich mit Ihnen auch gerne über ihn unterhalten."

Percy wurde rot im Gesicht. Eleana aber nickte. „Natürlich. Umso besser, wenn er dann vielleicht nicht dabei ist und wir ungestört reden können."

Metellus ging um Eleanas Schreibtisch herum und deutete auf die Tür, um sie vorzulassen. Die beiden anderen Kommandanten machten sich bereits auf, die PALLAS zu verlassen.

Eleana ignorierte Metellus' Aufforderung und ging auf Percy zu. Zu seiner vollkommenen Überrumpelung nahm sie ihn in den Arm und legte ihre Lippen an seine Wange. So etwas tat sie sonst nie.

Doch statt ihm einen Abschiedskuss zu geben, hauchte sie Percy etwas ins Ohr, das ihn sich komplett versteifen ließ. „Vertrau' ihr!"

Percy glaubte, sich verhört zu haben. Sie hatte das letzte Wort aber so deutlich ausgesprochen, dass es unmissverständlich gewesen war. Wen meinte sie damit? Sollte er Calla vertrauen, dass sie sich selbst aus ihrer misslichen Lage befreien konnte? Oder meinte sie etwa jemand anderen? *Meint sie etwa Ria?*

Doch bevor Percy Eleana auch nur einen fragenden Blick zuwerfen konnte, hatte seine Ziehmutter sich schon abgewandt und ging zur Tür, wo Metellus immer noch wartete.

„Eine Sache noch, Gräfin“, sagte Metellus, ehe sie durch die Tür verschwanden.

„Wir haben ihren Handkommunikator nicht finden können. Dürfte ich den vielleicht auch sehen?“, fragte er freundlicher, wenn auch noch immer misstrauisch.

Eleana hob die Augenbrauen und Percy musste sich zusammenreißen, um nicht in seine Hosentasche zu greifen.

„Leider nein, Kapitän. Den habe ich bei meinem letzten Ritt verloren. Aber sie können mich auch gerne durchsuchen, wenn Sie das möchten.“

Mit diesen Worten und einem letzten Blick auf Percy verschwand sie durch die Tür. Metellus eilte ihr nach. Percy konnte nicht mehr vernehmen, welche Tirade er auf seine Ziehmutter herabregnen ließ.

Er stellte sich an das Fenster des Schiffs, sah auf den Anleger und beobachtete wenig später, wie Eleana, Metellus und die beiden anderen in Richtung von Metellus‘ Schiff marschierten. Erst jetzt traute Percy sich, in seine Tasche zu greifen und den Gegenstand, den Eleana ihm zugesteckt hatte, herauszuziehen.

Als die kleine Kommunikationseinheit zum Vorschein kam, musste Percy seufzen. Eleanas letzter Satz zu ihm schoss ihm durch den Kopf. *Vertrau‘ ihr!*

Ratlos und verzweifelt ließ Percy sich in Eleanas Stuhl sinken.

*

Die Lagebesprechung ging zu Ende. Kit schaltete den großen Monitor aus, der das Zentrum eines kreisrunden Tisches im Besprechungsraum der CRONOS bildete. Als der digitale Lageplan, anhand dessen Kit das Vorgehen erläutert hatte, sie nicht mehr blendete, musste Ria einige Male blinzeln. Sie sah in die Runde von Kits Männern, brauchte jedoch einige Momente, bis sie die Halunken erkennen konnte.

„Ist damit alles klar?“, fragte Kit. Er stand neben dem Sitz, auf dem Ria hockte. Seine Augen bohrten sich stechend nach und nach in jedes einzelne Besatzungsmitglied. Ria würde niemals nachvollziehen können, wieso Kit darauf bestand, sich mit Menschen zu umgeben, die sein intellektuelles Niveau nicht einmal im Ansatz erreichten.

Ein Gemurmel setzte unter den Männern ein. Doch keiner von ihnen traute sich, eine Frage zu stellen. Sogar Jack war ruhig. Der hagere Mann begnügte sich damit, Ria hasserfüllt anzustarren. Ria versuchte das zu ignorieren. Bald schon wäre sie Jack los. Nach dieser Operation würde sich Kit dieser Truppe wieder entledigen. Und wenn alles glatt lief, begann danach für sie ohnehin ein ganz neuer Abschnitt.

„Ihr befolgt genau, was ich sage. Keine Alleingänge, keine Fragen. Wir gehen rein und raus und danach werdet ihr alle bezahlt. Es ist also ganz einfach.“

Das Gemurmel der Männer verstummte für einen Augenblick. Jack hielt es nicht länger aus. „Waffen?“, fragte er angriffslustig.

Ria konnte sehen, dass Kit mit den Augen rollen wollte, es sich aber verkniff. „Nur die nötigsten. Wenn wir schnell sind, droht uns so gut wie kein Widerstand – nur das Wachpersonal der Anlage. Im Inneren droht *euch* keine Gefahr.“

Ria sah erschrocken zu Kit. Ihr gefiel nicht, wie er das Wort „euch“ ausgesprochen hatte. Bedeutete das, dass es für andere sehr wohl eine Gefahr gab?

„Und der Orden?“, wandte Ria ein.

Kit warf ihr einen warnenden Blick zu. Er hatte sie ein ums andere Mal dazu ermahnt, nicht vor seinen Männern über den Orden, Ozeana oder Atlantis zu sprechen. Ihr war das jetzt egal.

„Der wird nichts mitbekommen. Wir werden ihnen die Krone unter ihrer Nase wegschnappen, und sie werden nicht einmal merken, wie ihnen geschieht.“, flüsterte er ihr zu. Er grinste siegesgewiss.

„Wie kannst du dir da sicher sein?“, wollte Ria wissen. Sie sprach nun ebenfalls in gedämpften Tonfall, während Kits Männer sich bereits daran machten, einer nach dem anderen den Besprechungsraum zu verlassen.

Kit sah Ria ungeduldig an. „Man hat mir Sicherheiten gegeben.“

Ria biss sich verärgert auf die Unterlippe. „Von wem?“, fragte sie, doch anstatt zu antworten, wandte Kit sich einem seiner Männer zu.

„Marco?“ Der schweigsame Italiener kam auf seinen Chef und Ria zu.

„Begleite doch unseren Gast in den Laderaum.“

Unser Gast? Dass ich nicht lache! Ria warf Kit einen finsteren Blick zu, sagte jedoch nichts, sondern wartete ab, dass Marco sich auf den Weg zu den Zellen machte.

Nachdem endlich die ganze Mannschaft den Besprechungsraum verlassen hatte und Ria und Kit alleine waren, drehte er sich zu ihr um. Seine Miene wurde wieder weicher. Er sagte nichts, sondern streckte ihr seine Faust entgegen.

Ria sah ihn fragend an. Da öffnete er die Hand und der Anhänger mit dem Atlantisstein kam zum Vorschein. „Nimm ihn“, forderte er sie auf.

Ria zögerte einen Augenblick. Dann aber griff sie nach dem Schmuckstück und legte es sich um den Hals. Die Kette ihrer Mutter fühlte sich gut auf ihrer Haut an. Die Energie des Atlantissteins löste bei ihr eine regelrechte Euphorie aus.

„Du weißt, dass ich ihn gleich brauche. Aber bis wir da sind, kannst du ihn haben.“

„Und wenn wir fertig sind?“ Ria sah zu Kit auf.

„Dann gehört er dir.“ Kit hob einen Mundwinkel. Er lächelte fast. „Versprochen ist versprochen.“

Auch Ria versuchte, zu lächeln. Es gelang ihr nicht. Sie verstand sich selbst nicht. Sie hätte sich gut und erfolgreich fühlen sollen. Ihr Plan war aufgegangen. Sie hatte die Kette ihrer Mutter zurück und in Kürze würden sie und Kit im Besitz der Krone von Atlantis sein. Dennoch fühlte sie sich schrecklich. Percy tauchte immer wieder in ihren Gedanken auf. Die Erinnerung an die Art und Weise, wie er sie angesehen hatte, verfolgte sie. *Du bist eine Verräterin,* dachte sie. *Was hast du denn erwartet?*

Kit wollte sich gerade in Richtung Ausgang bewegen, als Ria beschloss, dass sie ihn aufhalten musste. „Ich habe noch eine Frage."

„Wir haben nicht mehr viel Zeit, Ria", ermahnte sie Kit.

Ria überging das. Sie deutete auf den Besprechungstisch, auf dem der Lageplan gerade noch aufgeleuchtet hatte. „Dieser ganze Plan funktioniert doch nur, wenn Calla tatsächlich die Prinzessin von Atlantis ist, oder?", fragte sie.

Kit hob die Schultern. „Und?"

Ria musste tief Luft holen, um die Frage stellen zu können, die ihr auf der Seele brannte, seit sie Calla in ihrer Zelle besucht hatte.

„Und wenn Calla nicht die Prinzessin von Atlantis ist?"

Kit sah sie sprachlos an. Er machte einen Schritt auf sie zu. „Wie bitte?"

„Was würde mit ihr passieren, wenn sie mit dem Anhänger hineingeht und nicht die Prinzessin ist. Was wäre, wenn sie eine Atlanterin, aber nicht die Prinzessin ist?", setzte Ria nach.

Sie konnte sehen, wie sich eine Sorgenfalte auf Kits Stirn bildete. Er hatte mit dieser Frage nicht gerechnet.

„Wieso fragst du das? Weißt du, dass sie es nicht ist? Hat sie etwas zu dir gesagt?" Er kam einen weiteren bedrohlichen Schritt auf Ria zu.

Diese sprang auf ihre Füße und wich einen Schritt zurück. Sie schüttelte den Kopf. „Nein! Es spricht alles dafür, es ist nur …"

„Es ist nur was, Ria?" Kits Stimme war laut und streng geworden. So redete er nur mit ihr, wenn er keinerlei Widerstand duldete.

„Sie ist sich selbst nicht ganz sicher. Sie hat Zweifel daran!", rief Ria abwehrend zurück.

Kit blieb kurz vor ihr stehen. Seine Sorgenfalte verschwand wieder. „Das hat überhaupt nichts zu bedeuten. Sie hat das vielleicht nur gesagt, in der Hoffnung, dass wir sie dann laufen lassen."

Ria dachte über diese Worte kurz nach. Sie konnte Kit nicht zustimmen. Als Calla ihr ihre Zweifel mitgeteilt hatte, war sie aufrichtig verängstigt gewesen. Sie hatte das nicht nur gesagt, um sie zu manipulieren. Sie hatte sie angefleht, ihr zu helfen.

Ria entschied sich, nichts davon zu sagen. Stattdessen antwortete sie: „Vielleicht."

Zufrieden wandte Kit sich wieder von Ria ab und ging zur Tür. Er war schon fast hindurch, als Ria ihn abermals aufhielt.

„Du hast meine Frage nicht beantwortet", rief sie.

Kit drehte sich um und warf ihr einen erwartungsvollen Blick zu.

„Was passiert mit ihr, wenn sie nicht die Prinzessin ist?"

Kit sah Ria einen langen Moment an. Er seufzte, bevor er antwortete. „Dann wird sie sterben."

Ria lief ein eiskalter Schauer über den Rücken. Sie und Kit sahen sich noch kurz an, dann wandte er sich ab und ließ Ria allein zurück im Besprechungsraum.

Ria ließ sich fassungslos auf einen Sitz zurücksinken, den Mund leicht geöffnet, die Atmung beschleunigt. Ohne dass es ihr bewusst war, griff sie nach dem Anhänger um ihren Hals. Sie fuhr mit den Fingerspitzen um seine Ränder und dachte an ihre Mutter. Es war als bildete der Anhänger eine Verbindung zu ihr. Dass er einst um Clairie von Thalburgs Hals genauso geruht hatte wie jetzt um Rias, ließ ihre Mutter weniger fern wirken. Für den Bruchteil eines Augenblicks fühlte Ria sich ihr wieder nah. *Was soll ich tun? Was soll ich nur machen?*

Wie von selbst wanderten Rias Augen zur Tür des Besprechungsraumes. Auf der anderen Seite des Flures lag der Funkraum. Er war leer, die Männer bereiteten sich für ihren Einsatz vor.

Ria begriff erst, welche Entscheidung sie getroffen hatte, als sie aufstand. Fast lautlos und unbemerkt schlüpfte sie vom Besprechungsraum in den Funkraum und schloss die Tür hinter sich.

*

Percy glaubte langsam, aber sicher, den Verstand zu verlieren. Seit Stunden, die ihm wie eine halbe Ewigkeit vorkamen, saß er in Eleanas Stuhl hinter ihrem Schreibtisch und starrte Löcher in die Luft. Gedankenverloren warf er die Kommunikationseinheit, die seine Ziehmutter ihm zugesteckt hatte, in seinen Händen hin und her.

Obwohl er es zu vermeiden versuchte, dachte er immerzu an Ria. Er ging jede ihrer Begegnungen durch und betrachtete sie durch neue Augen. Sie hatte ihn bereits erkannt als sie ihm im Speicher in Hamburg über den Weg gelaufen war. Als er ihr seinen Namen verraten hatte, als sie blutend in seinen Armen gelegen hatte, hatte sie ihn selbstverständlich Percy und nicht Percival genannt. Hätte ihm damals schon auffallen müssen, dass etwas nicht stimmte?

Percy konnte dennoch nicht anders, als immer wieder den Kopf darüber zu schütteln. Er wurde immer noch nicht aus allem schlau. Sie hatte im Sterben gelegen. Wäre sie nicht mit der Kristalllampe geheilt worden, wäre sie verblutet. War sie tatsächlich so weit gegangen, um sich bei ihm und Eleana einzuschleichen? Hatte sie gewusst, dass sie auf ihn – ihren Zwillingsbruder – treffen würde? Sie war entweder unheimlich abgebrüht oder es war alles vollkommen schiefgelaufen. Wie dem auch sei, sie hatte ein falsches Spiel gespielt. Percy stellte erst jetzt fest, wie tief verletzt er war. Er kam sich unendlich dumm vor.

Dennoch war da ein Teil in ihm, der sich davor hütete, ein abschließendes Urteil über Ria zu fällen. Die prompte Vertrautheit zwischen ihnen, die Art und Weise, wie Ria ihn angesehen hatte und nicht zuletzt Eleanas Worte ließen ihn unschlüssig sein.

Vertrau ihr!, hallte es durch seine Gedanken. Hatte sie wirklich Ria gemeint? Und wenn ja, konnte Percy wirklich darauf vertrauen, dass doch noch ein Wunder geschah? Auch dazu konnte er sich nicht durchringen.

Jedenfalls dachte er das, bis ein Signalton ihn aus den Gedanken riss. Percy hätte vor Schreck fast die

Kommunikationseinheit fallen lassen, als das kleine Gerät wie wild zu leuchten und piepen begann.

„Was zum heiligen ...“, entfuhr es Percy, als er sich das kleine Gerät vor Augen führte. Er entzifferte die kurze Nachricht, die auf dem Display erschienen war und sprang auf. Die Nachricht war nicht lang. Sie bestand nur aus ein paar Ziffern und Buchstaben.

„Das sind Koordinaten“, flüsterte Percy zu sich selbst. Seine Augen blieben an der Unterschrift der Nachricht hängen und sein Herz setzte einen Moment aus. Dort standen die Buchstaben: „A.E.T.“ Percy wusste sofort, was das bedeutete. Diese Nachricht stammte von Ariane Eleana von Thalburg, Ria, seiner Schwester.

Percy wusste zuerst nicht, was er tun sollte. Sein Blick glitt zum Fenster und den drei Ordensschiffen, die dort zu sehen waren. Sie lagen dicht beieinander und ließen einen Korridor frei zum offenen Meer. Die PALLAS war ein schnelles Schiff.

Percys Faust schloss sich um die Kommunikationseinheit und seine Augenbrauen drückten sich entschlossen nach unten. Er warf sich in Eleanas Sessel, griff nach den Kontrollen und im Inneren ihres Rumpfs erwachte die PALLAS zum Leben.

Ria war noch nie in Knossos gewesen. Sie hatte zwar einiges über diesen Ort gelesen und unzählige Bilder der alten Palastanlage studiert. Nichts davon hätte sie jedoch darauf vorbereiten können, die alte Tempelanlage in Wirklichkeit zu erleben.

Sie waren kurz nach Einbruch der Dunkelheit bei der Palastanlage eingetroffen. Auf Kreta ging die Sonne auch im Januar am späten Abend unter. Als Ria mit Calla, Rider und seiner Truppe die Ruinen erreicht hatte, war es schon fast Nacht gewesen. Es waren keine Touristen mehr da, und der einzelne Wachmann, der den Eingang zur Anlage patrouilliert hatte, hatte sich ohne Schwierigkeiten außer Gefecht setzen lassen.

Jetzt breitete sich Knossos im Mondschein vollkommen ungestört vor ihnen aus. Der Palast galt heute als die größte Anlage der minoischen Kultur. Das war nicht immer so gewesen. Dort, wo das heutige Santorin lag, hatte sich einst ein riesiges Inselreich befunden. Der Archipel heute war kaum mehr als ein wenig Landmasse um einem riesigen Vulkankrater. Doch zur Zeit der Antike hatte es dort die erste Hochkultur Europas, vielleicht die erste Hochkultur der Menschheit gegeben. Die Archäologen hatten die zerstörte Insel Thera getauft. Ria wusste es besser. Sie kannte die Wahrheit, dass Thera diejenige Insel war, die Platon einst Atlantis genannt hatte. Kreta, die Insel, auf der Knossos lag, war heute eine der größten Inseln der Ägäis. Zu Zeiten von Thera aber war sie nur ein kleiner Teil des Imperiums gewesen, das sich über die griechischen Inseln bis nach Ägypten hin erstreckt hatte. Knossos musste damals als eine kleinere Palastanlage der Verwaltung des atlantischen Reiches gedient haben. Sie mochte nur einen Vorgeschmack darauf vermittelt haben, zu welcher Pracht und Erhabenheit die atlantische Kultur eigentlich in der Lage gewesen war. Heute war sie fast alles, was noch übrig war.

Ria hatte immer gewusst, dass die Bauwerke zu Zeiten von Atlantis erbaut worden waren. Niemals wäre sie auf die Idee gekommen, dass Knossos sich auch so anfühlen würde.

Die tiefen Sinne singen. Kit hatte diesen Satz immer wieder benutzt, als er ihr beigebracht hatte, ihr atlantisches Erbe einzusetzen. Er hatte ihr versprochen, dass sie eines Tages begreifen würde, was dieser Spruch bedeutete.

Das also meinte er. Bereits als sie im Tempel in Norwegen Callas Erinnerung an die Zeit in Atlantis miterlebt hatte, war Ria der Gedanke gekommen, dass Kit dieses Gefühl gemeint haben könnte. Doch jetzt, da sie in Knossos stand, inmitten einer Ruinenlandschaft, die noch erahnen ließ, welch ein erhabener Prachtbau hier einst gestanden hatte, dachte sie, die Bedeutung dieser Worte endlich verstanden zu haben.

Atlantis ist auferstanden. Sie wusste natürlich, dass dies vollkommener Unsinn war. Aber sie fand keine andere Beschreibung für das, was in ihr vorging. Wenn sie die roten Säulen betrachtete und die bunten Fresken auf sich einwirken ließ, dann war ihr nicht nur, als riskierte sie einen Blick in die Vergangenheit. Das Leben, das sich hier einst abgespielt hatte, erschien plötzlich greifbar und nah. Ria glaubte immer wieder im Augenwinkel Menschen zu sehen. Einmal riss sie den Kopf zur Seite, weil sie meinte, Kinderlachen aus einem nahe gelegenen Kiefernhain zu hören. Doch immer, wenn sie sich auf die Orte konzentrierte, wo sie der Ansicht war, etwas bemerkt zu haben, warteten nur Stille und Dunkelheit.

Ria bemerkte, dass Kit sie beobachtete. Auch seine Augen waren leicht glasig und verträumt. Er verlangsamte seine Schritte, sodass er und Ria jetzt nebeneinander gingen.

„Merkst du es?“, fragte er leise, sodass keiner seiner Männer ihn hören konnte.

Ria nickte zaghaft. „Was ist das?“

„Alles, was einmal hier gewesen ist, hat seine Spuren an diesem Ort hinterlassen. Hier haben Atlanter und ihre Nachfahren gelebt. Die Erinnerungen, die sie hier geschaffen haben, sind noch immer da, lange nachdem die Menschen, zu denen sie gehört haben, gestorben sind. Normale Menschen können sie nicht spüren – nicht bewusst jedenfalls. Du aber hast über deine ozeanischen Gene Zugang zu ihnen. Sie berühren dich und lassen dich erahnen, was sich hier abgespielt hat.“

Ria ließ diese Worte auf sich wirken. Sie schloss die Augen für einen Moment und breitete ihre tiefen Sinne bewusst aus. Wieder hörte sie entfernte Stimmen, Gelächter, Gerede. Dann war da Geschrei, der Geruch von Asche stieg ihr in die Nase und plötzlich packte sie ein übermannendes Gefühl von Angst, sodass sie wie angewurzelt stehen blieb und die Augen aufreißen musste.

Keuchend sah sie zu Kit.

„Atlantis‘ Untergang“, sagte er ruhig, als hätte er ihre Gedanken gelesen. Seine Stimme war emotionslos.

Ria benötigte einige Sekunden, um sich zu sammeln und die Bilder und Gefühle abzuschütteln. Kit hatte ihr erklärt, dass der Vulkan auf Santorin ausgebrochen war. Er hatte die damalige Insel Thera zerstört und das ganze Inselreich in Schutt und Asche gehüllt. Das Meer hatte sich erhoben und das Land überspült. Knossos und Kreta waren weit weg von der Katastrophe gewesen, doch auch hier waren die Menschen dahingerafft worden. Nur wenige hatten überlebt. Von Thera oder Atlantis hingegen war lediglich ein steiniger, lebloser Archipel übrig geblieben.

„Wie ist das für dich?“, fragte Ria. Kit war kein Ozeanier. Er war einer der elf Atlanter. Seine Erbinformationen stimmten haargenau mit denen eines Mannes überein, der vor Tausenden von Jahren die Unsterblichkeit erlangt und das Reich von Atlantis mit aufgebaut hatte. War Kits Vorgänger hier gewesen, als der Palast von Knossos noch mit Leben erfüllt gewesen war? Hatte er vielleicht sogar den Untergang miterlebt?

„Ich bin mehr als nur einmal hier“, sagte Kit, den Blick in die Ferne gerichtet.

Ria wollte erst nachhaken, überlegte es sich jedoch anders. In Kits Worten schwangen so viele unterschiedliche Gedanken mit, dass es vermutlich keine bessere Schilderung dessen gab, was sich in seinem Geist abspielte. Ria konnte sich kaum eine Vorstellung davon machen, welche Flut von Erinnerungen und

Gedanken ihn überkamen. Sie konnte sich ohnehin nicht ausmalen, wie es sein musste, die Erinnerungen an ein ganz anderes Leben zu erleben.

Ihr Blick glitt über ihre Schulter. Hinter ihr ging Calla. Ihre Hände waren gefesselt, und Marco führte sie am Arm. Ihr Gesicht war kreidebleich und sie wirkte gehetzt. Auch sie sah in die Ferne, aber es war, als könnte sie nichts richtig fokussieren. Nur an ihrer zuckenden Mimik erkannte Ria, dass auch sie etwas zu durchleben schien, das sie heillos überforderte. Calla wusste noch nicht lange um ihre wahre Identität. Egal ob sie tatsächlich die Prinzessin war, sie war einer der wichtigsten Bausteine in einem Puzzle, das den Schlüssel zu den größten Geheimnissen der Menschheit enthielt. Aber sie war auch nur ein Mädchen in Rias Alter, das durch nichts darauf vorbereitet worden war. Und dies war erst der Anfang.

Rias Mitgefühl meldete sich. Es gab im Augenblick jedoch nichts, was sie für Calla tun konnte. Daher drehte Ria sich wieder um und richtete den Blick nach vorne.

„Müssen wir eigentlich mit irgendwelchen Wachen rechnen?“, fragte sie an Kit gewandt.

Kit sah sie nicht an. Er ging auch nicht auf ihre Frage ein. Stattdessen sagte er: „Wir sind da.“

Ria blieb stehen und beobachtete, wie Kit auf ein kleines Nebengebäude der Palastanlage zusteuerte. Sie folgte ihm zögerlich.

„Wo gehst du denn hin?“, fragte sie.

„Meinst du, ich war während deines kleinen Abenteuerurlaubs in Norwegen untätig?“, fragte Kit und warf Ria ein schwaches Lächeln zu.

Rias Miene blieb ernst. Sie sah kurz zurück zu Calla und stellte zufrieden fest, dass sie außer Hörweite war. Ihre Reise mit der Gräfin und Percy als „Abenteuerurlaub“ zu bezeichnen, war in jeder Hinsicht geschmacklos.

„Ich habe den Eingang zum Labyrinth gefunden“, fuhr Kit fort.

„Hier?“ Ria zeigte ungläubig auf das kleine Häuschen mit den gigantischen Tonkrügen. „Das soll der Eingang zum Labyrinth sein?“

Anstatt zu antworten, breitete Kit seine Arme aus, umfasste eine der mannshohen Krüge und trug ihn aus dem kleinen Gebäude. Er warf seinen Männern einen finsteren Blick zu, worauf diese sich beeilten, ihm zur Hand zu gehen.

Ria stellte sich neben Calla und sah dem Treiben mit verschränkten Armen zu.

„Ich dachte, der Eingang zum Labyrinth sei versteckt. Niemand hat eine Ahnung, wo er sich befindet.“

„So war es auch“, gab Kit zurück und stellte sich neben Ria, während seine Männer die Arbeit ohne ihn fortsetzten. Als Brutus den letzten Krug aus dem kleinen Haus trug, ging Kit in dessen hinteren Teil, kam vor einer Tonplatte zum Stehen und deutete nach unten.

„Bis jetzt“, sagte er grinsend und setzte einen Fuß auf die Platte. Ria sah ungläubig dabei zu, wie sein Stiefel in der Platte verschwand. Sie blinzelte einige Male, bis sie feststellte, dass eine schmale, steinerne Treppe erschienen war, die tief in die Dunkelheit führte.

„Eine Illusion?“, flüsterte Ria.

„Du erinnerst dich, was ich dir immer über Verstecke sage?“, fragte Kit.

Ria schluckte. Kit hatte ihr beigebracht, wie man im Verborgenen lebte. Seinetwegen konnte sie stehlen, betrügen und lügen. Er hatte ihr Fähigkeiten mitgegeben, die sie egal wo überleben lassen würden. Früher einmal hatte sie sich gewünscht, ein Mensch zu sein, der so etwas nicht zu wissen brauchte.

„Niemand sucht nach etwas, was direkt vor seiner Nase liegt“, antwortete Ria.

Kit kam auf sie zu und klopfte ihr anerkennend auf die Schulter. Anschließend ging er zu Calla und Marco. Er zog einen kleinen Schlüssel aus seiner Hosentasche und öffnete die Handschellen, die um Callas Handgelenke lagen. Calla reagierte erst nach einigen Sekunden darauf.

Sie sah Kit mit einem niedergeschlagenen Gesichtsausdruck an. Dieser deutete auf die Treppe in die Tiefe. „Nach euch, Prinzessin“, sagte er. Er hatte es wohl scherzhaft gemeint. Er hatte allerdings ernst und höflich geklungen. Welche Atlanterin auch immer Calla einmal gewesen war, sie hauchte Christopher Rider auch heute noch Respekt ein.

Calla sagte nichts. Sie setzte sich schweigend in Bewegung, betrat die erste Stufe der Treppe und verschwand mit langsamen Schritten in der Dunkelheit. Ria, Kit und seine Männer folgten ihr.

*

Riders Lampe warf einen fahlen Schein in die Gesichter der Männer und der beiden Mädchen. Calla schien in ihrer Trance gefangen zu sein, dem Anschein nach aufgewühlt von diesem Ort und dem, was er mit ihrem Geist anstellte. Ria hingegen sah aus, als versuche sie, jeden neuen Anblick in sich aufzunehmen. Rider schmunzelte, als er beobachtete, wie sich ihre Stirn immer wieder in Falten legte. Sämtliche Fragen, die sie gerade beschäftigten, waren ihr geradezu aus dem Gesicht abzulesen.

„Die Bodenplatte da oben war ein Energiefeld. Materie wird durch eine Vorrichtung im Boden so manipuliert, dass sie das Licht bricht. So entsteht die Illusion festen Untergrunds, der gar nicht existiert“, erklärte er Ria.

„Und wieso hat dann keiner etwas aus Versehen drauf gestellt?“

„Das Feld lenkt deine Aufmerksamkeit ab. Du achtest auf die Platte einfach gar nicht. Man muss sich haargenau auf diesen Punkt konzentrieren, um der Täuschung zu entgehen. Wenn du nicht weißt, dass du genau dorthin gucken musst, schaust du einfach an ihr vorbei.“

Ria verlangsamte ihre Schritte. Sie ging jetzt neben Rider, obwohl die Treppe in die Tiefe schmal war. „Woher wusstest du, dass du genau da suchen musstest?“

Rider schob Ria wieder vor sich. Seine Augen ruhten aber auf Calla, die als erste die Treppen hinabstieg. Sie trug anders als Rider und seine Männer keine Taschenlampe. Dennoch setzte sie ihre Füße sicher voreinander. Sie wusste den Weg, ohne jemals zuvor hier gewesen zu sein. Rider kannte das Gefühl.

„Spürst du es nicht?“, fragte er an Ria gewandt.

Er hörte Ria tief einatmen. „Es wird wärmer“, sagte sie.

„Als ich vor einigen Tagen hier war, konnte ich die Signatur auch fühlen. Sie war plötzlich klar und deutlich – wie ein roter Faden.“

Ria lachte bitter auf. „Wie der in der Sage?“

Rider schwieg. Ria konnte nicht wissen, dass die Sage von Theseus, der als Opfergabe in das Labyrinth des König Minos geschickt worden war, und der nur mit Hilfe der Königstochter hatte fliehen können, dicht an der Wirklichkeit war.

Rider hatte von klein auf gelernt, dass die Griechen in ihren Sagen mehr Wahrheit verarbeitet hatten, als ihnen wohl selbst bewusst gewesen war. Seit jeher hatten sie sich von dem Labyrinth unter dem Königspalast der Minoer erzählt. Moderne Archäologen waren heute der Ansicht, dass sie damit das weit verzweigte Höhlennetzwerk Kretas gemeint haben mochten, das Ausläufer bis nach Knossos besaß. In Ozeana kannte man eine andere Wahrheit. Im Labyrinth der Minoer, im Labyrinth von Atlantis, hatten die Überlebenden der Katastrophe den wertvollsten Schatz ihrer Kultur versteckt: die Krone von Atlantis. Der größte und mächtigste der Atlantissteine war in der Tiefe in einem Irrgarten begraben worden, auf dass niemand, nicht einmal die überlebenden Nachfahren der Atlanter selbst ihn je finden konnten. Nun hatte es ganz den Anschein, als lägen Archäologie und das ozeanische Wissen beide richtig.

Rider hatte beigebracht bekommen, dass das Labyrinth nicht nur verborgen war, sondern auch nicht betreten werden konnte. Denn nur die wahre Eigentümerin der Krone sollte in der Lage sein, sie aus dem Labyrinth zu holen. Wenn Rider Recht hatte, würde die Prinzessin von Atlantis den Schatz heute heben. Heute würden Ereignisse in Gang gesetzt, die ihn seinen Zielen ganz nah bringen würden.

„Aber du warst doch schon öfter hier, oder? Wieso hast du dann vorher nichts gemerkt?“, fragte Ria wieder im Flüsterton und riss Rider damit aus seinen Gedanken an Sagen, Mythen und seine eigenen Hoffnungen.

Ohne sich umzusehen, konnte Rider Jacks argwöhnische Blicke in seinem Rücken spüren. Er senkte erneut die Stimme, um zu antworten. „Irgendetwas hat sich verändert, seit ich das letzte Mal hier war“, sagte er. Dieser Tatsache war er sich vollkommen sicher. Knossos war schon immer ein besonderer Ort für ihn gewesen. Doch anders als früher existierten hier nicht mehr nur die Erinnerungen an vergangene Zeiten. Es war, als sei der Ort wieder zum Leben erwacht.

„Ich glaube, irgendetwas hat sich seitdem aktiviert. Irgendein Mechanismus muss in Gang gesetzt worden sein, der das Labyrinth wieder auffindbar gemacht hat“, fuhr Rider fort.

„Was kann das gewesen sein?“, fragte Ria.

„Meine Geburt.“ Callas Stimme klang hohl, seltsam maschinell. Sie drehte sich zu Rider und Ria nicht um, sondern ging weiter die Stufen hinab.

Ria warf Rider einen fragenden Blick zu.

„Ich glaube, ich weiß, was sie meint“, flüsterte Rider Ria zu. „Bei meinem letzten Besuch waren die elf Atlanter noch nicht alle wieder auf der Welt. Calla war in der Tat noch nicht geboren. Möglicherweise hat die Ankunft der letzten Atlanterin die Stätten von Atlantis wiederbelebt.“

Rider beobachtete, wie sich langsam aber sicher Sorge in Rias Gesicht schlich. Ein kurzer Blick nach vorne verriet ihm, dass sie fast das Ende der Treppe erreicht hatten. Ein schwaches Licht schien jetzt in der Tiefe. Mit jedem Schritt, den sie machten, wurde es heller.

Vor sich hörte Rider, wie Ria abrupt stehen blieb. Ihr Kopf war zur Seite gezuckt, die Augen weit aufgerissen. Vor sich ging Calla unbeirrt weiter. Ria aber warf ihm einen panischen Blick zu.

„Was ist das?“, fragte sie und deutete auf die Wand neben sich. Rider stellte sich neben sie und sah das Fresko an, das dort in ausgeblichenen Farben zu sehen war. Auch er musste kurz die Luft anhalten, weil das Wandbild ihn erschaudern ließ.

„Wonach sieht es denn aus?“, gab er tonlos zurück.

„Nach dem Minotaurus.“ Rias Stimme war so leise geworden, dass Rider sie kaum hören konnte.

Ria und Rider starrten in die hässliche Fratze eines Gesichts, das die missratene Mischung aus Mensch und Tier darstellte. Die Farben des Freskos waren fast ausgeblichen. Nur die Umrandungen der Zeichnung und das Rot der gemalten Blutstropfen hatten die Zeiten überlebt. Der Minotaurus war im Profil gemalt worden, wie es in Knossos und auf Santorin üblich gewesen war. Stirn und Augen sollten wohl vom Menschen stammen, wirkten jedoch so blutrünstig, dass Rider bemerkte, dass er den Blick kurz abwenden wollte. Dort, wo der Mund sein sollte, war eine hässliche Tierschnauze gemalt worden. Die Zunge hing heraus und tropfte. Auf dem Kopf konnte man deutlich zwei weiße Hörner erkennen, deren Spitzen rot schimmerten.

„In der Sage wartete der Minotaurus im Labyrinth auf Theseus“, sagte Rider zu Ria.

Er machte Anstalten weiterzugehen, doch Ria bewegte sich nicht von der Stelle. Ohne die Augen von dem Stiermenschen abzuwenden, fragte sie: „Ist der etwa da unten?“ Ihre Stimme war nur ein Hauch.

Hinter sich hörte Rider die Männer unruhig werden. Einige waren auffallend still. Andere beschwerten sich, dass es nicht weiter ging. Unbeeindruckt davon starrte Ria Rider an und wartete auf eine Antwort.

Rider beugte sich zu Rias Ohr, sodass nur sie ihn verstehen konnte. „Er ist nicht *unser* Problem.“

Rider hatte gehofft, dass Ria sich beruhigen würde, sobald sie erfuhr, dass der Minotaurus ihr nichts würde anhaben können. Er würde sehr bald Jagd auf jemand anderen machen. Doch da ruckte ihr Kopf zu Calla herum. Das blonde

Mädchen ging noch immer wie eine Schlafwandlerin die Stufen hinunter.

„Du hast gesagt, dass Calla sterben wird, wenn sie nicht die Prinzessin von Atlantis ist!“, zischte Ria Rider an. Ihre Augen funkelten und Rider sah den Zorn in ihr aufsteigen. Er konnte sich nicht erinnern, wann sie ihn jemals so angesehen hatte. „Meintest du dieses …“, sie unterbrach sich, „… dieses Ding da?“ Sie deutete auf das Fresko des Stiermenschen.

Rider musste tief Luft holen. Er öffnete gerade den Mund, um Ria zu antworten, doch jemand anderes kam ihm zuvor.

„Nein.“ Callas Stimme hallte zwischen den steinernen Wänden wider. Rider, Ria und die Männer sahen die Stufen hinab und erkannten, dass das Mädchen den Fuß der Treppe erreicht hatte. Sie hatte sich ihnen nun wieder zugewandt. Die Hände hingen schlaff an ihren Seiten, der Kopf war leicht in den Nacken gelegt. Ein unnatürliches, blaues Licht umgab sie. Sie sah gespenstisch aus. „Er meinte etwas anderes.“

Mit ihren letzten Worten setzte Calla sich wieder in Bewegung und verschwand aus ihrem Sichtfeld.

Rider bemerkte erst jetzt, dass er die Luft angehalten hatte. Er tauschte noch einen schnellen Blick mit Ria. Diese hatte die Lippen aufeinander gepresst und die Nase gerümpft. Sie sprach jedoch keine der giftigen Worte, die ihr offensichtlich auf der Zunge lagen, laut aus. Stattdessen wandte sie sich mit einer schwungvollen Bewegung von Rider ab und rannte die Stufen hinab und Calla hinterher. Rider und seine Männer folgten ihr eilig.

*

Am Fuß der Treppe musste Ria ihre Hände kurz hochreißen, um ihre Augen gegen das helle Licht zu schützen, das sie jetzt blendete. Ein grünblauer Lichtschimmer strahlte sie aus der Richtung an, in die Calla gegangen war. Erst nach einem Moment, in dem ihre Augen sich an das Licht gewöhnten, konnte Ria nach vorne blicken. Der Anblick verschlug ihr den Atem.

Sie befanden sich in einer gigantischen Halle. War die Treppe klein und schmal gewesen, die Wände und die Decke beengend, war der Raum, den sie jetzt in der Tiefe betrat, so hoch, dass Ria ihren Augen kaum trauen mochte. Gigantische Säulen ragten in die Höhe und trugen die steinerne Decke. Der Raum hatte kein Gewölbe, sodass die Säulen in regelmäßigen Abständen standen und eine dichte Struktur bildeten, die den ganzen Raum ausfüllte. Das geheimnisvolle Licht schien durch sie hindurch und warf lange, angsteinflößende Schatten. Ria entdeckte Calla, die völlig unbeeindruckt durch den Säulenwald marschierte. Sie ging stetig der Lichtquelle entgegen.

„Ist das das Labyrinth?“, fragte Ria, als sie merkte, dass Kit hinter ihr zum Stehen gekommen war.

Als sie keine Antwort bekam, sah sie zu ihm auf. Er schüttelte langsam den Kopf. „Das ist nur der Eingang“, sagte er.

Ria blieb keine Zeit, eine Folgefrage zu stellen. Kit ging an ihr vorbei, Calla hinterher. Er beeilte sich nicht, sie einzuholen. Er musste sicher wissen, dass es für sie kein Entkommen gab. Seine Männer folgten ihm schweigend. Nur Brutus stöhnte ungehalten: „Boah!“ Ria schloss sich der Truppe widerwillig an.

Die Säulen waren über und über mit Fresken bedeckt. Über die Jahrtausende verblasste Farben deuteten exotische Tiere, Frauen mit extravagantem Schmuck und Männer mit antiken Waffen an. Erst als sie den riesigen Raum schon fast zur Hälfte durchquert hatten, stellte Ria fest, dass auch der Boden mit Bildern übersät war. Anders als die Fresken an den Säulen waren hier aber einfache Symbole in die Platten geritzt worden. Sie erinnerten sie an den Boden der Tempelanlage in Norwegen. Ria erkannte Darstellungen von Blumen, Menschen- und Tierköpfe sowie Alltagsgegenstände. Die Symbole wiederholten sich in bestimmten Reihenfolgen, sodass Ria der Verdacht kam, dass es sich nicht um Verzierungen, sondern um eine Schrift handelte. Die Abbildungen erinnerten sie an Hieroglyphen. Vielleicht ging sie auf einem Jahrtausende alten Text. Allein dieser Gedanke ließ in ihrer Magengrube ein Kribbeln aufkommen.

Vor sich bemerkte Ria, dass die Männer langsamer wurden. Einer nach dem anderen kam zum Stehen. Sie bildeten einen Halbkreis um das, was am Ende des Raumes auf sie wartete.

Ria wappnete sich, versuchte sich vorzubereiten auf das, was sie dort finden würde. Sie schob sich zwischen den Halunken hindurch. Wieder musste sie unwillkürlich die Luft anhalten.

„Was zum …?“, begann sie, war aber nicht in der Lage, den Satz zu beenden.

Kit antwortete auf ihre Frage dennoch. „*Das* ist der Eingang zum Labyrinth.“

Ria betrachtete ein Tor. Das Ende des Raumes bildete eine glatte Wand, die wie der Boden mit den seltsamen Schriftzeichen überzogen worden war. In der Mitte der Wand war eine breite, rechteckige Öffnung eingelassen worden, die sicherlich drei Meter hoch sein musste. Zwei riesige rote Säulen begrenzten den Eingang. Ria konnte durch das Tor nicht hindurchsehen. Wie ein Vorhang floss ein unablässiger Strom Wasser an der Wand und über das Tor nach unten und bildete einen undurchsichtigen Schleier. Das Wasser leuchtete. Ria hatte keine Vorstellung davon, wie das möglich war, doch das Wasser glitzerte in dem mysteriösen grünblau, das den ganzen Raum erhellte. Es war ein Anblick von angsterfüllender Schönheit.

Für einen langen Moment trat Schweigen zwischen die Männer, Kit, Ria und Calla. Sämtliche Augen lagen wie gebannt auf der geheimnisvollen Konstruktion vor ihnen. Es wunderte Ria nicht im geringsten, dass Kits hagerer Handlanger mit dem Messer derjenige war, der zuerst das Wort ergriff und die andächtige Stille zerstörte.

„Und wo ist jetzt das Problem, da reinzugehen?“, blaffte er mit seinem fürchterlichen Akzent. „Ist doch nur Wasser.“

„Du kannst es gerne probieren, Jack.“ Ria sah, wie Kit einen fast hoffnungsvollen Blick auf Jack warf.

Jack sah verunsichert zwischen ihm und den anderen Männern hin und her. Kit ließ nicht locker. „Mach‘ schon, Jack. Es ist doch nur Wasser.“ Er grinste bösartig.

Jack schien zu ahnen, dass die Aufforderung seines Anführers nichts Gutes verhieß. Er schüttelte gerade den Kopf und wollte ansetzen, etwas zu sagen, als Brutus ihm zuvorkam. „Dann geh‘ ich halt.“

Ria biss sich auf die Lippen, als sie beobachtete, wie Brutus vollkommen unbeeindruckt und mit einiger Geschwindigkeit nach vorne preschte und auf den Torbogen mit dem Wasserschleier zuging. Er verlangsamte seinen Schritt nicht einmal, als er bei dem Tor ankam, seinen Fuß nochmals nach vorne setzte und seinen Kopf durch das Wasser stecken wollte.

Die Männer schrien auf. Ohne den leisesten Laut prallte Brutus gegen das Wasser, wurde augenblicklich zurückgeworfen und taumelte mit kreisendem Kopf zurück. Er wankte ein paar Schritte rückwärts, fing sich aber wieder. Zornesröte stieg in sein Gesicht. Er schob eine Schulter vor, nahm kurz Anlauf und warf sich nochmals dem Wasser entgegen. Seine Schulter prallte gegen die Flüssigkeit, als verberge sie eine unsichtbare Wand. Brutus drückte sich dagegen, schob und fluchte, doch er kam nicht einen Zentimeter vorwärts. Er konnte nicht rein.

Ria sah erschrocken zu Kit. „Um das Labyrinth betreten zu können, braucht man einen Schlüssel“, sagte er geheimnisvoll.

Ria verstand sofort. Ihre Hand schnellte zu ihrem Hals und umfasste den Anhänger.

„Einen Atlantisstein“, sagte sie leise. Es war keine Frage gewesen. Sie wusste, dass es so war. Sie wandte sich dem Tor zu.

Langsam und vorsichtig ging sie auf die Wasserbarriere zu. Brutus hatte seine Mühen mittlerweile aufgegeben und stand tropfend und triefend daneben. Er rieb sich mit einem schmerzverzerrten Gesichtsausdruck die Schulter. Ria beachtete ihn gar nicht. Angsterfüllt, aber zu fasziniert, um es nicht zu tun, stellte sie sich vor den rauschenden Wasserfall und hob eine Hand. Sie zögerte einen Augenblick, bevor sie ihre Finger in das Wasser gleiten ließ. Nichts geschah. Sie fühlte nichts als das kühle Nass auf ihrer Haut. Ria schob ihren Arm weiter vor. Als sei da keine Barriere, kam ihre Hand auf der anderen Seite des Wassers an, verließ den Strom und war im Trockenen.

„Unglaublich", sagte sie zu sich selbst. Ein zaghaftes Lächeln schlich sich auf ihre Züge.

Doch ihr Lächeln erstarb augenblicklich. Wie ein Donner erklang ein furchtbarer, röhrenartiger Laut. Er brachte die Luft zum Vibrieren und fuhr Ria bis ins Mark. Vor Schreck zog sie die Finger aus dem Wasser zurück und stolperte ein paar Schritte rückwärts. Der Laut hielt noch immer an. Ria wollte gerade ihre Hände heben, um sie schützend über ihre Ohren zu legen, als er endlich erstarb.

Rias Haare stellten sich auf ihrem gesamten Körper auf. „Was war das?", rief sie und warf sich herum, um Kit anzusehen.

Stattdessen blickte sie in Callas ausdrucksloses Gesicht. Das blonde Mädchen hatte sich unbemerkt genau hinter sie gestellt und sah sie aus seinen trüben Augen an. „Der Minotaurus", sagte sie leise zu ihr und Ria glaubte, dass ihr das Blut in den Adern gefror.

Sie bekam keine Gelegenheit, etwas zu erwidern. Calla ging einfach an ihr vorbei, stellte sich vor das Tor und blieb stehen. Sie bildete einen Schatten vor dem Licht, das von dem Wasser ausging. Ria konnte nicht anders, als sie anzustarren.

Sie spürte, wie Kit sich neben sie stellte. Auch seine Augen ruhten auf Calla.

„Was passiert, wenn sie da reingeht?", fragte Ria. „Der Minotaurus wird sie doch töten!"

Ria sah zu Kit, der einen Mundwinkel verzog. „Ich glaube nicht, dass er sie angreifen wird. Der Minotaurus ist eine Maschine, die zur Bewachung der Krone von Atlantis geschaffen wurde. Er wird einer Atlanterin kein Haar krümmen."

Ria packte Kit am Arm. „Doch wird er. In Norwegen sind wir auch so einem Ding begegnet. Er hat uns fast umgebracht!", zischte sie.

Kit warf ihr einen verständnislosen Blick zu. Er schüttelte den Kopf. Ria konnte sehen, wie es in seinem Gesicht arbeitete. „Wir sind so weit gekommen“, murmelte er.

Ria verstärkte ihren Griff um Kits Arm. Seine Männer sahen sie fassungslos an, machten gar einen Schritt auf sie zu, um sie von ihrem Anführer fernzuhalten. Kit winkte aber ab, obwohl Ria begann ihn anzuherrschen: „Du setzt ihr Leben aufs Spiel!“

Kit packte Ria umgekehrt am Arm und zog ihr Gesicht zu seinem. „Dann wird sie eben schneller sein müssen als er! Ich habe nicht die letzten elf Jahre damit zugebracht, an diesen Punkt zu gelangen, um jetzt stehen zu bleiben!“

Ria stiegen die Tränen in die Augen. Sie kämpfte sie jedoch zurück. Sie würde Kit nicht den Gefallen tun, jetzt zu heulen. Er durfte nicht sehen, dass er gerade alles zunichte machte, was sie je von ihm gehalten hatte. Sie hatte immer gewusst, dass er brutal und grausam sein konnte. Aber zu ihr war er einfühlsam, freundlich und manchmal sogar lieb gewesen. Sie hatte sich eingeredet, dass dies der wahre Christopher Rider war. Erst jetzt erkannte sie, dass sie sich getäuscht hatte. Dem Mann, dem sie jetzt ins Gesicht blickte, waren seine Ziele so wichtig, dass er bereit war das Leben eines Mädchens zu riskieren. Dieser Mann hatte sie die letzten elf Jahre in seiner Obhut gehabt. Ihr wurde schlecht.

„Warum gehst du dann nicht rein und holst dir die Krone?“, spie sie in sein Gesicht.

Kit ließ langsam von ihr ab. „Es reicht nicht, Atlanter zu sein“, sagte er. „Wenn ich da reingehe und die Krone von Atlantis berühre, wird mich der Stein umbringen. Nur die Prinzessin kann sie beanspruchen.“

Rias Kopf schnellte zu Calla. Das Mädchen stand noch immer vor dem Tor, hatte ihnen jetzt aber das Gesicht zugewandt. Ihre Mimik war nicht länger ausdruckslos. Ria konnte jetzt klar und deutlich die Angst in Callas Augen erkennen. Ihr Kiefer bebte leicht.

Mit einer groben Bewegung schob Kit Ria vor Calla. „Gib‘ ihr den Anhänger!“, forderte er. Es war keine Bitte, sondern ein Befehl. Ria wusste, dass Widerworte nichts nützen würden.

Schweratmend ging sie zu Calla, stellte sich direkt vor sie und sah ihr ins Gesicht. Calla schaute hilfesuchend zurück. Sie schüttelte ganz sachte den Kopf, sodass nur Ria es wahrnehmen konnte.

Ria wusste, was das zu bedeuten hatte. Calla war nicht die Prinzessin von Atlantis. Anders als noch auf der CRONOS war sie sich dessen jetzt vollkommen sicher. *Es reicht nicht Atlanter zu sein.* Ria ließ dieser Satz von Kit nicht mehr los. Das bedeutete, dass Calla in ihren sicheren Tod ging, wenn sie das Labyrinth jetzt betrat. Wenn nicht schon der Minotaurus sie tötete, würde die Krone von Atlantis es ganz sicher tun.

„Ria! Wird's bald?", drängte Kit hinter ihr.

Ria holte tief Luft. Sie war kein guter Mensch. Sie war niemals einer gewesen. Sie war niemand, der anderen das Leben rettete. Sie hatte ihren Bruder zum Sterben zurückgelassen, um ihre eigene Haut zu retten. Sie war keine Heldin, wie Calla sie jetzt brauchte. Aber war sie deshalb jemand, der einen anderen Menschen wissentlich in sein Verderben schicken konnte? *Gibt es nichts dazwischen?*

Ria hob ihre Hände zu ihrem Nacken. Sie fummelte einen Augenblick mit den vielen Ketten herum, die sich dort ineinander verheddert hatten, bis sie diejenige zu fassen bekam, die sie brauchte. Sie löste den Verschluss, hängte die Kette Calla um den Hals und flüsterte ihr zu: „Dreh' dich um."

Calla folgte der Anweisung, und erst als sie mit dem Gesicht wieder dem Portal zugewandt stand, ging Ria langsam zurück und stellte sich in den Halbkreis von Kits Männern.

*

Rider beobachtete, wie Ria wieder ihren Platz einnahm. Mit einem traurigen Ausdruck im Gesicht reihte sie sich wieder ein. Sie erwiderte seinen Blick nicht. Rider schmerzte es, sie so zu sehen. Er wusste, dass er gerade zu viel von ihr verlangte. In ihr entstand eine Verachtung für ihn, die sie vielleicht niemals wieder ablegen würde. Kit konnte nur hoffen, dass sich dieser Zustand geben würde, wenn er erst sein Ziel mit der Krone von Atlantis erreichte. Möglicherweise hätte er ihr doch sagen sollen, wofür er sie eigentlich brauchte. Mit Chance könnte Ria ihn dann verstehen.

Mit Mühe wandte Rider sich ab. Stattdessen ging er zu Calla. Das blonde Mädchen stand bebend vor dem Portal und starrte auf das herabfließende Wasser. Rider konnte ihre Todesangst geradezu spüren. Es war nicht so, dass ihm die Angst des Mädchens egal war. Sollte sie wirklich in diesem Labyrinth zu Tode kommen, wäre er nicht glücklich darüber. Es gab nur einfach viel Wichtigeres.

Er packte Calla von der Seite am Arm. „Hol' die Krone und komm' zurück. Dann lasse ich dich laufen", flüsterte er ihr ins Ohr. Calla versteifte sich.

Sein Angebot stand im Gegensatz zu dem, was er seinem Auftraggeber versprochen hatte. Doch möglicherweise würde die Tatsache, dass er Calla ihre Freiheit zurückgab, wenn diese Sache gut ausgegangen war, Rias Verachtung ihm gegenüber mildern. Rider hasste es, wie viel er darauf gab, was Ria von ihm dachte.

Jetzt machte er sich von all diesen Gedanken frei, holte tief Luft und setzte seinen Plan in die Tat um. Mit einer sanften, aber kräftigen Bewegung stieß er Calla nach vorne und dem Portal entgegen. Sie hob schützend die Arme. Rider schob sie ungeachtet weiter, bis das Wasser über ihre Hände und ihr Gesicht lief. Calla schrie auf.

„Was denn?", entfuhr es Rider. Er schob Calla ein weiteres Mal nach vorne und wieder landeten ihre Hände auf der unsichtbaren Barriere inmitten des Wassers. Sie kam nicht hindurch.

Das kann doch gar nicht sein! Sie hat doch den Anhänger! Unwirsch zwang er Calla, sich zu ihm zu drehen. Er prüfte ihren Hals, um den eine einzelne Kette mit einem Anhänger lag. In dem silbernen Schmuckstück war jedoch kein blauer Stein eingefasst. Es war ein einfacher Herzanhänger. Rider erkannte die Kette. Ria hatte sie aus Spaß in New York bei einem Nobeljuwelier gestohlen, als er mit ihr vor zwei Jahren dort gewesen war.

„Ria!" Riders Kopf schnellte herum, als er begriff, was geschehen war. Seine Augen suchten die Reihen seiner

Männer nach dem Mädchen ab. Auch die Halunken blickten sich zu allen Seiten um. Doch von Ria war keine Spur mehr zu sehen.

Ich werde sie umbringen! Überwältigender Zorn stieg in Rider auf. Er konnte sich nicht erinnern, jemals so wütend auf Ria gewesen zu sein. „Jack, Brutus!", schrie er. Der hagere Kerl und sein tumber Kumpan reckten die Köpfe. Ein erwartungsvoller Ausdruck stieg in Jacks Gesicht.

„Bringt mir den Anhänger!", zischte Rider.

*

Ria lief so schnell, wie noch nie zuvor in ihrem Leben. Sie spürte die Macht des Atlantissteins um ihren Hals und wie er jeden ihrer Schritte auf ein unnatürlich schnelles Tempo beschleunigte.

Sie hatte das Ende des Säulengartens noch nicht erreicht, als sie schon Kits Schrei hörte, der ihr verriet, dass ihr kleiner Trick mit der Kette nicht lange gewirkt hatte. Die wenigen Sekunden, die sie jetzt Vorsprung hatte, würden genügen müssen. Hinter sich hörte sie bereits die Schritte der Männer, die sie verfolgten.

Am Ende des Raumes bremste Ria scharf ab, warf sich in die Kurve und eilte die schmale Treppe nach oben. Keuchend, aber noch immer flink auf den Beinen, rannte sie die Stufen hinauf. Der Weg nach oben kam ihr endlos vor. Hinter sich hörte sie ein Rufen und ein Stampfen. Sie biss die Zähne zusammen, als ihr klar wurde, dass Kit ihr wieder Jack und Brutus nachgeschickt hatte. *Er ist echt sauer!* Wenn er ihr seine beiden schrecklichsten Männer auf den Hals hetzte, hatte Kit seine Geduld mit ihr verloren. Es war ihr egal.

Endlich kam das Ende der Treppe in Sicht. Ria machte einen Satz und gelangte in das winzige unscheinbare Gebäude in Knossos. Ohne zu zögern, eilte sie ins Freie, blieb stehen und drehte sich zu allen Seiten um.

Was jetzt? So weit hatte sie nicht geplant. Die Entscheidung, Calla eine ihrer anderen Ketten und nicht den Atlantisstein zu geben, hatte sie spontan gefällt. Sie hatte keine Ahnung, wo sie jetzt hingehen sollte. Die brauchte sie aber auch nicht. Was sie brauchte, war Zeit! Und die musste ihr ein Versteck verschaffen.

Ria lief los. Ziellos rannte sie den Hügel hinauf zurück zur Palastanlage von Knossos. Sie irrte einige Augenblicke zwischen den Ruinen umher, bis ein Geräusch sie in Panik versetzte. Ein Tonkrug war zersplittert. Brutus hatte die Oberfläche erreicht. Keuchend rannte Ria in die Palastanlage hinein. Sie durchquerte einige der Räume, bis sie den Thronsaal von Knossos betrat. Dort drückte sie sich gegen die Wand und versuchte zu lauschen.

Viel zu lange hörte sie nur ihren eigenen Atem und ihr Herzklopfen. Ihr Puls wurde nur allmählich langsamer. Ria wusste, dass er nicht nur vor Anstrengung so in die Höhe geschossen war. Sie hatte gerade eben eine Entscheidung getroffen, die ihr ganzes Leben verändern würde. Kit würde ihr das niemals verzeihen. Und wenn sie ehrlich zu sich selbst war, hatte sie sich schon viel früher dazu durchgerungen, ihn zu verraten. Als Kit ihr gesagt hatte, dass Callas Leben auf dem Spiel stand, wenn sie nicht die Prinzessin von Atlantis war, hatte sie bereits etwas getan, um seinen Plan zu vereiteln. Nur hätte er es niemals erfahren müssen. Jetzt wusste er, wie es um ihre Loyalität stand.

Ein Stampfen ließ Ria aus ihren Gedanken hochschrecken. Sie riskierte einen Blick aus dem Thronsaal heraus und nach draußen. Sie bekam eine Gänsehaut, als sie sah, wie Brutus zwischen den Gebäuden umherstreifte. Seine Silhouette war die eines Monsters. Ria fand, dass auch er einen passablen Minotaurus abgegeben hätte. *Es fehlen nur die Hörner.*

„Fühlst du dich sicher?"

Ria fuhr herum, doch sie war zu langsam. Bevor sie reagieren konnte, hatte Jack ihr Handgelenk gepackt, riss an ihrem Arm, legte ihr seine Hand um den Hals und drückte zu.

Ria versuchte zu fluchen, doch es kamen nur erstickte Laute aus ihrem Mund. Wie hatte sie Jack übersehen können? Wieso hatte sie allein auf Brutus geachtet?

Jack versuchte, ihr die Luft abzuschnüren. Doch Ria warf sich nach hinten, zappelte und trat, sodass Jacks Griff um ihren Hals sich löste. Wütend langte er in eine seiner Taschen und zog sein Messer hervor. Ria reichte dieser Augenblick jedoch. Sie drehte ihr Handgelenk um sich selbst, zog es mit einer einzigen schnellen Bewegung aus Jacks Fingern und stieß sich von ihm ab. Der hagere Mann wurde in den Thronsaal geworfen, während Ria ins Freie taumelte. Sie verlor ihr Gleichgewicht, blieb an einer der unebenen Bodenplatten hängen und polterte die steinerne Treppe hinunter.

Als sie am Fuß der Treppe im Staub landete, dröhnte ihr Schädel und alles drehte sich. Für einen Moment war sie vollkommen ohne Orientierung. Sie rappelte sich gerade auf, als sie von hinten von zwei Armen gepackt und wie ein Spielzeug in die Luft gehoben wurde. Ria schrie auf.

Brutus war von hinten an sie herangekommen und hielt sie nun vor seiner Brust. Sein Griff schnürte ihr fast die Luft ab.

Ria strampelte und wand sich, doch gegen Brutus und seine schiere Masse waren nicht einmal ihre gesteigerten Kräfte genug. Es gab nichts, was sie gegen ihn ausrichten konnte.

„Du kleines Miststück!“ Jacks Stimme klang schrill in ihren Ohren, als der hagere Kerl die Treppe, die Ria gerade hinuntergestürzt war, nach unten kam. Er ließ sein Messer bedrohlich von einer Hand in die andere wandern.

„Ich werde nie kapieren, was der Boss daran findet, ein kleines Biest wie dich im Schlepptau zu haben.“

Ria biss die Zähne zusammen und drückte sich gegen Brutus‘ Arme. Es war zwecklos.

„Weißt du, ich hasse kleine Mädchen. Ihr macht mich richtig krank!“ Jacks Stimme wurde leiser. Seine kalten Augen ruhten auf Ria. Er kam immer näher. Jetzt konnte Ria sehen, wie blanker Hass in das Gesicht des Mannes stieg. *Der Kerl ist wahnsinnig!*, fuhr es ihr durch den Kopf. Hatte Kit nicht gewusst, dass er sich einen Verrückten in die Mannschaft geholt hatte?

„Kannst du dir vorstellen, was ich mit Mädchen wie dir mache?“ Jack flüsterte jetzt. Seine Stimme war jetzt ein widerliches Zischen. „Wenn ihr mir so ganz allein und hilflos ausgeliefert seid? Was glaubst du, was ich dann mache?“

Ria wollte vor Panik schreien, doch kein Laut entkam ihrer Kehle. Nicht wissend, was sie sonst tun sollte, rotzte sie Jack alles ins Gesicht, was ihre Nase und ihr Mund zu bieten hatten. Jacks Grinsen wurde nur breiter und fieser.

Er hob gerade sein Messer, um es Ria vor das Gesicht zu halten, als ausgerechnet Brutus‘ Stimme ihn inne halten ließ: „Hey Jack. Der Boss will die Kette haben. Und ich glaube, wir sollten uns lieber beeilen.“

Jacks Blick glitt zu dem Anhänger um Rias Hals. Er schnalzte mürrisch mit der Zunge. Er warf Ria noch einen bösartigen, begierigen Blick zu. Im Anschluss riss er ihr die Kette vom Hals.

„Na schön! Ich bringe das Ding nach unten. Mach‘ du sie fertig, Brutus“, sagte er. Ria versteifte sich vor Angst. Ihr wurde kalt, als Jack hinzufügte: „Und sieh‘ zu, dass es lange dauert. Dann kann ich's mir wenigstens vorstellen.“

Damit wandte er sich ab und verschwand mit dem Anhänger in Richtung des Labyrinths. Ria versuchte abermals zu schreien, sich zu wehren, doch just in dem Augenblick verstärkte Brutus seinen Griff. Als machte es ihm gar nichts aus, drückte er seine Arme zusammen und schnürte Ria weiter ein. Erst blieb ihr die Luft weg. Dann fühlte sie, wie sich ihre Rippen aneinanderdrückten.

Er wird mich einfach zerquetschen! Rias Gedanken rasten. Tränen kullerten über ihre Wangen. Es gab nichts, was sie tun konnte. Ihre Stirn begann zu pochen, sie fühlte ihre Adern durch die Haut hervortreten. Ungeahnte Schmerzen durchzuckten ihren Körper. Die Welt begann dunkel zu werden.

„Lass‘ sie los!“ Ria hörte die Stimme kaum noch. Doch schon im nächsten Augenblick war der entsetzliche Druck, der sie gefangen gehalten hatte, verschwunden. Sie fiel zu Boden. Ihr Brustkorb entfaltete sich, sie bekam wieder Luft. Lautstark japste sie. Erst als sie richtig atmen konnte, hörte sie, dass auch Brutus vor Schmerz aufschrie. Schon im nächsten Moment, fühlte Ria eine Druckwelle über sich hinwegrasen, dann donnerte Brutus‘ massiger Körper neben sie. Er blieb mit dem Gesicht ihr zugewandt liegen. Seine Augen starrten leblos ins Leere. Ria wusste sofort, dass er tot war.

Erleichtert, aber auch irritiert sah Ria nach oben und entdeckte ihren Retter über sich. Als sie ihn erkannte, begann sie zu schluchzen.

„Percy!", hauchte sie, als ihr Zwillingsbruder sie auf die Beine und in seine Arme zog.

Percy hielt Ria für einen Moment in seinen Armen. Dann schob er sie mit einem heftigen Stoß von sich. Schwer atmend sah er sie an. Ihm lagen so viele Worte auf der Zunge, dass er kaum wusste, welche er zuerst aussprechen sollte. Er wollte schreien, brüllen und all den Emotionen in ihm Luft machen. Doch in seinem Kopf herrschte ein solches Chaos, dass er seine Schwester nur anstarren konnte.

Ria sah anders aus. Ohne die schwere Brille auf der Nase und ganz in schwarz gekleidet wirkte sie kleiner, verwundbarer. Die Lederjacke und die Stiefel, die sie trug, waren ihr zu groß. Ihr Haar war zerzaust und ungepflegt. Ihr Gesicht war blasser als Percy es in Erinnerung hatte. Der Ausdruck in ihren Augen war nicht wie gewohnt angriffslustig und skeptisch. Er war ehrlich, offen und zutiefst verstört.

Auch sie sagte zuerst nichts. Sie erwiderte seinen Blick. Nach einer Weile deutete sie auf den riesigen Mann, der leblos an ihrer Seite lag. „Danke“, hauchte sie.

Percy holte tief Luft. Er hatte noch niemals einen anderen Menschen getötet. Er hätte erwartet, dass er ein schlechtes Gewissen hätte, dass er bedauern würde, dass es so weit gekommen war. Er fühlte nichts dergleichen. Er hatte die Entscheidung, den Riesen zu töten, sachlich und ohne zu überlegen, gefällt. Percy hatte den Handschuh, den Eleana in Norwegen bereits gegen den Elchmann eingesetzt hatte, auf Rias Angreifer gerichtet. Durch einen Impuls aus reiner Energie waren durch Percys Berührung die bioelektrischen Gehirnströme des Mannes zum Erliegen gekommen. Nachdem Percy bereits in Hamburg erlebt hatte, wie stark der Mann war und weil er außerdem dabei gewesen war, Ria zu töten, hatte Percy keine andere Wahl gehabt. Rias Leben zu retten war nur so möglich gewesen. Wenn überhaupt hatte Percy Angst, wie berechnend und schnell er zu dieser Erkenntnis gekommen war und wie entschlossen er gehandelt hatte. Es blieb ihm jetzt aber keine Zeit, darüber nachzudenken. Im Moment zählten andere Dinge.

„Wo ist Calla?“ Percy stellte zu seiner Überraschung fest, dass seine Stimme erstickt klang und er leicht zitterte. Sein Herz klopfte ihm bis zum Hals.

Rias Stimme klang keinen Deut besser. „Er hat sie.“

„Wo sind sie?“

Ria deutete mit dem Zeigefinger auf die Erde. Percy verstand erst nicht. „Unter uns liegt das Labyrinth, in dem die Krone von Atlantis versteckt ist“, erklärte Ria.

„Hier?“ Percy wollte seinen Ohren nicht trauen. Er hatte damit gerechnet, dass der Mann in Schwarz, dieser Rider, Calla nach Knossos bringen würde, nachdem Ria ihm die Koordinaten von Kreta übermittelt hatte. Knossos war immerhin eine der größten noch erhaltenen atlantischen Stätten. Er hatte es aber nicht für möglich gehalten, dass Rider bereits im Inbegriff war, der Krone von Atlantis habhaft zu werden.

Doch Ria nickte eifrig. „Niemand kann das Labyrinth betreten. Es ist durch eine Barriere geschützt. Kit ...“ Sie unterbrach sich und musste sich einmal räuspern, bevor sie weitersprechen konnte. „... Rider hat das Labyrinth erst entdeckt, als wir in Norwegen waren. Er glaubt, dass es bisher nicht aktiv war und daher nicht gefunden werden konnte. Irgendetwas hat sich aus seiner Sicht in Gang gesetzt. Vielleicht hat es mit Callas Geburt zu tun. Er ist sich aber nicht sicher.“

Percy brauchte einen Moment, um diese Informationen zu verarbeiten. Das Labyrinth und die Krone waren also die ganze Zeit in Knossos gewesen? Sie lagen damit direkt unter der Nase des Ordens, der hier vermutlich niemals richtig danach gesucht hatte.

„Warum gibt es einen Zusammenhang mit Callas Geburt? Weil sie die Prinzessin von Atlantis ist?“

Bei diesen Worten stieg wieder ein Feuer in Rias Augen. Sie machte einen Schritt auf ihren Bruder zu. „Calla ist nicht die Prinzessin von Atlantis.“

Percy fiel die Kinnlade hinunter. „Wie ...“, setzte er an.

Ria unterbrach ihn scharf: „Keine Zeit für Fragen. Wir müssen verhindern, dass Rider Calla in das Labyrinth schickt. Wenn sie die Krone von Atlantis berührt, stirbt sie!"

Percy fuhr ein heftiger Schauer über den Rücken. Ria packte ihn am Arm und zog ihn rasch hinter sich her. Sie führte ihn im Eiltempo durch die alte Palastanlage und zu einem kleinen Steinhäuschen, das am Ende eines Hangs lag. Mannshohe Tonkrüge stapelten sich davor. Einer war zerbrochen.

„Da rein!", drängte Ria.

Sie lief gerade los, als Percy wie angewurzelt stehen blieb und sich von ihr losriss. Er presste wieder die Kiefer aufeinander und sah Ria an. Sie wollte ihn in ein kleines Gebäude und in die Tiefe der Erde führen. Er hatte keine Ahnung, was ihn da unten erwartete. Woher wusste er, dass sie ihm keine Falle stellte? Ihm kam dieser Gedanke zwar unwahrscheinlich vor, sein Vertrauen in Ria war jedoch so erschüttert, dass sein Körper sich geradezu dagegen wehrte, ihr in die Finsternis zu folgen. Sie hatte ihn einmal betrogen und verraten. Wie konnte er sicher sein, dass sie es nicht wieder tun würde?

Als Ria sich ihm fragend zuwandte, schien sie zu ahnen, was ihn bewegte. Sie seufzte tief und sah ihn entschlossen, aber nachsichtig an. Sie packte ihn wieder am Arm.

„Du kannst mich später verfluchen. Du kannst mich auch für den Rest deines Lebens hassen. Ich würde es verstehen." Das Mondlicht trat zwischen den Wolken hervor und ließ die Tränen in ihren Augen glitzern. „Aber jetzt müssen wir Calla retten. Wir sind ihre letzte Chance!"

Es gab nichts, was Percy darauf sagen konnte. Also nickte er einfach. Ohne länger zu warten, folgte er Ria in das kleine Gebäude und in die Tiefe.

*

Als Rider endlich Schritte hörte, die sich ihnen näherten, war ihm, als holte er seit einer Ewigkeit wieder Luft. *Sie sind zurück!* Gleich würden Ria und der Anhänger wieder hier sein und sie konnten ihr Vorhaben fortsetzen. Riders Geduld war nahezu aufgebraucht. Elf Jahre hatte er gewartet und gehofft, die Krone von Atlantis endlich finden zu können. Jetzt war er nur noch eine kurze Zeit, vielleicht sogar nur Minuten davon entfernt. Endlich würde das Unrecht, das vor elf Jahren geschehen war, gerächt. Er zweifelte nicht daran. Er verbot sich, daran zu zweifeln.

Als sich der Halbkreis seiner Halunken teilte und dem Antreffenden Platz machte, stockte Rider jedoch. Er versteifte sich, als Jack allein auf ihn zukam.

„Da ist er, Boss.“ Jack hielt ihm den Anhänger wie ein Pendel vor das Gesicht. Blitzschnell griff Rider danach und riss ihn dem Schurken aus den Fingern.

„Wo ist Ria?“, fragte er durch zusammengebissene Zähne. Er trat ganz nah an Jack heran. Dieser drehte sich kurz um und zuckte mit den Achseln.

„Du meinst, das kleine Miststück?“, fragte er provokant zurück.

Rider fuhr auf. „Hatte ich dir nicht gesagt, du sollst sie nicht ...“

„Sie ist noch oben. Ich habe ihr den Anhänger abgenommen und bin sofort zu dir gekommen. Hätte ich das nicht tun sollen?“, kam ihm Jack zuvor.

Rider hielt inne. Er musterte Jack von oben bis unten. Vielleicht sagte der hagere Kerl die Wahrheit. Möglicherweise hatte Ria die Kette bei ihrer Flucht aufgegeben, um sich in Sicherheit zu bringen. Doch Rider erinnerte sich, warum Ria die Kette unbedingt haben wollte. Sie hatte ihrer Mutter gehört. Sie hätte sie im Leben nicht aufgegeben.

„Wo ist Brutus?“, fragte Rider leise und mit gesenkter Stimme. Er ließ Jack nicht einen Moment lang aus den Augen.

Der hob nur wieder die Schultern. „Auch noch oben. Macht Jagd auf sie.“

Dann besiegelte Jack sein Schicksal. Er hob einen Mundwinkel, seine Augen blitzten widerlich und er fuhr sich mit der Zunge über die Lippen. Rider erkannte Mordlust, wenn er sie sah. Sie war ihm viel zu sehr vertraut.

Rider erwiderte Jacks Lächeln. Er umschloss den Anhänger fest in seiner Faust. „Gut gemacht, Jack“, sagte er.

Jacks Grinsen wurde breiter, böser. Just in dem Moment griff Rider mit einer unnatürlich schnellen Bewegung zielgerichtet in eine von Jacks Taschen, zog das Messer des Mannes hervor und schleuderte es in die Luft. Jack warf seinem Anführer noch einen letzten, fassungslosen Blick zu, als Rider das Messer auffing und ihm in die Kehle rammte.

Jack ging in die Knie, griff sich an den Hals, versuchte noch, das Messer herauszuziehen. Ein gewaltiger Schwall Blut lief ihm jedoch bereits aus der Kehle und tränkte seine Kleidung. Der sterbende Mann gab noch ein paar gequälte, röchelnde Laute von sich, sackte zusammen und fiel leblos auf den Boden. Sein Blut vermischte sich mit dem leuchtenden Wasser und färbte es dunkel.

Rider stand ächzend über der Leiche und starrte auf sie hinab. Er ballte seine Faust mit dem Anhänger noch fester und hob sie an die Stirn. Er verzog das Gesicht.

Ria war da oben. Sie war Brutus ausgeliefert. Entweder hatte der tumbe Riese sie bereits getötet, oder er setzte ihr nach, um genau das zu tun. Wenn sie noch lebte, könnte er sie retten, wenn er jetzt das Labyrinth verließ.

Aber er konnte es nicht. Er war seinem Ziel zu nahe. Er brachte es nicht fertig, sich jetzt umzudrehen und Rias Haut zu retten. Ria hatte entschieden, seinen Plan vereiteln zu wollen. Sie hatte ihn verraten. Er war nicht für sie hierher gekommen, sondern für jemand anderen.

Rider stieß ein gequältes Keuchen aus. Er würde jetzt die Krone aus dem Labyrinth befreien. Er durfte nur daran denken. Alles andere war Ablenkung.

Mit Schwung drehte er sich zu Calla um, die ihn flehend anstarrte.

„Was ist mit Ria?“, bettelte sie. „Wir müssen ihr helfen!“

Rider ignorierte Callas Bitte. Stattdessen legte er ihr den Anhänger um den Hals, packte sie grob und schob sie in Richtung des Portals.

„Sei schnell. Der Minotaurus wird nicht so schnell laufen können wie du mit dem Atlantisstein. Hol‘ die Krone und bring‘

sie mir.“ Leise und eigentlich für sich selbst fügte er hinzu: „Dann suche ich Ria.“

Wenn Calla ihm die Krone gebracht hatte, würde er Ria finden. Er hatte ihr beigebracht, zu überleben. Sie war noch da oben. Daran hielt er sich fest.

Calla wollte gerade etwas auf seine letzten Worte erwidern, als Rider sie grob nach vorne warf. Das Mädchen stolperte vorwärts, riss die Arme hoch, als es mit dem Wasser in Berührung kam und fiel einfach durch die Barriere hindurch. Rider konnte nur das Poltern hören, als sie auf der anderen Seite ankam.

Fast augenblicklich erklang erneut das Röhren des Minotaurus.

„Beeil‘ dich!“, rief Rider durch das Wasser hindurch. Erleichtert hörte er, wie Calla sich aufrappelte und zu laufen begann. Er selbst legte die Hände an die Wasserbarriere und stützte sich dagegen. In Gedanken bei Ria flüsterte er nochmals: „Beeil‘ dich!“

*

„Wir sind zu spät!“

Percy klammerte sich an eine der Säulen mit den Fresken und spähte durch den Gang zu Rider und seinen Männern. Ria stand an der gegenüberliegenden Säule und tat genau das gleiche. Gerade eben hatten sie beobachtet, wie Rider Calla brutal durch das Portal geschoben hatte.

Percys Herzschlag wurde unregelmäßig. Wenn das, was Ria ihm gesagt hatte, stimmte, war Calla verloren. Es gab nichts mehr, was sie für sie tun konnten. Calla würde das Labyrinth durchqueren und nicht lebendig verlassen. Sie konnten ihr ohne einen Atlantisstein nicht folgen, wie Ria es beschrieben hatte. Calla würde sterben!

Bei diesem Gedanken setzte Percys Atmung aus. Er wandte sich von der Szenerie am Portal ab, lehnte sich gegen die Säule und kauerte sich zusammen. Er vergrub das Gesicht in den Händen. Calla würde ihr Leben verlieren. Er hatte versagt. Wäre er schneller auf Kreta gewesen, hätte er sie retten können. Hätte er Ria und Rider nur schneller gefunden! Das Mädchen, das ihm gerade erst einen ersten Kuss geschenkt hatte, würde bald nicht mehr sein. Percys Magen begann sich umzudrehen.

„Percy!“ Ria huschte zu ihm herüber und kniete sich vor ihn.

Percy funkelte sie an. „Das ist alles deine Schuld!“, fauchte er mit erstickter Stimme. „Du hast sie auf dem Gewissen!“

Rias Augenlider verengten sich zu Schlitzen. Sie packte ihn am Nacken und zog ihn zu sich heran. „Hör‘ auf in Selbstmitleid zu versinken und komm‘ zu dir!“, forderte sie.

Percy starrte sie entgeistert an.

„Sie ist noch nicht verloren!“, sagte sie schnell. Als Percy noch immer nicht verstand, fügte Ria hinzu: „Ich kann sie retten!“

Percy schüttelte ungläubig den Kopf. Vielleicht war Ria ja auf einmal von ihrem Verstand verlassen worden. „Wie denn? Wir können nicht in das Labyrinth! Du hast doch selbst gesagt, dass man einen Atlantisstein braucht, um da reinzukommen. Und wir haben keinen.“

Ria holte tief Luft. Sie richtete sich ein Stückchen auf, ohne den Blickkontakt zu ihrem Bruder abzubrechen. Sie reichte ihm ihre linke Hand. „Nimm meine Hand, Percy.“

Percy rührte sich nicht.

„Ich sagte, ich kann sie retten. Wenn du mir je auch nur ein bisschen vertraut hast, dann nimm meine Hand!“

Percy war, als bliebe die Zeit stehen. Er suchte die Augen seiner Schwester ab. Sie blickte ihn mit einer solchen Ernsthaftigkeit und Entschlossenheit an, wie er es noch nie bei einem Menschen zuvor gesehen hatte. Hatte er ihr je vertraut? Ja, das hatte er. Sogar Callas Leben hatte er ihr anvertraut, als sie in Norwegen fast in den Fluss gestürzt waren. Ria hatte Calla festgehalten und sie unter Aufbringung unmenschlicher Kräfte gerettet.

Zögerlich griff Percy nach Rias Hand. Und als jede seiner Körperzellen zu beben begann, begriff er, dass Ria Recht hatte. Sie konnte Calla retten. Und er musste ihr dabei helfen.

*

Rider konnte sie spüren, bevor er sie auch nur hören konnte. Er wirbelte herum und wandte dem Portal den Rücken zu, als zwei Menschen aufschrien. Einen Augenblick später tauchten wie aus dem Nichts zwei Gestalten auf, die sich einer nach dem anderen auf seine Männer stürzten. Riders langsame Truppe war für einen Moment vollkommen überrumpelt. Zwei Männer gingen unter einem Tritt und einem Faustschlag, die gleichzeitig durch die eine Gestalt ausgeführt wurden, zu Boden. Die andere Gestalt setzte einen weiteren seiner Männer mit einem gezielten Angriff gegen seine Knie außer Gefecht. Die beiden Angreifer wirbelten umeinander herum, hielten sich aneinander in perfekter Harmonie fest und ein weiterer der Männer wurde getroffen. Der Kerl wurde in Riders Richtung gegen die Wand neben ihm geschleudert, wo er bewusstlos in sich zusammensackte.

Der Rest der Mannschaft schwärmte aus und machte endlich die Sicht auf die beiden Angreifer frei. Als Rider die beiden erkannte, fühlte er für den Bruchteil eines Augenblicks unendliche Erleichterung. Kurz darauf aber ballten sich seine Fäuste vor Zorn.

„Ria!“, rief er.

Ria blieb stehen. Rücken an Rücken mit ihr stand Percival, den Blick hasserfüllt auf ihn gerichtet. Rider sah erst jetzt, wie ähnlich sich die beiden sahen. Sie mochten zweieiige und nicht identische Zwillinge sein. Doch wenn sie kämpften, hatten sie beide dasselbe Blitzen in ihren Augen wie einst ihre Mutter.

„Hallo, Kit!“, spie Ria. Sie bleckte die Zähne. Sie hatte Jack und Brutus überlebt. Vermutlich hatte Percy ihr geholfen. Ihr Blick glitt zu Boden, wo sie Jacks Leiche entdeckte. Einer ihrer Mundwinkel zuckte nach oben.

Rider verschränkte gelassen die Arme vor der Brust.

„Und was jetzt?“, fragte er provozierend in Rias Richtung. Neben sich brachten sich seine Männer in Stellung. Die wenigen, die noch bei Bewusstsein waren, machten sich bereit zur Verteidigung.

Ria ignorierte Kits Frage. Ohne den Blick von ihm abzuwenden, sagte sie: „Percy, jetzt!“ Mit diesen Worten machte sie einen Satz nach vorne und stürzte sich auf Rider. Percy hingegen machte Anstalten, Riders Männer anzugreifen.

Rider ging in die Knie, wappnete sich für Rias Angriff. Doch im letzten Moment, als er sie schon fast zu fassen bekam, duckte Ria sich weg. Rider spürte eine Faust in seinem Gesicht, bevor er tatsächlich begreifen konnte, was geschehen war. Er taumelte zur Seite, ging zu Boden und landete in Jacks Blut. Ria hatte angetäuscht und den Weg für ihren Bruder freigemacht, der plötzlich hinter ihr aufgetaucht war. Rider hatte ihn nicht kommen sehen.

Rider fluchte, versuchte sich aufzurichten, merkte aber, dass er ganz benommen war. Percys Schlag hatte ihn stärker getroffen, als er angenommen hatte. Die Kräfte des Jungen waren erheblich verstärkt worden. *Aber wie?*

Rider richtete seinen verschwommenen Blick nach oben. Dort sah er, dass Ria und Percy vor dem Portal standen und seine Männer einer nach dem anderen abwehrten. Marco ging gerade zu Boden. Rider erkannte, dass Ria immer wieder versuchte, sich dem Portal zuzuwenden, als wenn sie es durchqueren wollte. Rider verstand das nicht.

„Halt!“, rief er seinen Männern zu, als er sich endlich wieder auf die Füße hob. Die Kämpfe stoppten augenblicklich. Percy und Ria standen wieder Rücken an Rücken, den Blick jetzt verwirrt auf ihn gerichtet.

„Was wird das, Ria?“, fragte er aus tatsächlicher Neugierde. „Du brauchst einen Atlantisstein, um das Labyrinth zu betreten. Schon vergessen?“

Ria ließ die Arme sinken, hob das Kinn und lächelte leicht. „Weißt du noch, was du mir über Verstecke beigebracht hast?“, sagte sie zu ihm.

Rider verengte die Augen. Hatte er nicht vorhin genau dasselbe zu ihr gesagt?

Triumphierend hob Ria ihre linke Hand. Nacheinander begann sie sich die vielen Ringe von den Fingern zu ziehen. „In der Nacht, in der unsere Mutter gestorben ist, hat sie mir etwas mitgegeben. Ich habe es fast jeden Tag getragen und sogar auf der CRONOS versteckt. Du hast nie etwas gemerkt.“ Sie lachte leise. Sie zog sich einen Ring vom Zeigefinger. Jetzt war nur noch ein letzter Ring übrig. Sie drehte ihre Hand und hielt sie Rider hin.

Rider erkannte endlich, worauf sie hinaus wollte. Er hätte am liebsten vor Frust aufgeschrien. An Rias Finger, in seinem Glanz durch das grünblaue Licht noch verstärkt, steckte ein Ring mit einem einzelnen tropfenförmigen türkisblauen Stein. Rider erkannte den Atlantisstein und den Ring sofort. Er konnte es nicht glauben. Hatte Ria diesen Atlantisstein etwa die ganze Zeit gehabt? Rider wusste genau, dass der Atlantisstein in den Besitz von Rias Mutter gelangt war. Clairie musste ihn ihrer Tochter vor ihrem Tod gegeben haben, wie Ria gesagt hatte. Hatte Ria ihm den Ring also all die Jahre unter die Nase gehalten und er hatte es nicht bemerkt? Er hatte niemals nach ihm gesucht, nicht damit gerechnet, dass einer von Rias zahlreichen Ringen eine besondere Bedeutung hatte. Wie hatte er nur so blind sein können?

Rider wollte etwas zu Ria sagen, irgendwelche Worte finden, die der grenzenlosen Bestürzung in ihm Ausdruck verleihen konnten. Er kam nicht dazu. Ein markerschütternder Schrei hielt ihn davon ab. Das schrille Kreischen eines Mädchens hallte zwischen den steinernen Wänden wider und brachte sämtliche Haare auf seinem Körper zum Stehen.

Rider sah wie Ria und Percy einen panischen Blick tauschten.

„Das war Calla!“, rief Percy. Ihm war alle Farbe aus dem Gesicht gewichen.

Auch Rider war plötzlich schlecht. Calla hatte vor Schmerz geschrien. Entweder hatte der Minotaurus sie erwischt oder aber sie hatte die Krone von Atlantis erreicht. Wenn letzteres zutraf, was hatte sie so schreien lassen? Vielleicht war sie am Ende tatsächlich nicht die Prinzessin von Atlantis. Und Rider hatte das Mädchen in seinen Tod geschickt.

Er sah wieder zu Ria. Anders als ihr Bruder war sie nicht in Schockstarre verfallen. Blitzschnell wandte sie sich ab und dem Portal zu. Sie würde im Labyrinth verschwinden! Sie löste sich von Percy, hob die Hand und begann sich durch das Wasser zu schieben.

Rider setzte sich sofort in Bewegung. Getrieben von purem Instinkt warf er sich nach vorne und stürzte auf Ria und ihren Bruder zu. Percy sah ihn zu spät kommen, versuchte dennoch sich zwischen ihn und seine Schwester zu stellen, doch Rider fegte ihn mit einer einfachen Bewegung davon. Er griff nach Ria. Sie war schon fast in dem Wasserlauf verschwunden. Nur der Rest ihres Beines guckte noch heraus. Rider duckte sich, drückte sich vom Boden ab und bekam Rias Bein zu fassen. Er prallte gegen Ria inmitten des Wasserfalls und die beiden wurden nach vorne geschleudert.

Rider spürte das eiskalte Nass auf sich herabregnen. Er verstärkte den Griff um Rias Bein noch weiter, als er mit ihr auf dem Boden landete. Rider rollte sich auf den Rücken und keuchte. Erst jetzt ließ er Ria los. Zögerlich öffnete er die Augen, atmete aber erleichtert auf. Er war im Trockenen, hinter ihm lag das Portal. Er hatte es geschafft. Er war mit Ria auf der anderen Seite angelangt. Das Wasser regnete weiter herab. Doch jetzt konnte Rider durch den Schleier hindurch sehen. Percy stand davor, hatte die Hände auf die Barriere gelegt und versuchte verzweifelt, etwas zu erkennen.

„Ria!“, rief er. „Ria, bist du in Ordnung?“

Rider rappelte sich auf und wandte sich um. Sein Blick suchte Ria. Auch sie hatte sich wieder auf die Beine gehievt. Sie starrte ihn aus großen Augen an.

Rider erwiderte ihren Blick. Für einen Moment fragte er sich, ob Ria auf ihn losgehen oder sich umdrehen und weglaufen würde. Umgekehrt ging ihm dieselbe Frage durch den Kopf. Er brauchte Ria allerdings. Der Atlantisstein, den sie trug, würde sie durch das Labyrinth führen. Ohne ihn würde Rider in dem Irrgarten verloren gehen.

„Ria“, begann Rider, kam jedoch nicht dazu, den Satz zu vollenden. Ria schrie auf, warf sich nach hinten und wich in letzter Sekunde einer hinunter schnellenden Axt aus. Rider riss den Kopf herum und weitete seine Augen vor Schreck, als das markerschütternde Röhren des Minotaurus‘ erklang.

*

Ria warf sich nach hinten und drohte ihr Gleichgewicht binnen weniger Sekunden ein weiteres Mal zu verlieren. Sie fing sich jedoch knapp, sah nach oben und starrte in die roten Augen des Minotaurus.

Der Wächter des Labyrinths war fürchterlich. Er ähnelte auf Anhieb dem Elchmenschen, dessen Angriff sie und Calla bereits in Norwegen fast das Leben gekostet hatte. Die Maschine damals war durch die Witterung und die Jahre beschädigt und schwerfällig gewesen. Jetzt blickte Ria auf einen perfekten Mechanismus bereit zum Töten.

Das Metall, aus dem der Minotaurus geschaffen worden war, schimmerte rötlich. Seine Oberfläche bestand aus vielen verschiedenen Gliedern, die fast organisch ineinander griffen. Seine Bewegungen waren so fließend, dass man sie leicht für die eines lebendigen Wesens halten konnte. Sein Torso und seine Arme waren einem Menschen nachempfunden worden. Auch die Stirnpartie und die Augen sollten wohl menschlich aussehen. Der Rest gehörte einem Stier. Der Minotaurus bewegte sich auf zwei riesigen Hufen, die bei jedem Schritt ein leichtes Vibrieren im Boden hinterließen. Seine Tierschnauze stand offen und eine wild zuckende Zunge guckte heraus. Zwei riesige Hörner ragten in die Höhe. Das künstliche Geschöpf hätte aus einem von Rias Albträumen stammen können.

„Ria, Achtung!“

Ria hätte sich sofort in Bewegung setzen müssen. Stattdessen wanderten ihre Augen zu Kit, der die Hand gehoben hatte und ihr deutete, weiter nach hinten zu gehen. Sie reagierte zu spät. Bereits bei ihrem nächsten Herzschlag hörte sie, wie sich die Luft durch die Klinge der Axt teilte, die der Minotaurus nach ihr schwang. Sie konnte sich nur noch unbeholfen zur Seite werfen, war aber zu langsam, um der Klinge vollständig auszuweichen. Sie fiel zu Boden. Just in dem Moment, in dem sie sich mit ihren Händen auf dem Steinboden auffing, streifte die Axt ihr Bein. Die scharfe Klinge fuhr an ihrer Wade entlang. Vermutlich hätte sie ohne besondere Mühe ihren Fuß abgetrennt, wenn Ria nicht doch noch ausgewichen wäre. So hinterließ sie einen scharfen Schnitt in ihrem Bein. Ria schrie auf.

„Pass' auf!“, erklang wieder Kits Stimme. Ria konnte nicht auf sie reagieren. Der Schmerz in ihrem Unterschenkel war scharf und kaum zu ertragen. Warmes Blut tränkte bereits ihre dunkle Hose. Sie riss ihr Bein zu sich heran, zog es gegen ihre Brust und presste ihre Hände auf die Wunde. Ein Schatten fiel plötzlich auf ihr Gesicht.

Als Ria aufsah, erkannte sie den Minotaurus über sich. Er hatte den Kopf gesenkt und starrte auf sie hinab. Seine Axt lag sicher in seinen beiden Händen. Er schien sie für einen Moment einzuschätzen, sie zu beobachten. Ria erwiderte den Blick der Maschine flehend. Möglicherweise ließ er ja von ihr ab. Sie war im Besitz eines Atlantissteins. Würde er sie vielleicht deshalb verschonen?

So viel Glück hatte sie nicht. Das Maschinenmonster stieß wieder sein metallisches Röhren aus, hob seine Axt, bereit Ria den Garaus zu machen. Ria konnte nicht anders, als die Augen zusammenzukneifen und das Ende abzuwarten.

Sie hörte bereits, wie die Axt die Luft erneut zerschnitt, als ein metallisches Klirren sie die Augen wieder öffnen ließ. Kit hatte sich zwischen sie und den Minotaurus geworfen. Er hielt einen metallischen Schlagstock in seinen Händen, mit dem er die Axt davor bewahrte, Ria den Schädel zu spalten.

Ria warf einen ungläubigen Blick auf Kit. Der sah sie kurz aus dem Augenwinkel an. Kit hatte einen ausfahrbaren Kampfstock am Gürtel getragen, ähnlich dem, den Gräfin Eleana in Norwegen bereits gegen den Elchmenschen verwendet hatte. Anders als diese Waffe handelte es sich jedoch nur um ein kleines Handgerät, von dem Ria wusste, dass Kit es nur einsetzen würde, wenn gar keine andere Waffe in Reichweite war.

Ria sah, wie Kit die Zähne zusammenbiss und mit aller Macht versuchte, die Klinge der Axt von Ria fernzuhalten. „Mach' schon!“, stieß er gepresst hervor.

Endlich befreite Ria sich aus ihrer Starre. Sie rollte sich über den Boden, von Kit und dem Minotaurus fort und versuchte aufzustehen. Als sie ihr verletztes Bein belastete, schrie sie wieder auf. Der Schnitt war zum Glück nur eine Fleischwunde. Keine ihrer Sehnen oder Gelenke schien beschädigt worden zu sein. Sie konnte laufen, wenn auch nur mit Mühe.

„Kit!“, rief Ria und wandte sich ihm und dem Minotaurus zu. Jetzt, da Ria außer Gefahr war, gab Kit seinen Widerstand gegen die Axt auf, riss seinen Kampfstock zurück und drehte sich um die Maschine. Er machte einen kleinen Schritt, drückte sich ab und sprang in die Höhe. Unter Aufbringung übernatürlicher Kraft schlug er mit seiner Waffe nach dem Ungetüm. Er traf den Minotaurus am Kopf. Ein hohler, metallischer Klang ließ Ria zusammenzucken. Die Maschine wich nicht einen Zentimeter zurück. Sie hielt nur einen Moment inne, als müsse sie sich sammeln. Erst danach drehte sie Kit ihren Kopf zu, deutlich langsamer als zuvor.

Kit und Ria tauschten einen Blick. Kit sah Ria mit einer einzigartigen Mischung aus Zorn, Sorge und echter Erleichterung an. Er schien froh zu sein, dass sie am Leben war – so froh, dass er ihr gerade erneut das Leben gerettet hatte. Ria war von dieser Erkenntnis einen Augenblick lang vollkommen überwältigt.

Auf einmal hörte sie eine andere Stimme. „Ria! Bist du noch da? Geht es dir gut?“, polterte Percy gegen die Barriere. Seine Stimme war kaum zu verstehen. Durch das Rauschen klang er seltsam dumpf, als spreche er unter Wasser.

Ria fiel schlagartig ein, warum sie hier war. Ihre Hände wanderten zu dem Ring an ihrem linken Mittelfinger. „Ich bin hier! Ich hole Calla!“, rief sie in Percys Richtung. Sie warf einen letzten Blick auf Kit, der noch immer mit dem Minotaurus rang. Er sah sie entsetzt an.

„Ria, bleib‘ hier!“, beschwor er sie. Ria wusste nicht, warum er darum bat. Wollte er nicht, dass sie ihn hier zurückließ, weil er ohne sie nicht den Weg durch das Labyrinth finden würde? Oder wollte er verhindern, dass sie der Krone von Atlantis zu nahe kam? Fürchtete er um ihr Leben, oder seinen Schatz? Ria konnte es nicht sagen. Es spielte auch keine Rolle.

Sie schüttelte kurz den Kopf, wandte sich um und ging in das Labyrinth hinein. Sie konnte mit ihrem verletzten Bein nur hinken. Obwohl sie bereits die heilende Wirkung des Atlantissteins fühlte, kam sie langsam voran. Doch als erneut ein kreischender Schrei von Calla ertönte, fiel sie trotz ihrer Schmerzen in einen leichten Laufschritt. Sie musste sich beeilen.

*

Rider sah Ria bestürzt nach, als sie sich um die Ecke schleppte und im Labyrinth verschwand. Im selben Moment hörte auch er Callas weiteren Schrei.

Ihm blieb jedoch nicht ein Moment Zeit, darüber nachzudenken. Der Minotaurus warf sich bereits wieder auf ihn. Rider wich aus. Er war ein Atlanter. Auch ohne einen Atlantisstein war er schneller, stärker und präziser als ein normaler Mensch. Doch wenn er Ria folgen wollte, würde er erst diese Maschine aus dem Weg räumen müssen. An dem Minotaurus führte für ihn kein Weg vorbei.

Dieser setzte bereits zu einem erneuten Angriff an. Er hob die Axt, doch bevor er auch nur damit beginnen konnte sie nach Rider zu schwingen, hatte der sich bereits auf den Minotaurus gestürzt. Er griff nach den Armen des metallischen Monsters und drückte sie nach hinten. Der Minotaurus röhrte wieder. Seine roten Augen glühten noch stärker. Rider gab nicht auf. Mit beiden Händen drückte er die Arme seines Gegners rückwärts, bis ihre künstlichen Gelenke sie blockierten. Rider stieß sich mit aller Kraft zur Seite, zog den Minotaurus mit sich mit und sie beide wurden gegen die Wand gerammt. Rider konnte nicht verhindern, dass er mit der Stirn gegen den Stein schlug. Sein Blut blieb an der Wand kleben und rann durch die vielen Schriftzeichen darauf.

Für einen Moment benommen, ließ Rider von dem Ungetüm ab und wankte einen Schritt nach hinten. Etwas klirrte. Rider riss sich zusammen, sah zu Boden und erkannte, dass der Minotaurus wie von ihm beabsichtigt seine Axt hatte fallen lassen. Wieder röhrte das Ungetüm.

Rider hob einen Mundwinkel. Sein Gegner versuchte noch, sich nach seiner Waffe zu bücken, doch dies gab sein

Bewegungsapparat nicht her. Der Minotaurus war nicht dafür geschaffen worden, seine Waffe wieder aufzuheben. Seine Erbauer hatten offensichtlich nicht damit gerechnet, dass er jemals seine Waffe verlieren würde. Rider war sich nicht ganz sicher, ob er das nicht gewusst hatte. Vielleicht hatte eine Erinnerung an sein vergangenes Leben ihm gerade geholfen.

Frustriert stürmte das Ungetüm nach vorne, versuchte Rider nun mit den Händen zu packen. Rider aber duckte sich fast mühelos weg. Er tauchte unter dem Griff des Minotaurus durch, streifte mit den Armen den Boden und nahm die Axt auf.

Das Metall war eiskalt und die Waffe lag schwer in seinen Armen. Ein normaler Mensch hätte das Gerät vermutlich nicht einmal heben können. Rider war jedoch kein normaler Mensch. Er umklammerte den Schaft mit beiden Händen, ging in die Knie und wartete auf seinen Gegner.

Der Minotaurus drehte sich schwerfällig zu ihm um, röhrte noch einmal, und lief auf ihn zu.

Auch Rider stieß einen Kampfschrei aus. Er hob die Axt, wartete auf den richtigen Moment und schwang sie in Richtung des Stierkopfes. Es klirrte erneut, als der Schädel des Minotaurus‘ mit nur einem einzigen Streich Riders in zwei Hälften gespalten wurde. Die eine Seite löste sich vom Kopf, fiel scheppernd zu Boden und erlaubte den Blick auf ihr Inneres. Kleinste metallische Teile, die sich drehten, ineinander griffen und summten, kamen zum Vorschein. Doch kurz nachdem die eine Schädelhälfte auf dem Boden gelandet war, verlangsamten sich die Teile, bis sie für immer zum Stehen kamen.

Rider ließ die Axt zu Boden sinken und stützte sich keuchend auf sie. Er schloss für einen Moment die Augen. Kaum hatte er sich gesammelt, wanderten seine Gedanken zu Ria. Sofort wieder hellwach, wand er den Kopf und sah in die Richtung, in der sie verschwunden war.

Sie war natürlich längst fort. Sie hatte sich in das Labyrinth geschleppt, in der Hoffnung Calla zu finden. Mithilfe des Atlantissteins an ihrer Hand würde sie sehr bald das Zentrum des Irrgartens gefunden haben. Rider konnte immer noch nicht begreifen, dass Ria seit elf Jahren einen Atlantisstein an ihrem Finger trug. Das Juwel hätte sie in dieser Zeit längst töten müssen. Ozeanier merkten den negativen Effekt der Steine meist schon nach ein paar Stunden. Hatte sie wirklich die Wahrheit gesagt, dass sie ihn fast jeden Tag getragen hatte? Wieso hatten ihre Zellen sich dann nicht zersetzt? Rider wurde in diesem Moment klar, dass Ria zeitweise zwei Atlantissteine gleichzeitig getragen hatte. Das hätte sie kaum ertragen dürfen!

Auf keine dieser Fragen würde er jetzt eine Antwort finden. *Was nun?* Er konnte Ria natürlich dennoch ins Labyrinth folgen. Aber er würde sich ohne Zweifel verirren. Vielleicht fände er niemals wieder den Weg zurück. Die einzige andere Möglichkeit war, hier auf sie zu warten. Rider gefiel dieser Gedanke jedoch nicht. Unzufrieden fuhr er sich mit der Hand über das Gesicht. Er zuckte vor Schmerz zusammen.

Hastig zog er die Hand von der Stelle zurück, an der er mit dem Minotaurus gegen die Wand gestoßen war. Er rieb die Finger aneinander. Sie waren mit einer klebrigen Masse überzogen. Rider sah auf seine Handfläche. Sein Blut schimmerte auf seiner Haut.

Der Anblick des klaren Rots brachte ihn auf einen Gedanken. Rider sah nochmals zu der Stelle, wo Ria verschwunden war. Dieses Mal guckte er sich jedoch den Boden an. Er grinste.

Ria war durch den Minotaurus am Bein verletzt worden. Bei jedem Schritt verlor sie Blut. Ohne es zu wissen und ohne etwas dagegen tun zu können, hinterließ sie eine blutige Spur durch das Labyrinth – wie ein roter Faden.

„Ein Ariadne-Faden“, flüsterte Rider in sich hinein. Entschieden machte er sich auf, Ria zu verfolgen.

*

Den richtigen Weg durch das Labyrinth zu finden, war dank des Atlantissteins ein einfaches Unterfangen. Hätte Ria sich nicht so beeilen müssen, um Callas Leben zu retten, und wäre sie nicht gerade sowohl Brutus als auch dem Minotaurus fast zum Opfer gefallen, hätte sie so etwas wie Freude daran empfinden können, durch das Labyrinth zu gehen.

Die vielen Wege durch den Irrgarten unterschieden sich kaum von der Halle des Eingangs. Die Decke war genauso hoch und kaum erkennbar. Es schien dasselbe diffuse grünblaue Licht. Die Gänge waren jedoch schmal und von hohen Wänden umgeben, die mit denselben Schriftzeichen überzogen waren wie schon die Wände beim Portal. Ebenso wie beim Tor floss über die Wände Wasser. Es leuchtete jedoch nicht überall. Nur dort, wo Ria ihren Atlantisstein daran hielt, begann es grünblau zu schimmern. Ging sie jedoch in einen Gang, der offensichtlich nicht zum Zentrum des Irrgartens führte, blieb das erhoffte Leuchten aus. Ria musste also nur dem Leuchten folgen, um den richtigen Weg durch das Labyrinth zu finden.

Ria schleppte sich durch die Gänge. Jeder Schritt war quälender als derjenige zuvor. Die Wunde an ihrem Bein schmerzte und brannte noch immer. Ria zwang sich jedoch, weiter zu gehen. Sie konnte nur hoffen, dass sie Calla erreichte, bevor es zu spät war. Sie hatte keine Ahnung, was mit ihr geschehen war. Hatte sie die Krone überhaupt gefunden, oder war sie dem Minotaurus zum Opfer gefallen? Ria schüttelte den Kopf und setzte ihren Weg noch entschlossener fort. Sie hatte Callas zweiten Schrei gehört, nachdem der Minotaurus sie schon angegriffen hatte. Sie hatte also nicht seinetwegen geschrien.

Ria bog um eine Ecke. Das Wasserlicht wurde immer stärker. Sie musste ihrem Ziel immer näher kommen. Sie würde Calla gleich gefunden haben. Sie würde sie retten! Sie hatte Kit für Calla zurückgelassen. Ria fragte sich, ob Kit dem Minotaurus gewachsen war. *Was wenn nicht?* Sie konnte darüber nicht nachdenken. Sie zwang sich, Kit aus ihren Gedanken zu verbannen. Es fiel ihr schwerer, als sie jemals bereit wäre, sich einzugestehen.

Als Ria um eine weitere Ecke bog, wusste sie sofort, dass sie das Zentrum des Irrgartens erreicht hatte. Sie musste die Luft anhalten und kurz stehen bleiben.

Sie war wieder in einer Halle angekommen. Diese Halle war allerdings bedeutend kleiner als die beim Eingang und nicht von einem dichten Säulenwald durchzogen. Sie war kreisrund und über ihre Wände lief das leuchtende Wasser. Sie und der Boden waren ebenfalls mit den seltsamen Schriftzeichen bedeckt, die jetzt allerdings in einer stetigen Spirale angeordnet waren, die zielgerichtet zum Zentrum der Halle führte.

„Calla!", keuchte Ria. Sie machte schon einen Schritt nach vorne, traute sich jedoch noch nicht, auf das Mädchen zuzulaufen. Calla war von einem weißen Lichtschein umgeben, der von oben durch die Decke fiel. Ria glaubte erst, dass Calla dort stand, den Kopf in den Nacken gelegt, die Hände schlaff an den Seiten. Erst bei genauerem Hinsehen erkannte sie, dass Calla in der Luft hing. Der Atlantisstein um ihren Hals glühte in dem Licht und schwebte vor ihrer Brust. Calla hing mit ihrem Nacken an der Kette, die Füße wenige Zentimeter über dem Boden. Sie hatte die Augen geschlossen und den Mund leicht geöffnet. Sie sah nicht lebendig aus.

„Nein!", rief Ria. Sie setzte sich in Bewegung. Sie lief zu dem Mädchen, kam aber vor dem geheimnisvollen Lichtschein zum Stehen. Gehemmt Calla anzufassen, hob Ria die Hände, ließ sie jedoch gleich wieder sinken. Stattdessen stellte sie sich so hin, dass sie Calla ins Gesicht sehen konnte.

„Calla? Kannst du mich hören? Sag' etwas!" Als sie keine Antwort bekam, setzte Ria leise hinzu: „Bitte!"

Voller Erleichterung beobachtete Ria, wie Calla langsam, aber sicher ihre Augen öffnete. Sie sah zu Ria und ganz langsam begannen ihre Lider zu flackern. Sie sagte jedoch nichts, sondern zuckte nur einmal unkontrolliert. Ria nahm Calla genauer in Augenschein. Ihr goldenes Haar war ganz weiß geworden, die Haut aschfahl und trocken. Irrte Ria sich oder war sie gar noch schlanker geworden, als sie ohnehin schon war?

Sie stirbt! Ria fuhr sich bei diesem Gedanken mit ihren Fingern wild durch die Haare. Calla starb direkt vor ihren Augen. Was auch immer mit ihr gerade passierte, es saugte ihr das Leben aus dem Körper. Ria musste etwas tun, jetzt!

Aus purem Instinkt und ohne nachzudenken, trat Ria in den Lichtschein und zu Calla. Aus der Ferne hörte sie ein: „Nein, Ria! Nicht!“

Ohne den Lichtstrahl zu verlassen, hob Ria den Blick. Sie sah Kit in der Ferne die Halle betreten. Sein Gesicht war mit Blut und Schweiß überströmt. Er keuchte heftig.

Ria ignorierte ihn. Stattdessen stellte sie sich dicht vor die schwebende Calla, fokussierte den Anhänger ihrer Mutter, der vor ihr schwebte, und schloss ihre linke Hand mit ihrem Ring darum.

Nichts passierte. Ria hatte damit gerechnet, dass es schmerzen würde, den Anhänger zu berühren, doch nichts dergleichen geschah. Das Juwel pulsierte angenehm warm gegen ihre Haut.

„Calla?“, fragte Ria behutsam. Calla sah sie aus schwachen Augen an.

„Halt‘ dich an meinem Arm fest!“, forderte Ria auf.

Calla wollte wohl erst Widerworte geben, tat dann jedoch wie ihr geheißen. Sie umfasste Rias Unterarm und klammerte sich daran.

Ria nickte ihr anerkennend zu. Sie legte ihren Kopf zur Seite und betrachtete die Kette, an der der Anhänger hing. Sie grub sich tief und blutig in Callas Nacken. Ria entdeckte den Verschlussmechanismus, griff danach und begann an ihm zu hantieren.

„Ria, tu‘ das nicht!“ Kits Stimme war jetzt ganz nah. Ria sah an Calla vorbei und entdeckte Kit, wie er hinter ihr direkt vor dem Lichtschein stand. Seine Augen waren gehetzt und panisch. Er schüttelte den Kopf, als er weitersprach.

„Du musst das nicht tun! Komm‘ da raus.“

Ria verzog die Lippen. In diesem Moment öffnete sich der Verschluss in Callas Nacken.

„Doch muss ich“, sagte sie knapp und warf Kit noch einen langen Blick zu. Sie sah wieder zu Calla.

„Calla?“ Calla hatte die Augen wieder geschlossen. Erst beim Klang ihres Namens öffnete sie sie einen Spaltbreit.

„Hör‘ mir gut zu. Ich zähle bis drei. Und dann lässt du mich los, verstanden?“

Calla benötigte einen Moment, um die Bedeutung dieser Worte erfassen zu können. Kaum hatte sie begriffen, schüttelte sie leicht den Kopf.

„Nein! Du wirst …“, versuchte sie mit heiserer Stimme zu sagen, doch Ria schnitt ihr bereits das Wort ab.

„Eins“, sagte sie ruhig.

Calla schüttelte immer noch schwach den Kopf. Ria sah sie flehend an. *Tu‘ es einfach, Calla. Bitte!*

„Zwei“, sagte sie.

Callas Widerstand brach. Vielleicht war sie einfach zu kraftlos, um mit Ria zu streiten. Sie hörte auf, den Kopf zu schütteln. Ria fühlte wie Callas Griff um ihr Handgelenk schwächer wurde. Sie lächelte Calla schwach zu.

Dann sah sie noch einmal zu Kit. Eine einzelne Träne lief über Rias Wange. *Tut mir leid, Kit!*

„Drei!“

Calla ließ Ria los, fiel nach hinten und wurde von Kit aufgefangen. Ria blieb zusammen mit der Kette und ihrem Ring in dem Licht zurück. Dieses wurde mit einem Schlag taghell und Ria heulte auf.

Das Gefühl war unerträglich. Ria gelang es nicht, einen einzigen klaren Gedanken zu fassen. So konnte sie nicht einmal mit Sicherheit sagen, ob es Schmerz war, der ihren Körper zum Beben brachte. Ihr war, als sei jede ihrer Körperzellen in Flammen aufgegangen. Sämtliche ihrer Nervenbahnen reagierten mit den heftigsten Impulsen, zu denen sie in der Lage waren. Rias Sinne wurden vollständig überlagert. Sie konnte nichts sehen. Möglicherweise hatte sie das Atmen eingestellt. Sie war nicht einmal imstande zu sagen, ob sie gerade schrie, weil sie nichts hören konnte. Alles, was sie noch kannte, war das Vibrieren jeder Faser ihres Körpers.

Vor Rias geistigem Auge zuckten Bilder. Längst vergessene Gedanken vermischten sich mit jüngsten Erinnerungen und verweilten gerade so lange, dass Ria sie erkennen konnte. Sodann wurden sie von anderen Bildern abgelöst in einer scheinbar vollkommen sinnlosen Reihenfolge.

„Komm' her!", rief ihre Mutter der vierjährigen Ria zu, als sie sich von ihrem Spiegel wegdrehte. Ria rannte auf sie zu, warf sich mit Schwung in ihren Schoß. Rias Mutter stöhnte, lächelte aber.

Mutter und Tochter sahen sich im Spiegel an. Sie sahen sich zum Verwechseln ähnlich. Ria wandte ihrer Mutter das Gesicht zu, entdeckte den Anhänger um ihren Hals. Voller Begeisterung griff sie danach.

Ria sah Calla vor sich. Sie stand mit Percy und der Gräfin in Norwegen und beobachtete, wie Calla wie in Trance durch die vergessene atlantische Tempelanlage ging. Calla drehte sich zu ihnen um, in ihren Händen den schmalen Haarkranz mit dem großen Juwel in seiner Mitte.

Ria hörte Callas Stimme, wie sie ihnen sagte, was sie da eigentlich in den Händen hielt: „Die Krone von Atlantis."

In der Gegenwart versuchte Ria sich gegen die Erinnerungen zu wehren, die sie überkamen. Sie glaubte zu spüren, wie sie ihren Kopf hin und her warf und die Zähne zusammenbiss. Sie war machtlos, als bereits die nächsten Bilder ihr geistiges Auge einnahmen.

„Und was willst du jetzt machen, Zwerg?“, rief der Junge der zwölfjährigen Ria zu. Ria starrte den Gleichaltrigen hasserfüllt an. Er hielt dem Mädchen die braune Tüte mit ihrem Mittagessen vor das Gesicht und ließ sie hin und her pendeln. Er hatte sie Ria einfach aus der Hand gerissen. Der Junge, an dessen Namen sie sich nicht mehr erinnern konnte, hatte es seit einigen Wochen auf sie abgesehen. Er zog Ria auf, wann immer er konnte. Dabei nannte er sie stets „Zwerg“, „Liliputaner“ oder einfach „Winzling“. Er selbst war einer der größten in ihrer Klasse. Und er genoss es sichtlich, sich groß und mächtig zu fühlen. Ria war mit Abstand die kleinste und jüngste, und damit natürlich sein Opfer.

„Gib‘ her!“, schrie sie unbeeindruckt und griff nach der Tüte mit ihrem Essen. Der Junge zog sie mit einer kleinen Bewegung einfach außer Reichweite.

Als er zu kichern anfing, platzte Ria der Kragen. Sie stürzte sich auf den Jungen, umklammerte seine Hüften und versuchte, ihn zu Fall zu bringen. Der Junge lachte einfach weiter, warf seinen Freunden noch einen amüsierten Blick zu. Da schrie Ria auf, nahm alle Kraft zusammen und schleuderte den Jungen zur Seite. Er wurde kurz durch die Luft geworfen und kam mit einem Poltern auf der Seite auf. Er stieß sich den Kopf am Boden und war für einen Moment benommen.

Stille entstand um Ria. Sie sah zu den Freunden des Jungen, die sie fassungslos und angsterfüllt anstarrten. Sie eilten zu ihrem Kameraden, halfen ihm mit Mühe auf die Beine und zogen ihn schnell von Ria fort. Ria blieb allein mit ihrer zurückeroberten Tüte zurück.

Auch sie war fassungslos. Sie sah erschrocken auf ihre Hände und fragte sich, woher sie plötzlich eine solche Kraft gehabt hatte. An ihrer linken Hand spürte sie eine pulsierende Wärme, die vorher noch nicht da gewesen war. Sie drehte den

Handrücken zu ihrem Gesicht und sah auf ihre Finger. An ihrem Zeigefinger trug sie den Ring, den ihre Mutter ihr gegeben hatte, bevor sie gestorben war. Sie hatte ihn seit dieser Nacht nicht mehr abgelegt. Irrte sie sich, oder leuchtete das Juwel?

Rias Schultern begannen zu brennen. Mit einer Hand hing sie an dem Baumstumpf. Mit der anderen hielt sie Callas Arm umklammert. Sie hörte Percys Stimme: „Lass' nicht los!"

Kurz darauf versuchten die Gräfin und Percy sie und Calla vor dem Abgrund zu retten. Percy hing an einem Stab und wollte Ria seine Hand reichen, damit sie sich an ihm festhalten konnte. Er kam jedoch nicht tief genug. Es gab keinen Weg für Ria, nach der Hand zu greifen, ohne Calla loszulassen.

„Nimm' meine Hand!", rief er Ria zu.

„Das kann ich nicht!", schrie sie verzweifelt.

„Ria!" Als Ria Callas Stimme hörte, sah sie nach unten und ihr Blick fiel auf den Anhänger um Callas Hals. Rias Augen fixierten das Juwel. Der Stein leuchtete in der Dunkelheit.

„Calla!", rief sie dem Mädchen unter sich zu. „Halt' dich fest, ok?"

Ria begann zu schreien. Sie zog an ihrem Arm, mit dem sie Calla festhielt. Sie hob Calla Zentimeter für Zentimeter in die Höhe. Sie winkelte ihren Unterarm an, bis Callas Hand ihre Schulter erreichte. Calla packte Ria, legte ihre Hand um ihre Schultern und hielt sich fest. Wenig später erreichte Ria Percys Hand und ließ sich von ihm und der Gräfin zusammen mit Calla in Sicherheit ziehen. Dann umarmte Percy erst Calla und danach Ria.

„Ich will nicht!", schrie Percy. Tränen kullerten über sein pausbackiges Gesicht. Heute erst hatten er und Ria ihren sechsten Geburtstag gefeiert. Es hatte Kuchen und Geschenke gegeben. Sogar ihr Patenonkel war da gewesen. Ihre Mutter sagte über ihn immer, dass er ihr bester Freund von früher war. Ihr Vater konnte ihn hingegen nicht ausstehen. Weder Ria noch Percy hatten eine Ahnung, was das bedeutete, oder wer ihr Patenonkel eigentlich war. Es war auch nicht so wichtig. Er hatte ohnehin nur grimmig in der Ecke gestanden. Aber die

Tatsache, dass er da gewesen war, bedeutete immer, dass etwas ganz Besonderes passierte. Und es war der schönste Geburtstag gewesen, den Ria und Percy je gefeiert hatten. Jetzt machten ihre Eltern alles kaputt.

„Ich will nicht umziehen!“, jammerte Percy und stellte sich zwischen seinen Vater und sein Kinderbett.

„Ich will auch nicht, dass er auszieht!“, stimmte Ria zu. Sie verschränkte die Arme vor der Brust.

Ihr Vater sah ihre Mutter augenrollend an. Clairie von Thalburg seufzte. „Wir hatten das doch besprochen. Jetzt, da ihr in die Schule kommt, bekommt ihr jeder ein eigenes Zimmer.“

„Nein!“, sagte Ria entschieden.

„Nein!“, pflichtete Percy ihr bei. Er wischte sich den Rotz von der Nase.

„Aber ihr werdet jetzt langsam groß!“, warf ihr Vater ein.

Da stellten Percy und Ria sich nebeneinander und hakten ihre Arme unter. „Das ist vollkommen egal. Bei uns ist das anders als bei anderen Kindern. Wir müssen zusammenbleiben. Wir sind schließlich Zwillinge!“, erklärte Ria ihren Eltern entschlossen.

Percy nickte eifrig. „Und wir sind Freunde!“, fügte er hinzu.

Ria und Percy grinsten sich an. Da sagte Ria: „Beste Freunde!“

In der Gegenwart liefen Ria Tränen über die Wangen. Sie merkte auch, wie ihr Körper bebte. Sie hatte keine Kraft mehr, sich dagegen zu wehren, was in ihrem Kopf vorging. Jetzt ließ sie es einfach zu.

„Ria, du weißt noch nicht, wie wichtig du bist“, sagte Clairie von Thalburg beschwörend zu ihrer Tochter, die noch immer versuchte, sich an sie zu drücken. „Aber der Tag wird kommen, an dem du es verstehst. Und wenn es soweit ist, musst du dich erinnern. Du musst l…“ Ein Schuss donnerte durch die Nacht und machte das letzte Wort unhörbar.

Doch in Rias Kopf hallte der Satz, den sie selbst vervollständigt hatte, wider: „Du musst leben. Du musst leben.“

„Ich glaube nicht an so etwas wie das Schicksal", sagte Ria seufzend zu der alten Frau in den roten Pumps.

„Wieso läufst du dann vor deinem davon?", gab die Frau ernst zurück.

„Wer sind Sie?", fragte Ria plötzlich scharf und misstrauisch.

Die Alte rutschte von der Boje und kam auf sie zu. Sie ergriff Rias Unterarme. „Niemand vor dem du dich fürchten musst, Ria", sagte sie.

Ria riss sich los. „Woher kennen sie diesen Namen?"

„Ich glaube, ich kenne auch deinen richtigen Namen", gab die Alte zurück.

Sie kam erneut auf Ria zu und nahm ihre Hände.

„Es ist Zeit mit dem Weglaufen aufzuhören, Ria. Auf dich warten die Antworten, nach denen du suchst.", flüsterte sie.

„Das können Sie nicht wissen."

Die Alte ließ Rias Hände los. Sie schob einen ihrer Ärmel hoch und entblößte ihren linken Unterarm. An einem Armband hing ein einzelner türkisfarbener Edelstein, der eine tropfenähnliche Form hatte.

„Ria?" Ria reckte ihren Kopf in Richtung der Tür, die ihr gerade geöffnet worden war. Sie sah in das Gesicht ihres Patenonkels. Ihre Faust hatte sie fest um den Ring geballt, den ihre Mutter ihr mitgegeben hatte.

„Was ist passiert?", fragte der Mann, als er sich zu ihr hinunter beugte. Rias Lippen bebten. Sie wollte antworten. Doch als sie den Mund öffnete, fing sie an, unkontrolliert zu schluchzen.

Der Mann vor ihr schien sofort zu verstehen. Sein Gesichtsausdruck verwandelte sich in eine traurige Grimasse. Er nahm das Mädchen vor seiner Tür in die Arme, hob es hoch und drückte es fest an sich. Anschließend trug er Ria in das Haus.

Mit einem Schlag war alles vorbei. Von einer Sekunde auf die andere war das Gefühl verschwunden. Ria fühlte nur, wie sie endlich wieder nach Luft schnappte. Bereits im nächsten Moment krachte etwas und der Schmerz in ihren Beinen und ihrem Rücken verriet ihr, dass sie zu Boden gestürzt sein musste.

Schweratmend blieb sie liegen. Sie war zu schwach, sich auch nur zu rühren. Die Tränen liefen ihr unkontrolliert über die Wangen.

*

Rider starrte Ria mit weit aufgerissenen Augen an. Als das Licht um sie herum plötzlich erlosch, und sie zu Boden stürzte, ließ er Calla einfach los und eilte zu Ria. Er warf sich neben sie auf die Knie, schob seine Arme unter ihren Kopf und begann sie zu schütteln.

„Ria? Hörst du mich? Kannst du mich verstehen?"

Voller Erleichterung beobachtete er, wie sich ihr Brustkorb schnell hob und senkte. Sie war noch am Leben. Was immer gerade mit ihr geschehen war, sie hatte es überstanden.

Das ist eigentlich unmöglich. Rider traute sich kaum, diesen Gedanken zu fassen. Nach allem, was er über die Krone von Atlantis wusste, hätte Ria nicht überleben dürfen. Der Mechanismus, der hier im Zentrum des Labyrinths installiert worden war, hatte Calla fast getötet. Und Callas Gene stimmten vollständig mit denen einer unsterblichen Atlanterin überein. Wie konnte es sein, dass Ria überlebt hatte, während Calla fast ihr Leben verloren hatte?

Sein Blick wanderte kurz zu Calla. Sie sah furchtbar aus. Ihr Haar hatte seine Farbe verloren und war jetzt schneeweiß. Ihre Wangen waren hohl und von dünner, trockener Haut überspannt. Sie sah aus, als hätte sie seit Tagen nichts gegessen oder getrunken. Nur ein wenig länger noch in dem Lichtschein und ihre Zellen hätten sich zersetzt. Rider kannte die Symptome. So sahen Ozeanier aus, die zu lange der Strahlung von Atlantissteinen ausgesetzt waren.

Rider sah zurück zu Ria. Deren Atem beruhigte sich allmählich. Anders als Calla sah sie indes nicht vollkommen geschwächt und ausgemergelt aus. Ihre Haut hatte noch dieselbe olivfarbene Tönung. Ihr immerzu unordentliches Haar war noch immer braun und glatt. Sie sah erschöpft aus, aber nicht krank. Rider schüttelte vor Unverständnis den Kopf. Dann kam Ria zu sich.

„Kit?“, murmelte sie, als sie die Augen zaghaft öffnete. Sie atmete noch immer schwer, als hätte sie lange die Luft angehalten.

„Geht es dir gut?“, fragte Rider.

„Das kann man nicht wirklich so sagen.“ Sie bemühte sich, einen Mundwinkel zu heben.

Rider seufzte erleichtert. Wenn Ria ihren verdammten Sarkasmus noch hatte, konnte es ihr nicht allzu schlecht gehen.

Sie setzte sich langsam auf. Mit einer Hand hielt sie sich den Kopf.

„Was ist passiert?“, wollte Rider wissen.

Ria kniff die Augen zusammen und drückte beide Hände an ihre Stirn.

„Meine Erinnerungen ...“, murmelte sie.

„Was?“, hakte Rider nach.

Ria ging nicht auf die Frage ein, fuhr aber fort. „Es war, als wäre ich angezapft worden. Irgendetwas in mir, nein alles ... mir war, als würde ich untersucht. Ich glaube ...“, sie schnitt sich selbst mitten im Satz das Wort ab. Sie hatte ihre Augen jetzt weit geöffnet und auf ihre Umgebung gerichtet.

„Kit?“, fragte sie. „Was ist das für ein Licht?“

Rider hob den Kopf und sah sich um. Erst jetzt fiel ihm auf, was Ria meinte. Vorher war er so auf sie konzentriert gewesen, dass er nicht bemerkt hatte, dass der kreisrunde Raum im Zentrum des Labyrinths jetzt plötzlich erleuchtet war. Hatte vorher das diffuse, grünblaue Licht alles nur schwach angestrahlt, war es jetzt um sie herum taghell. Das Wasser, das über die Wände mit den Schriftzeichen floss, leuchtete so stark, dass es glitzerte. Rider musste seine Augenlider leicht zusammenkneifen.

„Calla!“, hörte er Ria rufen. Einen Augenblick später hievte sie sich auf alle viere und kroch auf das andere Mädchen zu.

Rider beobachtete, wie Ria sich über sie beugte und ihr prüfend das Ohr an die Brust legte.

„Sie lebt noch“, rief er Ria zu. „Sie wird es überstehen.“

Ria sah ihn ungläubig an.

„Sie ist eine Atlanterin. Ihre Zellen werden sich zügig reparieren und sie wird wieder die Alte sein. Mach' dir keine Sorgen." Das glaubte Rider jedenfalls. Sicher war er sich nicht.

Ria nickte, doch ihr Gesichtsausdruck verriet Rider, dass auch sie nicht überzeugt war. Sie sah wieder auf Calla und legte der Bewusstlosen eine Hand auf die Stirn. Sie hob den Kopf, wollte gerade etwas zu ihm sagen. Sie erstarrte stattdessen, wurde kreidebleich und blickte an Rider vorbei, auf etwas, das hinter ihm lag.

„Was ist?", fragte Rider.

Er sah, wie Ria den Mund leicht öffnete. Sie hob den Zeigefinger, zeigte in die Richtung, in die sie sah und fragte leise: „Wer ist das?"

Blitzschnell drehte Rider sich um und sprang gleichzeitig auf die Füße. Dann schaute er in das Gesicht der letzten Person, von der er geglaubt hatte, sie hier unten zu sehen.

*

Ria glaubte, ihren Augen nicht zu trauen. Kit war aufgesprungen und sah der Person, die hinter ihm stand, direkt ins Gesicht. Es war wie die Szene aus einem Traum.

Da stand der Mann, der sie aufgezogen hatte, in seinem schwarzen Mantel mit den kurzen Haaren und starrte in sein eigenes Gesicht. Hinter Kit war ein weiterer Mann aufgetaucht, der genauso aussah wie er. Anders als Kit trug er sein Haar jedoch lang und geflochten. Anstelle eines schwarzen Mantels war er in eine schlichte, weiße Tunika gehüllt. An seinem kleinen Finger an der linken Hand ruhte ein Ring mit einem einzelnen tropfenförmigen Stein, der türkisblau schimmerte. Ria sah schnell auf ihre eigene Hand. Der identische Ring steckte dort noch immer an ihrem linken Mittelfinger.

Sie sah wieder zu Kits Doppelgänger. Die Gestalt rührte sich nicht. Als Ria genauer hinsah, konnte sie erkennen, dass da nicht wirklich ein weiterer Mann stand. Es war ein Trugbild. Wenn sie sich anstrengte, konnte sie durch die Erscheinung des Mannes hindurch sehen. Bei längerem Hinsehen waberte das Trugbild leicht, wie eine Spiegelung auf dem Wasser.

Ria stand auf, ging zu Kit und stellte sich dicht neben ihn. Ihr Herz klopfte ihr bis zum Hals. „Bist du das?“, fragte sie, ohne die Augen von der Erscheinung abzuwenden.

Im Augenwinkel sah sie Kit leicht nicken. „Das war ich mal“, sagte er leise und geheimnisvoll.

Ria ließ ihren Blick jetzt durch den Raum schweifen. Sie fuhr vor Schreck zusammen, packte Kit am Arm und zog kräftig daran. „Sieh‘ nur!“, rief sie.

Viel zu langsam löste Kit sich von seinem Doppelgänger. Erst jetzt ließ er wie Ria seinen Blick an den kreisrunden Wänden entlang gleiten. Auch er versteifte sich.

Es waren noch mehr Trugbilder aufgetaucht. Die durchsichtigen Erscheinungen von Menschen fast alle in einfachen weißen Kleidern bildeten den Kreis des Raumes vollständig nach. Ria sah sie einen nach dem anderen an.

Als zweites erkannte sie die kleine Frau, der sie in Norwegen im Hafen begegnet war. Nur war sie jetzt nicht alt, sondern jung, muskulös und drahtig. An ihrem Arm hing ein schlichtes Armband, in das der Atlantisstein eingearbeitet worden war.

Als nächstes kam ein identisches Männerpaar, hochgewachsen und kräftig. Sie sahen aus wie Krieger. Sie trugen jeweils rechts und links einen einzelnen Ohrring, an dem ein Atlantisstein hing. Es mussten offensichtlich Zwillinge sein. Ria hatte die Männer noch nie zuvor gesehen.

Die nächste war eine wunderschöne, hochgewachsene Frau mit üppigen Kurven. Sie war nur mit einem Lendenschurz bekleidet. In ihre Haare waren unendlich viele bunte Perlen eingearbeitet. Sie trug ihren Atlantisstein an einem kleinen Kettchen um ihren Fuß.

Bei der nächsten Gestalt verschluckte Ria sich fast. Sie sah jetzt Calla an oder diejenige, der Calla entsprach. Damals wie heute war sie eine elfengleiche Schönheit mit goldenem Haar, das ihr fast bis an die Kniekehlen reichte. Ihr Gesicht war ebenmäßig und hübsch, wirkte aber älter als das der Calla, die Ria kannte und die jetzt neben ihr am Boden lag. Ihr

Atlantisstein war in einen zarten Gürtel eingearbeitet, der ihr wie angegossen um die Hüften lag.

Kit stöhnte plötzlich und Ria konnte sich endlich von der antiken Calla lösen. Als nächstes kam ein älterer, stattlicher Mann, mit kurz geschorenem Haar und hohen Wangenknochen. Er war in ein weißes aufwendiges Gewand gehüllt, das in einer komplizierten Technik um seine Schultern und Hüfte lag. Auch er trug seinen Atlantisstein in einem Ring. Sein Schmuckstück war jedoch deutlich auffälliger und größer als das von Kits Doppelgänger. Er hatte ihn auf den rechten Zeigefinger gesteckt und die Hand gehoben, als wenn er das Schmuckstück präsentierten wollte.

Die letzten Erscheinungen waren ein weiterer Mann und zwei Frauen. Der Mann war klein und untersetzt, hatte jedoch kluge Augen und trug ein warmes Lächeln auf den Lippen. Sein Atlantisstein war in einen breiten Armreif eingearbeitet, den er am oberen Ende seines muskulösen Unterarms trug. Die beiden Frauen mussten Schwestern sein. Sie sahen sich sehr ähnlich, waren aber nicht identisch wie die Zwillinge. Sie trugen beide Broschen für ihre Atlantissteine, die man wohl zusammenstecken konnte. Sie ergaben Sonne und Mond.

Ria sah sich die beiden Frauen gerade genau an, als Kit ihr seine Hand auf die Schulter legte. Sie sah nicht auf. Sie wusste bereits, was er gleich sagen würde.

„Hast du mitgezählt?“, fragte er.

Jetzt sah ihn Ria doch an. Ihr Herz begann augenblicklich schneller zu schlagen und ihr Mund wurde ganz trocken. „Wir sind bei zehn“, sagte sie.

Es gab insgesamt elf Atlanter. Es fehlte ihnen nur noch eine Person und der Kreis war vollständig. Im Augenwinkel konnte Ria sehen, dass neben Kits Doppelgänger ein weiteres Trugbild aufgetaucht war. Es war soweit. Gleich würden sie der Prinzessin von Atlantis ins Gesicht sehen.

„Bist du bereit?“, fragte Ria an Kit gewandt.

Er schüttelte den Kopf. Ria sagte nichts, schob sich an ihm vorbei und trat entschlossen auf die Prinzessin von Atlantis zu.

„Nein!“, entfuhr es ihr, als sie die Frau anstarrte. Hinter sich hörte sie Kit stolpern und mit seinem Gleichgewicht ringen. Er keuchte. Dann sagte er: „Also doch!“

Ein Teil von Ria hätte sich am liebsten zu ihm umgedreht und ihn angeschrien. Hatte er das etwa gewusst? Hatte er tatsächlich gewusst, wer die Prinzessin von Atlantis wirklich war? Denn das Gesicht, das Ria jetzt ansah, kannte sie. Es sah ihrem eigenen zum Verwechseln ähnlich.

Ria stand vor einer Frau, die älter und einen guten Kopf größer als sie war. Sie trug ein schlichtes, wenn auch elegantes bodenlanges Kleid. Um ihren Hals hing derselbe Anhänger, den Ria noch immer fest umklammert hielt, nachdem sie Calla gerade von ihm befreit hatte. Sie hatte dichtes, braunes Haar, das in einen aufwendigen Zopf geflochten worden war.

Ria schüttelte den Kopf. *Das kann nicht sein! Das kann einfach nicht sein!* Sie fühlte wieder, wie ihr die Tränen über die Wangen liefen. Die Frau machte einen Schritt auf sie zu. Ria sah erst jetzt, dass sie etwas in ihren Händen hielt. Sie erkannte den Gegenstand sofort. Es war die Krone von Atlantis – dasselbe Diadem, mit dem sie Calla schon in ihrer Erinnerung in Norwegen gesehen hatte.

Als die Frau noch einen Schritt auf sie zumachte, wich Ria zurück.

„Ria, bleib‘ stehen!“, rief Kit ihr zu.

Ria wollte ihn ansehen, doch sie brachte nicht die Kraft auf, den Blick von der Frau abzuwenden. Sie suchte das Gesicht nach jedem Detail ab. Es passte alles. Sie wich noch einen Schritt zurück.

„Ria, geh‘ nicht weiter! Lass‘ es zu!“

Ria begann zu zittern. Sie gehorchte jedoch und blieb wie angewurzelt stehen. Ein kurzer Blick zu Boden verriet ihr, dass sie wieder im Zentrum des Raumes angekommen war. Hier war der Lichtschein gewesen, der Calla fast getötet hatte.

Die Frau kam direkt vor Ria zum Stehen. Sie sahen sich in die Augen. Sie waren genau gleich.

Die Frau musterte Ria lange. Ihr Gesichtsausdruck war neutral, weder warm noch unfreundlich. Doch je länger sie Ria ansah, desto mehr Leben trat in die Augen des seltsamen

Trugbildes. Entschlossenheit blitzte auf und Kampfgeist. Schließlich lächelte die Frau und nickte Ria sanft zu.

Ria konnte sich selbst schnauben hören. Sie biss die Zähne zusammen, damit ihr kein unkontrolliertes Japsen entfuhr. Sie verstand das Nicken der Frau, schloss ihre Augen und senkte das Kinn.

Die Krone fühlte sich eiskalt auf ihrer Stirn an. Ria hatte geglaubt, der Reif müsste federleicht und kaum spürbar sein. In Wahrheit war er schwer und drückte sich unangenehm gegen ihre Haut. Das Juwel an der Vorderseite machte das Hauptgewicht aus. Ria konnte den Atlantisstein pulsieren spüren. Er pochte in perfektem Einklang mit dem Ring und dem Anhänger. Eine fast unangenehme Wärme ging von ihm aus.

Es kam ihr wie Minuten vor, bis sie wagte, die Augen wieder zu öffnen. Als sie nach vorne schaute, war die Erscheinung der Frau, die ihr die Krone aufgesetzt hatte, verschwunden. Ria drehte sich hastig um, suchte nach ihr, wollte sie unbedingt wiedersehen. Doch nicht nur die Prinzessin, auch die anderen zehn Atlanter hatten sich in Luft aufgelöst. Ria musste sich daran erinnern, dass sie niemals wirklich hier gewesen waren. Sie, Calla und Kit waren wieder allein. Und auf Rias Stirn ruhte die Krone von Atlantis.

Rias und Kits Blick trafen sich. Ria bekam Angst.

*

Rider starrte Ria an. Da stand sie nun, das Mädchen, für das er elf Jahre lang die Verantwortung übernommen hatte. Und auf ihrem Kopf ruhte der Schatz, nach dem er all die Zeit über gesucht hatte. Er fühlte sich plötzlich seltsam leer. Vermutlich war zu viel in den letzten Stunden geschehen. Möglicherweise hatten seine Gefühle nicht Schritt halten können und waren soeben vollständig überfordert worden, sodass er keine Empfindung mehr für das hatte, was sein Geist gerade verarbeiten musste. Sein Verstand übernahm seine Handlungen.

Er machte einen Schritt auf Ria zu, die ängstlich zurückwich. Er streckte eine Hand nach ihr aus und sagte mit ruhiger, aber bestimmter Stimme: „Lass‘ uns gehen, Ria.“

Ria wich einen weiteren Schritt zurück. Normalerweise hätte ihn dieses zögerliche Verhalten wütend gemacht. Er hätte sie vielleicht angeschrien, in der vergeblichen Hoffnung, sie doch noch zur Vernunft zu bringen. Jetzt wusste er glasklar, dass dies nichts bringen würde. Er machte einen Satz in Rias Richtung, griff nach ihrer Schulter und zerrte sie mit ihm.

„Wir gehen jetzt zurück zu CRONOS und stechen in See, verstanden?“ Seine Stimme war kühl. Er glaubte nicht, dass er jemals so mit Ria gesprochen hatte.

Diese wand sich in seinem Arm, probierte, sich zu befreien. „Ich gehe nirgendwo mit dir hin!“, rief Ria und riss an ihrem Arm, in dem aussichtslosen Versuch sich loszureißen. Sie war aber noch zu geschwächt von dem, was ihr gerade widerfahren war.

Rider kamen die sentimentalen Gefühle, die er für Ria hegte, in diesem Moment überflüssig und hinderlich vor. Alles, was jetzt für ihn zählte, war Ria und die Krone an Bord der CRONOS zu bringen. Wenn Ria sich nicht freiwillig mitnehmen ließ, würde er sie eben zwingen müssen. Es spielte für ihn gegenwärtig keine Rolle, ob sie ihm das jemals verzeihen würde oder nicht. In ihm ging zu viel vor, als dass er darüber auch nur nachdenken konnte.

Mit einem kalten Glanz in den Augen verstärkte Rider seinen Griff um Rias Arm und zog sie in Richtung der Gänge des Labyrinths.

„Lass‘ mich los!“, schrie Ria und stemmte sich mit den Füßen in den Boden. Rider fluchte laut auf. Er blieb gerade stehen, wollte den anderen Arm nehmen, um sich Ria einfach über die Schulter zu werfen, als eine Stimme ihn inne halten ließ.

„Sie hat gesagt, dass du sie loslassen sollst!“

Rider erkannte die Stimme sofort. Normalerweise hätte sie ihm einen Stich versetzt. Doch jetzt war ihm, als sei seine innere Gefühlswelt einfach gestorben. Der Klang von Eleanas

Stimme nach all den Jahren konnte ihn nicht mehr erschüttern.

Er sah auf und entdeckte sie am Zugang zu den Gängen des Labyrinths. Dort stand sie zusammen mit Percy. In ihren Händen trug sie einen Kampfstab. Er war schon immer ihre Lieblingswaffe gewesen.

Ruhig und gelassen ließ Rider von Ria ab, stellte sich in Kampfposition und fixierte Eleana.

„Siehst du, was da auf ihrem Kopf ist?“, fragte er und deutete auf Ria.

Eleana und Percy warfen einen schnellen Blick zu Ria, die rückwärts von Rider weg taumelte. Rider sah, wie Eleana sämtliche Farbe aus dem Gesicht wich.

„Das ist die Krone von Atlantis. Ich werde sie mir jetzt nicht wegnehmen lassen. Ich lasse nicht zu, dass du mich aufhältst“, zischte er.

„Du wirst dieses Labyrinth nicht mit der Krone verlassen“, versprach Eleana unbeeindruckt. Sie ließ ihren Kampfstab in ihren Händen kreisen. „Und du wirst Ria nie wieder behelligen!“

Rider grinste. Er hätte am liebsten laut aufgelacht. „Nur über meine Leiche, Ella.“

Eleana zuckte bei dem Klang ihres Spitznamens zusammen. „Wenn es sein muss, auch das, Kit.“

Sie griff an.

*

Percy setzte sich in dem Moment in Bewegung, in dem Eleana sich auf den Mann in Schwarz stürzte. Er hastete zu Ria und breitete schützend die Arme um sie aus, als seine Ziehmutter ihren Stab das erste Mal schwang.

Ria aber schob ihren Bruder fast augenblicklich wieder von sich. Sie sah ihn nicht einmal richtig an. Stattdessen blickte sie hinter sich und rief ihm zu: „Calla!“

Percy sah an Ria vorbei und entdeckte Calla, die hinter ihr auf dem Boden lag. Bei ihrem Anblick fuhr ihm ein Schauer über den Rücken. Ria ging zu dem Mädchen und kniete sich auf den Boden.

Percy warf noch einen Blick zu den beiden Kämpfenden. Der Mann in Schwarz hatte Eleanas Kampfstab zu fassen bekommen und die beiden rangen darum. Da schwang sich Eleana kopfüber über ihren Stab, kam auf der Rückseite ihres Gegners wieder auf dem Boden auf und trat ihm mit aller Macht in den Rücken. Rider heulte vor Schmerz auf.

Percy wandte sich ab und folgte Ria zu Calla. Er warf sich neben die Bewusstlose und bettete ihren Kopf auf seinen Oberschenkeln. Erleichtert stellte er fest, wie sich ihr Brustkorb hob und senkte.

„Was ist passiert?", wollte er von Ria wissen.

„Calla ist wirklich nicht die Prinzessin von Atlantis", sagte Ria. Percy hob den Kopf und sah seine Schwester an. Ihr Anblick verschlug ihm den Atem. Auf ihrer Stirn ruhte ein leichter silberfarbener Stirnreif, in dessen Vorderseite der größte Atlantisstein eingearbeitet worden war, den es gab. Die Krone wirkte zu groß auf Rias Kopf und doch saß sie wie angegossen. Ria warf ihrem Bruder einen flüchtigen, fast verlegenen Blick zu.

Percy musterte seine Schwester weiter ungläubig. Wenn Calla tatsächlich nicht die Prinzessin war, wie er und Ria es schon zuvor geahnt hatten, und Ria stattdessen die Krone beansprucht hatte, konnte das nur eine Sache bedeuten. *Aber das kann doch gar nicht sein?* Percy dachte zurück an die Ergebnisse des Blutschnelltests, die er und Eleana noch auf der PALLAS erhalten hatten. Rias Gene waren ozeanisch und nicht atlantisch! *Wie kann sie dann die Prinzessin sein?*

„Sie braucht Hilfe", murmelte Ria mit angestrengter Stimme, die Augen wieder auf Calla gerichtet. Ria selbst klang dabei so schwach, als ringe sie um ihr Bewusstsein. Sie musste ihren Oberkörper mit ihren Armen abstützen. Als sie ihre Hände auf den Boden legte, fiel der Anhänger, den Calla noch getragen hatte, als sie in das Labyrinth gegangen war, aus ihrer Hand. Ria sammelte ihn rasch ein und hängte ihn sich wieder um den Hals.

Percys Blick wanderte zu dem Anhänger, zu dem Ring an ihrem Finger und der Krone auf ihrer Stirn.

„Du trägst drei Atlantissteine", stellte er entsetzt fest. Ria warf ihm einen müden Blick zu. Da erkannte Percy, wie schlecht Ria aussah. Sie mochte nicht so ausgezehrt sein wie Calla. Doch unter ihren Augen lagen dunkle Ringe und ihre Haut war ganz fahl. Ihr Atem ging viel zu schnell und auf ihrer Stirn rann ein steter Strom aus Schweißtropfen. Ria war völlig am Ende!

Percy wollte gerade etwas sagen, als ein Poltern seine Aufmerksamkeit ablenkte. Er und Ria wandten die Köpfe zur Seite und sahen, dass Rider Eleana gegen eine der Wände drückte. Percys Ziehmutter schrie auf, duckte sich weg und entkam dem Griff ihres Angreifers. Sie stieß einen weiteren markerschütternden Kampfschrei aus und rammte dem Mann in Schwarz ihre Hacke in die Rippen.

Die beiden waren sich ebenbürtig. Percy wusste, dass Eleana und dieser Rider eine gemeinsame bewegte Vergangenheit hatten. Der Kampf, den sie beide jetzt miteinander austrugen, war der jüngste Akt einer tragischen Geschichte.

Mit Mühe wandte Percy sich von den beiden Kämpfenden ab. Auch Ria hatte offensichtlich ihre Schwierigkeiten damit. Ihre Augen zuckten zwischen Eleana und Rider hin und her. Percy fragte sich, wie Ria zum Ausgang dieses Kampfes stand. Bangte sie wie er um Eleana? Oder hielt sie trotz allem zu Rider?

Sie verriet sich durch nichts. Stattdessen widmete auch sie sich wieder Calla. Sie legte dem Mädchen die Hand auf die Brust. „Es geht ihr schlechter", sagte sie leise.

Percy beugte sich über Callas Gesicht. Er sah sofort, was Ria meinte. Callas Atem wurde schneller und flacher. Ihr Mund stand leicht offen. An den Mundwinkeln war die Haut vollkommen vertrocknet. Percys Kehle schnürte sich zu.

Als Ria hilfesuchend zu ihm sah, begann er wie wild mit dem Kopf zu nicken. Er hoffte, sich und Ria dadurch Zuversicht spenden zu können. Es funktionierte nicht.

„Hilfe ist unterwegs", sagte er mehr zu sich selbst als zu Ria. „Sie werden gleich hier sein."

„Wer?", fragte Ria.

Percy suchte gerade nach den richtigen Worten, um Ria zu erklären, wer gleich hier sein würde, als sie unterbrochen wurden. Rias Augen weiteten sich vor Panik, als sie Rider aufheulen hörte. Sie und Percy sahen zurück zum Kampf und beobachteten, wie Rider keuchend in die Knie ging. In seiner Brust steckte das Ende von Eleanas Kampfstab. Diese hielt den Stab am anderen Ende fest, zog ihn aber sogleich heraus.

Percy sah im Augenwinkel, wie Ria zusammenzuckte. Sie begann zu beben. Ihr ohnehin geschwächter Körper wirkte noch zerbrechlicher als zuvor.

Eleana trat auf Rider zu, der sich noch immer auf den Knien hielt. Mit zusammengebissenen Zähnen stellte sie sich vor ihn. Blut tropfte von ihrem Stab.

„Christopher James Rider. Im Namen des ozeanisch-königlichen Ordens nehme ich Sie hiermit in Gewahrsam!", verkündete sie feierlich. Sie blies die Luft so kräftig durch ihre Nase, dass sich die Flügel blähten.

Rider stieß ein gehässiges Lachen aus. Er presste sich eine Hand auf die Stelle, an der der Stab in seinen Oberkörper eingedrungen war. Er erhob sich ächzend, stellte sich vor Eleana und spuckte ihr sein Blut vor die Füße.

„Meinst du wirklich, dass ich mich von dir festnehmen lasse? Damit du mich nach Ozeana bringen kannst, um mich auszufragen und zu foltern?", fragte er mit geschwächter Stimme.

Eleana wich einen Schritt zurück und kräftigte den Griff um ihre Waffe, bereit den Kampf zu Ende zu bringen. „Du wirst dich dort für all die Verbrechen verantworten, die du begangen hast!"

„So wie du?", entgegnete Rider.

Eleana schwieg. Sie warf einen hastigen Blick auf Percy und Ria. Percy beobachtete irritiert, wie ihr Unterkiefer zu beben begann. Percy begegnete dem Blick seiner Ziehmutter und deutete hastig auf Calla. Sie musste diesen Kampf und dieses Gespräch zu Ende bringen, jetzt!

„Du wirst eine Armee brauchen, um mich in eine dieser Zellen zu stecken, Ella“, sagte Rider und zog damit Eleanas Aufmerksamkeit wieder auf sich.

Rider machte einen Schritt nach vorne, Eleana tat es ihm nach. Doch kurz bevor Eleana und Rider erneut aufeinander prallten, tauchten hinter Eleana zahlreiche Gestalten auf, die im Gleichschritt in den Raum gelaufen kamen. Eleana und Rider lösten sich voneinander. Percy atmete vor Erleichterung auf.

„Reichen wir Ihnen, Christopher?“, fragte die autoritäre Stimme von Kapitän Metellus, als er umringt von seinen Soldaten auftauchte. Die ganz in weiß Uniformierten schwärmten in den kreisrunden Raum, kreisten erst Eleana und Rider ein, dann auch Percy, Ria und Calla.

Percy suchte die Truppe nach medizinischen Abzeichen ab. Als er einen Mann und eine Frau mit dem Äskulapstab auf der Schulter ihrer Uniformen entdeckte, winkte er sie hastig zu sich heran.

„Hier!“, schrie er. Die beiden Sanitäter kamen sofort zu ihm gelaufen, beäugten Calla eilig und schoben sowohl Ria als auch Percy grob von ihr weg.

Percy stand gemeinsam mit Ria auf, ohne den Blick von Calla abwenden zu können. Neben sich bemerkte er, wie Ria einige zaghafte Schritte in Richtung der Gräfin, Rider und Metellus machte. Percy sah zu den dreien.

„Legt ihm Handschellen an und bringt ihn an Bord. Und versorgt seine Wunde. Ich will nicht, dass er uns noch wegstirbt“, befahl Metellus gerade den beiden bewaffneten Männern, die sich neben ihm aufgebaut hatten.

Rider aber machte keinerlei Anstalten, sich gefangen nehmen zu lassen. Als einer der beiden Männer auf ihn zuging, versetzte er ihm einen Schlag gegen den Kiefer, der den Mann augenblicklich zu Boden gehen ließ. Riders Augen schienen zu glühen. Sein Gesichtsausdruck war manisch. Er musste völlig entschlossen sein, lieber zu sterben, als festgenommen zu werden. Er wirkte, als hätte ihn alle Vernunft verlassen.

Er brüllte gerade auf, wollte auch den zweiten der Männer attackieren, als Rias Stimme durch den Raum hallte. „Kit, nein!“, schrie sie.

Tatsächlich hielt Rider inne. Für einen Moment herrschte vollkommene Stille. Sämtliche Köpfe drehten sich zu Ria um. Sie stand jetzt in der Mitte des Raumes, die Krone von Atlantis auf der Stirn, die Augen fest auf den Mann in Schwarz gerichtet.

Rider sah zu ihr zurück. Ihm waren der Wahn, die Wut und die Enttäuschung noch immer ins Gesicht geschrieben. Seine Augen zuckten zwischen Ria, Percy und Calla hin und her. Irgendetwas schien der Anblick von ihnen in ihm auszulösen. Er sah aus, als erinnerte er sich an etwas. Als Ria ein leises „Bitte“ von sich gab, erkannte Percy, dass etwas in Rider brach. Er ließ die Schultern schlaff nach unten fallen, schloss die Augen und ließ zu, dass der bewaffnete Mann, den er gerade niedergeschlagen hatte, ihn fesselte.

Percy stellte sich neben Ria. Sie aber hatte immer noch nur Augen für Rider, vor dem sich jetzt Metellus aufbaute. Der Kapitän sah den Mann in Schwarz angewidert an. „Bringt diesen Verräter auf mein Schiff und sperrt ihn ein!“, befahl er.

Rider wurde augenblicklich abgeführt. Percy konnte sehen, dass nicht nur Ria ihm mit den Augen folgte, bis er in den Gängen des Labyrinths verschwunden war. Auch Eleana sah ihm mit einem eigenartigen Gesichtsausdruck nach.

Kapitän Metellus richtete seine Aufmerksamkeit sogleich auf etwas anderes. Er sah zu Ria und ging mit großen Schritten auf sie zu. Percy handelte instinktiv und stellte sich zwischen den Kapitän und seine Schwester.

„Zur Seite, Junge!“, fauchte er Percy an.

Percy öffnete gerade den Mund, als Eleana neben Metellus erschien.

„Kapitän, lassen Sie mich!“ Eleana stellte sich keuchend und blutend neben den Offizier und deutete auf Ria.

„Ich denke, Sie haben schon genug angerichtet, Gräfin“, gab Metellus barsch zurück. Er hob eine Hand und schob Percy einfach zur Seite.

Eleana fing ihn mit ihren Händen auf und verhinderte, dass er auf den Kapitän losging. Beruhigend umfasste sie seine Schultern.

Metellus stellte sich genau vor Ria, die den Kopf recken musste, um ihn anzusehen. Wie schwer ihr das fiel, war leicht zu erkennen. Ihre Knie zitterten. Erst jetzt entdeckte Percy, dass eines von Rias Hosenbeinen in Blut getränkt war.

„Wer ist das?", fragte Metellus in Rias Richtung, obwohl die Frage ganz eindeutig an Eleana gehen sollte.

Bevor Percys Ziehmutter jedoch antworten konnte, meldete sich überraschend einer der Soldaten zu Wort.

„Das ist die Prinzessin!", rief er, hob den Zeigefinger und deutete auf Ria.

Alle Augen im Raum richteten sich auf den jungen Mann. „Seht doch. Das ist die Krone von Atlantis!"

Ein Murmeln entstand unter den Soldaten. Metellus' Kopf schnappte zu Ria zurück und er inspizierte die Krone auf ihrer Stirn. Percy konnte sehen, wie der Mann weiß im Gesicht wurde. Er wich einen Schritt zurück.

Percy sah zurück zu dem jungen Mann, der auf Ria gezeigt hatte. Zu seinem Erstaunen ging der Mann in die Knie. Percy tauschte einen erschrockenen Blick mit Eleana, die hingegen weit weniger verdutzt wirkte als er. Weitere Soldaten gingen in die Knie. Eine junge Frau warf sich gar auf den Boden. Der Sanitäter, der Calla behandelte, faltete die Hände vor der Brust. Die anderen Soldaten sahen ihren Kameraden irritiert zu.

Auch Metellus starrte seine Soldaten verständnislos an. Nach einem Moment fing er sich aber. Wütend drückte er die buschigen Augenbrauen nach unten und schnaubte: „Stehen Sie auf! Was soll denn der Unsinn?"

Er wandte sich wieder Ria zu.

Percys Schwester schien von alldem kaum etwas mitzubekommen. Sie schaute Metellus nicht einmal mehr ins Gesicht. Stattdessen verdrehte sie die Augen, begann zu wanken und drohte, das Gleichgewicht zu verlieren.

Percy zögerte nicht. Er lief zu Ria und fing sie gerade auf, als sie zu Boden ging. Gemeinsam mit seiner Schwester fiel er auf die Knie.

Er dachte erst, Ria hätte das Bewusstsein verloren, als sie ihre Augenlider nochmals aufschlug, und zu Metellus hochsah, der irritiert dastand.

„Mein Name ist ...“, begann sie, musste jedoch eine Pause einlegen, ehe sie den Satz beenden konnte, „Ariane von Thalburg!“

Metellus warf einen schnellen, erschrockenen Blick zu Percys Ziehmutter. „Thalburg?“, wiederholte er fassungslos.

Ria sah Percy an. Sie schenkte ihm ein knappes Lächeln. Sie wisperte noch einmal leise ihren und Percys Familiennamen: „Thalburg.“

Dann verlor sie das Bewusstsein.

Es war herrlich warm. Ria kam nur langsam zu sich und das erste, was sie bewusst vernahm, war die wohlige Wärme, in die ihr Körper eingewickelt war. Als sie die Augen öffnete, sah sie zunächst nur weiß. Erst nach einigem Blinzeln ergaben sich Konturen, die sich als eine Bettdecke und ein weiches Kissen herausstellten, in die sie geschmiegt war. Nur allmählich traute Ria sich, die Bettdecke aus ihrem Gesicht zu schieben und einen Blick in ihre Umgebung zu riskieren.

Es war angenehm hell. Goldenes Sonnenlicht flutete den Raum, den sie jetzt in Augenschein nahm. Ria machte ein bodenlanges Fenster mit zartgelben Vorhängen aus, die sanft im Wind wehten. Ein heller Parkettfußboden erstreckte sich zu hohen Wänden. Die Decken waren mit Stuck verziert. Nach längerem Hinsehen entdeckte Ria einen eleganten, vergoldeten Stuhl, über dem ihre schwarze Lederjacke, Hose und Pullover hingen. Auf einem kleinen Tisch daneben glitzerten ihre sämtlichen Habseligkeiten.

Bei dem Anblick ihres Schmucks bekam Ria einen kurzen Schreck. Sie fuhr sich instinktiv um den Hals, fand jedoch den Anhänger darum. An ihrer Hand steckte auch noch immer der Ring mit dem tropfenförmigen Stein. Erleichtert rekelte Ria sich im Bett. Sie wollte sich aufstützen, um in eine sitzende Position zu gelangen. Der Schmerz, der ihren Körper durchzuckte, ließ sie aber sogleich wieder in ihr Kissen sinken. Sämtliche ihrer Muskeln fühlten sich verkatert und verspannt an. Erst jetzt bemerkte sie das unangenehme Pochen in ihrer Stirn. Als sie den Mund öffnete, stellte sie fest, dass ihr Hals und ihre Kehle vollkommen ausgetrocknet waren.

Wie lange war ich bewusstlos? Ria stellte zu ihrem Erstaunen fest, dass sie kein Zeitgefühl hatte. Ihre letzten Erinnerungen kehrten nur schleppend zurück. Sie erinnerte sich an die Geschehnisse im Labyrinth. Sie dachte an Percy und die Gräfin. Als ihre Gedanken Calla und Kit erreichten, war sie mit einem Schlag hellwach. Sie biss die Zähne zusammen, setzte sich wieder auf und ließ ihren Kopf einen

Moment in der geraden Position verharren, damit sie sich an die aufrechte Haltung gewöhnen konnte. Nachdem sie glaubte, bereit zu sein, schwang sie ihre Füße aus dem Bett und schob sich auf die Beine. Auf einem kleinen Tisch neben ihrem Bett stand ein Glas mit Wasser, aus dem sie einen Schluck nahm. Eher beiläufig stellte sie fest, dass von der Wunde an ihrer Wade nichts mehr zu sehen war.

Ein wenig benommen drehte sie sich in dem großen Raum um. Sie hatte in einem Himmelbett geschlafen, in das sie mindestens dreimal hineingepasst hätte. Ria hatte noch niemals ein so großes Bett gehabt. Kein Wunder, dass sie sich so wohl gefühlt hatte.

Ria schleppte sich zu dem Stuhl, über den ihre Sachen gehängt worden waren. Sie sah ihre schwarze, abgetragene Kleidung skeptisch an. Dann fiel ihr auf, dass daneben an einem Wandhaken etwas hing. Ria entdeckte eine helle Hose, eine weiße Bluse und eine dunkelblaue Jacke mit einem goldenen Wappen darauf. Ohne lange zu überlegen, griff Ria nach den Sachen und zog sie sich über. Sie passten wie angegossen.

Vollständig bekleidet legte sie ihren Schmuck an. Dabei stellte sie fest, dass die herzförmige Kette, die sie Calla um den Hals gelegt hatte, um sie davor zu bewahren, in das Labyrinth gehen zu müssen, auch dabei war. Calla musste also hier sein! Ria griff nach dem letzten Gegenstand auf dem Tisch und wog ihn in ihrer Hand. Es war ihre Brille. Gräfin Eleana oder Percy mussten sie gefunden haben. Ria überlegte einen Moment, sie sich aufzusetzen, entschied sich jedoch dagegen. Klappernd warf sie die nutzlose Sehhilfe zurück auf den Tisch.

Endlich fertig ging Ria zu der schweren Holztür des Raumes, öffnete sie und schlüpfte lautlos in den Flur. Wo auch immer sie gelandet war, sie schien in einem Palast untergekommen zu sein. Der Flur, den sie jetzt betrat, war so herrlich ausgestattet, dass Ria kurz stehen bleiben musste, um den Anblick in sich aufzunehmen. Ein eleganter Läufer schmückte den Fußboden. Mit feinen Holzschnitzereien verzierte Bilderrahmen umrandeten kostbare Ölgemälde. Ein vergoldeter Spiegel hing über einer antiken Kommode.

Doch nichts von dieser Pracht war dafür verantwortlich, dass jetzt ein Lächeln auf Rias Lippen erschien. Sie hatte es schon in ihrem Zimmer geahnt. Doch als ein leichter Wind durch den Flur wehte und ihre Nase umspielte, wusste sie, dass sie Meeresluft einatmete.

Leise schlich Ria über den Flur. Es war kühl im Haus, aber nicht unangenehm kalt. Als Ria an einer großen Flügeltür vorbeikam, durch die das Sonnenlicht fiel, blieb sie stehen. Vor ihr breitete sich ein Balkon aus. An dessen Balustrade standen zwei Gestalten. Eine der beiden bemerkte sie sofort. Sie drehte sich um und als sie Ria erkannte, breitete sie die Arme aus und lief auf sie zu.

„Du bist wach!"

Auch Ria machte einige Schritte auf den Balkon und ließ zu, dass Calla sie in die Arme schloss. Die beiden Mädchen hielten sich einen Moment fest. Ria bekam vor Erleichterung weiche Knie. Calla war am Leben. Sie hatte überlebt.

Calla löste sich von Ria und schob sie eine Armeslänge von sich. Das gab Ria die Gelegenheit, Calla genau anzusehen. Sie sah gut aus. Ihr waren die Strapazen noch immer anzusehen. Sie wirkte ein wenig zu schlank und zerbrechlich. Ihre Wangen hatten aber eine rosige, gesunde Farbe angenommen und ihre blauen Augen strahlten vor Freude. Es ging ihr gut. Ria stutzte jedoch kurz.

„Deine Haare ...", sagte sie stotternd.

Calla grinste jedoch zufrieden und fuhr sich mit den Fingern durch ihr langes Haar. „Gefällt es dir?"

Ria zuckte mit den Achseln, versuchte allerdings gleichzeitig zu nicken. Callas Haar war noch immer schneeweiß. Schien sie sich sonst erholt zu haben, sah es so aus, als hätten ihre Haare die Farbe vollends verloren.

„Die Gräfin meint, es könnte sein, dass es jetzt so bleibt. Ich muss aber sagen, ich finde es ganz hübsch."

Ria lachte Calla an. Das Weißblond stand ihr tatsächlich. Hätte es jeden anderen Menschen vermutlich vorzeitig gealtert aussehen lassen, verlieh es Calla ein gewisses Etwas.

„Ich bin froh, dass es dir gut geht!", sagte Ria und meinte jedes ihrer Worte.

Calla packte Ria an den Händen und drückte sie leicht. „Dank dir!“, sagte sie.

Ria legte die Stirn in Falten und sah verlegen zu Boden. Callas überschwängliche Dankbarkeit war ihr plötzlich unangenehm.

„Wenn ich nicht gewesen wäre ...“, begann sie.

Calla unterbrach sie jedoch hastig. „Das spielt keine Rolle.“

Ria sah fragend zu Calla auf.

„Für mich zählt nicht, welche Fehler du vielleicht gemacht hast und zu was du gezwungen worden bist.“

Ria biss sich auf die Lippe. Sie war zu nichts gezwungen worden. Sie hatte mit Kit den Plan gemeinsam entwickelt, die Krone und die Prinzessin von Atlantis in seinen Besitz zu bringen. Sie hätte das Unterfangen jederzeit abbrechen können, wenn sie nur gewollt hätte. Dazu hatte sie sich erst ganz zum Schluss durchringen können.

„Für mich zählt nur, für was du dich entschieden hast“, fuhr Calla fort.

Ria schüttelte den Kopf. „Es war fast zu spät.“

„Aber nur fast.“ Calla lächelte und Ria konnte nicht anders, als ebenfalls verlegen zu grinsen.

„Du hast mir mein Leben gerettet“, sagte Calla weiter. „Und du hast dabei dein eigenes riskiert. Zum zweiten Mal.“

Ria seufzte und wehrte sich nicht, als Calla sie ein weiteres Mal in ihre Arme zog. Sie erwiderte die Umarmung, schloss die Augen und hielt Calla fest. Ihr kam der Gedanke, dass es schon lange her war, dass sie eine Freundin gehabt hatte.

Calla flüsterte in ihr Ohr: „Du bist eine Prinzessin durch und durch.“

Ria fuhr ein eiskalter Schauer über den Rücken.

*

Percy rührte der Austausch zwischen den beiden Mädchen. Zu sehen, wie Calla sich bei Ria bedankte, bestätigte ihn einmal mehr in der Überzeugung, dass Calla eigentlich zu gut für ihn war. Nach allem, was sie durchgemacht hatte, kannte sie aber immer noch nur Optimismus, Dankbarkeit und Freundschaft.

Doch auch Ria zu beobachten, wie sie verlegen auf Calla reagierte, und endlich auf die Versuche, mit ihr Freundschaft zu schließen, einging, machte ihn für den Augenblick sehr glücklich. Doch der Moment verflog und Percy ertappte sich dabei, dass er Ria wieder misstrauisch ansah. Er war unschlüssig, was er bei dem Anblick seiner Schwester fühlen sollte. Er hatte die letzten drei Tage immer wieder an ihrem Bett gewacht – wenn er nicht gerade bei Calla gesessen hatte –, ihr Flüssigkeit eingeträufelt und ständig kontrolliert, ob sie noch atmete. Sie jetzt lebendig auf den Beinen zu sehen, erlöste ihn von der Angst, dass sie doch nie wieder aufwachen könnte. Gleichzeitig kehrten all die Fragen zurück, die er sich in Bezug auf Ria stellte. *Wie geht es jetzt weiter?*

In Ria schien genau dasselbe vorzugehen. Denn als sie die Augen wieder öffnete und ihn sah, löste sie sich von Calla und machte einen Schritt auf ihn zu. Sie hielt sich jedoch selbst zurück, noch bevor sie ihn erreichte. Sie blieb vor ihm stehen, das Gesicht ratlos.

„Hallo Percy“, sagte sie knapp.

„Hallo Ria“, antwortete er tonlos.

Im Augenwinkel sah er, wie Calla sich neben ihn stellte und die beiden Geschwister ansah.

Percy wusste nicht, was er sagen sollte. Er stand einfach da und erwiderte Rias ebenso hilflosen Blick. Er hörte Callas Stimme: „Ich sage der Gräfin Bescheid, in Ordnung?“

Percy sah Calla an. Diese schenkte ihm ein aufmunterndes Lächeln. Sie ergriff kurz seine Hand und drückte ihm einen zarten Kuss auf die Wange. Dann verschwand sie auch schon und ließ Percy mit seiner Zwillingsschwester allein zurück.

„Wie fühlst du dich?“, wollte er wissen. Ihm fiel nichts anderes ein, das er sagen konnte.

„Es geht so“, antwortete Ria.

Percy nickte zur Antwort. Es entstand wieder Stille zwischen ihnen. Ria verlagerte ihr Gewicht von einem Bein auf das andere. Anschließend holte sie tief Luft und fragte: „Percy? Wo sind wir?“

Percy hob einen Mundwinkel. Er freute sich über diese Frage. Sie war unkompliziert. Er streckte eine Hand zu Ria aus. Seine Schwester nahm sie zögerlich, ließ sich mitziehen, bis sie beide an der Balustrade des Balkons standen. Percy deutete zum Horizont. Und als Ria den Blick endlich in die Ferne schweifen ließ, genoss er ihren verblüfften Gesichtsausdruck. „Heilige Axt!“, entfuhr es ihr.

„Willkommen in Ozeana!“, sagte er grinsend.

Ria starrte auf die Stadt, die sich vor ihr ausbreitete. Auch Percy sah jetzt auf das Panorama vor ihm und stellte sich vor, wie es auf jemanden wirken musste, der es das erste Mal erblickte.

Ozeana war eine atemberaubende Stadt. Vor Percy und Ria erstreckte sich die Meereslagune in all ihrer Pracht. Ozeana war nicht besonders groß, aber eng bebaut und hübsch. Grüngefärbte Kupferdächer schimmerten in der Sonne. Die rotbraunen Häuser drängten sich dicht an dicht. Zahllose Brücken führten über die Kanäle, die sich durch die Stadt zogen. Es hieß, Ozeana sei nach dem Vorbild von Atlantis gebaut worden. Daher gab es drei große Wasserstraßen, die die drei Kreise von Ozeana bildeten. Sie waren über kleinere Kanäle miteinander verbunden. Silberne Schiffchen fuhren auf dem grünblauen Wasser, während Hippoiden und Menschen in langen Gewändern die engen Straßen säumten.

„Das da drüben ist die Greiffläche“, sagte Percy und deutete auf eine Stelle in der Stadt, an der ein hoher Glockenturm stand. „Der Platz heißt eigentlich anders, aber alle nennen ihn so.“

„Wieso Greiffläche?“, fragte Ria.

„Siehst du die Statue da?“, fragte Percy. Neben dem Glockenturm stand eine gewundene Säule, auf deren Spitze ein geflügelter Greif aus Gold stand. „Der Greif ist das Wappentier von Ozeana.“, erklärte Percy. „Alles, was wichtig in dieser Stadt ist, findet auf der Greiffläche statt. Meistens herrscht da ein ganz schönes Gedränge. Es gibt Märkte oder Theateraufführungen. Und natürlich werden die offiziellen Verlautbarungen des Palastes dort mitgeteilt.“

Ria nickte und ließ ihren Blick weiter schweifen. Die Aussicht auf die Stadt der Nachfahren von Atlantis schien sie zu überwältigen. So dauerte es eine ganze Weile, bis sie sich zu Percy drehte, sich dazu durchrang ihm ins Gesicht zu sehen und begann: „Percy ..."

Er schnitt ihr das Wort ab. „Ria, nicht."

Sie sah ihn verwirrt an. Percy aber konnte nicht anders. Er wollte mit Ria nicht über all das reden, worüber sie reden mussten.

„Ich brauche ein bisschen Zeit, in Ordnung?", setzte er nach, als er die Enttäuschung in Rias Blick sah. Sie presste die Lippen aufeinander, nickte jedoch.

Percy tat es leid, Ria so entmutigen zu müssen, doch er konnte sich nicht dazu bringen, auf sie zuzugehen. In den letzten Tagen war zu viel passiert. Er musste damit erst einmal fertig werden. Vor kurzem hatte er noch geglaubt, ganz allein zu sein und nur seine Ziehmutter zu haben. Er hatte sich eingeredet, über seine Familie nicht sprechen zu müssen und dieses Thema einfach vor sich herschieben zu können. Jetzt hatte es ihn nicht nur eingeholt. Binnen weniger Stunden hatte er eine Zwillingsschwester gefunden und wieder verloren, die sich ihm jedoch nicht offenbart, sondern stattdessen ihn und Eleana verraten hatte. Und als wäre das allein nicht genug, hatte sie sich obendrein als die Prinzessin von Atlantis herausgestellt. Percy hatte noch keine Ahnung, wie er jemals damit fertig werden sollte.

Doch als Ria sich von ihm abwandte und traurig wieder über die Stadt sah, gab Percy sich zumindest einen kleinen Ruck.

„Stimmt es eigentlich?", fragte er gedämpft.

Ria sah ihn wieder fragend an.

„Das, was dieser Rider in Norwegen zu mir gesagt hat", ergänzte er.

Ria wusste sofort, was er meinte. „Dass du genau wie er aussiehst?", fragte sie. Ein schwaches Lächeln trat auf ihre Lippen.

Percy nickte, weil er nicht sprechen konnte. Da wurde Rias Lächeln breiter. „Du bist Papa wie aus dem Gesicht geschnitten“, sagte sie sanft.

Ohne es zu wollen, musste auch Percy lächeln. Bruder und Schwester grinsten sich an und da spürte Percy es wieder: dieses unerklärliche Band, das vom ersten Tag an zu Ria bestanden hatte. Es war noch da.

Percy wollte gerade einen Schritt auf Ria zugehen, als sie unterbrochen wurden. Erschrocken wandten die beiden sich um, als eine Stimme sagte:

„Das ist also die Prinzessin von Atlantis.“

*

Ria versteifte sich, als sie die Stimme hörte. Sie drehte sich um und entdeckte die Gräfin vor der Tür zum Balkon. Sie trug ein enges Kleid, hohe Schuhe und sah aus, als käme sie gerade aus einer sehr wichtigen Besprechung. Sie war nicht allein.

Neben ihr stand ein hochgewachsener stattlicher Mann, dessen Alter für Ria vollkommen unmöglich einzuschätzen war. Er hatte weißes, kurz geschorenes Haar, ein faltiges, aber vitales Gesicht und bewegte sich mit einer Eleganz, die so gar nicht zu einem älteren Mann zu passen schien. Er kam auf Ria zu und über seinen hohen Wangenknochen leuchteten blaue Augen kalt und prüfend. Rias Puls beschleunigte sich, als er sie von oben bis unten musterte.

„Exzellenz?“, sagte Gräfin Eleana neben dem Mann. „Darf ich Ihnen Ariane von Thalburg vorstellen? Sie ist Percivals Schwester.“

Ria musste sich auf die Unterlippe beißen, damit sie sich nicht verriet. Bei den Worten der Gräfin erkannte sie den Mann vor sich sofort. Seine Stimme gehörte der Person, mit der Kit gesprochen hatte, bevor sie Knossos erreicht hatten. Dies war der Mann, der ihm seine Aufträge erteilt hatte. Er hatte sie nach Knossos geschickt, um die Krone von Atlantis zu finden.

Doch damit nicht genug. Ria erkannte nicht nur die Stimme des Mannes. Ein schneller Blick auf seine Hände verriet ihr, dass sie sich nicht irrte. Sie blickte in die Augen eines

Atlanters. Es war der Mann, der seinen Atlantisstein wie einen Siegelring auf dem Zeigefinger getragen hatte. *Was bedeutet das?*

Die Gräfin wandte sich an Ria, die ihren Blick nur mit Mühe von dem Mann lösen konnte. „Ariane?“ Die Gräfin hatte sie noch nie bei diesem Namen genannt. „Darf ich dir seine Exzellenz den Fürsten Atlas vorstellen? Er ist das Oberhaupt des ozeanisch-königlichen Ordens.“

Rias weit aufgerissene Augen wanderten wieder zu dem Fürsten zurück. Nun war sie völlig perplex. Kit hatte seine Aufträge vom Kopf des Ordens erhalten? Ihr wurde schlagartig klar, dass hier Dinge vorgingen, die sie nicht verstehen konnte. Ihr fehlten Informationen. Vermutlich hatte die Gräfin keine Ahnung, so unterwürfig wie sie den Fürsten ansah.

Dieser setzte ein breites Lächeln auf, das wahrscheinlich warmherzig und gutmütig sein sollte. Ria sah sich außer Stande es zu erwidern. Der Fürst schien sich darum jedoch nicht zu scheren. Jedenfalls reichte er Ria eine Hand und als sie sie zögerlich ergriff, hauchte er ihr einen Kuss auf die Finger.

„Es ist mir eine außerordentliche Freude, Sie kennenzulernen, Ariane“, sagte er mit einer Stimme, die einen freundlichen Ton hatte und dennoch bedrohlich klang.

Ria war entschlossen, sich nichts anmerken zu lassen. „Nennen Sie mich bitte Ria“, brachte sie hervor.

Der Fürst lachte kurz auf, musterte sie aber wieder von oben bis unten. „Ich sehe, Sie haben sich wieder gut erholt, Ria. Ich muss zugeben, als Gräfin Eleana Sie hierher gebracht hat, waren wir eine Zeit lang unsicher, ob Sie wieder aufwachen würden. Wir dachten schon, wir würden Sie und Ihre Freundin verlieren.“

Ria wusste nicht, was sie darauf sagen sollte. Die Gräfin sprang dankbar ein: „Ria und Calla sind nicht nur außergewöhnlich tapfer, Exzellenz. Sie sind auch zäh.“

Der Fürst lächelte wieder. Ria ertrug dieses aufgesetzte Gespräch kaum.

„Das werden sie auch sein müssen. Es sind spannende Zeiten angebrochen“, antwortete der Fürst und klang zum ersten Mal aufrichtig.

Ria bemerkte, wie ihre Finger den Ring an ihrer linken Hand zu drehen begannen. „Was ist mit der Krone von Atlantis passiert?“, fragte sie gerade heraus. Sie merkte, wie die Gräfin leicht zusammenzuckte. Sie war in Gegenwart des Fürsten offensichtlich angespannt und nervös. Ria kümmerte das nicht. Erwartungsvoll sah sie Fürst Atlas an.

„Wir haben sie zu den anderen Steinen gebracht. Ich hielt es für vertretbar, dass sie den Ring und den Anhänger behalten, bis Sie wieder genesen sind. Die Krone haben wir sicher in der Schatzkammer untergebracht.“

Ria nickte, weil es die einzige Antwort war, die ihr einfiel.

Der Fürst machte einen Schritt auf Ria zu und senkte seine Stimme. „Ich denke, es ist für den Moment das beste, wenn die Tatsache, dass die Krone von Atlantis durch Sie gefunden wurde, erst einmal dieses Haus nicht verlässt.“

Ria warf einen fragenden Blick zu der Gräfin, die jedoch die Augen niederschlug, während der Fürst weitersprach.

„Diese Information dürfte für die Bewohner dieser Stadt ein wenig …“ Er suchte nach dem richtigen Wort. „Sagen wir, sie könnte heikel sein. Bevor die Öffentlichkeit davon erfährt, wird der kleine Zirkel des Ordens einige Fragen zu klären haben. Ich möchte Sie daher um Diskretion bitten, wenn Sie verstehen.“ Der letzte Satz des Fürsten mochte formal eine Bitte gewesen sein. Seine glühenden Augen und das Zischen in seiner Stimme ließen Ria jedoch keinen Zweifel daran, dass es eine latente Drohung war. In ihrem Rücken spürte sie, wie Percy sich schützend hinter sie stellte.

„Natürlich“, sagte Ria jedoch kühl. Sie rang sich mit Mühe ein Lächeln ab. „Wem würde ich zudem davon erzählen?“

Die Gräfin atmete erleichtert auf und auch der Fürst begann wieder freundlich zu schmunzeln. „Schön, dass wir uns einig sind.“ Er wandte sich an Gräfin Eleana. „Gräfin, ich erwarte Ihre Anwesenheit dann morgen. Ich freue mich schon darauf, Sie in den kleinen Zirkel einzuführen.“

Ria beobachtete, wie die Gräfin strahlte. Es fiel Ria schwer zu sagen, ob sich Gräfin Eleana tatsächlich freute, oder ob sie auch nur mitspielte. „Die Freude ist ganz meinerseits“, sagte sie.

Daraufhin nickte der Fürst Percy und Ria zu. „Ich schätze, wir werden in Zukunft dann viel voneinander sehen. Erholen Sie sich gut, *Prinzessin.*“ Bei dem letzten Wort versteifte Ria sich wieder.

Sie murmelte ein leises „Danke“ zum Abschied. Die Gräfin begleitete den Fürsten vom Balkon. Nachdem sie verschwunden waren, atmeten Percy und Ria gleichzeitig durch. Sie tauschten einen nervösen Blick. Doch bevor einer von ihnen etwas sagen konnte, kehrte die Gräfin zurück. Sie wirkte deutlich entspannter. Sie legte Ria sanft die Hände auf die Schultern. „Es ist schön, dich zu sehen, Ria.“

Ria erwiderte das Lächeln der Gräfin. Es gelang ihr jedoch nicht, ihr Unbehagen vollends abzulegen.

„Bitte verzeih‘ mir, dass ich dich mit dem Fürsten so überrumpelt habe. Er kam genau in dem Moment an, in dem du aufgewacht bist.“

„Würde mich nicht wundern, wenn das Absicht war. Der hat das doch bestimmt irgendwie gewusst“, warf Percy ein.

Ria knirschte mit den Zähnen. „Ist er das?“, fragte sie in Richtung der Gräfin. „Der Mann, der den Orden gegründet hat?“

Gräfin Eleana nickte mit einem ernsten Gesichtsausdruck. Ria hingegen musste tief Luft holen. Sie hatte gerade mit einem Mann gesprochen, der mehrere Jahrhunderte alt war!

„Vielleicht solltest du und ich uns einmal kurz unterhalten“, schlug die Gräfin vor.

Ria hatte geahnt, dass es dazu kommen würde. Sie hatte unendlich viele Fragen und ein Gespräch mit der Gräfin würde ihr womöglich dabei helfen, einige davon zu klären. Dennoch war sie gehemmt, mit der Gräfin allein zu sein. Hilfesuchend wandte sie sich an ihren Bruder.

„Schon gut“, sagte Percy jedoch. „Wir sehen uns später.“ Er hob die Mundwinkel.

„Versprochen?“, fragte Ria hoffnungsvoll.

Als Percy nickte, ließ sie zu, dass die Gräfin sie leicht am Arm packte und mit ihr in das Innere des Hauses zurückkehrte.

„Ist das eigentlich Ihr Haus?“, fragte Ria, als sie sich in dem riesigen Arbeitszimmer der Gräfin umsah. Der hohe Raum glich einer Bibliothek. Die Wände waren mit schicken Regalen bedeckt, in denen ledergebundene Folianten standen. Ein tiefblauer Perserteppich breitete sich über das feingliedrige Parkett aus. Der Schreibtisch der Gräfin war ein schwerer Klotz, auf dem sich allerhand moderne Geräte wiederfanden, die in einem seltsamen Kontrast zu der übrigen Einrichtung standen.

„Gefällt es dir?“, fragte die Gräfin zurück.

Ria konnte ein Grinsen nicht unterdrücken. Das Haus war weitläufig und verwinkelt. Und in jeder Ecke schienen Artefakte und Geheimnisse nur darauf zu warten, untersucht zu werden. Ria liebte das Haus schon jetzt.

„Es ist wunderschön.“

„Percy und ich waren nicht viel hier in den letzten Jahren. Ich schätze, das wird sich in der kommenden Zeit ändern“, sagte die Gräfin während sie und Ria sich an ihrem Schreibtisch niederließen.

Der Gräfin entging nicht, dass Rias Augen bei der Erwähnung von Percys Namen kurz zuckten. Sie streckte ihren Arm aus und ergriff Rias Hand über den Schreibtisch hinweg.

„Gib‘ deinem Bruder Zeit.“

Ria nickte, zog ihre Hand aber zurück.

Die Gräfin verstand und wechselte sogleich das Thema. „Wie geht es dir, Ria?“, fragte sie einfühlsam.

Ria hob die Schultern. „Ganz gut, glaube ich. Ich bin noch ein bisschen matschig, aber eigentlich ...“

Die Gräfin unterbrach sie. „Ich meinte nicht, wie es dir körperlich geht.“

Ria seufzte. Sie versuchte so viel Aufrichtigkeit wie möglich in ihre Stimme zu legen. „Ich bin verwirrt.“

Die Gräfin nickte verständnisvoll. „Natürlich bist du das. Du musst Tausend Fragen haben. Und um ehrlich zu sein, haben wir die auch.“

Ria schluckte. Es gefiel ihr nicht, dass die Gräfin von „wir“ sprach. Ria versuchte dennoch, weiterhin ehrlich zu sein. „Ich wusste nicht, dass ich die Krone von Atlantis bekommen würde, als ich in das Labyrinth gegangen bin. Ich wollte nur Callas Leben retten. Ich hatte keine Ahnung ...“

„..., dass du die Prinzessin von Atlantis bist?“, vervollständigte die Gräfin Rias Satz. Ria ließ es dabei bewenden und die Gräfin weitersprechen. „Natürlich konntest du das nicht wissen. Niemand hätte das vorher ahnen können!“

Ria schob fragend die Augenbrauen zusammen.

„Ich habe dein Blut untersuchen lassen, kurz nachdem wir uns begegnet sind.“ Ria blähte missbilligend die Nasenflügel, sagte jedoch nichts. Die Gräfin bemerkte das, fuhr aber ebenfalls ungerührt fort. „Nichts in deiner genetischen Signatur hat darauf hingewiesen, dass du eine Atlanterin bist. Du hast nicht alle Marker, die wir bei den anderen Atlantern festgestellt haben.“

Ria erschauderte. „Wie ist das zu erklären?“, fragte sie tonlos.

„Das wissen wir noch nicht. Das ist der Grund, weshalb der Fürst die Information, dass die Krone gefunden worden ist und wer du bist, noch geheim halten will. Der Orden muss erst klären, wie das alles zusammenhängt.“

Rias Puls beschleunigte sich wieder. „Werden sie mich untersuchen?“, fragte sie ängstlich.

Die Gräfin biss sich auf die Lippen. „Wir werden dir sicherlich nochmals Blut abnehmen. Und du wirst bestimmt das ein ums andere Mal vom Orden befragt werden.“

Ria rutschte auf ihrem Stuhl herum.

Die Gräfin beugte sich wieder vor und griff nach ihrer Hand. „Aber ich werde bei jeder dieser Prüfungen dabei sein. Ich werde dich nicht alleine lassen. Das verspreche ich dir.“

Ria rang sich ein Lächeln ab. Die Gräfin wirkte aufrichtig. Und Ria hätte sich selbst etwas vorgemacht, wenn sie dachte, dass sie das Versprechen der Gräfin nicht wenigstens ein bisschen tröstete. Doch sie glaubte nicht eine Sekunde daran, dass es Gräfin Eleana gelingen würde, Wort zu halten.

„Sie müssen mir aber bitte endlich eine Frage beantworten, Gräfin", sagte Ria, den Blick zu Boden gerichtet.

„Natürlich."

Ria nahm ihren Mut zusammen und stellte endlich die Frage, die ihr seit langer Zeit auf der Seele brannte. „Warum sucht jeder die Prinzessin von Atlantis? Was soll das alles?"

Jetzt sah Ria auf. Die Gräfin lehnte sich in ihrem Stuhl zurück, faltete die Hände ineinander und holte tief Luft.

„Du kennst doch bestimmt das Ende der Artus-Sage, oder?", fragte sie.

Ria nickte.

„Sie endet damit, dass der tödlich verwundete König Artus nach Avalon gebracht wird. Dort schläft er, bis die Zeit kommt, dass der König von gestern und morgen zurückkehrt und Camelot, das verheißene Königreich, wieder auferstehen lässt."

Ria verschränkte skeptisch die Arme vor der Brust. Die Gräfin erhob sich und ging um ihren Schreibtisch herum, während sie weitersprach.

„In fast allen Kulturen gibt es solche Legenden. So wie sich die Mittelmeervölker alle von einer großen Flut erzählen, die die Welt von ihrer Gottlosigkeit reingewaschen hat, erzählen sie sich von einem Retter, der kommt und die Menschheit ihr Schicksal erfüllen lässt. Das Paradies von einst, das die Menschen verloren haben, wird wieder aufleben."

Die Gräfin machte eine kurze Pause. Ihre Augen wurden glasig. „Wenn du in einer Stadt lebst, in der sich die Nachfahren von Atlantis niedergelassen haben, bekommen solche Legenden eine ziemlich große Bedeutung." Sie grinste Ria an, die sich außer Stande sah, das Lächeln zu erwidern.

„Sagen Sie mir jetzt nicht, dass sie glauben, dass sich Atlantis aus dem Meer erheben wird?", sagte sie sarkastisch.

Die Gräfin lachte. „Natürlich nicht. Jedenfalls nicht im wörtlichen Sinne." Sie ließ sich vor Ria auf der Kante ihres Schreibtisches nieder.

„Aber ich glaube, dass die Rückkehr von elf Unsterblichen eine Bedeutung für die Menschheit hat.“ Ria hob eine Augenbraue, als sie bemerkte, dass die Gräfin jetzt wieder ausschließlich von sich selbst sprach. „Die Menschheit ist auf dem Weg sich selbst zu zerstören. Sie hat ihr Maß verloren. Es ist derselbe Weg, den Atlantis einst gegangen ist.“

„Ja, aber in der Legende haben die Götter die Atlanter mit Vernichtung bestraft“, wandte Ria ein.

„Doch sie haben nicht alle getötet. Ziel der Bestrafung war, dass die Überlebenden von Atlantis einen Weg finden sollten, wieder zu einer rechtschaffenden Lebensweise zurückzufinden“, sagte die Gräfin. „Was wäre, wenn mit den Überlebenden nicht die Nachfahren von Atlantis gemeint waren? Was ist, wenn es sich tatsächlich auf die elf Unsterblichen bezogen hat?“

Ria wurde kalt. Die Gräfin fuhr ungerührt fort. „Es gibt Menschen in dieser Stadt, die glauben, dass die Rückkehr der Atlanter und der Prinzessin der erste Schritt ist, um der Menschheit dabei zu helfen, ihr Schicksal zu erfüllen.“

Rias Hände krallten sich in den Stuhl, auf dem sie saß. „Sie glauben, dass die Prinzessin …“, begann sie, ohne den Satz zu Ende zu sprechen.

Die Gräfin rutschte noch ein Stückchen weiter an sie heran.

„Ich glaube, dass du eine Rolle dabei spielen wirst, Atlantis wieder auferstehen zu lassen. Und ich meine damit nicht die Ruinen auf Santorin. Ich meine damit, dass die Menschen wieder eine Lebensweise finden, die tatsächlich zu Frieden, Wohlstand und Gerechtigkeit führt: So, wie Platon es einst beschrieben hat.“

Ria fand, dass die Gräfin plötzlich verrückt klang. „Wie?“, fragte sie. „Mit einer Handvoll Unsterblicher und den Überresten eines Meteoriten, der Superkräfte verleiht?“

Die Gräfin ging auf Rias Spott nicht ein, sondern sah sie noch immer freundlich, ja hoffnungsvoll an. „Ich weiß nicht wie. Ich habe nicht die leiseste Ahnung, was damit gemeint sein könnte. Es besteht die Chance, dass das alles nur Legende und Humbug ist.“ Jetzt klang sie wieder fast vernünftig. „Aber ich und viele andere Menschen in dieser Stadt sind der Meinung, dass wir es herausfinden müssen."

Die Gräfin ergriff erneut Rias Hand. „Und das werden wir tun. Du, Calla, Percy und ich, wir werden dieser Sache auf den Grund gehen. Zusammen!"

Bei dem letzten Wort erwiderte Ria den sanften Druck in ihrer Hand. *Zusammen!* Vielleicht hatte die Gräfin Recht. Hinter der Legende von Atlantis, der Krone und den Steinen steckte ein Geheimnis, das endlich bereit war, gelüftet zu werden. Möglicherweise war Ria an genau den richtigen Ort gekommen, um das zu tun.

„Ich habe dann erst einmal nur noch eine Frage an Sie, Gräfin", sagte Ria nach einer langen Pause des Schweigens.

Die Gräfin sah Ria freundlich an, doch ihr Lächeln erstarb, als Ria ihre Frage stellte. „Was ist mit Kit passiert?"

„Christopher Rider ist hier." Es war der Gräfin anzuhören, dass sie Ria eigentlich nicht davon erzählen wollte. „Er sitzt in einer Zelle und wird regelmäßig verhört."

Die Art und Weise, wie die Gräfin das Wort „verhört" aussprach, versetzte Ria einen Stich.

„Kann ich ihn sehen?"

„Ria!" Gräfin Eleana legte ihren Kopf schief und sah Ria geradezu flehend an.

Doch Ria blieb bei ihrem Wunsch. „Bitte!", sagte sie mit Nachdruck. Die Gräfin seufzte schwer.

*

Rider spürte Rias Anwesenheit, bevor er auch nur das Öffnen der Tür zum Zellentrakt bemerkte. Er hörte, wie sich ihre Schritte ihm langsam näherten. Erst als sie stehen blieb und die Hände an die Gitterstäbe seines Gefängnisses legte, öffnete er die Augen und sah zu ihr.

Er lag auf einer schmalen Pritsche ausgestreckt, die Hände schlaff auf sich platziert. Er wusste nicht, wie er aussah. Doch nach dem erschrockenen Ausdruck in Rias Gesicht zu urteilen, war ihm die grobe Behandlung durch seine Wärter anzusehen. Er wurde in diesem Kerker wie Dreck behandelt.

Er war sich sicher, dass man ihm aus Absicht nur die ganz loyalen Soldaten des Ordens als Bewacher zugeteilt hatte. So konnte man sicherstellen, dass Rider als der Verräter behandelt wurde, den man in ihm hier sah – Atlanter hin oder her.

„Ich habe mich schon gefragt, ob du mich besuchen kommst", sagte er zu Ria, nachdem sie und er sich einen Moment lang angesehen hatten. „Ich muss aber zugeben, ich wundere mich, dass man dich überhaupt zu mir gelassen hat."

Rider erhob sich. Sämtliche Knochen in seinem Körper schmerzten. Er war jedoch zu widerstandsfähig, als dass ein paar Tage Nahrungs- und Tageslichtentzug ihn seiner körperlichen Kräfte berauben konnten. Seine Wunden am Kopf und in seiner Brust waren fast vollständig verheilt.

Ria hob stolz das Kinn. „Man behandelt mich gut hier", sagte sie knapp.

Rider grinste. „Oh, das glaube ich. Der Prinzessin von Atlantis liest man doch sicher jeden Wunsch von den Lippen ab", sagte er ironisch.

Ria schürzte die Lippen, sagte jedoch nichts dazu.

„Warum bist du hier, Ria?", fragte Rider jetzt in einem ernsten Tonfall.

Er beobachtete, wie Ria tief Luft holte. Im Anschluss zog sie sich den Ring mit dem Atlantisstein von ihrem linken Mittelfinger und steckte ihn durch die Gitterstäbe. „Um dir das zurückzugeben."

Rider starrte fassungslos erst Ria, dann den Ring an. Für einen Moment wusste er nicht, ob er tatsächlich nach dem Schmuckstück greifen sollte oder nicht.

„Er gehört dir, nicht wahr? Das ist dein Atlantisstein", sagte Ria ruhig.

Rider zog die Augen zu Schlitzen zusammen, rührte sich jedoch nicht.

„Ich weiß, dass du ihn meiner Mutter geschenkt hast. Du hast ihr einen Heiratsantrag damit gemacht."

Rider musste den Atem anhalten, um die Erinnerungen, die in ihm hochkamen, zu unterdrücken. Clairie hatte seinen

Antrag zurückgewiesen. Er hatte ihr den Ring dennoch geschenkt. Er war der größte Schatz, den er je besitzen würde.

„Sie hat ihn mir gegeben, kurz bevor sie gestorben ist“, fuhr Ria fort. „Sie muss gewusst haben, dass ich zu dir gehen würde. Ich hätte ihn dir vermutlich schon damals geben sollen.“

Langsam, aber sicher gab Rider seinen Widerstand auf. Der Wunsch, seinen Ring endlich wieder an sich zu nehmen, war zu stark. Er ging auf Ria zu, griff nach dem Ring und steckte ihn sich wieder an seinen kleinen Finger. Er passte noch immer.

Für einen Moment ließ Rider den Anblick seines Ringes an seiner Hand auf sich wirken. Er fühlte den Stein pulsieren und seine Zellen reagieren. Von Sekunde zu Sekunde fühlte er sich stärker und wacher.

„Du weißt, dass mich jetzt nichts mehr in dieser Zelle hält“, sagte er und sah wieder zu Ria auf.

Diese zeigte sich von seiner Ankündigung vollkommen unbeeindruckt. „Ich setze darauf.“

Rider lächelte, denn endlich verstand er, warum Ria tatsächlich hier war.

„Du willst, dass ich gehe“, stellte er fest.

Ria umfasste die Gitterstäbe mit beiden Händen und sah ihn voll Abscheu an. „Ich will, dass du aus meinem Leben verschwindest!“, spie sie.

Rider lächelte ungerührt weiter. Ria mochte sich bemühen, Hass für ihn zu empfinden. Sie redete sich vielleicht ein, dass sie ihn niemals wiedersehen wollte. Er kannte sie besser.

„Nein“, sagte Rider schlicht. „Du willst, dass ich gehe und dein kleines Geheimnis mitnehme.“

Er sah, dass Ria sämtliche Farbe aus dem Gesicht wich. Sie ließ das Gitter los, wandte sich ab und wollte gehen, doch Rider war noch nicht fertig.

„Was glaubst du? Wie lange kannst du sie an der Nase herumführen?“, rief er ihr nach.

Ria blieb stehen. Sie drehte sich nicht um, doch Rider wusste, dass sie jedes seiner Worte hören konnte. „Glaubst du wirklich, du kannst vor ihnen verbergen, dass du nicht die Prinzessin von Atlantis bist?“

Jetzt drehte Ria sich um. Verzweiflung und Hilflosigkeit standen in ihrem Gesicht. Rider spürte plötzlich wieder all sein Mitgefühl für sie. Er wusste wie tapfer, raffiniert und clever Ria war. Aber dieses Schauspiel würde sie nicht lange durchhalten. Es würde sie zerstören.

Ria antwortete nicht. Sie ging erneut auf Rider zu und fragte leise: „Hast du es wirklich die ganze Zeit gewusst? Wusstest du, dass meine Mutter die Prinzessin von Atlantis war?“

Das war die Wahrheit. Rider hätte gelogen, wenn er gesagt hätte, dass er sie die ganze Zeit gekannt hatte. Die schreckliche Ahnung, dass die Prinzessin von Atlantis, die von so vielen ersehnte Heilsbringerin aus einer untergegangenen Welt vor elf Jahren gestorben war, hatte in ihm geschlummert. Doch erst seit er in Clairies Gesicht geblickt hatte, als sie Ria die Krone von Atlantis aufgesetzt hatte, war er sich sicher gewesen. „Nein, ich habe es nicht gewusst. Für eine Weile dachte ich wirklich, dass es Calla ist.“

Ria nickte zufrieden.

„Aber dass sie eine Atlanterin war? Darauf habe ich gehofft!“, fügte Rider schnell hinzu.

Ria starrte ihn verwirrt an. „Warum?“, hauchte sie.

Rider griff durch die Gitterstäbe und packte Ria am Arm. „Weißt du, warum Ozeana hier gebaut worden ist? Weißt du, was die Ozeanier hier gefunden haben?“

Ria schüttelte langsam den Kopf.

„Diese Stadt liegt über dem Grab von Atlantis.“

Ria riss sich erschrocken von ihm los. „Was heißt das?“, fragte sie.

„Unter dieser Stadt liegt eine Kammer. Niemand hat sie bisher öffnen können. Man braucht dafür die Krone von Atlantis. Aber es wird vermutet, dass in ihr die ursprünglichen elf Atlanter begraben worden sind.“

Rias Augen weiteten sich. Rider fuhr fort. „Sie sind hier. Sie sind alle hier. Und man nimmt an, dass das Wiederauftauchen der genetischen Gegenstücke dazu führen kann, dass sie wieder auferstehen! Verstehst du? Die ersten Unsterblichen, die originalen Atlanter könnten wiederbelebt werden!“

Ria taumelte ein paar Schritte rückwärts. Sie sah so aus, als würde sie jeden Augenblick das Gleichgewicht verlieren.

„Deshalb wolltest du die Krone von Atlantis“, stotterte sie.

Rider nickte. „Ich werde sie zurückbringen. Begreifst du nicht, Ria? Ich werde deine Mutter zurückbringen!“

Tränen stiegen in Rias Augen. „Du spinnst doch!“, schleuderte sie ihm entgegen. „Meine Mutter ist tot! Du kannst sie nicht wieder auferstehen lassen. Das ist Wahnsinn!“

Rider schüttelte den Kopf. Endlich erfuhr Ria, was ihn all die Jahre angetrieben hatte. Er hatte es ihr niemals erzählt, weil ihm klar gewesen war, dass es sie überfordern würde. Sie hatte die letzten Jahre erfolglos versucht, mit dem Tod ihrer Eltern und dem Verlust ihres Bruders fertig zu werden. Er wusste, dass er jetzt alte Wunden wieder aufriss. Doch er hatte keine Wahl. Er hatte den Entschluss gefasst, Clairies atlantisches Gegenstück wiederzubeleben, als Ria vor elf Jahren vor seiner Tür gestanden hatte. Diese Entscheidung und die Hoffnung, dass er die Frau, die er geliebt hatte, zurückbringen könnte, waren alles, was ihm geblieben war.

„Außerdem geht es nicht! Ich bin nicht das Gegenstück zur Prinzessin von Atlantis. Wieso habe ich die Krone überhaupt bekommen?“, rief Ria.

„Ich weiß es nicht“, räumte Rider kleinlaut ein.

Ria machte einen Schritt auf ihn zu. Sie sah ihn jetzt geradezu flehend an. „Was bin ich, Kit?“

Ria sprach damit die Frage aus, die auch Rider quälte, seit er seinen Ring an ihrem Finger entdeckt hatte. Ria war keine Atlanterin. Aber anders als Ozeanier vertrug sie es, Atlantissteine auf Dauer zu tragen. Sie verliehen ihr nicht so viel Macht wie den Atlantern. Und dennoch hatte sie allein die Krone von Atlantis annehmen können, während Calla durch sie fast gestorben wäre. Wenn Rider ehrlich zu sich war, wunderten ihn diese Dinge jedoch kaum. Sie interessierten ihn vielmehr. Ria war die Tochter einer Atlanterin. Er kannte keinen Atlanter, der Kinder hatte. Es hieß, sie könnten keine

Kinder bekommen. Ihre genetischen Linien sollten mit ihnen enden. Weder Ria noch Percy hätte es geben dürfen.

Rider lehnte sich gegen das Gitter und beugte sich zu Ria hinunter. Dann antwortete er auf ihre Frage: „Du bist etwas Neues."

Ria schloss ihren Mund. Sie starrte ihn an, die Augen voller Tränen. Erst nach einer Weile, die ihm wie eine Ewigkeit vorkam, wandte sie sich ab und ging in Richtung des Ausgangs. Sie hatte die Tür fast erreicht, als Rider ihr noch etwas nachrief: „Wir sehen uns wieder, Ariane von Thalburg."

Ria drehte sich langsam um, öffnete gleichzeitig die Tür und seufzte.

„Ich weiß, Kit."

Mit diesen Worten verschwand sie und ließ Rider in seinem Gefängnis allein zurück.

Epilog

Der Tag ist gekommen!

Mit der Krone von Atlantis in den Fingern ging der Fürst von Ozeana die Treppe in die Tiefe. Er spürte das Pulsieren der Atlanstissteine in seinem Ring und in der Krone. Sie waren synchron mit seinem Herzschlag. Er hatte sich vor Aufregung kaum im Griff. Der Moment, auf den er seit Jahrhunderten wartete, war gekommen. Und es gab nichts und niemanden, der ihn jetzt noch davon abhalten konnte, die Krone von Atlantis einzusetzen.

Am Fuß der Treppe fand er sich vor dem Verschluss der Grabkammer von Atlantis wieder. Die gigantische Platte aus Granit, die über und über mit Schriftzeichen und Reliefs verziert worden war, schien in dem schwachen Lichtschein der Lampen auf ihn zu warten. Fürst Atlas ließ seine Finger über die Platte gleiten. Nichts, was der Orden in den vergangenen Dekaden probiert hatte, war in der Lage gewesen, die Platte auch nur um einen Zentimeter zu verschieben. Der uralte Mechanismus, den die Überlebenden der Katastrophe von Atlantis installiert hatten, war darauf ausgerichtet, sich in Bewegung zu setzen, wenn die elf Atlanter wieder unter den Menschen weilten. Erst dann würde die Krone von Atlantis gefunden werden und nur sie würde Einlass in das Grab gewähren.

Atlas fand die Vorrichtung, in die die Krone geschoben werden sollte, ohne suchen zu müssen. Er hatte die Granitplatte viele Male untersucht und an ihr gearbeitet. Dabei hatte er auf der rechten Seite der Platte eine Vertiefung entdeckt, in die ein Gegenstand eingesetzt werden konnte. Heute fügte er endlich ein, für was die Aushöhlung vorgesehen war.

Vorsichtig brachte er die Krone in ihre Position. Er ging zwei Schritte zurück und starrte begierig auf den Eingang. Es passierte nichts. Atlas‘ Herz setzte bereits einige Schläge aus, als ein Geräusch ihn zusammenzucken ließ. Es donnerte und polterte. Staub rieselte von der Decke auf ihn herab.

Endlich teilte sich die Granitplatte in der Mitte und schob sich langsam, aber sicher zur Seite. *Es hat funktioniert!* Atlas hielt die Luft an. Es war soweit. Gleich würde er die Grabkammer betreten.

Nachdem sich die Granitplatte auseinander geschoben hatte, rasteten die beiden Seiten mit einem Rumpeln ein. Der Fürst war sich sicher, dass man die Vibration oben in der Stadt spüren konnte. Ihm würde nicht viel Zeit bleiben, wenn er die Kammer alleine betreten wollte.

Er nahm die Laterne, die er mitgebracht hatte, drehte ihre Helligkeit hoch und betrat das Grab von Atlantis. Er fand sich in der Dunkelheit eines kreisrunden Raumes wieder. Boden, Wände und Decke waren beschriftet und bemalt. Atlas ignorierte jedoch die antiken Texte und Geschichten. Seine Aufmerksamkeit galt allein den Grabstätten, die sternförmig angeordnet worden waren.

Die Sarkophage waren durchsichtig und schienen aus einer kristallenen Substanz gefertigt zu sein. Als Atlas mit seiner Lampe näher trat, konnte er durch die dicken Wände hindurch sehen. Er zuckte kurz zusammen, als er eine Leiche entdeckte, die ihm vollkommen glich. Er hatte gerade sein verstorbenes atlantisches Gegenstück gefunden.

„Es ist also wahr!“, murmelte er, als er die weiteren Gräber untersuchte. Sie waren alle hier. Er fand die Zwillinge, die Schwestern und das blonde Mädchen. Die Leichen waren in einem makellosen Zustand. Nichts deutete auf Verwesung hin. Sie hatten all die Jahrhunderte hier überdauert, ohne sich zu verändern.

Entschlossen ging der Fürst zu dem Sarkophag in der Mitte des Raumes. Anders als die anderen war er wie auch die Platte, die den Eingang versperrt hatte, aus Granit gefertigt. Die Wände der Grabstätte waren nicht durchsichtig.

Stutzig, aber noch immer zuversichtlich, setzte der Fürst seine Lampe ab und stemmte sich gegen den Deckel des Sarkophags. Er war schwer und ein normaler Mensch hätte ihn nie und nimmer bewegen können. Auch ihm als Atlanter, der seinen Atlantisstein Tag und Nacht trug, gelang es fast nicht. Schließlich aber rutschte der Deckel von seinem Platz und fiel mit einem Krachen zu Boden.

Der Fürst griff nach seiner Lampe, hielt sie über den Sarkophag und leuchtete auf die letzte Ruhestätte der Prinzessin von Atlantis.

„Nein!", schrie er. Er umrundete den Sarg, hielt die Lampe von der anderen Seite hinein. Er suchte jeden Winkel des Sarkophags ab. Doch es änderte nichts. Das Grab der Prinzessin von Atlantis war leer.

Fortsetzung folgt ...

Danksagungen

Den Traum, „Die Krone von Atlantis" niederzuschreiben und damit den ersten Teil meiner Trilogie rund um die Sage von Atlantis zu verfassen, habe ich seit vielen Jahren. Ein solcher Herzenswunsch lässt sich nicht verwirklichen ohne die besonderen Menschen, die mich dabei unterstützt haben.

Mein Dank gilt meinem Schwiegervater, dessen Korrekturen wie immer konstruktiv, ermunternd und manchmal schmerzhaft lehrreich sind.

Meine Brüder und ihre verrückten Pläne sind mir Inspiration und erlauben mir einen Blick hinter den Horizont. Sie ermutigen mich ständig, neue Wege zu gehen.

Meine Eltern, die immer an mich glauben, geben mir das Gefühl, niemals alleine zu sein. Meine Mutter hat jeden meiner Texte gelesen und mir in allen Höhen und Tiefen stets zur Seite gestanden.

Ein besonderer Dank gilt meinem Mann, meinem Erstleser, besten Kritiker und liebsten Fan. Ihm gelingt es, mich unermüdlich daran zu erinnern, dass man manchmal seinem Herzen und nicht seinem Kopf folgen sollte. Dank ihm ist das Leben ein Abenteuer, das mich endlich nach Atlantis geführt hat.

ISBN 978-3-7485-8207-6
9 783748 582076 00005
www.epubli.de